SV

Isabel Allende
Von Liebe und Schatten

Roman

Aus dem Spanischen
von Dagmar Ploetz

Suhrkamp Verlag

Titel der 1984 bei Plaza & Janés, Barcelona,
erschienenen Originalausgabe:
De amor y de sombra

Fünfte Auflage 1986

Druck: May + Co, Darmstadt
Printed in Germany

Von Liebe und Schatten

Vorbemerkung

Dies ist die Geschichte von einer Frau und einem Mann, die ihre Liebe ganz gelebt haben und sich so vor einer gewöhnlichen Existenz bewahrten. Ich habe sie im Gedächtnis behalten und sie gehütet, damit die Zeit sie nicht verbraucht, und erst jetzt, in diesen schweigsamen Nächten hier, kann ich sie endlich erzählen. Ich tue es für die beiden und für andere, die mir ihr Leben anvertraut haben: Nimm es, schreib es auf, damit es der Wind nicht davonträgt.

Isabel Allende

Erster Teil
Ein anderer Frühling

Nur die Liebe mit ihrem Wissen
gibt uns die Unschuld zurück.

Violeta Parra

Der erste Sonnentag ließ die noch winterfeuchte Erde dampfen und erwärmte die zerbrechlichen Knochen der Greise, so daß sie auf den fürsorglich geebneten Gartenpfaden wandeln konnten. Nur der Melancholiker blieb im Bett, es war sinnlos, ihn an die frische Luft zu führen, denn seine Augen sahen nur die eigenen Albträume, und seine Ohren waren taub für den Tumult der Vögel. Josefina Bianchi, die Schauspielerin, trug das lange seidene Kleid, in dem sie ein halbes Jahrhundert zuvor Tschechow deklamiert hatte, und schritt, einen Sonnenschirm schützend über die sprüngige Porzellanhaut gespannt, langsam durch die Beete, die bald von Blüten und Hummeln besetzt sein würden.
Arme Jungs, lächelte die Achtzigjährige, als sie aus einem sachten Beben in den Vergißmeinnicht auf die Anwesenheit ihrer Anbeter schloß, all jener namenlosen Männer, die sie im verborgenen liebten, die in der Vegetation untertauchten, um jeden ihrer Schritte auszuspähen.
Der Oberst stützte sich auf das Aluminiumställchen, das seinen Wattebeinen Halt gab, und rückte ein paar Zentimeter vor. Er hatte, um den einziehenden Frühling zu feiern und die Nationalflagge zu ehren, wie es allmorgendliche Pflicht war, die von Irene aus Blech und Pappe gebastelten Orden angelegt. Wenn der Aufruhr seiner Lungen es erlaubte, brüllte er Kommandos an seine Truppe und befahl den zittrigen Urgroßvätern, das Marsfeld zu verlassen, wo sie

von den Infanteristen mit ihrem schmissigen Paradeschritt und ihren Lackstiefeln niedergetrampelt werden konnten. Die Fahne flatterte nur für ihn sichtbar im Wind, knapp über den Telefondrähten wie ein aufgescheuchter Geier, seine Soldaten standen stramm, Augen geradeaus, Trommelwirbel, und mannhafte Kehlen stimmten die heilige Hymne an, die nur seine Ohren hörten. Er wurde von einer Schwester in Kampfkleidung gestört, die hatte sich ihm genähert, heimlich, still und leise, wie solche Frauen vorzugehen pflegen, bewaffnet mit einer Serviette, um den Speichel abzuwischen, der ihm aus den Mundwinkeln aufs Hemd troff. Er wollte ihr eine Auszeichnung zukommen lassen oder sie befördern, doch sie ließ ihn nicht zum Zuge kommen und machte kehrt, nachdem sie ihm drei Klapse angekündigt hatte für den Fall, daß er in die Hose machen sollte, sie habe es nämlich satt, fremde Kacke wegzuputzen. Von wem spricht diese Verwirrte? fragte sich der Oberst und kam darauf, daß nur die reichste Witwe des Reiches gemeint sein konnte. Sie war die einzige im Lager, die Windeln brauchte, weil ein Kanonentreffer ihren Verdauungsapparat zerfetzt und sie für immer an den Rollstuhl gefesselt hatte – aber nicht einmal dafür wurde sie geachtet. Die kleinste Unaufmerksamkeit, und schon wurden ihr Spangen und Schleifen entwendet, die Welt steckt voller Schurken und Gauner.

»Diebe! Man hat mir meine Pantinen geklaut!« schrie die Witwe.

»Ruhig, Oma, die Nachbarn können Sie hören«,

mahnte die Pflegerin, den Stuhl in Richtung Sonne rollend.
Die Invalidin stieß weiter Anschuldigungen hervor, bis ihr die Luft ausging und sie schweigen mußte, wollte sie nicht ersticken; doch es blieb ihr noch die Kraft, mit einem arthritischen Finger auf den Satyr zu deuten, der gerade verstohlen den Hosenlatz öffnete, um sein klägliches Glied den Damen zu zeigen. Niemand kümmerte sich darum, nur eine schmale Frau in Trauerkleidung betrachtete die vertrocknete Feige mit einer gewissen Wärme. Sie war in deren Träger verliebt und ließ nachts ihre Zimmertür offen, um ihm Mut zu machen.
»Metze!« murrte die wohlhabende Witwe, mußte dann aber grinsen, weil sie plötzlich jener ach so fernen Zeiten gedachte, als sie noch einen Ehemann hatte, der mit Goldtalern für die Gunst zahlte, zwischen ihren massigen Schenkeln aufgenommen zu werden, was ziemlich häufig geschah. Schließlich hatte sie einen Sack voll gehabt, so schwer, daß kein Matrose ihn sich hätte über die Schulter werfen können.
»Wo sind meine Goldmünzen hin?«
»Was meinen Sie, Großmutter?« fragte zerstreut die Angestellte hinter dem Rollstuhl.
»Du hast sie mir gestohlen! Ich ruf die Polizei!«
»Nerv mich nicht, Alte«, sagte die andere ungerührt.
Den halbseitig Gelähmten hatte man auf einer Bank zurechtgerückt, die Beine in einen Schal gewickelt, heiter und würdevoll trotz der entstellten Gesichtshälfte saß er da, die nutzlose Hand in der Tasche und

eine leere Pfeife in der anderen, mit der britischen Eleganz seines Sakkos, das an den Ellenbogen mit Lederflecken besetzt war. Er wartete auf die Post, deshalb hatte er verlangt, daß man ihn dem Tor gegenüber postiere; so konnte er Irene abpassen und auf den ersten Blick sehen, ob sie einen Brief für ihn hatte. Neben ihm sonnte sich ein trauriger Greis, mit dem er nicht sprach, denn sie waren Feinde, obgleich beide den Grund der Zwietracht vergessen hatten. Manchmal sprachen sie sich versehentlich an, aber die Antwort blieb aus, weniger der Feindseligkeit als der Taubheit wegen.

Auf dem Balkon des zweiten Stockes, wo die Bougainvillea noch keine Blätter oder gar Blüten trieb, erschien Beatriz Alcántara de Beltrán. Sie trug eine Wildlederhose und eine französische Bluse, beides erbsenfarben, dazu, Ton in Ton, den Malachitring und den Lidschatten, ein morgendliches Make-up, sie selbst frisch und gelassen nach ihren fernöstlichen Entspannungsübungen, die sie die nächtlichen Träume vergessen ließen, in der Hand das Glas Fruchtsaft für eine gute Verdauung und reine Haut. Sie atmete tief durch, bemerkte diese neue Lauheit der Luft und überschlug die Tage bis zu ihrer Urlaubsreise. Der Winter war hart gewesen, und sie hatte ihre Sonnenbräune verloren. Streng musterte sie den Garten zu ihren Füßen, den die Vorahnung des Frühlings verschönte, doch sie beachtete nicht das Licht auf der Steinmauer und den Duft der feuchten Erde. Der Efeu hatte den letzten Frost überlebt, auf den Ziegeln glänzte noch der Nachttau, der Gästeflügel mit seiner Holztäfelung und den

hölzernen Fensterläden wirkte verblichen und trist. Sie beschloß, das Haus streichen zu lassen. Sie zählte die Greise durch und prüfte jedes Detail, um sicherzugehen, daß ihre Anordnungen befolgt wurden. Keiner fehlte, abgesehen von dem depressiven Kerl, der, vor Kummer mehr tot als lebendig, stets im Bett blieb. Sie musterte auch das Pflegepersonal, Schürzen sauber und gebügelt, Haare aufgesteckt, Gummisohlen. Sie lächelte zufrieden, alles bestens, vorüber die Gefahr der Regenzeit mit ihren Epidemien, und kein Klient war ihr zum Opfer gefallen. Ein bißchen Glück, und die eigene Rente war für die nächsten paar Monate gesichert, denn selbst der bettlägrige Alte konnte noch ohne weiteres den Sommer überleben.
Von ihrem Beobachtungsposten aus sah Beatriz, wie ihre Tochter Irene den Garten von »Gottes Wille« betrat. Verärgert stellte sie fest, daß diese nicht die Seitentür benutzte, die in den privaten Innenhof und zur Treppe zum zweiten Stock führte, wo sie sich eingerichtet hatten. Den separaten Eingang hatte sie extra einbauen lassen, um nicht durch das Altenheim gehen zu müssen, wenn sie ausging oder heimkam, denn jede Gebrechlichkeit machte sie trübsinnig, und sie zog es vor, sie aus der Ferne unter Kontrolle zu halten. Ihre Tochter hingegen ließ keine Gelegenheit aus, die Insassen zu besuchen, als fühlte sie sich in deren Gesellschaft wohl. Sie schien eine Sprache gefunden zu haben, die Taubheit und Vergeßlichkeit überwinden konnte. Jetzt ging sie zwischen ihnen herum und verteilte, der dritten Zähne eingedenk, weiche Bonbons. Beatriz sah, wie ihre Tochter sich

dem halbseitig Gelähmten näherte, ihm einen Brief zeigte, beim Öffnen half, da das mit nur einer Hand nicht zu schaffen war, und dann noch ein wenig plaudernd bei ihm stehenblieb. Dann drehte sie mit dem anderen greisen Kavalier eine Runde, und obwohl die Mutter ihre Worte nicht verstand, nahm sie an, daß über Sohn, Schwiegertochter und das Baby geredet wurde, das einzige Thema, das den Alten interessierte. Irene hatte lächelnd und streichelnd für jeden ein paar Minuten übrig, und Beatriz dachte oben auf ihrem Balkon, daß sie wohl nie dieses unbekümmerte Mädchen ganz verstehen würde, mit dem sie so wenig gemein hatte. Da plötzlich wurde Irene von dem erotischen Opa angesteuert, der legte ihr beide Hände auf die Brüste und drückte sie ein wenig, eher neugierig als geil. Sie hielt inne, bewegungslos, für ihre Mutter einen unendlichen Augenblick lang, bis eine Pflegerin herbeieilte, um einzugreifen. Irene stoppte sie lachend.

»Lassen Sie nur, er tut niemandem weh.«

Beatriz biß sich auf die Unterlippe und verließ den Ausguck. Sie ging in die Küche, wo das Dienstmädchen Rosa Gemüse für das Mittagessen kleinhackte und sich dabei einem Radioroman hingab. Sie hatte ein rundes braunes Gesicht, alterslos, einen breiten Schoß, den Bauch weichgepolstert und massige Schenkel. Sie war so dick, daß sie weder die Beine übereinanderschlagen noch sich selbst den Rücken kratzen konnte. Wie putzt du dir den Popo ab, Rosa? hatte die kleine Irene gefragt und die kuschlige Masse bestaunt, die jedes Jahr um ein Kilo zunahm. Du kommst vielleicht auf Gedanken, meine Kleine! Schönheit

will gefettet sein, antwortete Rosa getreu ihrer Gewohnheit, sich in Sprichwörtern mitzuteilen.
»Irene macht mir Sorgen«, sagte die Hausherrin, setzte sich auf einen Schemel und trank schlückchenweise von ihrem Fruchtsaft.
Rosa sagte nichts, stellte aber, zu weiteren Vertraulichkeiten ermunternd, das Radio aus. Die Dame seufzte, ich muß mit meiner Tochter sprechen, weiß der Himmel, was die immer treibt und wer diese Bürschchen sind, mit denen sie herumzieht. Warum geht sie nicht Tennis spielen in den Club und lernt nebenbei junge Leute aus ihren Kreisen kennen? Sie tut, was sie will, entschuldigt alles mit ihrer Arbeit, der Journalismus ist mir schon immer verdächtig gewesen, nichts für Menschen aus gutem Hause; wenn ihr Verlobter wüßte, was Irene so alles treibt, der wäre entsetzt, die Zukünftige eines Offiziers kann sich so etwas nicht leisten, wie oft habe ich ihr das gesagt. Und kommt mir nicht damit, daß es altmodisch ist, auf einen guten Ruf zu achten, die Zeiten ändern sich, ich weiß, aber so sehr nun auch wieder nicht. Man muß schließlich bedenken, das Militär gehört jetzt zur besten Gesellschaft, nicht so wie früher, Rosa. Ich habe Irenes Extratouren satt, ich habe genug Sorgen, daß mein Leben nicht leicht ist, weißt du am allerbesten. Seit Eusebio von der Bildfläche verschwunden ist und mir die gesperrten Konten hinterlassen hat und die fixen Kosten, die einer Botschaft würdig wären, muß ich wahre Wunder vollbringen, um ein angemessenes Niveau zu halten. Aber wie mühselig ist das alles, die Alten sind eine Last, bestimmt stecke ich da mehr Nerven und

Geld rein, als unter dem Strich dann für mich rauskommt, bis man denen die Monatsraten abluchst, wenn ich nur an diese verflixte Witwe denke, die ist immer im Verzug. Alles in allem nicht gerade ein glänzendes Geschäft. Ich habe jedenfalls nicht die Kraft, auch noch hinter meiner Tochter herzurennen, damit die eine Gesichtscreme benutzt und sich ein bißchen nett anzieht, um ihren Verlobten nicht zu vergraulen. Sie ist alt genug, um auf sich selbst aufzupassen. Findest du nicht? Schau mich doch an, wie sähe ich aus, wenn ich da nicht eisern wäre? Wie die meisten meiner Freundinnen, mit einem Gesicht wie eine Landkarte, auf der die Krähenfüße rumspazieren, und überall Säcke und Röllchen. Aber nein, ich habe die gleiche Figur wie mit zwanzig, und meine Haut ist glatt. Nein, niemand kann behaupten, daß ich die Hände in den Schoß lege, ganz im Gegenteil, diese ständige Aufregung bringt mich noch um.«

»Sie haben Sonne im Auge und Kummer im Steiß, Señora.«

»Rosa, warum sprichst du nicht mit meiner Tochter? Ich glaube, sie hört eher auf dich als auf mich.«

Rosa legte das Messer auf den Tisch und musterte ihre Chefin ohne Wohlwollen. Schon aus Prinzip war sie stets anderer Meinung, insbesondere wenn es um Irene ging. Sie duldete keine Kritik an ihrem kleinen Mädchen, mußte aber in diesem Fall zugeben, daß die Mutter recht hatte. Auch sie hätte Irene gern am Arm von Hauptmann Gustavo Morante gesehen, wie sie im duftigen Schleier und geschmückt mit jungfräulichen Blüten die Kirche verließ und

durch zwei Reihen erhobener Säbel schritt. Doch Rosas Lebenserfahrung, die sich aus Radioromanen und Fernsehfilmen speiste, sagte ihr, daß es in diesem Leben viel zu leiden gibt und viele Fährnisse umschifft sein wollen bis zum glücklichen Ende.
»Lassen Sie sie besser in Ruhe, Señora. Wer als Spatz geboren wird, stirbt als Nachtigall. Und Irene wird nicht alt, das merkt man an ihren zerstreuten Augen.«
»Um Gottes willen, Rosa! Was redest du für einen Unsinn!«
In einem Wirbel von Baumwollröcken und verwehtem Haar segelte Irene in die Küche. Sie küßte beide Frauen auf die Wange und öffnete den Kühlschrank, um darin zu stöbern. Ihre Mutter war schon drauf und dran, ihr eine Gardinenpredigt zu halten, begriff aber in einem Augenblick geistiger Klarheit, daß jedes Wort überflüssig war, denn dieses junge Mädchen mit den Fingerabdrücken auf der linken Brust war ihr so fern wie ein Astronom.
»Rosa, der Frühling ist da, bald werden die Vergißmeinnicht blühen«, sagte Irene und zwinkerte ihr komplizenhaft zu; beide dachten an das Neugeborene, das einst durchs Oberlicht gefallen war.
»Was gibt's Neues?« fragte Beatriz.
»Ich mache eine Reportage. Ich muß eine Heilige interviewen. Man sagt, sie wirke Wunder.«
»Was für Wunder?«
»Sie läßt Warzen verschwinden, heilt Schlaflosigkeit und Schluckauf, richtet die Hoffnungslosen auf und macht Regen«, erzählte sie lachend.
Beatriz seufzte, sie war nicht bereit, sich von der

guten Laune ihrer Tochter anstecken zu lassen. Rosa brummelte, wo lebendige Heilige rumspazieren, können tote Heilige keine Wunder wirken, und wandte sich schabend und mitfühlend wieder Mohrrüben und Radioroman zu. Irene ging sich umziehen und richtete schon das Tonbandgerät her, um fertig zu sein für Francisco Leal, der sie als Fotograf immer bei der Arbeit begleitete.

Digna Ranquileo betrachtete das Land und bemerkte die ersten Anzeichen für den Wechsel der Jahreszeit.

»Bald haben die Tiere ihre Brunftzeit, und Hipólito wird mit dem Zirkus fortziehen«, murmelte sie zwischen zwei Gebeten. Sie hatte die Angewohnheit, laut mit Gott zu sprechen. An diesem Tag verlor sie sich in langen Gebeten und Geständnissen, während sie das Frühstück vorbereitete. Ihre Kinder hatten oft vorgebracht, daß sich die halbe Welt über diesen Evangelisten-Brauch lustig mache. Konnte sie denn nicht einfach leise beten und ohne die Lippen dabei zu bewegen? Digna hörte nicht auf sie. Der Herr war in ihrem Leben leiblich gegenwärtig, ihr näher und nützlicher als der Ehemann, den sie nur den Winter über sah. Sie gab acht, ihn nur selten um einen Gefallen zu bitten, weil sie die Erfahrung gemacht hatte, daß ständige Petitionen den himmlischen Wesen schließlich lästig werden. Daher beschränkte sie sich darauf, um Vergebung für eigene und fremde Sünden zu bitten sowie um Rat bei ihren unendlichen

Zweifeln, wobei sie dann jeweils gleich für kleine Wohltaten dankte: der Regen hat nachgelassen, Jacintos Fieber ist gesunken, im Gemüsegarten sind die Tomaten reif. Seit einigen Wochen bedrängte sie den Erlöser jedoch geradezu wegen Evangelina. »Mach sie gesund«, flehte sie ihn an, während sie an jenem Morgen das Feuer schürte und vier Ziegelsteine zurechtschob, die den Rost über den brennenden Scheiten tragen sollten. »Mach sie gesund, Herr, bevor man sie in die Klapsmühle bringt.« Nie, nicht einmal angesichts der Prozession von Bittstellern, die um Wunder flehten, hatte Digna die Anfälle ihrer Tochter für Symptome von Heiligkeit gehalten. Und erst recht nicht sah sie Dämonen am Werk, wie die Lästerzungen beteuerten, nachdem im Dorf ein Film über Exorzismus gelaufen war, der Schaum vor dem Mund und verdrehte Augen als Zeichen des Satans deutete. Der gesunde Menschenverstand, ihre Naturverbundenheit und ihre langjährige Erfahrung als Mutter vieler Kinder sagten ihr, daß es sich hier um eine Krankheit von Körper und Geist handele, die weder himmlischen noch höllischen Ursprungs war. Sie machte die Impfungen in der Kinderzeit oder auch den Beginn der Menstruation dafür verantwortlich. Schon immer hatte sie sich den Leuten vom Gesundheitsdienst entgegengestellt, wenn diese von Haus zu Haus zogen und die Kinder aufstöberten, die sich unter den Betten und hinter den Gartensträuchern versteckten. So sehr sie auch traten und zappelten und so lautstark Digna beteuerte, daß sie schon behandelt worden seien, sie wurden doch eingefangen und erbarmungslos gespritzt. Diese Flüssigkei-

ten wurden vom Blut gespeichert, davon war Digna überzeugt, und führten dann zu Störungen im Organismus. Auf der anderen Seite die Menstruation, zwar ein natürliches Ereignis im Leben jeder Frau, das jedoch manch einer das Gemüt erhitzt und sie auf abartige Gedanken bringt. Eines von beiden war möglicherweise die Ursache des schrecklichen Übels, gewiß war nur, es schwächte ihre Tochter wie die gefährlichste Krankheit, und wenn sie nicht in einer vernünftigen Frist genas, würde sie im Irrenhaus oder im Grab enden. Andere Kinder waren ihr früh gestorben, von Epidemien überwältigt oder hinweggerafft von unvermeidbaren Unfällen. Die kleinen Wesen wurden nicht beweint, stiegen sie doch direkt in die Wolken zu den Engeln auf, wo sie dann zugunsten jener auf der Erde Hinterbliebenen fürsprechen konnten. Wieviel schmerzlicher, Evangelina zu verlieren, für die sie ja auch noch vor deren leiblicher Mutter einstehen mußte! Es durfte nicht einmal so aussehen, als ob sie das Mädchen vernachlässigt hätte, die Leute sollten hinter ihrem Rücken nichts zu tuscheln haben.
Digna war im Haus die erste, die aus dem Bett stieg, und die letzte, die sich wieder hineinlegte. Wenn der Hahn krähte, schichtete sie schon in der Küche Holzscheite auf die von der Nacht noch warmen Kohlen. Von dem Augenblick an, wo sie das Wasser fürs Frühstück aufstellte, setzte sie sich nicht mehr hin, ständig in Trab gehalten von den Kindern, der Wäsche, dem Essen, dem Gemüsegarten, den Tieren. Ein Tag war wie der andere, gleiche Kugeln eines Rosenkranzes, der ihre Existenz bestimmte. Sie

kannte keine Muße, nur wenn sie wieder einmal ein Kind gebar, blieb sie im Bett liegen. Ihr Leben bestand aus ineinandergreifenden Routinearbeiten, gleichförmig allesamt, lediglich der Wechsel der Jahreszeiten brachte ein paar Abweichungen. Sie kannte nur Arbeit und Erschöpfung. Der gemütliche Teil des Tages war die Abenddämmerung, dann begleitete sie ihre Näharbeiten mit einem batteriebetriebenen Radio, das sie in ferne Welten versetzte, von denen sie wenig verstand. Ihr Schicksal schien weder besser noch schlechter als das anderer zu sein. Manchmal kam sie zu dem Schluß, Glück zu haben als Frau, denn Hipólito benahm sich nicht wie ein grober Bauer, er trat im Zirkus auf, war Artist, durchstreifte die Welt und erzählte bei seiner Rückkehr von erstaunlichen Begebenheiten. Er guckt etwas tief ins Weinglas, zugegeben, aber im Grunde ist er ein guter Mann, dachte Digna. Wenn es ans Pflügen, Säen und Ernten ging, fühlte sie sich zutiefst allein gelassen, doch dieser flüchtige Gatte hatte Qualitäten, die dafür entschädigten. Nur betrunken wagte er, sie zu schlagen, und dann auch nur, wenn ihr ältester Sohn Pradelio nicht in der Nähe war, denn vor dem Jungen erhob er nicht die Hand gegen sie. Sie genoß mehr Freiheit als andere Frauen, besuchte ihre Nachbarinnen, ohne erst um Erlaubnis fragen zu müssen, sie konnte am Gottesdienst der Wahren Evangelischen Kirche teilnehmen und hatte ihre Kinder nach den eigenen Moralvorstellungen erzogen. Sie war es gewohnt, Entscheidungen zu treffen, und nur im Winter, wenn er heimgekehrt war, senkte sie Kopf und Stimme und fragte ihn, bevor sie handelte, aus

Respekt. Aber auch diese Jahreszeit hatte ihre Vorzüge, selbst wenn des öfteren Regen und Armut auf der Erde kein Ende nehmen wollten. Es war eine Zeit der Ruhe, die Felder erholten sich, die Tage wirkten kürzer, es wurde später hell. Um Kerzen zu sparen, legten sie sich um fünf Uhr nachmittags ins Bett, und unter warmen Decken schätzte man den Wert eines Mannes.

Dank seines Artistenberufs war Hipólito nicht an der Landarbeitergewerkschaft und an anderen Neuerungen der vergangenen Regierung beteiligt gewesen, so ließ man ihn in Frieden, als alles wieder so wurde wie zu Großvaters Zeiten, und es gab kein Unheil zu beklagen. Digna, Tochter und Enkelin von Kleinbauern, war vorsichtig und mißtrauisch. Nie hatte sie den Reden der Berater geglaubt, sie hatte von Anfang an gewußt, daß es mit der Agrarreform ein böses Ende nehmen würde. Sie hatte das auch immer gesagt, doch niemand hörte auf sie. Ihre Familie kam glimpflich davon, besser als die Flores, Evangelinas wirkliche Eltern, und als viele andere Landarbeiter, die Haut und Hoffnung in diesem wirren Abenteuer der Versprechungen riskiert und verloren hatten.

Hipólito Ranquileo besaß durchaus die Tugenden eines guten Ehemannes, er war weder starrköpfig noch gewalttätig, ihr war nichts von anderen Frauen bekannt noch von bedenklichen Lastern. Jedes Jahr brachte er etwas Geld heim und dazu irgendein Geschenk, oft nutzlos, doch immer willkommen, denn was zählt, ist die gute Absicht. Er war von galantem Wesen. Eine Eigenschaft, die er nie ablegte, im Unterschied zu anderen Männern, die, kaum verheiratet, ihre Frauen wie Tiere behandeln, behauptete Digna, deshalb hatte sie ihm mit Freude und sogar mit einer gewissen Lust Kinder geboren. Dachte sie an seine Zärtlichkeiten, wurde sie rot. Ihr Mann hatte sie nie nackt gesehen, die Scham ist das höchste Gut, daran hielt sie fest, was aber ihrem Zusammensein nichts von seinem Zauber nahm. Sie hatte sich in die schönen Dinge verliebt, die er ihr zu sagen wußte, und dann beschlossen, vor Gott und dem Standesamt seine Frau zu werden, so ließ sie sich nicht von ihm berühren und ging als Jungfrau in die Ehe, wie sie es sich auch für ihre Töchter wünschte, auf daß sie geachtet würden und niemand sie für leichtsinnig halten könne. Aber das waren andere Zeiten damals, und jetzt wird es immer schwieriger, die Mädchen zu behüten, man dreht sich um, und schon sind sie am Fluß, ich schick sie ins Dorf nach Zucker, und sie verschwinden für Stunden, ich bemühe mich, sie anständig anzuziehen, und sie kürzen die Röcke, öffnen Blusenknöpfe und bemalen sich das Gesicht. O Herr, hilf mir, sie bis zur Hochzeit durchzubringen, dann kann ich aufatmen, bloß nicht noch so ein Unglück wie mit der Ältesten, vergib ihr, sie war so jung und hat kaum gewußt, was sie tat, das arme Ding, so schnell ging das bei ihr, er hat ihr nicht einmal Zeit gelassen, sich nach Menschenart hinzulegen, nein, stehend bei der Weide, dort hinten, wie die Hunde, behüte die anderen Mädchen, damit kein Kerl daherkommt und sich an ihnen vergreift und dann von Pradelio erschlagen wird, Unheil käme über das Haus, meinen Anteil an Schande und Leid habe ich mit

Jacinto schon bekommen, armer Junge, er ist nicht schuld an seinem Makel.

Jacinto, der jüngste der Familie, war in Wahrheit ihr Enkel, Bankert ihrer ältesten Tochter und eines Fremden, der im Herbst vorbeigekommen war und gebeten hatte, die Nacht in der Küche verbringen zu dürfen. Jacinto hatte das Fingerspitzengefühl, zu einem Zeitpunkt auf die Welt zu kommen, als Hipólito mit dem Zirkus durch die Dörfer zog und Pradelio zum Militärdienst eingezogen war. So war kein Mann im Haus, um Rache zu nehmen, wie es gebührt. Digna wußte, was sie zu tun hatte. Sie windelte den Neugeborenen, nährte ihn mit Stutenmilch und schickte seine Mutter in die Stadt, wo sie sich als Dienstmädchen verdingen sollte. Als die Männer zurückkehrten, hatte sie Tatsachen geschaffen, die als solche anerkannt werden mußten. Später gewöhnten sie sich an die Gegenwart des Kindes, und schließlich behandelten sie ihn wie einen weiteren Sohn. Er war nicht der einzige Fremde, der im Haus der Ranquileos aufgezogen wurde. Vor Jacinto hatte man schon andere aufgenommen, verlassene Waisen, die irgendwann einmal an die Tür geklopft hatten. Im Laufe der Jahre fragte dann niemand mehr nach Verwandtschaft, was zählte, waren Gewohnheit und Zuneigung.

Wie jeden Tag, wenn das Morgengrauen über die Hügel kroch, füllte Digna einen ausgehöhlten Mate-Kürbis für ihren Mann mit Matetee und rückte seinen Stuhl in die Ecke nah der Tür, wo die Luft reiner strömte. Sie karamelisierte Zuckerstückchen und gab zwei in jede Blechtasse zu dem Polei-Aufguß für die älteren Kinder. Sie feuchtete das Brot vom Vortag an und legte es über die Glut, goß die Milch für die Kleinen durchs Sieb und verrührte dann in einer durch langen Gebrauch geschwärzten Eisenpfanne Eier und Zwiebeln zu einem Revoltillo.

Fünfzehn Jahre waren seit dem Tag vergangen, an dem Evangelina im Hospital Los Riscos geboren wurde, doch in Dignas Erinnerung war es wie gestern. Als erfahrene Kreißende gebar sie schnell und stützte sich dabei, wie jedesmal, auf die Ellenbogen, um zu beobachten, wie das Kind ihr aus dem Leib glitt, und um die Ähnlichkeit mit ihren anderen Kindern zu überprüfen: das steife dunkle Haar des Vaters und die weiße Haut, auf die sie selbst stolz war. Als man ihr später ein in Tücher gewickeltes Baby brachte und sie den blonden Flaum bemerkte, der den sonst fast kahlen Schädel bedeckte, wußte sie deshalb zweifelsfrei, daß es sich nicht um das eigene handelte. Unter spontanem Protest wies sie das Kind zurück, doch die Krankenschwester hatte es eilig, wollte auf keine Argumente hören, legte ihr das Bündel in die Arme und verschwand. Das Neugeborene begann zu wimmern, und so öffnete Digna mit einer Geste so alt wie die Menschengeschichte ihr Nachthemd und legte das Kind an die Brust, während sie den Frauen in den Nachbarbetten dieses allgemeinen Entbindungssaals erklärte, daß ein Irrtum vorliegen müsse: das sei jedenfalls nicht ihr Mädchen. Nachdem sie die Kleine gestillt hatte, erhob sie sich unter Mühen und ging zur Oberschwester, um ihr das Problem zu unterbreiten, die aber bedeutete ihr, nein, sie müsse sich irren, so etwas sei im Hospital noch nie vorgekommen, denn Kinder zu vertauschen verstoße gegen das Reglement. Sie fügte noch hinzu, daß Digna sicherlich mit den Nerven herunter sei, spritzte ihr ohne Federlesen eine Flüssigkeit in den Arm und schickte sie dann zurück ins Bett. Stunden später wurde Digna Ranquileo von den Schreien einer Mutter am anderen Saalende geweckt.

»Man hat mein Mädchen vertauscht!« rief diese.

Alarmiert von dem Geschrei, eilten Krankenschwestern, Ärzte und sogar der Chef des Krankenhauses herbei. Digna nützte die Gelegenheit, um auf taktvolle Weise ihr Problem vorzubringen, denn kränken wollte sie niemanden. Sie erklärte, daß sie ein dunkelhaariges Kind zur Welt gebracht habe, ihr aber eins mit gelben Haaren ausgehändigt worden sei, das nicht entfernt ihren eigenen Kindern ähnelte. Was sollte ihr Mann denken, wenn er das sähe?

Der Chefarzt war empört: Ihr undankbaren Ignorantinnen, statt euch zu freuen, daß ihr hier versorgt werdet, macht ihr so einen Aufstand. Die beiden Frauen zogen es vor, zu schweigen und eine günstigere Gelegenheit abzuwarten. Digna machte sich Vorwürfe, überhaupt ins Hospital gegangen zu sein, und gab sich selbst die Schuld an dem Vorgefallenen. Bisher waren alle ihre Kinder zu Hause mit Hilfe von Mutter Encarnación geboren worden. Die erschien am Vortag der Niederkunft und blieb, bis die Mutter wieder ihren Pflichten nachgehen konnte. Sie kam mit Kräutern zur Beschleunigung der Geburt, mit Scheren, die der Bischof gesegnet hatte, mit sauber ausgekochten Tüchern, brachte Heilkompressen, Balsam für Brustwarzen, Schwangerschaftsstreifen und Dammrisse mit sowie Nähgarn und ihre unangefochtene Weisheit. Während sie die Umgebung für das erwartete Kind herrichtete, schwatzte sie ununterbrochen, lenkte die Kreißende mit dem Dorfklatsch und selbsterdachten Geschichten ab, damit ihr die Zeit kürzer und die Schmerzen erträglicher schienen. Seit über zwanzig Jahren half diese kleine bewegliche Person, die stets in den Duft von Rauch und Lavendel gehüllt war, bei fast allen Geburten in der Gegend. Für ihre Dienste verlangte sie nichts und lebte doch von ihrem Beruf, denn die Dankbaren luden bei ihrer Hütte Eier, Obst, Holz, Geflügel ab und auch mal einen erlegten Hasen oder ein Rebhuhn. Selbst in den schlechtesten Zeiten, als die Ernten verdarben und den Tieren die Bäuche eintrockneten, fehlte es bei Mutter Encarnación nie am Nötigsten. Sie kannte alle Geheimnisse rund um das Ereignis der Geburt und auch ein paar unfehlbare Methoden, mittels Kräutern oder Kerzenstümpfen abzutreiben, doch die setzte sie nur ein in Fällen, wo es eindeutig recht und billig war. Wenn ihre Kenntnisse nicht ausreichten, verließ sie sich auf ihre Intuition. Hatte sich das Kind endlich bis ans Licht vorgearbeitet, durchschnitt sie die Nabelschnur mit ihrer wundertätigen Schere, auf daß ihm Kraft und Gesundheit beschieden seien, und untersuchte es dann sofort von Kopf bis Fuß nach möglichen Abnormitäten. Wenn sie eine Fehlbildung entdeckte, die dem

Neugeborenen ein leidvolles Leben vorzeichnete, vielleicht gar als Last für die Mitmenschen, überließ sie es seinem Schicksal, war aber alles in gottgefälliger Ordnung, dankte sie dem Himmel und führte das Kind mit ein paar Klapsen in die Wechselfälle des Lebens ein. Der Mutter gab sie Borretsch zur Entschlackung von Blut und Gemüt, Rizinusöl, um den Darm zu säubern, und mit rohem Eigelb geschlagenes Bier für eine reichliche Milchbildung. Drei oder vier Tage lang versorgte sie das Haus, kochte, fegte, setzte der Familie das Essen auf den Tisch und kümmerte sich um die Kinderschar. So war es immer gewesen bei den Entbindungen von Digna Ranquileo. Als Evangelina geboren werden sollte, saß die Hebamme jedoch wegen illegaler Ausübung der Medizin im Gefängnis und konnte sie nicht betreuen. Aus diesem und keinem anderen Grund begab sich Digna ins Hospital nach Los Riscos, wo sie sich schlechter als eine Verurteilte behandelt fühlte. Bei der Aufnahme bekam sie ein Pflaster mit einer Nummer aufs Handgelenk geklebt, dann wurde sie an den verborgensten Stellen rasiert, man badete sie in kaltem Wasser und Desinfektionsmitteln, ohne auch nur zu erwägen, daß der Milchfluß für immer versiegen konnte, und legte sie schließlich auf ein Bett ohne Laken zu einer anderen Frau in den gleichen Umständen. Nachdem dann ohne ihre Erlaubnis in all ihren Körperöffnungen herumgestöbert worden war, ließ man sie im Scheinwerferlicht gebären, gut sichtbar für jeden Neugierigen. Das alles ertrug sie ohne einen Seufzer, aber als sie dann von dort heimkehrte mit einer Tochter im Arm, die nicht die

eigene war, und mit signalrot bepinselten Schamteilen, schwor sie sich, ihr Lebtag keinen Fuß mehr in ein Krankenhaus zu setzen.
Digna wendete noch einmal das Zwiebelomelette und rief die Familie in die Küche. Jeder erschien mit seinem Stuhl. Wenn die Kinder zu laufen begannen, teilte sie ihnen eine eigene Sitzgelegenheit zu, dieser Stuhl gehörte dann zur Person, war das einzige, unantastbare Privateigentum in der gemeinschaftlichen Armut der Ranquileos. Sogar die Betten wurden geteilt, und die Wäsche bewahrte man in großen Weidenkörben auf, aus denen sich morgens jeder das Nötige herausholte. Nichts hatte einen Besitzer.
Hipólito Ranquileo schlürfte laut seinen Mate und kaute langsam das Brot, der Zähne wegen, die, wenn sie nicht fehlten, im Zahnfleisch tanzten. Obwohl er noch nie kräftig gewesen war, wirkte er gesund, allerdings wurde er jetzt alt, die Jahre waren plötzlich über ihn hergefallen. Seine Frau machte das unstete Zirkusleben dafür verantwortlich, dauernd unterwegs ohne festes Ziel, nur schlechtes Essen und im Gesicht immer diese schamlosen Schmierfarben, die hat Gott den gefallenen Straßenmädchen zugedacht, einem anständigen Menschen schaden sie. In wenigen Jahren war der stattliche junge Mann, mit dem sie sich verlobt hatte, zu diesem Männlein zusammengeschrumpft mit einem vom Fratzenziehen zerfurchten Gesicht, darin wie ein Kolben die Nase, und neuerdings hustete er zuviel und konnte mitten in einem Gespräch einschlafen. Während der zwangsläufig untätigen kalten Monate pflegte er die Kinder in seiner Clownsaufmachung zu unterhalten. Seine

Frau sah die Spuren der Erschöpfung unter der weißen Maske und um den in ewigem Gelächter riesig geöffneten Mund. Da er schon etwas hinfällig war, wurde es für ihn immer schwieriger, Arbeit zu finden, und so nährte sie die Hoffnung, ihn eines Tages seßhaft und als Hilfe bei der Landarbeit zu erleben. Der Fortschritt wurde jetzt gewaltsam vorangetrieben, und die neuen Verfügungen lasteten ballenschwer auf Dignas Schultern. Auch die Landbevölkerung mußte sich der Marktwirtschaft anbequemen. Das Land und seine Früchte traten in offenen Wettbewerb gegeneinander, und jeder kam entsprechend seiner Leistung, seiner unternehmerischen Initiative und Effizienz voran, das galt selbst für die Indios, die nichts gelernt hatten, alles sehr zum Vorteil derer, die Geld besaßen, denn sie konnten für ein paar Centavos das Land armer Bauern wie der Ranquileos aufkaufen oder für 99 Jahre pachten. Doch Digna mochte den Ort, wo sie selbst geboren war und ihre Kinder großgezogen hatte, nicht gegen eine Unterkunft in einer der neuartigen landwirtschaftlichen Siedlungen tauschen. Dort holten sich die Patrones jeden Morgen die erforderlichen Arbeitskräfte und ersparten sich so den Ärger mit den Landsassen. Das bedeutete Armut in der Armut. Deshalb wünschte sie, daß ihre Familie die sechs ererbten Hektar Land bestelle, auch wenn es immer schwieriger wurde, sich neben den großen Unternehmen zu behaupten, erst recht ohne den Rückhalt eines Mannes, der ihr angesichts so vieler Widrigkeiten hätte beistehen können.

Digna Ranquileo war voller Mitgefühl für ihren

Mann. Sie schaffte für ihn die beste Portion Eintopf beiseite, die größten Eier, die weichste Wolle, um seine Strümpfe und Jacken zu stricken. Sie mischte ihm Kräuter für die Nieren, für einen klaren Kopf, entschlacktes Blut und für einen tiefen Schlaf, doch allen ihren Bemühungen zum Trotz alterte Hipólito unübersehbar. Jetzt gerade kämpften zwei der Kinder um einen Rest Rührei, und er schaute nur unbeteiligt zu. In früheren Zeiten wäre er mit Ohrfeigen dazwischengefahren, jetzt galt seine ganze Aufmerksamkeit Evangelina, er ließ sie nicht aus den Augen, als befürchte er, sie könne sich auf einmal in eine dieser monströsen Schaubudenfiguren verwandeln. Zu dieser Tageszeit war das Mädchen nur eins aus dem Haufen zerstrubbelt frierender Kinder. Von ihrem Äußeren konnte man mitnichten auf das schließen, was sich ein paar Stunden später ereignen würde, Punkt zwölf Uhr mittags.
»Mein Gott, mach sie gesund!« wiederholte Digna und verbarg das Gesicht und ihre Selbstgespräche in der Schürze.

Der Morgen war so sanft, daß Hilda vorschlug, in der Küche zu frühstücken, wo nur die Herdplatte ein wenig Wärme ausstrahlte, ihr Mann aber gab zu bedenken, daß sie vor Erkältungen auf der Hut sein müsse, hatte sie es doch auf der Lunge gehabt als Kind. Nach dem Kalender war es immer noch Winter, aber die Farbe der Morgendämmerung und der Gesang der Lerchen kündigten den nahenden Frühling an. Sie mußten Brennstoff sparen. Es waren teure Zeiten, doch eingedenk der Anfälligkeit seiner Frau bestand Professor Leal darauf, den Kerosinofen anzuzünden. Das alte Stück wanderte Tag und Nacht durch die Zimmer und begleitete sie.

Während Hilda die Schalen hinstellte, begab sich Professor Leal in Mantel, Schal und Pantoffeln in den Innenhof, um Körner und frisches Wasser in die Näpfe zu schütten. Er bemerkte die winzigen Triebe am Baum und rechnete sich aus, daß in Kürze die Äste mit Blättern bedeckt sein würden, eine grüne Zuflucht für die Zugvögel. Er liebte es, sie frei fliegen zu sehen, und verabscheute Käfige, da er es für unverzeihlich hielt, Vögel gefangenzusetzen, nur um sie nach Laune vor Augen zu haben. Auch in Kleinigkeiten lebte er konsequent nach seinen anarchistischen Grundsätzen: War die Freiheit das erste Recht des Menschen, so mußte das doch erst recht für jene Wesen gelten, die mit Flügeln an den Seiten geboren werden.

Sein Sohn Francisco rief aus der Küche, der Tee sei fertig und José zu Besuch gekommen. Der Professor beeilte sich, denn es war ungewöhnlich, José so früh an einem Samstag zu sehen, wurde er doch unaufhörlich von seiner Aufgabe, dem Nächsten zu helfen, beansprucht. Jetzt sah er ihn am Tisch sitzen und bemerkte zum erstenmal, daß ihm die Haare am Hinterkopf dünn wurden.

»Was gibt's, Sohn? Irgendwas passiert?« fragte er und klopfte ihm auf die Schulter.

»Nichts, Alter. Ich hatte Lust auf ein anständiges Frühstück von Mutters Hand.«

José war der stämmigste der Familie, fast grobschlächtig, und hatte weder die langen Knochen noch die Adlernase der Leals. Er sah aus wie ein Fischer aus dem Süden, und seine Erscheinung verriet nichts von seiner zarten Seele. Kaum hatte er die Mittelschule hinter sich, war er ins Priesterseminar eingetreten, was niemanden außer seinen Vater überraschte, da er schon als Junge durch jesuitische Verhaltensweisen aufgefallen war und seine Kindheit damit verbracht hatte, sich mit Badetüchern als Bischof zu verkleiden und Messe zu spielen. Es gab keine Erklärung für diese Neigungen, denn bei ihm daheim war niemand praktizierender Christ. Nur seine Mutter bekannte sich als Katholikin, war aber seit ihrer Hochzeit nicht mehr in der Kirche gewesen. Professor Leal tröstete sich über die Entscheidung seines Sohnes, da er immerhin keine Soutane, sondern eine Arbeitshose trug, nicht in einem Kloster, sondern in einer Proletariersiedlung lebte und überhaupt den unangenehmen Überraschungen dieser Welt näher stand als den Mysterien der Eucharistie. José trug eine vom älteren Bruder geerbte Hose, ein ausgeblichenes Hemd und eine dicke, von der Mutter gestrickte Wollweste. An den Händen hatte er Schwielen von den Klempnerwerkzeugen, mit denen er sich seinen Lebensunterhalt erarbeitete.

»Ich organisiere gerade kleine Kurse in Sachen Christlichkeit«, sagte er verschmitzt.

»Ich verstehe«, antwortete Francisco, der Bescheid wußte, denn sie arbeiteten zusammen bei einer kostenlosen Beratungsstelle der Gemeinde, und die Aktivitäten seines Bruders waren ihm bekannt.

»Ach, José, halt dich raus aus der Politik«, beschwor ihn Hilda, »willst du denn wieder ins Gefängnis, Junge?«

Die eigene Sicherheit war José Leals letzte Sorge. Er hatte kaum genug Kraft, das ganze fremde Unglück im Auge zu behalten. Eine fast untragbare Last aus Schmerzen und Unrecht hatte er sich aufgebürdet. Des öfteren beschwerte er sich beim Schöpfer, weil dieser seinen Glauben so strengen Prüfungen unterwarf: Gab es die himmlische Liebe tatsächlich, war so viel menschliches Leid der reine Hohn. Bei der mühseligen Beschäftigung, die Armen zu nähren und die Waisen zu beschützen, war der geistliche Lack aus dem Priesterseminar bald abgeblättert, und José hatte sich unwiderruflich zu diesem mürrischen Wesen entwickelt, das aufgespalten war zwischen Ungeduld und Erbarmen. Sein Vater fühlte sich ihm mehr als den anderen Söhnen verbunden, da er die Verwandtschaft spürte zwischen den eigenen philosophischen Idealen und dem, was er als den barbarischen christlichen Aberglauben seines Sohnes bezeichnete. Das linderte seinen Schmerz, und schließlich verzieh er José die religiöse Berufung, gab auch sein nächtliches Klagen auf, das er, um Hilda nicht zu beunruhigen, mit dem Kopfkissen gedämpft hatte, immer dann, wenn sich die Pein, ausgerechnet einen Priester in der Familie zu haben, Luft machen mußte.

»Eigentlich bin ich gekommen, um dich abzuholen, Bruder«, wandte sich José an Francisco. »Du mußt dir ein Mädchen aus der Siedlung anschauen. Vor einer Woche ist sie vergewaltigt worden, und seitdem

ist sie stumm. Setz deine psychologischen Fertigkeiten ein, bei so viel Problemen kommt Gott einfach nicht nach.«
»Heute geht es unmöglich, ich muß mit Irene los wegen ein paar Fotos, aber morgen schau ich mir die Kleine an. Wie alt ist sie denn?«
»Zehn.«
»Gott im Himmel! Welch ein Monster kann einem unschuldigen Wesen so etwas antun?« rief Hilda.
»Ihr Vater.«
»Schluß, ich bitte euch!« befahl Professor Leal. »Wollt ihr Mama krank machen?«
Francisco schenkte Tee ein, und alle schwiegen eine Weile auf der Suche nach einem Thema, das die verstörte Hilda ablenken könnte. Als einzige Frau in einer Familie von Männern war es ihr gelungen, ihre Sanftheit und ihr Taktgefühl durchzusetzen. In ihrer Gegenwart gab es keine Bubenkämpfe, keine zweideutigen Witze oder Unflätigkeiten. Als Kind hatte Francisco sich immer wieder geängstigt bei dem Gedanken, daß seine Mutter, aufgebraucht durch ein rauhes Leben, unmerklich dahinschwinden könnte, bis sie sich wie Nebel verflüchtigte. Er war dann zu ihr hingerannt, hatte sie umarmt, sich an ihre Kleider geklammert in dem verzweifelten Versuch, ihre Gegenwart zu halten, ihre Wärme, den Geruch ihrer Schürze, den Klang ihrer Stimme. Seitdem war viel Zeit vergangen, aber noch immer war die Zärtlichkeit für sie das unerschütterlichste seiner Gefühle.
Francisco war als einziger im Haus der Eltern geblieben, nachdem Javier geheiratet hatte und José ins Priesterseminar gezogen war. Er wohnte weiterhin

in seinem Kinderzimmer mit den Fichtenmöbeln und den vollgestopften Bücherregalen. Er hatte schon mal erwogen, sich eine eigene Wohnung zu mieten, aber im Grunde war er gern in Gesellschaft seiner Eltern, und dann wollte er ihnen auch nicht unnötig Kummer bereiten. Für sie gab es nur drei triftige Gründe dafür, daß ein Sohn das Elternhaus verläßt: Krieg, Ehe oder Priesterweihe. Später sollte ein vierter hinzukommen: Flucht vor der Polizei.

Das Haus der Leals war klein, alt, bescheiden und hätte dringend etwas Farbe und Ausbesserung gebraucht. Nachts knarrte es leise, wie eine müde rheumatische Greisin. Professor Leal hatte es selbst vor vielen Jahren entworfen, geleitet von dem Gedanken, daß unverzichtbar nur eine große Küche ist mit Platz darin für die geheime Druckerpresse, dann noch ein Hof, um die Wäsche aufzuhängen und im Sitzen die Vögel zu beobachten, sowie genug Zimmer für die Betten seiner Kinder. Alles übrige ist eine Frage der Geistesgröße und der Beweglichkeit des Intellekts, sagte er, wenn sich jemand über die Enge oder die Einfachheit beklagte. Dort hatten sie sich eingerichtet, und es war Platz genug und guter Wille da, um Freunde im Unglück und die Verwandten, die vor dem Krieg in Europa geflohen waren, aufzunehmen. Die Leals waren eine zärtliche Familie. Die Jungs krochen selbst nach der Pubertät, als sie sich schon rasierten, noch morgens in das elterliche Bett, um die Zeitung zu lesen und sich von Hilda den Rücken kratzen zu lassen. Nachdem die älteren Söhne das Haus verlassen hatten, wurde es den Leals zu groß, sie sahen Schatten in den Winkeln und hörten Echos auf dem Korridor, dann aber wurden Enkel geboren, und der gewohnte Lärm stellte sich wieder ein.

»Das Dach muß ausgebessert und die Rohre gewechselt werden«, sagte Hilda jedesmal, wenn es durchregnete oder ein neues Leck entstand.

»Wozu?« entgegnete dann ihr Mann. »Wir haben doch noch unser Haus in Teruel, und wenn Franco stirbt, kehren wir nach Spanien zurück.«

Gymnasialprofessor Leal träumte von der Rückkehr in die Heimat seit dem Tage, als das Schiff ihn von der europäischen Küste fortgetragen hatte. In seiner Empörung über den Diktator hatte er geschworen, erst dann wieder Socken anzuziehen, wenn er ihn unter der Erde wußte, nicht ahnend, wie viele Jahrzehnte vergehen würden, bis sich sein Wunsch erfüllte. Sein Gelöbnis brachte ihm schuppige Füße und manchen beruflichen Ärger ein. Es gab Gelegenheiten, bei denen er mit wichtigen Persönlichkeiten zusammentraf oder als Prüfer an Mittelschulen und Gymnasien beordert wurde, wo dann seine nackten Füße in den großen gummibesohlten Schuhen die Vorurteile der anderen anheizten. Er war jedoch zu stolz, um Erklärungen abzugeben, und zog es vor, als extravaganter Ausländer oder auch als armer Schlucker angesehen zu werden, dessen Einkünfte nicht ausreichten, um sich ein Paar Strümpfe zu kaufen. Das einzige Mal, daß er mit seiner Familie in die Berge fahren konnte, um den Schnee aus der Nähe zu genießen, mußte er im Hotel bleiben, mit Füßen so eisig und blau wie Heringe.

»Zieh Socken an, Mann!« beschwor ihn Hilda.

»Franco weiß doch nichts von deinem Gelöbnis.«
Mit einem Blick voll Zorn und Würde brachte er sie zum Schweigen und blieb einsam am Kamin hocken. Als sein großer Feind dann tot war, zog er sich ein Paar knallrot leuchtende Socken an, die seine ganze Lebensphilosophie veranschaulichen sollten, doch nach kaum einer halben Stunde sah er sich gezwungen, sie wieder auszuziehen. Zu lange hatte er ohne sie auskommen müssen, jetzt vertrug er sie nicht mehr. Also schwor er, um seine Empfindlichkeit zu überspielen, weiterhin darauf zu verzichten, bis der General gestürzt sei, der seine Wahlheimat mit eiserner Hand regierte.
»Zieht sie mir über, wenn ich gestorben bin, verdammt!« sagte er. »Ich will in roten Socken zur Hölle fahren.«
Er glaubte nicht an ein Leben nach dem Tod, und hochfahrend sah er von jeder diesbezüglichen Vorsichtsmaßnahme ab. Die Demokratie in Spanien gab ihm weder seine Socken wieder, noch war sie das Signal für die Heimkehr, denn seine Söhne, seine Enkel und die in Amerika getriebenen Wurzeln hielten ihn. Das Haus aber mußte weiter auf die nötigsten Reparaturen warten. Nach dem Militärputsch gab es Dringenderes. Seiner politischen Gesinnung wegen kam Professor Leal auf die Liste der unerwünschten Personen und mußte in Pension gehen. Er verlor nicht den Optimismus, als er ohne Arbeit und mit einer reduzierten Pension dastand. Vielmehr druckte er bei sich in der Küche ein Flugblatt, auf dem Literaturunterricht angeboten

wurde, und das verteilte er, wo immer er hinkam. Die wenigen Schüler besserten das Familienbudget so weit auf, daß sie bescheiden leben und Javier unterstützen konnten. Der älteste Sohn war kaum in der Lage, seine Frau und die drei Kinder zu ernähren. Der Lebensstandard sank bei den Leals wie bei vielen aus ihrer Schicht. Sie verzichteten auf das Konzertabonnement, auf Theater, Bücher, Platten und andere geistige Genüsse, die ihnen das Leben verschönten. Später, als klar war, daß auch Javier keine Arbeit finden würde, beschloß sein Vater, im Innenhof ein paar Zimmer und ein Bad anzubauen, damit er mit seiner Familie dort wohnen könne. Die drei Brüder kamen an den Wochenenden zusammen und schichteten unter der Leitung von Professor Leal Ziegelsteine aufeinander. Er zog sein Wissen aus einem Baulehrbuch, das er bei einer Versteigerung antiquarisch erworben hatte. Da keiner von ihnen Erfahrung in diesem Gewerbe hatte und dem Lehrbuch auch Seiten fehlten, war das voraussehbare Resultat ihrer Anstrengungen ein Bau mit windschiefen Wänden, die sie jedoch mit Efeu zu verdecken gedachten. Javier sträubte sich bis zuletzt gegen den Gedanken, seinem Vater auf der Tasche zu liegen, von dem er den stolzen Charakter geerbt hatte.
»Wo drei essen, essen auch acht«, sagte Hilda in ihrer gemessenen Art. Hatte sie einmal eine Entscheidung getroffen, war die im allgemeinen unanfechtbar.
»Es sind schlechte Zeiten, Kinder, wir müssen einander beistehen«, fügte Professor Leal hinzu.
Trotz der Sorgen war er mit seinem Leben zufrieden

und wäre vollkommen glücklich gewesen, wenn ihn nicht eine revolutionäre Leidenschaft verzehrt hätte, die von frühester Jugend an seinen Charakter und seine Existenz geprägt hatte. Ein Gutteil seiner Energie, seiner Zeit und seines Einkommens gab er hin für die Verbreitung seiner ideologischen Grundsätze. Seine drei Söhne hatte er in seiner Weltanschauung erzogen. Schon als Kindern brachte er ihnen bei, mit der geheimen Druckerpresse umzugehen, und nahm sie mit, wenn er vor den Fabriktoren und hinter dem Rücken der Polizei Pamphlete verteilte. Bei Versammlungen der Gewerkschaft saß Hilda stets neben ihm, die unermüdlichen Stricknadeln in den Händen und auf den Knien den Beutel mit der Wolle. Während ihr Mann seinen Genossen in den Ohren lag, versank sie in ihre Geheimwelt, schmeckte ihren Erinnerungen nach, schmückte Freundschaften aus und schwelgte in ihren liebsten Sehnsüchten, völlig abwesend inmitten des politischen Wortgetümmels. Es war ihr gelungen, den größten Teil der erlebten Leiden in einem langwährenden schonungsvollen Reinigungsprozeß zu tilgen und nur noch die glücklichen Erinnerungen zu hegen. Niemals sprach sie über den Krieg, über ihren Unfall oder über den langen Weg ins Exil. Wer sie kannte, erklärte ihr selektives Gedächtnis mit dem Schädelbruch, den sie als junge Frau erlitten hatte. Professor Leal jedoch, der auch die kleinsten Zeichen zu deuten verstand, argwöhnte, daß sie nichts vergessen hatte. Sie mochte einfach nicht die Last des alten Leids mit sich herumtragen, und so hob sie es im Schweigen auf. Seine Frau hatte ihn so lange begleitet, daß er sich an ein

Leben ohne sie nicht erinnern konnte. Bei Demonstrationen ging sie mit festem Schritt an seiner Seite. Die Kinder hatten sie gemeinschaftlich großgezogen. Sie hatte Bedürftigeren geholfen, in Streiknächten im Freien kampiert, und wenn sein Geld nicht ausreichte, um die Familie zu ernähren, hatte sie bei Morgengrauen begonnen, für fremde Leute zu nähen. Mit der gleichen Unerschrockenheit war sie ihm in den Bürgerkrieg und ins Exil gefolgt, hatte ihm warmes Essen ins Gefängnis gebracht und hatte weder an dem Tag, als ihnen die Möbel gepfändet wurden, die Ruhe verloren noch die gute Laune, als sie vor Kälte zitternd auf dem Dritte-Klasse-Deck eines Flüchtlingsschiffes schlafen mußten. Hilda billigte alle Extravaganzen ihres Mannes – und das waren nicht wenige –, ohne sich davon den inneren Frieden nehmen zu lassen, denn so viel geteiltes Leben hatte die Liebe zu ihm weiter wachsen lassen.
Vor langer, langer Zeit, in einem kleinen Dorf in Spanien, zwischen Felsen und Weinbergen, hatte er ihr seinen Heiratsantrag gemacht. Sie hatte ihm geantwortet, daß sie katholisch sei und bleiben wolle, zwar persönlich nichts gegen Marx habe, doch sein Bildnis nicht über dem Ehebett dulden könnte, und daß sie ihre Kinder taufen lassen werde, um nicht Gefahr zu laufen, sie nach dem Tod als Heiden in der Vorhölle schmoren zu wissen. Der Lehrer für Logik und Literatur war glühender Kommunist und Atheist, doch es mangelte ihm nicht an Einfühlungsvermögen, ihm war klar, daß sich dieses zarte und rosige junge Mädchen mit den leuchtenden Augen durch nichts von ihrer Meinung abbringen lassen

würde, und da er wahrhaft in sie verliebt war, schien es ihm ratsam, einen Pakt auszuhandeln. Sie kamen überein, kirchlich zu heiraten, was zu jener Zeit die einzige rechtmäßige Form war, die Kinder sollten das Sakrament der Taufe empfangen, aber auf weltliche Schulen gehen, er wäre für die Namen der Jungen und sie für die der Mädchen zuständig, und auf das gemeinsame Grab sollte dereinst kein Kreuz, sondern ein Stein mit einem pragmatischen Grabspruch aus seiner Feder stehen. Hilda willigte ein, denn dieser magere Mann, der die Hände eines Pianisten und Feuer in den Adern hatte, war genau der Gefährte, den sie sich immer gewünscht hatte. Seinen Teil des Vertrages erfüllte er mit der skrupulösen Rechtschaffenheit, die ihm eigen war, Hilda aber verhielt sich nicht ganz so korrekt. Als der Stammhalter geboren wurde, war ihr Mann in den Bürgerkrieg verwickelt, und als er sie dann besuchen kommen konnte, war der Junge bereits auf den Namen Javier getauft, nach seinem Großvater. Die Mutter war in kläglicher Verfassung, es war also nicht der rechte Augenblick, einen Streit vom Zaun zu brechen, so faßte er nur den Entschluß, das Kind Wladimir zu nennen, nach Lenin. Daraus wurde nichts, denn wenn er ihn so rief, fragte seine Frau, wen zum Teufel er da meine, und der Kleine schaute ihn verwundert an und antwortete nicht. Kurz vor der zweiten Entbindung wachte Hilda eines Morgens auf und erzählte sogleich einen Traum: einen Sohn würde sie gebären und der solle getauft werden auf den Namen José. Ein paar Wochen lang gab es hitzige Diskussionen, bis eine gerechte Lösung gefunden war: José Illich. Sodann warfen sie eine Münze, die über den Rufnamen entscheiden sollte, und Hilda blieb Sieger, aber das war dann schon nicht mehr ihre Schuld, dafür war Fortuna verantwortlich, und der mißfiel eben der zweite Name des Revolutionsführers. Jahre später wurde ein dritter Sohn geboren, doch in der Zwischenzeit war die Begeisterung Professor Leals für die Sowjets etwas abgekühlt, was den Säugling davor bewahrte, Ulianov zu heißen. Hilda nannte ihn Francisco, zu Ehren des Heiligen von Assisi, des Dichters der Armen und der Tiere. Vielleicht deshalb, auch weil er der Jüngste und seinem Vater so ähnlich war, begünstigte sie ihn mit einer besonderen Zärtlichkeit. Der Junge beantwortete die absolute Liebe seiner Mutter mit einem vorschriftsmäßigen Ödipuskomplex, der bis in die Pubertät andauerte, als die Verwirrung seiner Hormone ihm anzeigte, daß es auf dieser Welt noch andere Frauen gab.

Als er mit dem Tee fertig war, an diesem Sonntagmorgen, hängte er sich die Tasche mit der Fotoausrüstung über und verabschiedete sich von seiner Familie.

»Zieh dir was über, der Fahrtwind auf dem Motorrad ist mörderisch«, bat die Mutter.

»Laß ihn, Frau, er ist doch kein Kleinkind mehr«, protestierte ihr Mann. Die Söhne grinsten.

In den ersten Monaten nach Evangelinas Geburt beklagte Digna Ranquileo ihr Mißgeschick und glaubte an eine Strafe des Himmels, weil sie, statt daheim zu bleiben, ins Krankenhaus gegangen war. Unter Schmerzen sollst du gebären, die Bibel war da ganz eindeutig, der Pastor hatte sie daran erinnert. Dann aber hatte sie sich damit abgefunden, daß die Ratschlüsse des Herrn unerforschbar sind. Dieses blonde Kind mit den hellen Augen hatte vielleicht eine Bedeutung für ihr künftiges Leben. Mit der seelsorgerischen Hilfe der Wahren Evangelischen Kirche nahm sie die Prüfung auf sich und schickte sich an, dieses Kind trotz seiner Unarten zu lieben. Oft dachte sie an das andere, das die Gevatterin Flores mitgenommen hatte und das doch rechtmäßig ihr zustand. Ihr Mann tröstete sie, das eigene mache einen gesünderen und kräftigeren Eindruck und sei sicherlich in der anderen Familie besser aufgehoben.

»Die Flores besitzen ein gutes Stück Land. Es heißt sogar, sie wollen einen Traktor anschaffen. Sie haben mehr Bildung, gehören der Landarbeitergewerkschaft an«, führte Hipólito noch vor ein paar Jahren an, bevor das Haus der Flores vom Unheil heimgesucht wurde.

Nach der Entbindung hatten die zwei Frauen versucht, ihre Töchter zurückzubekommen, indem sie versicherten, sie bei der Geburt gesehen zu haben, an der Haarfarbe hätten sie die Verwechslung feststellen können, aber der Chefarzt wollte nichts davon hören und drohte, die beiden wegen Verleumdung anzuzeigen. Die Väter schlugen vor, die Mädchen einfach auszutauschen und Frieden zu geben, doch die Mütter wollten, daß alles legal geschähe. Sie beschlossen, erst einmal das Kind zu behalten, das sie jeweils im Arm hatten, bis vor den Behörden die Vertauschung aufgeklärt wäre, doch nach einem Streik des Gesundheitsdienstes und dem Brand im Einwohnermeldeamt, der eine Ablösung des Beamtenpersonals und das Verschwinden aller Unterlagen zur Folge hatte, verloren sie die Hoffnung, ihr Recht zu bekommen. Sie entschieden sich dafür, die fremden Mädchen so großzuziehen, als wären es die eigenen. Obwohl sie nicht weit entfernt voneinander wohnten, gab es wenig Gelegenheit, sich zu treffen, denn sie lebten zurückgezogen. Gleich zu Anfang hatten sie vereinbart, einander Gevatterin zu nennen und den Kindern den gleichen Vornamen zu geben, damit diese, falls sie einmal den richtigen Nachnamen zurückbekommen sollten, sich nicht auch noch an einen neuen Rufnamen gewöhnen müßten. Auch erzählten sie den Mädchen die Wahrheit, sobald sie ein verständiges Alter erreicht hatten, denn sie würden sie ja in jedem Fall früher oder später erfahren. Jeder in der Umgegend kannte die Geschichte der vertauschten Evangelinas, und es würde sich bestimmt jemand finden, der den Mädchen den Klatsch hinterbrächte.

Evangelina Flores entwickelte sich zu einem dunkelhaarigen Landmädchen mit lebhaften Augen, ausladenden Hüften und opulenten Brüsten, das fest auf den solide gedrechselten Beinen stand. Sie war kräftig und von heiterem Gemüt. Die Ranquileos waren mit einem weinerlichen und launischen Kind gesegnet worden, das war zart und nicht leicht zu versorgen. Hipólito behandelte es anders als die eigenen

Kinder, voll Respekt und Bewunderung für ihre rosige Haut und das helle Haar, die in seiner Familie so außergewöhnlich waren. Wenn er daheim war, wachte er streng über die Buben, auf daß sie sich ja nicht an dem Mädchen vergriffen, das nicht vom gleichen Blute war. Ein paarmal hatte er Pradelio dabei ertappt, wie er die Kleine kitzelte, sie verstohlen betastete, abküßte. Um ihm die Lust an der Knutscherei ein für allemal auszutreiben, hatte er ihm dann eine Tracht Prügel verabreicht, die ihn beinahe ins Jenseits befördert hätte, denn Evangelina sollte vor Gott und den Menschen eine Schwester für ihn sein. Hipólito war jedoch immer nur einige Monate daheim und konnte den Rest des Jahres nicht über die Einhaltung seiner Befehle wachen.
Seitdem er dreizehnjährig mit einem Zirkus durchgebrannt war, übte Hipólito diesen Beruf aus und hatte sich nie für einen anderen interessiert. Seine Frau und seine Kinder mußten von ihm Abschied nehmen, wenn das gute Wetter einsetzte und die ausgebesserten Zelte neu aufblühten. Er zog in ermüdenden Tourneen von Dorf zu Dorf durchs Land, um mit seinen Künsten die kleinen Leute zu vergnügen. Im Zirkuszelt hatte er vielfältige Aufgaben. Zunächst war er als Trapezkünstler und Jongleur aufgetreten, aber mit den Jahren verlor sich sein Gleichgewichtssinn und damit seine Geschicklichkeit. Dann hatte er ein kurzes Gastspiel als Dompteur vor einigen bedauernswerten Bestien gegeben, die sein Mitleid beanspruchten und an seinen Nerven zehrten. Schließlich hatte er sich damit begnügt, den Clown zu spielen. Nicht anders als bei der übrigen

Landbevölkerung wurde sein Leben von der Menge der Niederschläge und dem Stand der Sonne bestimmt. In den kalten und feuchten Monaten lächelt Fortuna keinem kleinen Zirkus, und so überwinterte er daheim. Erwachte der Frühling, sagte er den Seinen ade und ließ ohne Skrupel seine Frau mit den Kindern und der Landarbeit allein. Sie kam mit diesen Angelegenheiten besser zurecht, da sie die Erfahrung von mehreren Generationen im Blut hatte. Das einzige Mal, als er mit den Ernteeinnahmen ins Dorf gefahren war, um Wäsche und Vorräte für das ganze Jahr einzukaufen, hatte er sich betrunken, und alles war ihm gestohlen worden. Monatelang fehlte der Zucker auf dem Tisch der Ranquileos, und keiner bekam neue Schuhe. Seither delegierte er vertrauensvoll die geschäftlichen Dinge an seine Frau. Auch ihr war es so lieber. Mit der Hochzeit hatte sie die Verantwortung für Familie und Ackerbau auf sich genommen. Es war ein gewohntes Bild: sie, über den Backtrog gebeugt oder hinter dem Pflug, inmitten einer Meute von Kindern verschiedener Altersstufen, die ihr an den Röcken hingen. Dann wuchs Pradelio heran, und sie glaubte, er würde sie bei so viel Mühsal entlasten, doch mit fünfzehn war er der größte und kräftigste Junge, den man je in dieser Gegend gesehen hatte, und so fanden es alle nur natürlich, daß er nach dem Militärdienst bei der Polizei eintrat.

Wenn die ersten Regenfälle kamen, schob Digna Ranquileo ihren Stuhl auf die Veranda, ließ sich dort nieder und beobachtete die Wegbiegung. Ihre Hände, stets emsig, flochten Körbe aus Weidenruten

oder stopften Kinderwäsche, während ihre aufmerksamen Augen ab und zu von der Arbeit abschweiften, um den Weg zu überwachen. Plötzlich, an irgendeinem Tag dann, tauchte Hipólitos kleine Gestalt mit seinem Pappkoffer auf. Da war er, der Gegenstand ihrer Sehnsüchte, endlich Fleisch geworden, näherte sich, zwar von Jahr zu Jahr mit langsamerem Schritt, jedoch gleichbleibend zärtlich und verschmitzt. Dignas Herz schlug dann einen Purzelbaum, wie beim ersten Kennenlernen, an der Kasse von einem Wanderzirkus, wo er in seiner abgeschabten grüngoldenen Livree und mit dem exaltierten Ausdruck seiner schwarzen Augen das Publikum dazu anstiftete, die Vorstellung zu besuchen. Damals hatte er ein ansprechendes Gesicht, da sich die Clownsmaske noch nicht in seine Haut gefressen hatte. Seine Frau konnte ihn nie mit Natürlichkeit empfangen. Jugendlicher Ungestüm drückte ihr die Brust, und sie hätte ihm um den Hals fallen mögen, um ihre Tränen zu verbergen, doch die Monate der Trennung steigerten ihre Verschämtheit, und so begrüßte sie ihn errötend mit einer gemessenen Geste und gesenkten Lidern. Dort stand ihr Mann, er war zurückgekehrt, alles würde eine Zeitlang anders sein, denn er gab sich alle Mühe, die Abwesenheit aufzuwiegen. In den kommenden Monaten würde sie die guten Geister ihrer Bibel anrufen, auf daß der Regen nie aufhöre und der Kalender in einem Winter ohne Ende verharre.
Für die Kinder hingegen war die Rückkehr des Vaters ein minder bedeutendes Ereignis. Eines Tages, wenn sie von der Schule oder von der Arbeit mit dem

Vieh heimkamen, fanden sie ihn dort vor, in seinem Korbsessel neben der Tür sitzend, mit dem Mate in der Hand, den Herbstfarben angeglichen, als ob er sich nie von diesen Feldern gelöst hätte, von dem Haus, der Weinlaube mit den Trauben, die an Haken trockneten, von den Hunden, die im Hof dösten. Die Kinder bemerkten die von Unruhe getrübten Augen der Mutter, die Lebhaftigkeit der Bewegungen, mit denen sie ihn bediente, und die innere Anspannung, mit der sie über diesen Begegnungen wachte, um jede Dreistigkeit zu unterbinden. Du sollst deinen Vater ehren, so sagte es das Alte Testament, deshalb ist es verboten, ihn Tony Chalupa zu nennen, und von seiner Arbeit als Hanswurst spricht man nicht, keine Fragen, bitte, wartet, bis er einmal Lust hat, von sich aus zu erzählen. In seinen jungen Jahren, als Hipólito mit einer Kanone vom einen Ende des Zeltes zum anderen gefeuert wurde und zerstreut lächelnd auf dem Netz landete, von Pulverdampf umgeben, konnten die Kinder, hatten sie den Schrecken erst einmal überwunden, stolz auf den Vater sein, denn er flog wie ein Falke. Später dann untersagte Digna ihnen den Zirkusbesuch, damit sie nicht die traurigen Pirouetten des väterlichen Abstiegs verfolgen mußten. Ihr Wunsch war, daß sie jenes Bild der Schwerelosigkeit in Erinnerung behielten, statt sich seiner zu schämen, wenn er in den lächerlichen alten Clownsfetzen auftrat, herumgestoßen und gedemütigt wurde, wenn er im Falsett krächzte, einen fahrenließ und grundlos lachte. Wenn der Zirkus nach Los Riscos kam, ein räudiger Bär durch die Straßen gezerrt wurde und die Ein-

wohner mit Hup-Fanfaren aufgefordert wurden, die großartige Vorstellung zu besuchen, die das internationale Publikum begeistert hatte, weigerte sie sich, mit den Kindern hinzugehen, aus Angst vor den Clowns, die alle einander und Hipólito glichen. Zu Hause jedoch, wenn die Familie unter sich war, zog er sich sein Kostüm an und bemalte sich das Gesicht, aber nicht um unwürdige Bocksprünge zu vollführen oder schlüpfrige Witze zu erzählen, sondern um sie mit seinen Geschichten über Schaubudenfiguren zu ergötzen: die bärtige Frau, der Gorilla-Mann, der so stark war, daß er einen Laster an einem Stahlseil abschleppen konnte, das er zwischen den Zähnen hielt, der Feuerschlucker, der sich eine lichterloh mit Petroleum brennende Fackel einverleiben konnte, aber nicht fähig war, eine Kerze mit den Fingern zu löschen, die Albinozwergin auf dem Ziegenrücken, im rasenden Galopp, der Trapezkünstler, der kopfüber aus der Zirkuskuppel stürzte und das sehr verehrte Publikum mit seinem Hirn bespritzte.
»Das Hirn eines Christenmenschen ist nicht anders als das einer Kuh«, erklärte Hipólito gewöhnlich zum Abschluß dieser tragischen Anekdote.
Im Kreis um ihn herum saßen seine Kinder und wurden nicht müde, die gleichen Geschichten wieder und wieder zu hören. Und so gewann er vor den staunenden Augen der Familie, für die bei seinen Erzählungen die Zeit stehenblieb, seine Würde zurück, die er als Zielscheibe des Spottes vor einem Schmierenpublikum verloren hatte.
An manchen Winterabenden, wenn die Kinder

schliefen, holte Digna den unterm Bett versteckten Pappkoffer hervor und besserte bei Kerzenschein die Arbeitskleidung ihres Mannes aus, nähte die riesigen roten Knöpfe wieder fest, stopfte hier Löcher, brachte dort strategische Flicken an, putzte die riesigen gelben Schuhe mit Bienenwachs und strickte die geringelten Strümpfe zum Kostüm. Für diese Arbeit brachte sie die gleiche innige Zuwendung auf wie für ihre kurzen Liebesbegegnungen. In der nächtlichen Stille wurden die kleinen Geräusche groß. Der Regen schlug auf das Dach, und der Atem ihrer Kinder in den Nachbarbetten war so deutlich, daß die Mutter ihre Träume erraten konnte. Die Eheleute umarmten sich unter den Decken, unterdrückten das Stöhnen und waren eingehüllt in die Wärme ihrer liebevollen Verschwörung. Im Unterschied zu anderen Bauersleuten hatten sie aus Liebe geheiratet und Kinder gezeugt. Deshalb hatten sie nicht einmal in den schlimmsten Dürrezeiten, bei Erdbeben oder Überschwemmungen, wenn der Fleischtopf leer blieb, die Ankunft eines neuen Kindes beklagt. Kinder, sagten sie, sind wie das Brot und die Blumen, ein Segen Gottes.

Hipólito Ranquileo nutzte seinen Aufenthalt daheim, um Zäune zu ziehen und Holz zu hacken, er reparierte das Werkzeug und besserte das Dach aus, wenn der Regen nachgelassen hatte. Mit den Rücklagen aus seinen Tourneen und dem Verkauf von Honig und Schweinen konnte sich die Familie dank eines strikten Sparplans über Wasser halten. In guten Jahren fehlte es nicht an Nahrungsmitteln, doch selbst in den besten Zeiten war Geld äußerst knapp.

Nichts wurde weggeworfen oder verschwendet. Die Kleinen bekamen die Kleidung der Größeren und trugen sie so lange, bis die strapazierten Stoffe keinen Flicken mehr halten konnten und sie wie trockene Krusten abstießen. Die Jacken wurden bis auf das letzte Fädchen aufgeribbelt, dann wurde die Wolle gewaschen und neu verstrickt. Der Vater fertigte für alle die Hanfschuhe an, und die Mutter ließ Stricknadeln und Nähmaschine nicht ruhen. Sie fühlten sich nicht arm wie andere Campesinos, denn ihnen gehörte das von den Großeltern ererbte Land, sie hatten ihre Tiere und die Gerätschaften für den Ackerbau. In der Vergangenheit hatten sie schon mal einen Agrarkredit aufgenommen und an den Aufschwung geglaubt, doch dann war alles wieder in den alten Trott zurückgefallen. Sie lebten am Rande der Fortschritts-Fata-Morgana, die den Rest des Landes in Atem hielt.

»Hipólito, hören Sie doch auf, Evangelina zu mustern«, flüsterte Digna ihrem Mann zu.

»Vielleicht kriegt sie heute keinen Anfall«, meinte er.

»Der kommt immer. Da ist nichts zu machen.«

Die Familie beendete das Frühstück, und jeder entfernte sich mit seinem Stuhl. Von Montag bis Freitag liefen die Kleineren in einem halbstündigen Eilmarsch zur Schule. War es kalt, gab die Mutter jedem ein paar über dem Feuer gewärmte Steine in die Taschen, gegen kalte Hände. Sie gab ihnen auch eine Scheibe Brot mit und zwei Stückchen Zucker. Früher, als noch Milch in der Schule ausgeschenkt wurde, hatten sie diese damit gesüßt. Seit ein paar

Jahren aber lutschten sie die Zuckerstückchen wie Bonbons in der Pause. Dieser halbstündige Weg war ein Segen, denn so kehrten sie erst wieder nach Hause zurück, wenn die Krise der Schwester vorüber war und die Pilger abzogen.
Heute aber war Samstag, also würden sie dabeisein, und nachts würde Jacinto wieder in der Angst seiner Albträume das Bett nässen. Evangelina besuchte seit den ersten Anzeichen der Verstörung nicht mehr die Schule. Ihre Mutter erinnerte sich präzise an den Auftakt des Unglücks. Das war am gleichen Tag des Froschkongresses, sie war jedoch sicher, daß dieses Ereignis in keinerlei Beziehung zur Krankheit des Mädchens stand.
Eines Morgens, in aller Frühe, hatten sie sie entdeckt, zwei prächtige, dicke Frösche, die nah am Bahnübergang die Landschaft betrachteten. Bald kamen noch weit mehr, aus allen Richtungen, kleine aus den Wassertanks, mittlere aus Brunnen, weiße aus den Kanälen, graue vom Fluß. Jemand schlug Alarm, und so eilten alle herbei, um sie zu sehen. Inzwischen hatten sich die Frösche in dichten Reihen zusammengetan und setzten sich geordnet in Marsch. Auf dem Weg schlossen sich weitere an, und bald war es eine grüne Masse, die sich auf die Landstraße zubewegte. Die Nachricht verbreitete sich, und so kamen die Neugierigen zu Fuß, zu Pferd und per Bus heran, um dieses noch nie gesehene Wunder zu begutachten. Das gewaltige lebende Mosaik besetzte den Asphalt der Landstraße nach Los Riscos und hielt die Wagen auf, die zu jener Stunde unterwegs waren. Ein unvorsichtiger Laster

versuchte dennoch voranzukommen, geriet auf den zerquetschten Kadavern ins Rutschen und kippte unter dem begeisterten Gejohle der Kinder um, die sich sodann gierig auf die im Gestrüpp verstreuten Waren stürzten. Die Polizei überflog das Gebiet im Hubschrauber und stellte fest, daß die Landstraße 270 Meter weit mit Fröschen bedeckt war, es sah aus wie ein glänzendgrüner Moosteppich. Die Nachricht wurde im Rundfunk ausgestrahlt, und in Kürze erschienen die Journalisten aus der Hauptstadt in Begleitung eines chinesischen Sachverständigen von den Vereinten Nationen, der beteuerte, ein ähnliches Phänomen als Kind in Peking gesehen zu haben. Der Ausländer stieg aus einem dunklen Wagen mit offiziellem Kennzeichen, grüßte nach rechts und links, worauf die Menschenmenge klatschte, die ihn verständlicherweise für den Dirigenten des Chors hielt. Nachdem er einige Minuten die glibbrige Masse beobachtet hatte, entschied er, es gäbe keinen Grund zur Besorgnis, da es sich nur um einen Kongreß der Frösche handele. Das übernahm die Presse, und da man in einer Epoche der Armut und der Arbeitslosigkeit lebte, höhnte sie, daß jetzt, wo Manna Mangelware sei, Gott Frösche vom Himmel sende, auf daß sein auserwähltes Volk sie in Knoblauch und Koriander dünste.

Als Evangelina den Anfall bekam, hatten sich die Teilnehmer des Kongresses zerstreut, und das Kamerateam des Fernsehens war dabei, seine in den Bäumen plazierte Ausrüstung abzubauen. Es war zwölf Uhr mittags und die Luft vom Regen rein gewaschen. Evangelina war allein im Haus, während draußen im

Hof Digna mit ihrem Enkel Jacinto die Küchenabfälle an die Schweine verfütterte. Ein Blick auf das Schauspiel hatte ihnen genügt, um zu begreifen, daß es dort nichts weiter zu sehen gab als diese Ansammlung widerlichen Getiers, und so waren sie zur Arbeit zurückgekehrt. Ein gellender Schrei und das Klirren zerscherbenden Geschirrs zeigten ihnen an, daß im Haus etwas passiert war. Sie fanden Evangelina rücklings auf dem Boden zwischen zerschlagenen Tellern und Tassen; das Kreuz gespannt wie einen Bogen, Schaumflocken vor dem Mund, stützte sie sich auf Fersen und Hinterkopf. Die Mutter griff entsetzt zum erstbesten Mittel, das ihr einfiel: Sie leerte einen Eimer kalten Wassers über Evangelina aus, was diese aber nicht im entferntesten beruhigte, sondern die beängstigenden Symptome noch steigerte. Der Schaum verwandelte sich in rötlichen Sabber, als das Mädchen sich auf die Zunge biß, ihre Augen entgleisten und verloren sich im Unendlichen, sie schüttelte sich in Krämpfen, und das Zimmer war von Angst durchtränkt und vom Gestank der Exkremente. Digna Ranquileo nahm Jacinto in die Arme und hielt ihm die Augen zu. Er sollte den Hexenspuk nicht mit ansehen.

Die Krise dauerte wenige Minuten und hinterließ eine zutiefst erschöpfte Evangelina, das Haus zuunterst zuoberst und Mutter und Bruder vom Entsetzen gepackt. Als Hipólito mit den anderen Kindern vom Froschkongreß zurückkam, war schon alles vorbei, das Mädchen erholte sich auf seinem Stuhl, und die Mutter sammelte die Scherben auf.

»Eine rote Spinne hat sie gestochen«, diagnostizierte der Vater, als man ihm davon berichtete.
»Ich habe sie schon von Kopf bis Fuß untersucht. Ein Stich kommt nicht in Frage...«
»Dann wird es Epilepsie sein.«
Digna kannte jedoch das Wesen dieser Krankheit und wußte, daß sie nicht mit solcher Verheerung des Mobiliars einherging. Am selben Nachmittag faßte sie den Entschluß, Evangelina zum heilkundigen Don Simón zu bringen.
»Besser Sie gehen mit ihr zu einem Arzt«, riet Hipólito.
»Sie kennen meine Meinung über Krankenhäuser und Ärzte«, antwortete seine Frau, überzeugt davon, daß, wenn es ein Mittel für das Mädchen gab, Don Simón es kennen würde.
Seit dem ersten Anfall waren nun fünf Wochen vergangen, und sie hatten in der Zwischenzeit nichts ausfindig gemacht, was ihr Erleichterung verschafft hätte. Da stand Evangelina und half ihrer Mutter beim Abwasch, während der Vormittag verging und der gefürchtete Mittag nahte.
»Stell die Becher bereit für das Mehlwasser, Tochter«, befahl Digna.
Evangelina begann zu singen, während sie die Gefäße aus Aluminium und Emaille auf dem Tisch aufreihte. In jedes gab sie ein paar Löffel geröstetes Mehl und etwas Honig. Später würde sie kaltes Wasser hinzuschütten und das Getränk den Besuchern anbieten, die zur Stunde der Trance herbeikamen und hofften, von einem kleineren Wunder begünstigt zu werden.

»Ab Morgen gebe ich ihnen nichts mehr«, murrte Digna. »Wir richten uns zugrunde.«

»Sagen Sie so etwas nicht, Frau, schauen Sie, die Leute kommen aus Anteilnahme. Ein wenig Mehl macht uns nicht ärmer«, entgegnete Hipólito, und sie senkte das Haupt, denn er war der Mann und hatte immer recht.

Digna war kurz vorm Heulen, sie merkte, daß sie mit den Nerven am Ende war, und ging sich Lindenblüten für einen Beruhigungstee holen. Die letzten Wochen waren ihr zum Leidensweg geworden. Diese starke und gefaßte Frau, die so viel Kummer durchlebt hatte und Arbeit, Mühsal und Plagen der Mutterschaft klaglos ertragen hatte, stand kurz vor dem Zusammenbruch angesichts des bösen Zaubers, der auf ihrem Haus lastete. Sie war sicher, für die Heilung ihrer Tochter nichts unversucht gelassen zu haben, sie hatte sie sogar ins Hospital gebracht und so ihren Eid gebrochen, nie mehr einen Fuß dort hineinzusetzen. Doch alles war vergeblich gewesen.

Als er die Hausklingel drückte, wünschte Francisco, Beatriz Alcántara möge nicht erscheinen. In ihrer Gegenwart fühlte er sich unerwünscht.

»Das ist Francisco Leal, ein Compañero, Mama«, hatte Irene ihn das erstemal vor ein paar Monaten vorgestellt.

»Ein Kollege, ja?« hatte die Dame zurückgefragt, nicht bereit, das Wort Compañero mit seinem revolutionären Beigeschmack zu schlucken.

Seit jener Begegnung wußten beide, was sie voneinander zu halten hatten, dennoch bemühten sie sich, höflich zu sein, weniger um zu gefallen als der eingeübten guten Manieren wegen. Beatriz brachte unverzüglich in Erfahrung, daß Francisco von mittellosen spanischen Emigranten abstammte, die zur Kaste der lohnabhängigen Intellektuellen aus den Mittelstandsvierteln gehörten. Sie durchschaute sogleich, daß bei ihm das Fotografieren, der Rucksack und das Motorrad keine Merkmale des Bohemiens waren. Der junge Mann schien klare Vorstellungen zu haben, und die stimmten mit den ihren nicht überein. Ihre Tochter Irene hatte mit seltsamen Leuten Umgang, und sie widersetzte sich dem nicht, da das sowieso nichts genützt hätte, doch gegen die Freundschaft mit Francisco tat sie, was sie konnte. Es behagte ihr nicht, Irene zu sehen, wie sie mit ihm in fröhlicher Kameradschaft herumzog, vereint durch die starken Bande gemeinsamer Arbeit. Noch weniger mochte sie sich die Folgen für das Verlöbnis mit dem Hauptmann ausmalen. Sie hielt den Fotografen für gefährlich, da selbst sie sich von den dunklen Augen, den schmalen Händen und der ruhigen Stimme angezogen fühlte.
Francisco seinerseits hatte auf den ersten Blick die Weltanschauung und den Klassendünkel von Beatriz erkannt. Er ging höflich-distanziert mit ihr um und bedauerte, daß sie die Mutter seiner besten Freundin war.
Als er das Haus betrachtete, war er aufs neue von der starken Mauer beeindruckt, die den Besitz umgrenzte. Sie war aus runden Flußsteinen gebaut, zwi-

schen denen die winterliche Feuchtigkeit winzige Pflanzen hatte wachsen lassen. Ein diskretes Metallschild verkündete: Seniorenheim, und darunter stand ein Name, der Irenes Sinn für Humor verriet: »Gottes Wille«. Er staunte immer wieder über den Kontrast zwischen dem wohlgepflegten Garten, in dem schon bald Dahlien, Glyzinien, Rosen und Gladiolen in einer Explosion von Duft und Farbe erblühen würden, und der Hinfälligkeit der alten Menschen, die jetzt die beiden Untergeschosse der umgebauten Villa bewohnten. Der oberste Stock hingegen war ganz Harmonie und guter Geschmack. Dort lagen die Orientteppiche unter den erlesenen Möbeln, dort befanden sich die Kunstwerke, die Eusebio Beltrán erstanden hatte, bevor er das Weite gesucht hatte. Das Haus ähnelte anderen im Viertel, doch Beatriz hatte, der Not gehorchend, einige Umbauten durchführen lassen, dabei aber, so gut es ging, die Fassade erhalten, damit das Haus von der Straße aus nach wie vor so herrschaftlich wie die Nachbarresidenzen wirke. In solchen Dingen war sie sehr umsichtig. Es sollte nicht so aussehen, als ob die Greise für sie ein Geschäft wären, sie wollte als Wohltäterin gelten. Die armen alten Leutchen, was soll denn aus ihnen werden, wenn wir uns nicht um sie kümmern?
Die gleiche Vorsicht ließ sie bei der Erwähnung ihres Mannes walten. Lieber beschuldigte sie ihn, in Begleitung eines Flittchens und mit unbekanntem Ziel abgereist zu sein, als daß sie Zweifel anderer Art laut werden ließ. Tatsächlich argwöhnte sie, daß nicht ein Liebesabenteuer für seine Abwesenheit

verantwortlich war, sondern die Ordnungskräfte, die ihn möglicherweise versehentlich eliminiert hätten, vielleicht versauerte er auch einem Irrtum zufolge im Gefängnis, wie so viele, über die in den letzten Jahren gemunkelt wurde. Sie war nicht die einzige, die solch finsteren Verdacht hegte. Zunächst war sie von ihren Bekannten mißtrauisch beobachtet worden, man tuschelte hinter ihrem Rücken, daß Eusebio Beltrán in die Hände der Obrigkeit gefallen sei, was zweifellos bedeutete, daß er etwas zu verbergen hatte: womöglich war er einer jener Kommunisten, die sich unter die anständigen Leute gemischt hatten. Beatriz wollte die telefonischen Drohungen und Verunglimpfungen vergessen, die anonymen Botschaften, die unten durch die Tür geschoben wurden, und erst recht wollte sie nicht mehr an jenes Ereignis denken, als man ihr Müll auf das Bett gehäuft hatte. An jenem Abend war, da Rosa Ausgang hatte, niemand im Haus gewesen. Als sie mit ihrer Tochter vom Theaterbesuch zurückgekehrt war, schien alles in Ordnung, sie wunderten sich nur darüber, daß die Hündin nicht bellte. Irene lief nach ihr rufend durch die Zimmer, und Beatriz, die hinter ihr ging, schaltete die Lichter ein. Vor ihren verblüfften Gesichtern türmte sich auf den Betten der Abfall, leere Dosen, widerliche Küchenabfälle, kotbeschmiertes Papier. In einem Schrank fanden sie Cleo, die sah aus wie tot und das noch fünfzehn Stunden lang, bis sie sich von dem Schlafmittel erholte. In jener Nacht hatte sich Beatriz hingesetzt, um das Durcheinander und die Scheiße auf ihrem Bett zu betrachten, war aber nicht hinter den Sinn dieser

Provokation gekommen. Sie konnte sich nicht vorstellen, wer die Abfalltüten bis zu ihrem Haus geschleppt, die Tür mit einem Dietrich geöffnet und die Hündin betäubt hatte, um alles so zuzurichten. Damals war in der Villa noch nicht das Altersheim eingerichtet gewesen, und außer Rosa und dem Gärtner hatten sie kein weiteres Personal beschäftigt.

»Daß du ja niemandem davon erzählst! Ach, Kindchen, das ist entwürdigend, eine Schande«, weinte Beatriz.

»Vergiß es, Mama. Siehst du nicht, daß hier ein Geisteskranker zu Gange war? Mach dir keine Sorgen.«

Beatriz wußte, daß diese Schmach auf irgendeine Weise mit ihrem Mann zu tun hatte, und sie verfluchte ihn einmal mehr. Sie konnte sich genau an den Nachmittag erinnern, an dem Eusebio Beltrán sie verlassen hatte. Es war die Zeit, als er nichts anderes im Kopf hatte als die moslemischen Schafe und besessen war von der Idee des philanthropischen Metzgerwesens, das ihn in den Bankrott trieb. Sie hatten ihren zwanzigsten Hochzeitstag hinter sich, und Beatriz war mit ihrer Geduld am Ende. Sie ertrug nicht länger seine Gleichgültigkeit, seine ständigen Seitensprünge, die skandalöse Weise, mit der er das Geld hinauswarf für silbrige Sportflugzeuge, Rennpferde, erotische Plastiken, in Restaurants, an Spieltischen und bei den anderen Frauen, die mit kostspieligen Geschenken verwöhnt wurden. Als ihr Mann das Alter der Reife erreicht hatte, wurde er nicht gesetzter, im Gegenteil, seine Fehler traten nur krasser hervor, und mit den grauen Haaren und den Augenfältchen bekam sein Abenteurergeist neuen Auftrieb. Er riskierte sein Kapital in irrwitzigen Unternehmungen, verschwand wochenlang auf exotischen Reisen, folgte beispielsweise einer nordischen Ökologin bis an die Grenzen des Kontinents oder begab sich zwecks Ozeanüberquerung im Alleingang auf ein Floß, das von unvorhersehbaren Winden über das Wasser getrieben wurde. Sein Charme fesselte jedermann, nur nicht die eigene Frau. Bei einem ihrer fürchterlichen Ehekräche ließ sie sich dazu hinreißen, ihn mit einer Woge von Vorwürfen und Beleidigungen zu überschwemmen. Eusebio Beltrán war ein Mann von guten Manieren und verabscheute jede Gewalt. Um Waffenruhe bittend, hob er eine Hand und verkündete lächelnd, er gehe erst einmal Zigaretten holen. Er verschwand diskret, und sie hörten niemals wieder von ihm.

»Er ist vor seinen Schulden geflohen«, unterstellte Beatriz, wenn ihr das Argument, er habe sich auf eine andere Frau geworfen, nicht ausreichte.

Er hinterließ keine Spuren. Auch seine Leiche wurde nicht gefunden. In den folgenden Jahren paßte sich Beatriz der neuen Lage an, indem sie übermäßige Anstrengungen unternahm, ihren Bekannten ein normales Leben vorzuspielen. Allein und unauffällig klapperte sie indes Krankenhäuser, Haftanstalten und Konsulate ab, um nach ihm zu fragen. Sie bemühte einige Freunde aus den höheren Sphären und stellte über eine Detektei diskrete Nachforschungen an, doch niemand konnte ihn ausfindig machen. Als sie es schließlich leid war, zu den diversen Behörden zu pilgern, beschloß sie, das Vikariat einzuschalten. Das war in ihren Kreisen verpönt, und so wagte sie nicht einmal, mit Irene darüber zu sprechen. Diese Zweigstelle der Erzdiözese galt als Sumpf, aus dem marxistische Pfarrer und gefährliche Laien auftauchten, um die Staatsfeinde zu unterstützen. Es war die einzige Institution, die mit der Regierung auf Kriegsfuß stand, die, angeführt von dem Kardinal, etwas von der unbezwingbaren Macht der Kirche in den Dienst der Verfolgten stellte, ohne erst lange nach deren politischer Couleur zu fragen. Bis zu jenem Tag, an dem Beatriz Hilfe brauchte, hatte sie großspurig erklärt, die Obrigkeit müsse mit dieser Organisation aufräumen und den Kardinal samt seinem aufrührerischen Gefolge hinter Gitter setzen. Doch ihr Anlauf jetzt war vergeblich, denn auch das Vikariat konnte ihr keinerlei Auskunft über den Abwesenden geben. Ihr Ehemann schien von einem Sturm des Vergessens hinweggefegt zu sein.

Die Ungewißheit zerschliß ihr Nervenkostüm. Ihre Freundinnen empfahlen Beatriz Yoga und Meditationsübungen, um die ständige Überspanntheit zu mildern. Wenn sie unter Mühen kopfstand und die Füße zur Decke streckte, dabei durch den Nabel atmete und ihren Geist auf das Nirwana lenkte, gelang es ihr, die Sorgen zu vergessen, aber sie konnte nicht den ganzen Tag in dieser Stellung verharren, und in den Augenblicken, in denen sie über sich selbst nachdachte, brachte sie die Ironie ihres Schicksals aus der Fassung. Jetzt war sie die Frau eines Verschwundenen. Und wie oft hatte sie erklärt, daß im Land niemand verlorengehe und anderslautende Behauptungen nichts als unpatriotische Lügen seien. Wenn sie die abgehärmten Frauen sah, die jeden Donnerstag auf die Plaza zogen, die Bilder ihrer Lieben an die Brust geheftet, sagte sie, die seien mit Gold aus Moskau bezahlt. Nie hätte sie geglaubt, einmal in die Lage dieser Mütter und Ehefrauen zu kommen, die ihre Angehörigen suchten. Von Rechts wegen war sie keine Witwe und würde es erst in zehn Jahren sein, wenn sie nach dem Gesetz eine Sterbeurkunde für ihren Mann beantragen konnte. So konnte sie nicht über den von Eusebio Beltrán zurückgelassenen Besitz verfügen und auch nicht seine aalglatten Geschäftspartner zur Kasse bitten, die sich mit den Aktien seiner Unternehmen aus dem Staub gemacht hatten. In ihrer Villa gab sie sich weiterhin wie eine Herzogin, doch es fehlte ihr das nötige Geld, um die Gepflogenheiten einer Dame aus dem Barrio Alto beizubehalten. Von den anfallenden Kosten in die Enge getrieben, war sie drauf und dran, das Haus mit Benzin zu übergießen, auf daß die Flammen es verzehrten und sie die Versicherungsprämie kassieren könnte. Da kam Irene auf den hintersinnigen Gedanken, aus den beiden unteren Geschossen Kapital zu schlagen.

»Jetzt, wo so viele Familien ins Ausland ziehen müssen und die Großeltern nicht mitnehmen können, würden wir ihnen sicherlich einen Gefallen tun, wenn wir sie übernähmen. Außerdem könnten wir uns auf diese Weise ein kleines Einkommen sichern.«

So geschah es. Man unterteilte den ersten Stock, um

mehrere Zimmer zu schaffen, neue Bäder wurden eingebaut und Geländer angebracht, um dem Alter eine Stütze und den unsicheren Beinen Halt zu verschaffen, die Stufen wurden für die Rollstühle mit Latten überdeckt, und dann verteilten sie Lautsprecher für funktionale Musik, die den Mißmut besänftigen und die Hoffnungslosigkeit lindern sollte, ohne dabei zu bedenken, daß die Musik auf taube Ohren stoßen würde.

Beatriz und ihre Tochter richteten sich im obersten Stockwerk ein, zusammen mit Rosa, die seit undenklichen Zeiten in ihren Diensten stand. Die Mutter dekorierte die Etage mit ihren besten Stücken, um alle Vulgarität auszuschließen, und begann von der Rente der Patienten in »Gottes Wille« zu leben. Wenn die Geldnot allzu hartnäckig an ihre Tür klopfte, veräußerte sie mit größter Diskretion ein Bild, ein Silberobjekt oder eines jener vielen Schmuckstücke, die sie als Entschädigung für die Geschenke ihres Mannes an seine Geliebten erhalten hatte.

Irene bedauerte, daß sich ihre Mutter über solch nebensächliche Probleme Sorgen machte. Sie war dafür, in eine bescheidenere Wohnung zu ziehen und dann das ganze Haus für Gäste herzurichten, womit ihre laufenden Kosten reichlich gedeckt gewesen wären. Beatriz aber zog es vor, sich kaputtzuarbeiten und alle möglichen Täuschungsmanöver durchzuexerzieren, um nur ja nicht den Abstieg offenkundig werden zu lassen. Das Haus aufzugeben wäre einem öffentlichen Armutsbekenntnis gleichgekommen. Mutter und Tochter hatten eine höchst unterschiedliche Einstellung zum Leben und waren auch über Eusebio Beltrán nicht einer Meinung. Beatriz hielt ihn für einen Halunken, dem Bigamie, Betrug oder andere Gaunerstücke zuzutrauen waren, was möglicherweise der Grund gewesen war, daß er mit eingezogenem Schwanz hatte davonziehen müssen. Wenn sie solche Ansichten äußerte, verteidigte Irene ihn jedoch wie eine Löwin. Das Mädchen schwärmte für den Vater, sie weigerte sich, an seinen Tod zu glauben, und wollte erst recht nicht seine Fehler sehen. Sie fragte nicht nach den Gründen für sein Verschwinden aus der bekannten Welt. Ihre Zuneigung war bedingungslos. Sie bewahrte sich im Gedächtnis seine elegante Erscheinung, sein Patrizierprofil und seinen prächtigen Charakter, eine Mischung aus feinen Empfindungen und exaltierten Leidenschaften, die ihm etwas Schwindlerisches gaben. Diese exzentrischen Züge schreckten Beatriz. Irene hingegen erinnerte sich ihrer mit der größten Zärtlichkeit.

Eusebio Beltrán war der jüngste Sohn einer wohlhabenden Familie von Landwirten. Seine Brüder hatten ihn stets als unverbesserlichen Luftikus behandelt, aufgrund seines Hangs zur Verschwendung und seiner ungeheuren Lebenslust, die sich nicht mit dem Geiz und dem Griesgram seiner Verwandten vertrug. Sobald die Eltern verstorben waren, teilten die Brüder das Erbe auf, gaben ihm seinen Anteil und wollten nichts mehr von ihm wissen. Eusebio verkaufte seine Ländereien und begab sich ins Ausland, wo er in ein paar Jahren bis zum letzten Centavo alles in königlichen Vergnügungen verjubelte, getreu seiner Berufung zum Bruder Lustig. Auf einem Frachtschiff wurde er in die Heimat zurückgebracht. Das reichte aus, um ihn endgültig in den Augen der heiratsfähigen Mädchen zu diskreditieren. Beatriz Alcántara aber hatte sich in sein aristokratisches Gebaren, in seinen Nachnamen und das Milieu, aus dem er kam, verliebt. Sie stammte aus einer Mittelstandsfamilie, und von Kindesbeinen an war ihr ganzer Ehrgeiz darauf gerichtet, die soziale Stufenleiter hinaufzuklettern. Ihr Kapital waren ein schöngeschnittenes Gesicht, vollendete Umgangsformen und ein paar mit so viel Unverfrorenheit zusammengestoppelte Sätze auf englisch und französisch, daß der Eindruck entstand, sie beherrsche diese Sprachen. Ein wenig Bildungslack sorgte dafür, daß sie in Gesellschaft nicht unangenehm auffiel, und ihr Geschick in der persönlichen Aufmachung verschaffte ihr den Ruf einer eleganten Frau. Eusebio Beltrán war so gut wie ruiniert, auch war er in seinem Leben in mancherlei Hinsicht auf Grund gestoßen, vertraute aber darauf, daß es sich um eine vorübergehende Krise handele, da er der Meinung anhing, daß Menschen aus gutem Hause immer wieder Oberwasser bekommen. Im übrigen war er radikal. Die Ideologie der Radikalen zu jener Zeit läßt sich kurz zusammenfassen: den Freunden helfen, die Feinde reinlegen und in den restlichen Fällen Gerechtigkeit walten lassen. Seine Freunde griffen ihm unter die Arme, und es dauerte nicht lange, bis er im exklusivsten Klub Golf spielte und ein Abonnement im Stadttheater sowie eine Loge im Hippodrom unterhielt. Begünstigt durch seinen Charme und die ihm eigene Ausstrahlung eines adligen Briten, fand er Partner für alle Art von Geschäften. Er begann opulent zu leben, da es ihm albern erschien, es anders zu halten, und er heiratete Beatriz Alcántara, weil er eine Schwäche für schöne Frauen hatte. Als er sie das zweitemal zum Ausgehen einlud, hatte sie ohne Umschweife nach seinen Absichten gefragt, da sie keine Zeit verlieren wolle. Sie sei fünfundzwanzig Jahre alt und könne nicht Monate mit nutzlosem Getändel vertun, da sie ausschließlich daran interessiert sei, einen Ehemann zu finden. Diese Offenheit amüsierte Eusebio sehr, doch als sie sich dann weigerte, noch einmal in seiner Gesellschaft gesehen zu werden, begriff er, daß sie es tatsächlich ernst meinte. Es war Sache einer Minute, ihr spontan einen Heiratsantrag zu machen, und sein Leben reichte nicht aus, den zu bereuen. Sie bekamen eine Tochter, Irene, die von ihrer Großmutter väterlicherseits die engelhafte Zerstreutheit und vom Vater die beständige gute Laune erbte. Während das Mädchen heranwuchs, ließ sich Eusebio Beltrán auf verschiedene Geschäfte ein. Manche davon waren gewinnträchtig, andere schlicht wahnwitzig. Dieser Mann war mit einer Einbildungskraft ohne Grenzen gesegnet, wofür seine Kokosnußerntemaschine den besten Beweis lieferte. Eines Tages hatte er gelesen, daß die Ernte von Hand den Preis dieser Frucht hochtrieb. Die Eingeborenen mußten einer nach dem andern auf die Palme klettern, die Nuß pflücken und wieder hinunterklettern. Auf- und Absteigen kostete Zeit, und dann stürzten noch einige dabei ab, was weitere unvorhergesehene Unkosten verursachte. Er war entschlossen, eine Lösung zu finden. Drei Tage verbrachte er eingeschlossen in seinem Büro, gefesselt vom Problem der Kokosnüsse, die er übrigens gar nicht näher kannte, da er bei seinen Reisen die Tropen ausgespart hatte und bei ihm zu Hause keine exotischen Nahrungsmittel auf den Tisch kamen. Doch er informierte sich. Er brachte Durchmesser und Gewicht der Frucht in Erfahrung sowie Klima und Bodenbeschaffenheit, die für den Anbau geeignet sind, die Reifedauer, Erntezeit und weitere Einzelheiten. Dann wurde er viele Stunden lang beim Zeichnen von Plänen beobachtet. Die Frucht von so viel Schlaflosigkeit war eine Maschine, die fähig war, pro Stunde eine ganz erstaunliche Anzahl von Kokosnüssen zu ernten. Er ging zum Patentamt, um diesen hochgereckten Turm, der mit einem ausfahrbaren Arm versehen war, anzumelden, unter dem Gelächter seiner Verwandten und Freunde, die auch keine Kokosnüsse im Urzustand kannten und sie nur auf den Hüten der Mambotänzerinnen oder aber geraspelt auf Hochzeitspasteten gesehen hatten. Eusebio Beltrán prophezeite, daß eines Tages seine Kokosnußerntemaschine zu etwas nütze sein würde, und die Zeit gab ihm recht.

Diese Epoche wurde für Beatriz und ihren Mann zum Leidensweg. Eusebio wollte einen sauberen Schnitt machen und sich ein für allemal von dieser Frau trennen, die ihn anfeindete und mit ihren ewigen Gardinenpredigten verfolgte, doch sie weigerte sich, aus keinem anderen Grund als dem Wunsch, ihn zu quälen und ihn daran zu hindern, eine neue Verbindung mit einer ihrer Rivalinnen einzugehen. Ihr Argument war, Irene müsse in geordneten Familienverhältnissen aufwachsen. Nur über meine Leiche könnt ihr meinem Kind einen solchen Schmerz zufügen, rief sie. Fast hätte er es darauf ankommen lassen, zog es dann aber vor, seine Freiheit zu erkaufen. Dreimal bot er eine hohe Summe, damit sie ihn in Frieden ziehen lasse, und ebensooft willigte sie ein, im letzten Augenblick jedoch, wenn die Anwälte alles ausgearbeitet hatten und nur noch ihre Unterschrift fehlte, machte sie einen Rückzieher. Die ausgiebigen Zimmerschlachten schürten den Haß. Aus diesen und tausend Gefühlsgründen beweinte Irene den Vater nicht. Zweifellos war er geflohen, um sich von seinen Fesseln, seinen Schulden und seiner Frau zu befreien.

Als Francisco Leal an der Haustür läutete, kam Irene mit der bellenden Cleo, um ihn zu begrüßen. Das Mädchen war startbereit, hatte eine Jacke über den Schultern, ein Tuch um den Kopf und das Tonbandgerät unterm Arm.

»Weißt du, wo die Heilige wohnt?« fragte er.

»In Los Riscos, eine Stunde von hier.«

Sie ließen die Hündin im Haus zurück, stiegen auf das Motorrad und fuhren los. Der Morgen war lau, leuchtend und wolkenlos.

Sie durchquerten die ganze Stadt, fuhren durch die schattigen Straßen des Barrio Alto, gesäumt von prachtvollen Bäumen und herrschaftlichen Villen, durch die Grauzone der Mittelschicht und die breiten Ringe des Elends. Während die Maschine dahinflog, spürte Francisco Leal Irene an seinem Rücken, und so dachte er an sie. Als er sie zum erstenmal gesehen hatte, elf Monate vor diesem unseligen Frühjahr, dachte er, sie käme aus einem Märchen, in dem sich Piraten und Prinzessinnen tummeln, wobei das eigentliche Wunder war, daß niemand sonst es zu bemerken schien. Damals war er dabei, sich eine Arbeit außerhalb seiner Berufssparte zu suchen. Seine Praxis war immer leer, machte viel Unkosten und keinerlei Gewinn. Auch war er seines Postens an der Universität enthoben worden, da sie das Institut für Psychologie geschlossen hatten, das als Brutstätte verderblicher Ideen galt. Monatelang hatte er Gymnasien, Hospitäler und Betriebe abgeklappert, mit keinem anderen Resultat als einer wachsenden Mutlosigkeit, bis er einsah, daß die Jahre des Studiums und die Promotionszeit im Ausland in der neuen Gesellschaft nichts wert waren. Nicht daß plötzlich niemand mehr seelische Nöte litte und das Land von glücklichen Menschen bevölkert gewesen wäre, nur, die Reichen litten nicht an existentiellen Problemen, und die übrigen konnten sich den Luxus einer Psychotherapie auch dann nicht leisten, wenn sie ihn bitter nötig hatten. Sie bissen die Zähne zusammen und hielten schweigend durch.
Das Leben des Francisco Leal, das in seiner Jugend zu den schönsten Hoffnungen Anlaß gegeben hatte,

schien, als er auf die Dreißig zuging, gescheitert, gleichgültig, ob aus der Sicht eines unparteiischen Beobachters oder aus der seiner Familie. Eine Zeitlang gab ihm die Untergrundarbeit Trost und Kraft, doch bald wurde es unerläßlich, daß er zum Familienbudget beitrug. Aus bescheidenen Verhältnissen im Hause Leal wurde allmählich Armut. Er nahm sich zusammen, bis er keinen Zweifel mehr haben konnte, daß für ihn alle Türen geschlossen blieben. Eines Abends dann verlor er die Selbstbeherrschung und brach in der Küche zusammen, wo seine Mutter eben das Abendessen richtete. Als sie ihn in diesem Zustand sah, trocknete sie sich die Hände an der Schürze, zog die Soße von der Herdplatte und nahm ihn in die Arme, wie sie ihn als kleinen Jungen in die Arme genommen hatte.

»Die Psychologie ist nicht alles, Sohn. Putz dir die Nase, und such dir was anderes.«

Bis dahin hatte Francisco nicht daran gedacht, den Beruf zu wechseln, doch Hildas Worte brachten ihn auf neuen Kurs. Schnell schob er das Selbstmitleid beiseite und ging seine Fähigkeiten durch, um sich eine produktive und halbwegs angenehm umsetzbare auszusuchen. Für den Anfang wählte er das Fotografieren, wo er eine schwache Konkurrenz vermutete. Vor Jahren hatte er eine japanische Kamera mit allem Zubehör gekauft, und nun meinte er, der Augenblick sei gekommen, sie abzustauben und einzusetzen. Er legte ein paar Arbeiten in eine Mappe, durchforschte das Telefonbuch nach Adressen, wo er sich vorstellen könnte, und geriet so an eine Frauenzeitschrift.

Die Redaktion lag im obersten Stockwerk eines

altertümlichen Gebäudes, auf dessen Portal der Name des Verlagsgründers in Goldlettern prangte. In der Zeit, als Kultur ganz groß geschrieben wurde und alle am Fest des Wissens und dem Laster der Information teilhaben sollten und mehr bedrucktes Papier als gebackenes Brot verkauft wurde, hatten die Eigentümer beschlossen, die Räume zu renovieren, um mit dem euphorischen Aufbruch Schritt zu halten, der das Land bewegte. Sie begannen im Erdgeschoß, legten Teppichböden von Wand zu Wand, brachten Sockel aus edlen Hölzern an, tauschten das wacklige Mobiliar gegen Schreibtische aus Glas und Aluminium aus, verwandelten Fenster in Glasflächen, sperrten Treppen, um Nischen für die Panzerschränke zu schaffen, und brachten elektronische Augen an, die wie durch Zauberei die Türen auf- und zugehen ließen. Das Gebäude hatte sich in ein Labyrinth verwandelt, als auf einmal eine andere Richtschnur für das Geschäftsleben galt. Die Dekorateure erreichten nie den fünften Stock, so daß er seine undefinierbar verblichenen Möbel beibehielt sowie die urweltlichen Schreibmaschinen und Archivkästen und auch das untröstliche Getropfe des undichten Dachs. Die bescheidene Ausstattung stand in keinem Verhältnis zur luxuriösen Aufmachung der Wochenzeitschrift. Alle Farben des Regenbogens wurden da auf Glanzpapier gebracht, auf den Titelblättern lächelten leichtbeschürzte Schönheitsköniginnen, und im Innenteil konnte man freche feministische Reportagen lesen. In den letzten Jahren allerdings hatten sie nackte Brüste mit schwarzen Balken bedeckt und Euphemismen verwendet, um verbo-

tene Begriffe wie Abtreibung, Scheide und Freiheit zu umschreiben.
Francisco Leal kannte die Zeitschrift, er hatte sie irgendwann einmal für seine Mutter gekauft, konnte sich aber nur noch an einen Namen erinnern, Irene Beltrán, eine Journalistin, die dort recht mutig schrieb, ein seltenes Verdienst in jenen Zeiten. Deshalb fragte er nach ihr am Empfang. Man führte ihn in einen großen hellen Raum mit einem Atelierfenster, durch das man in der Ferne den Cerro als trutzigen Wächter der Stadt sich auftürmen sah. Er bemerkte vier Arbeitstische, vier klappernde Schreibmaschinen und im Hintergrund einen Garderobenständer mit Kleidern aus schimmernden Stoffen. Ein Schwuler, ganz in Weiß, frisierte gerade ein Mädchen, während ein anderes, versunken in die eigene Schönheit, reglos wie ein Kultgegenstand darauf harrte, an die Reihe zu kommen. Man zeigte ihm Irene Beltrán, und kaum hatte er sie aus der Ferne gesehen, fühlte er sich angezogen von dem Ausdruck ihres Gesichts und von dieser merkwürdigen Mähne, die zerwühlt auf ihren Schultern hing. Sie rief ihn mit einem leicht koketten Lächeln heran, was genügte, um ihn endgültig davon zu überzeugen, daß diese Frau ihm den Verstand rauben konnte, denn er hatte sie schon gesehen, haargenau so, in seinen Kinderbüchern und Jünglingsträumen. Während er zu ihr hinüberging, verlor er all seine Gelassenheit, blieb verstört vor ihr stehen, unfähig, den Blick von diesen schwarzumrandeten Augen zu lösen. Endlich fand er die Stimme wieder und stellte sich vor.

»Ich suche Arbeit«, platzte er heraus und legte seine Mappe mit den Fotomustern auf den Tisch.

»Stehst du auf der schwarzen Liste?« fragte sie direkt und ohne die Stimme zu senken.

»Nein.«

»Dann können wir drüber reden. Warte draußen, wenn ich hier fertig bin, komme ich nach.«

Francisco bahnte sich einen Weg durch Schreibtische und auf dem Boden liegende offene Koffer, in denen die Pelzmäntel und -stolen herumlagen wie die Beute einer gerade beendeten Safari. Er stieß mit Mario, dem Friseur, zusammen, der zu ihm hinübergeglitten war, während er eine hochblonde Perücke bürstete, und ihm zuraunte, daß in diesem Jahr Blondinen gefragt seien. Die Wartezeit in der Rezeption erschien ihm kurz, da er abgelenkt wurde von dem ungewöhnlichen Defilee der Mannequins in Unterwäsche, von Kindern, die Erzählungen für einen Jugendwettbewerb einreichten, einem Erfinder, der entschlossen war, seinen Urometer unter die Leute zu bringen, ein neuartiges Instrument, um Richtung und Druck des Urinstrahls zu messen, einem Pärchen mit Intimproblemen, das nach der Expertin für Liebesfragen fahndete, sowie einer Dame mit blauschwarzem Haar, die sich als Produzentin von Horoskopen und Vorhersagen vorstellte. Als sie Francisco sah, hielt sie überrascht inne, als kenne sie ihn von einer Vision her.

»Ich lese es auf deiner Stirn, du wirst eine große Leidenschaft leben!« rief sie aus.

Francisco hatte mit seiner letzten Freundin vor ein paar Monaten Schluß gemacht und war fest entschlossen, sich aus Liebeswirren herauszuhalten. Er hockte auf seiner Bank wie ein nachsitzender Schüler, wußte nicht, was er sagen sollte, und fühlte sich fehl am Platz. Sie tastete seinen Kopf mit geübten Fingern ab, untersuchte seine Handflächen, natürlich Schütze, erklärte sie, allerdings mit Skorpion im Aszendenten, ganz deutlich die Zeichen des Sexus und des Todes, ja, besonders des Todes.

Endlich verschwand die Wahrsagerin zu Franciscos Erleichterung, der nichts von Sternzeichen verstand und dem Aus-der-Hand-Lesen, dem Zweiten Gesicht, überhaupt jeglichem Aberglauben mißtraute. Kurz darauf erschien Irene Beltrán, und er konnte sie sich von Kopf bis Fuß ansehen. Sie war so, wie er sie sich vorgestellt hatte. Sie trug einen überlangen Rock aus handgewebtem Stoff, eine Bluse aus grober Baumwolle, um die Taille hatte sie eine buntgeknüpfte Schärpe gezurrt, und ihr großer Lederbeutel war vollgestopft wie die Tasche eines Postboten. Sie reichte ihm eine kleine Hand mit kurzgeschnittenen Nägeln, an jedem Finger einen Ring und ums Gelenk ein Läutwerk aus Silber- und Bronzearmreifen.

»Magst du vegetarische Kost?« fragte sie, nahm ihn, ohne eine Antwort abzuwarten, beim Arm und führte ihn treppab, denn die Aufzüge funktionierten nicht, wie so manches in diesem Verlag.

Als sie auf die Straße traten, fiel die Sonne auf Irenes Haar, und Francisco war es, als habe er noch nie etwas so Berückendes gesehen. Er konnte sich nicht beherrschen und streckte die Finger danach aus. Sie lächelte, denn sie war es gewöhnt, Erstaunen hervorzurufen in Breitengraden, wo eine solche Haarfarbe nicht geläufig war. Als sie an die Ecke kamen, blieb sie stehen, holte einen frankierten Umschlag hervor und steckte ihn in den Briefkasten.

»Für einen, der niemand hat, der ihm schreibt«, sagte sie geheimnisvoll.

Zwei Straßen weiter kamen sie zu einem kleinen Restaurant, Treffpunkt für Makrobiotiker, Spiritisten, Bohemiens, Studenten und Magenkranke. Zu dieser Stunde war es überfüllt. Doch sie war Stammgast. Der Wirt begrüßte sie mit Namen, führte sie in eine Ecke und wies ihnen einen Holztisch mit kariertem Tischtuch zu. Er brachte ihnen zügig das Essen, dazu Fruchtsäfte und dunkles Brot mit eingebackenen Nüssen und Rosinen. Irene und Francisco aßen langsam und mit Appetit und forschten sich dabei mit Blicken aus. So machten sie sich miteinander vertraut. Sie begann ihm von ihrer Arbeit in der Redaktion zu erzählen, wo sie über wundertätige Hormone schrieb, die wie Gewehrkugeln in den Arm gefeuert werden zwecks Empfängnisverhütung, über Gesichtsmasken aus Meeresalgen, die auf der Haut die Spuren der Zeit löschen sollen, über die Liebschaften von Prinzen und Prinzessinnen aus Europas Königshäusern, dann immer wieder Modenschauen, mal im Astronautenlook, mal im Schäferstil, je nach Laune der Pariser Saison, und über andere mehr oder weniger interessante Themen. Von sich selbst erzählte sie, daß sie mit ihrer Mutter, einer alten Hausangestellten und der Hündin Cleo zusammenlebe. Sie fügte hinzu, daß ihr Vater vor vier Jahren Zigaretten holen gegangen und damit aus ihrem Leben verschwunden sei. Ihren Verlobten, den Heereshauptmann Gustavo Morante, erwähnte sie nicht. Von seiner Existenz sollte Francisco erst sehr viel später erfahren.

Zum Nachtisch reichte man ihnen Papayas, die aus dem warmen Norden kamen. Irene streichelte sie mit Auge und Löffel, und Francisco begriff, daß das Mädchen, wie er selbst auch, irdische Genüsse hochschätzte. Irene aß den Nachtisch nicht auf, sondern ließ ein Stückchen auf dem Teller zurück.

»Dann kann ich es später in Gedanken auf der Zunge zergehen lassen«, erklärte sie. »Und nun erzähl mir von dir.«

In wenigen Worten – sein Temperament und sein Beruf legten ihm nahe, lakonisch zu sein und dafür um so aufmerksamer zuzuhören – erzählte er, daß er seit einiger Zeit keine Anstellung als Psychologe gefunden habe und dringend eine menschenwürdige Arbeit brauche. Die Fotografie scheine ihm eine solche Möglichkeit zu sein, da er aber nicht zur Gilde der bettelnden Sonntagsknipser gehören wolle, die sich bei Hochzeiten, Taufen und Namenstagen aufdrängen, habe er sich bei der Zeitschrift gemeldet.

»Morgen mache ich ein Interview mit Prostituierten. Willst du einen Versuch mit mir machen?« fragte Irene.

Francisco sagte sofort zu und verdrängte kurzerhand einen Anflug von Trauer darüber, daß es so viel leichter war, sich den Lebensunterhalt mit einem Druck auf den Auslöser zu verdienen als mit der beim Dienst am Nächsten gesammelten Erfahrung

und den in langen Studienjahren hart erworbenen Kenntnissen.
Als ihnen die Rechnung gebracht wurde, öffnete sie ihre Tasche, um Geld herauszuholen, Francisco aber, der, wie sein Vater es nannte, eine strenge Erziehung zum Kavalier genossen hatte – Höflichkeit steht der Revolution nicht im Wege –, kam ihr, die Fortschritte der Kämpferinnen für Gleichheit übergehend, beim Zahlen zuvor, was die junge Journalistin unangenehm überraschte.
»Du hast keine Arbeit, laß mich doch zahlen«, sagte sie. In den folgenden Monaten sollte dies einer der wenigen Streitpunkte zwischen ihnen sein.
Bald bekam Francisco Leal einen Vorgeschmack von den Unwägbarkeiten seiner neuen Beschäftigung. Am folgenden Tag begleitete er Irene ins Dirnenviertel der Stadt, in der Überzeugung, daß sie zuvor Kontakte eingefädelt habe. Das war aber nicht der Fall. Bei anbrechender Dunkelheit erreichten sie das Bordellviertel und liefen nun derart ziellos durch die Straßen, daß mehrere potentielle Kunden sich an das Mädchen heranmachten, um ihren Preis zu erfragen. Irene schaute sich eine Weile um und näherte sich dann einer Brünetten, die sich an einer Ecke unter vielfarbigen Leuchtreklamen plaziert hatte.
»Entschuldigen Sie, Fräulein, sind Sie Nutte?«
Francisco stellte sich so, daß er Irene vor einem möglichen Schleuderhieb mit der Dirnenhandtasche schützen könnte, doch nichts geschah, im Gegenteil, die Brünette blies die Brüste in ihrer Bluse zu zwei platzprallen Ballons auf und lächelte, die Nacht mit dem Glanz eines Goldzahns erhellend.

»Dir zu Diensten, Kleine.«
Irene begann den Zweck ihres Besuchs zu erläutern, und die andere bot ihre Hilfe an, gutwillig, wie die Leute der Presse gegenüber oft sind. Das weckte die Neugier ihrer Kolleginnen und einiger Passanten. In wenigen Minuten kam eine ganze Gruppe zusammen, was den Verkehr behinderte. Francisco schlug vor, die Straße freizumachen, bevor eine Patrouille anrückte, was gewöhnlich geschah, wenn sich mehr als drei Personen ohne Erlaubnis der Kommandantur trafen. Die Brünette führte sie zum »Mandarín Chino«, wo das angeregte Gespräch mit der Puffmutter und den anderen Damen des Hauses fortgeführt wurde, während die Kunden geduldig warteten und sogar bereit waren, sich an dem Interview zu beteiligen, sofern ihr Wunsch nach Anonymität geachtet würde.
Francisco war nicht gewohnt, außerhalb seiner Praxis und ohne therapeutische Zielsetzung intime Fragen zu stellen, daher errötete er, als Irene ein ausgedehntes Verhör veranstaltete: Wie viele Männer pro Nacht, wie hoch der Umsatz, gab es Spezialtarife für Rentner und Schüler, worin bestanden ihre Leiden, Traurigkeiten, Anfechtungen, wo lag die berufliche Altersgrenze und bei wieviel Prozent der Anteil für Zuhälter und Polizisten. Aus ihrem Mund kamen diese Fragen in aller Unschuld. Als sie ihre Arbeit beendet hatte, stand sie auf bestem Fuße mit den Damen der Nacht, so daß ihr Freund befürchtete, sie könne beschließen, ins »Mandarín Chino« überzusiedeln. Später stellte er fest, daß sie immer, bei allem was sie tat, mit Leib und Seele dabei war. In den

folgenden Monaten erlebte er, wie sie bei einer Umfrage über Waisenkinder fast ein Kind adoptierte, wie sie aus einem Flugzeug den Fallschirmspringern nachsprang und vor Entsetzen ohnmächtig wurde in einem Geisterhaus, wo beide zuvor gruselige Stunden durchlitten hatten.
Seit jenem Abend begleitete er sie auf fast allen ihren journalistischen Gängen. Die Fotos besserten das Haushaltsgeld der Leals auf und bereicherten Franciscos Existenz durch neue Eindrücke. Im Kontrast zum frivolen schönen Schein der Zeitschrift stand die rauhe Wirklichkeit, mit der Francisco dreimal die Woche in der Armensiedlung konfrontiert wurde, wo er für die Beratungsstelle seines Bruders José die hoffnungslosesten Fälle behandelte, mit dem Gefühl, sehr wenig helfen zu können, denn es gab keine Tröstung für so viel Elend. Im Verlag fiel kein Verdacht auf den neuen Fotografen. Er schien ein ruhiger Mensch zu sein. Nicht einmal Irene wußte von seinem Geheimleben, obwohl winzige Indizien ihre Neugier weckten. Sehr viel später erst sollte sie das andere Gesicht ihres wortkargen Freundes entdekken. In den folgenden Wochen gewöhnten sie sich daran, bei der Arbeit und in der Freizeit zusammenzusein, und erfanden diverse Ausreden, um sich nicht trennen zu müssen. Sie verbrachten gemeinsam die Tage, erstaunt über das Ausmaß der Übereinstimmung: sie liebten dieselbe Musik, lasen dieselben Dichter, bevorzugten trockenen Weißwein, lachten im gleichen Augenblick, erregten sich über die gleichen Ungerechtigkeiten und wurden beide rot vor Scham angesichts von Schändlichkeiten. Irene

wunderte sich darüber, daß Francisco zuweilen für ein oder mehrere Tage verschwand, doch er ging Erklärungen aus dem Weg, und sie mußte die Tatsache hinnehmen, ohne Fragen zu stellen. Ein ähnliches Gefühl überkam Francisco, wenn sie mit ihrem Verlobten zusammen war, doch keiner der beiden mochte die Eifersucht eingestehen.

Digna Ranquileo suchte Don Simón auf, der im ganzen Umkreis bekannt war für seine medizinischen Heilerfolge, die jene des Krankenhauses bei weitem übertrafen. Es gibt, so sagte er, zwei Sorten von Krankheiten, solche, die von alleine heilen, und solche, gegen die kein Kraut gewachsen ist. Im ersten Fall konnte er die Beschwerden lindern und die Krankheitsdauer verkürzen, hatte er es aber mit einem unheilbaren Patienten zu tun, schickte er ihn zum Doktor von Los Riscos, bewahrte so den eigenen guten Ruf und säte zugleich Zweifel in den Glauben an die konventionelle Medizin. Die Mutter fand ihn müßig in einem Korbsessel vor seinem Haus vor, drei Straßen vom Dorfplatz entfernt. Er kratzte sich gemächlich den Bauch und unterhielt sich laut mit einem Papagei, der auf der Sessellehne balancierte.
»Hier bringe ich Ihnen meine Kleine«, sagte Digna errötend.
»Ist das nicht die vertauschte Evangelina?« fragte der Medizinmann gelassen.
Digna nickte. Der Mann stand langsam auf und bat

sie herein. Sie traten in einen großen, dämmrigen Raum, der angefüllt war mit Fläschchen, Tiegeln und getrockneten Zweigen; Kräuter hingen von der Dekke und an den Wänden gedruckte und eingerahmte Gebetssprüche. Das Ganze glich eher dem Unterschlupf eines Schiffsbrüchigen als dem Labor eines Wissenschaftlers, wie er selbst es gern bezeichnete. Er behauptete, in Brasilien sein Medizinstudium abgeschlossen zu haben, und zeigte Zweiflern ein schmuddliges Diplom mit verschnörkelten Unterschriften, die von vergoldeten Engelchen umrandet waren. Ein Wachstuchvorhang teilte eine Ecke des Zimmers ab. Während die Mutter die Einzelheiten ihres Unglücks erzählte, hörte er konzentriert mit halbgeschlossenen Augen zu. Aus den Augenwinkeln warf er hin und wieder einen Blick auf Evangelina, registrierte die Kratzspuren auf ihrer Haut, die Blässe des Gesichts, trotz der roten Kälteflecken auf ihren Wangen, und die violetten Schatten unter ihren Augen. Die Symptome waren ihm bekannt; um jedoch völlig sicherzugehen, befahl er ihr, sich hinter dem Vorhang vollständig zu entkleiden.
»Ich werde das Gör untersuchen, Frau Ranquileo«, sagte er, setzte den Papagei auf dem Tisch ab und folgte Evangelina.
Während er sie gewissenhaft untersuchte und sie in eine Schale urinieren ließ, um die Natur ihrer Fluida zu erforschen, verfestigte sich sein Verdacht.
»Man hat sie mit dem bösen Blick behext.«
»Gibt es dagegen ein Mittel, Herr?« fragte Digna Ranquileo entsetzt.
»Doch, doch, aber wir müssen herausfinden, wer das

Übel verursacht hat, um es bekämpfen zu können, verstehen Sie?«
»Nein.«
»Sie forschen nach, wer die Kleine haßt, und sagen mir dann Bescheid, damit ich ihr helfen kann.«
»Aber Don Simón, niemand haßt Evangelina, sie ist ein unschuldiges Mädchen. Wer kann ihr Böses wollen?«
»Irgendein geprellter Mann oder eine eifersüchtige Frau«, schlug der Kurpfuscher vor und schielte zu den winzigen Brüsten der Patientin hinüber.
Evangelina begann loszuheulen, und ihre Mutter überkam eine cholerische Anwandlung, denn sie hatte ein wachsames Auge auf ihre Tochter und war sicher, daß sie keinerlei Liebesbeziehung unterhielt, und noch weniger konnte sie sich vorstellen, daß ihr jemand Schaden zufügen wollte. Zudem hatte sie etwas von ihrem Vertrauen in Don Simón verloren, seitdem sie wußte, wie dieser von seiner Frau betrogen wurde, denn sie folgerte mit Recht, daß seine Weisheit nicht gar so groß sein konnte, wenn er der einzige Mensch im Dorf war, der nichts von den eigenen Hörnern wußte. Sie zweifelte an der Diagnose, wollte aber nicht unhöflich sein. Nach einigen Umschweifen bat sie ihn um eine Medizin, um nicht mit leeren Händen davongehen zu müssen.
»Verschreiben Sie dem Kind ein paar Vitamine, Don Simón, vielleicht geht es dann vorbei, möglicherweise leidet sie nicht nur unter dem bösen Blick, sondern auch noch an der englischen Pest...«
Don Simón übergab ihr eine Handvoll hausgemachter Pillen und einige im Mörser zerstoßene Blätter.

»Das lösen Sie in Wein auf und geben es ihr zweimal pro Tag. Auch Senfkompressen sind wichtig und dann kalte Bäder. Vergessen Sie nicht die Roßkastanieninfusion. Die hilft immer in solchen Fällen.«
»Davon gehen die Anfälle vorüber?«
»Das schwächt die Hitze in ihrem Leib ab, solange sie aber behext ist, kann es sie nicht wirklich heilen. Wenn sie noch einen Anfall bekommt, bringen Sie mir das Mädchen, dann werde ich die Krankheit besprechen.«
Drei Tage später fanden sich Mutter und Tochter wieder bei ihm ein, um die Behandlung zu intensivieren, da Evangelina täglich und stets um die Mittagszeit eine Krise erlitt. Jetzt ging der Heilkundige energisch vor. Er führte die Patientin hinter den Wachstuchvorhang, entkleidete sie eigenhändig und wusch sie von Kopf bis Fuß mit einer Mixtur aus Kampfer, Methylenblau und Weihwasser zu gleichen Teilen. Besondere Sorgfalt ließ er den Stellen angedeihen, die am stärksten vom Übel befallen waren: Fersen, Brüsten, Rücken und Nabel. Die Abreibung, die Angst und die Berührung dieser groben Handflächen färbten die Haut des Mädchens zartblau und verursachten eine Überreizung des Nervensystems, die fast zum Kollaps führte. Glücklicherweise hatte er einen Saft aus Ackermennig zur Hand, der beruhigte das Mädchen und ließ sie schwach und zittrig zurück. Nachdem er sie besprochen hatte, händigte er der Mutter eine lange Liste mit Behandlungsangaben sowie mehrere Heilpflanzen aus: Silberpappel gegen Unruhe und Beklemmung, Zichorie für das Selbstmitleid, Enzian gegen

die Mutlosigkeit, spanischen Ginster gegen Selbstmordwünsche und Tränen, Stechpalme, um Haß und Neid vorzubeugen, und Pinie, um die Gewissensbisse und die Panik zu mildern. Er empfahl ihr, eine Schüssel mit Quellwasser zu füllen, die Blüten und Blätter hineinzugeben und das Ganze vier Stunden bei Tageslicht ziehen zu lassen, um es dann auf kleiner Flamme zu köcheln. Er erinnerte sie daran, daß man gegen die Liebesungeduld der Unschuldigen Feuerstein ins Essen geben müsse und vermeiden sollte, daß sie mit anderen Familienmitgliedern das Bett teilen, da die innere Hitze ansteckend sei wie Masern. Zu guter Letzt gab er ihr noch Kalziumtabletten und eine desinfizierende Seife für das tägliche Bad.
Nach einer Woche war das Mädchen abgemagert, hatte einen trüben Blick und zittrige Hände, ihr Magen war durcheinander, und die Anfälle setzten sich fort. Daraufhin sprang Digna Ranquileo über ihren Schatten und brachte sie ins Hospital Los Riscos. Dort versicherte ihr ein junger Assistenzarzt, der gerade aus der Hauptstadt gekommen war, mit wissenschaftlichen Begriffen um sich warf und noch nie von der Überladung, vom Bauchgrimmen oder gar vom bösen Blick gehört hatte, daß Evangelina an Hysterie litt. Er empfahl diese nicht zu beachten und das Ende der Pubertät und die damit verbundene Beruhigung der Nerven abzuwarten. Er verordnete ihr ein Beruhigungsmittel, das einen Stier hätte niederstrecken können, und wies darauf hin, daß, falls ihre Zuckungen nicht ein Ende nähmen, man sie ins psychiatrische Krankenhaus der Hauptstadt überweisen müsse, wo sie den gesunden Menschenver-

stand kraft Elektroschocks zurückerlangen würde. Digna wollte wissen, ob Hysterie die Tassen in den Regalen tanzen lasse, das schwermütige Geheul der Hunde auslöse und das Regnen unsichtbarer Steine aufs Dach sowie das Beben der Möbel in Gang setze. Der Doktor zog es jedoch vor, nicht derart in die Tiefe zu gehen, und begnügte sich mit dem Ratschlag, das Geschirr an einen sicheren Platz zu stellen und die Tiere im Hof festzubinden.

Zunächst stürzte das Medikament Evangelina in einen todesähnlichen Schlaf. Kaum konnte man sie dazu bringen, den Mund zu öffnen, um sie zu ernähren. Sie steckten ihr einen Bissen zwischen die Lippen und spritzten ihr dann kaltes Wasser ins Gesicht, damit sie das Kauen und Schlucken nicht vergaß. Sie mußten sie zum Plumpsklo begleiten, da sie befürchteten, sie könnte, vom Schlaf überwältigt, hineinfallen. Sie blieb ständig im Bett liegen, und wenn die Eltern ihr aufhalfen, torkelte sie wie betrunken ein paar Schritte, um dann zu Boden zu stürzen. Dieser Tiefschlaf wurde nur in der Mittagszeit durch ihren gewohnten Trancezustand unterbrochen, die einzige Zeitspanne, in der sie zu sich kam und gewisse Anzeichen von Vitalität zeigte. Es war noch keine Woche vergangen, da ließ die Wirkung der im Hospital verschriebenen Medizin nach, und es begann eine Phase trauriger Teilnahmslosigkeit, in der sie tags wie nachts reglos und schlaflos verharrte. Da ergriff die Mutter die Initiative, grub ein tiefes Loch im Gemüsegarten und verscharrte die Pillen, auf daß kein Lebewesen sie je finden könne.

In ihrer Verzweiflung suchte Digna Ranquileo Mamita Encarnación auf, die, nachdem sie klargestellt hatte, daß ihre Spezialität Entbindungen und Schwangerschaften, keinesfalls aber krankhafte Anwandlungen anderer Provenienz seien, sich bereit erklärte, das Mädchen zu untersuchen. Sie kam eines Morgens, wohnte der Trance bei und konnte sich mit eigenen Augen davon überzeugen, daß das Gerüttel der Möbel und die Unrast der Tiere kein Gerücht waren, sondern die Wahrheit selbst.

»Diesem Mädchen fehlt ein Mann«, stellte sie fest.

Diese Äußerung kränkte die Ranquileos. Sie mochten nicht zugeben, daß ein anständiges junges Mädchen, das sie wie ein eigenes Kind aufgezogen und mit besonderer Sorgfalt behütet und sogar vor dem Kontakt mit den Brüdern bewahrt hatten, wie eine läufige Hündin außer Rand und Band geriete.

Die Hebamme schüttelte den Kopf, wollte solche Argumente nicht gelten lassen und beharrte auf ihrer Diagnose. Sie empfahl, das Mädchen stets mit Arbeit beschäftigt zu halten, um größeren Übeln vorzubeugen.

»Trägheit und Keuschheit führen zur Schwermut. Jedenfalls müßt ihr für sie einen Partner finden, denn ohne einen Kerl wird sich der Wirbel nicht legen.«

Die empörte Mutter befolgte den Rat nicht, beherzigte aber die Empfehlung, das Mädchen beschäftigt zu halten, was ihr die Fröhlichkeit und den Schlaf zurückgab, nicht aber die Intensität der Krisen dämpfte.

Die Nachbarn erfuhren bald von diesen Extravaganzen und begannen, ums Haus zu schnüffeln. Die

dreistesten lungerten vom frühen Morgen an dort herum, um das Phänomen aus nächster Nähe zu erleben und womöglich praktischen Nutzen daraus zu ziehen. Einige legten Evangelina nahe, während der Anfälle mit den Seelen im Fegefeuer in Verbindung zu treten, die Zukunft zu deuten oder den Regen zu bannen. Digna begriff, daß die Leute von überall her kämen, um ihren Gemüsegarten niederzutrampeln, ihren Hof zu verdrecken und ihre Tochter zu verhöhnen, falls die Anfälle zu einer öffentlichen Angelegenheit würden. Unter solchen Umständen würde Evangelina niemals einen Mann finden, der den Mut besaß, sie zu ehelichen und ihr Kinder zu machen, was sie so sehr brauchte. Da sie von der Wissenschaft nichts mehr erwarten konnte, ging sie zu ihrem evangelischen Pastor in den indigoblau bemalten Schuppen, der den Jüngern Jehovas als Tempel diente. Sie war ein aktives Mitglied der kleinen protestantischen Gemeinde, und der Hirte empfing sie leutselig. Ohne Einzelheiten auszulassen, erzählte sie ihm von dem Unheil, das auf ihrem Heim lastete, und stellte klar, daß sie ihre Tochter vor jeglichem sündigen Kontakt bewahrt hatte, sogar vor den Blicken der Brüder und des Adoptivvaters.
Der Seelsorger hörte sich den Bericht mit großer Aufmerksamkeit an, kniete sich dann auf den Boden und versank in eine minutenlange Meditation, dieweil er den Herrn um Erleuchtung bat. Sodann nahm er die Bibel, stach eine Seite auf und las den ersten Vers vor, der ihm unter die Augen kam: »Und Holofernes war fröhlich mit ihr und trank so viel, wie er nie getrunken hatte sein Leben lang.« Befrie-

digt deutete er dann Gottes Antwort auf das Problem seiner Dienerin Ranquileo.

»Hat Ihr Mann den Alkohol aufgegeben, Schwester?«

»Sie wissen doch, das ist unmöglich.«

»Seit wie vielen Jahren predige ich ihm nun schon Abstinenz?«

»Er kann den Wein nicht lassen, er hat ihn im Blut.«

»Sagen Sie ihm, er soll sich der Wahren Evangelischen Kirche anvertrauen. Wir können ihm helfen. Haben Sie auch nur einen Trinker unter uns gesehen?«

Digna zählte ihm die bereits wiederholt angeführten Gründe für die Schwäche ihres Mannes auf. Die Angelegenheit ging zurück auf ihren dritten Sohn, der bei der Geburt gestorben war. Da Hipólito nicht das Geld hatte, eine Urne zu kaufen, legte er das Engelchen in eine Schuhschachtel, nahm diese unter den Arm und brach auf Richtung Friedhof. Auf dem Weg versuchte er seinen Kummer mit dem einen und anderen Schluck zu betäuben, bis er schließlich das Bewußtsein verlor. Nach geraumer Zeit kam er in einem Schlammfeld wieder zu sich. Die Schachtel war verschwunden, und obwohl er die ganze Umgebung danach absuchte, fand er sie nie.

»Stellen Sie sich nur seine Albträume vor, Herr Pastor. Das verfolgt noch immer meinen armen Hipólito im Schlaf. Schreiend wacht er auf, weil er seinen Sohn aus der Vorhölle nach ihm rufen hört. Jedesmal, wenn er sich daran erinnert, greift er zur Flasche. Deshalb betrinkt er sich, nicht weil er lasterhaft oder böswillig wäre.«

»Der Alkoholiker hat immer eine Entschuldigung parat. Evangelina ist eine Posaune des Herrn. Durch ihre Krankheit ruft Er Ihren Mann zur Umkehr auf, bevor es zu spät ist.«

»Nichts für ungut, Herr Pastor, aber wenn der Herr mich vor die Wahl stellt, sehe ich lieber Hipólito, wie er sinnlos betrunken ist, als daß ich meine Tochter wie einen Hund heulen und wie ein Mannsbild reden höre.«

»Die Sünde der Hoffart, Schwester! Wer bist du, um Jehova vorzuschreiben, wie er unsere elenden Schicksale zu lenken hat?«

Vom Glaubenseifer getrieben, erschien der Hirte seit jenem Tag des öfteren im Haus der Ranquileos, begleitet von einigen frommen Mitgliedern seiner Gemeinde, um dem jungen Mädchen mit der Kraft des gemeinschaftlichen Gebets zu helfen. Doch es verstrich eine weitere Woche, ohne daß sich bei Evangelina Anzeichen von Besserung zeigten. Einer der Eindringlinge, der dort unruhig zur Stunde des Anfalls herumstrich, entdeckte, wie aus diesem Nutzen zu ziehen sei. Er stieß gegen einen Stuhl und stützte sich zufällig an dem Bett ab, auf dem sich das Mädchen wand. Am Tag darauf waren die Warzen verschwunden, die seine Hand verunstalteten. Das Gerücht von einem Wunder ging sofort um, was auf beunruhigende Weise die Anzahl der Besucher steigerte, die auf Heilung während der Trance hofften. Irgendeiner kramte die Geschichte von den vertauschten Evangelinas aus, die zum Ansehen des Wunders beitrug. Daraufhin meinte der Pastor, daß die Angelegenheit seine Kompetenz übersteige, und schlug vor, sie zum katholischen Geistlichen zu bringen, dessen Kirche aufgrund ihres Alters mehr Erfahrung im Umgang mit Heiligen und ihren Werken habe.

Im Gemeindehaus hörte sich Pater Cirilo die Geschichte aus dem Mund der Ranquileos an und erinnerte sich an Evangelina als an die einzige ihrer Schulklasse, die an der Erstkommunion nicht teilnahm, da ihre Mutter zu dem ketzerischen Gefolge des Protestanten gehörte. Sie war eines von den Schäfchen seiner Herde, die der Scharlatanerie der Evangelischen zum Opfer gefallen waren. Doch wie auch immer, seinen Beistand konnte er ihr nicht verweigern.

»Ich werde für das Kind beten. Die Barmherzigkeit des Herrn ist unendlich, und vielleicht hilft er uns, obgleich ihr euch von der Heiligen Kirche entfernt habt.«

»Danke, Vater, aber über die Gebete hinaus, könnten Sie nicht auch einen Exorzismus bei ihr vornehmen?« fragte Digna.

Der Pfarrer bekreuzigte sich unruhig. Die Idee mußte von seinem protestantischen Rivalen stammen, denn diese Bäuerin konnte unmöglich in solchen Themen versiert sein. In jüngster Zeit sah der Vatikan diese Rituale nicht gern und vermied sogar, den Teufel zu erwähnen, so als wäre es besser, ihn einfach zu ignorieren. Er hatte stichhaltige Beweise für die Existenz des Satans als Seelenverschlinger und war deshalb nicht geneigt, ihm in improvisierten Zeremonien entgegenzutreten. Außerdem, wenn seinem Vorgesetzten solche Praktiken zu Ohren kämen, würde sich der Mantel der Schande endgültig über sein Alter senken. Sein gesunder Menschenverstand sagte ihm jedoch, daß die Suggestion mitunter unerklärliche Wunder vollbringt und womöglich ein paar Vaterunser und Besprengungen mit Weihwasser die Kranke ruhigstellen würden. Er sagte der Mutter, daß dies genügen würde, da mit einer Besessenheit durch den Teufel kaum zu rechnen war. Es handele sich nicht um einen Fall für Exorzismus. Exorzieren bedeute, den Teufel selbst zu besiegen, und ein kränklicher und einsamer Landpfarrer, allein gelassen in einem bäuerlichen Dorf, war kein geeigneter Gegner für die Kräfte des Bösen, einmal angenommen, daß diese Evangelinas Leiden verursachten. Er legte ihnen die Aussöhnung mit der Heiligen Katholischen Kirche nahe, da solcherlei Unheil diejenigen heimzusuchen pflege, die Unseren Herrn in unfrommen Sekten herausforderten. Digna aber hatte den Priester im schändlichen Bündnis mit den Patrones gesehen, gehört, wie er im Beichtstuhl der Gemeindekirche nach dem Mea Culpa die Campesinos und ihre kleinen Diebstähle denunziert hatte, deshalb mißtraute sie dem Katholizismus und sah ihn an als Verbündeten der Reichen und Feind der Armen in offenem Widerspruch zu den Geboten Jesu Christi, der das Gegenteil gepredigt hatte.

Von nun an erschien auch Pater Cirilo im Hause Ranquileo, wenn seine vielfältigen Verpflichtungen und seine müden Beine es ihm erlaubten. Als er zum erstenmal das Schauspiel miterlebte, wankten seine festen Überzeugungen angesichts des jungen Mädchens, das von diesem seltsamen Übel gegeißelt wurde. Das Weihwasser und die Sakramente vermochten nichts gegen die Symptome, da aber auch keine Verschlechterung eintrat, folgerte er, naturgemäß, daß der Teufel mit diesem Skandal nichts zu tun hatte. Er schloß sich dem protestantischen Pastor in dessen geistlichen Anstrengungen an. Sie waren sich darin einig, das Ganze als Krankheit des Geistes zu behandeln und keinesfalls als Emanation des Göttlichen, denn die abgeschmackten Wunder, die dem Mädchen zugeschrieben wurden, waren einer eingehenderen Betrachtung nicht würdig. Gemeinsam bekämpften sie den Aberglauben. Sie hatten den Fall untersucht und waren zu dem Schluß gekommen, daß das Verschwinden einiger Warzen, die sowieso meistens von alleine abheilen, eine für die Jahreszeit nicht weiter erstaunliche Verbesserung des Klimas und ein paar Zufallstreffer beim Glücksspiel die Aureole der Heiligkeit noch keineswegs rechtfertigten. Doch die energischen Argumente von Gemeindepfarrer und Pastor konnten die Pilger nicht aufhalten. Unter den Wundergläubigen gingen die Meinungen auseinander. Während die einen auf einem mystischen Ursprung des Anfalls beharrten, machten die anderen einen simplen Satanszauber dafür verantwortlich. Es handelt sich um Hysterie, beteuerten im Chor der Protestant, der Pfaffe, die Hebamme und der Krankenhausarzt aus Los Riscos, doch niemand wollte auf sie hören, so berauscht waren sie von jenem Jahrmarkt der wohlfeilen Wunder.

Die Arme um Franciscos Taille, das Gesicht in den rauhen Stoff seiner Jacke gedrückt, das Haar vom Wind zerwühlt, gab Irene sich der Vorstellung hin, auf einem Drachen zu fliegen. Zurück blieben die letzten Häuser der Stadt. Die Landstraße führte durch Felder, die von durchsichtigen Pappeln gesäumt waren, und in der Distanz zeichneten sich die Berge ab, umhüllt vom blauen Dunst der Ferne. Rittlings auf der Kruppe, gab sie sich Kindheitsphantasien hin und preschte in gestrecktem Galopp durch die Dünen eines orientalischen Märchens. Sie genoß die Geschwindigkeit, das Beben zwischen den Beinen, das Röhren, das durch ihre Haut drang. Sie dachte an die Heilige, die sie besuchen wollte, an eine Überschrift für ihre Reportage, an das Layout der vier Seiten mit Farbfotos. Seit dem Erscheinen des Erleuchteten vor ein paar Jahren, der Wunden heilend und Tote erweckend von Norden nach Süden gezogen war, hatte man von keinem Wundertäter mehr gehört. Besessene, Behexte, Verdammte und Übergeschnappte gab es die Menge, etwa das Mädchen, das Kaulquappen spie, den Alten, der Erdbeben unkte, und den Taubstummen, dessen Blick die Maschinen zum Stillstand brachte, wovon sie sich selbst überzeugen konnte, als sie ihn in der Zeichensprache interviewte und danach ihre Uhr nicht wieder in Gang brachte. Doch außer jener leuchtenden Persönlichkeit hatte sich seit geraumer Zeit niemand mehr die Mühe gemacht, Wunder zu wirken, die der Menschheit zum Vorteil gerieten. Von Tag zu Tag wurde es schwieriger, attraktive Neuigkeiten für die Zeitschrift aufzutun. Es war, als ob nichts Interessantes im Lande geschähe, und wenn etwas geschah, verhinderte die Zensur die Veröffentlichung. Irene steckte die Hände unter Franciscos Jacke, um ihre steif gewordenen Finger zu wärmen. Sie spürte seine magere Brust, alles Nerven und Knochen, ganz anders als bei Gustavo, dieser kompakten Muskelmasse, trainiert mit Judo, Gymnastik und den hundert Liegestützen, die er jeden Morgen mit seiner Truppe absolvierte, denn er verlangte von seinen Männern nichts, was er nicht selbst schaffte. Ich bin wie ein Vater für diese Burschen, sagte er, ein strenger, aber gerechter Vater. Wenn sie sich in den dämmrigen Hotels liebten, zog er sich selbstbewußt aus und stellte seine Nacktheit im Zimmer zur Schau. Sie liebte diesen Körper, den Salz und Wind und schweißtreibende Anstrengungen gegerbt hatten und der jetzt geschmeidig, hart und harmonisch war. Sie betrachtete ihn wohlgefällig und streichelte ihn etwas zerstreut, doch voller Bewunderung. Wo er wohl jetzt gerade war? Vielleicht in den Armen einer anderen Frau. Obwohl er ihr brieflich die Treue schwor, kannte Irene den Drang seiner Natur und sah vor ihrem inneren Auge dunkle Mulatinnen, die ihre Lust an ihm hatten. Als er am Südpol stationiert war, galten andere Bedingungen, inmitten jener Eiseskälte mit keiner anderen Gesellschaft als den Pinguinen und sieben Männern, die darauf getrimmt waren, die Liebe zu vergessen, war Keuschheit unumgänglich. Das Mädchen war jedoch davon überzeugt, daß in den Tropen das Leben des Hauptmanns anders verlief. Sie lächelte, als sie feststellte, wie wenig ihr das alles ausmachte, und versuchte

vergeblich, sich daran zu erinnern, wann sie zum letztenmal auf ihren Verlobten eifersüchtig gewesen war.
Das Motorengeräusch brachte ihr ein Lied der Spanischen Legion in Erinnerung, das Gustavo Morante gern vor sich hin sang:

Ich bin der Mann
Der Bräutigam der Schlacht
Dem Tode bald vermählt
Erwarte ich die Nacht...

Keine gute Idee, das vor Francisco zu singen, denn von nun an nannte er Gustavo nur noch den »Bräutigam des Todes«. Irene war nicht beleidigt. Tatsächlich dachte sie wenig an die Liebe und stellte ihre lange Beziehung zu dem Offizier nicht in Frage, hielt sie für naturgegeben, ihr in den Sternen vorbestimmt. So oft hatte sie gehört, daß Gustavo Morante ihr Traumpartner sei, daß sie es schließlich selbst glaubte, auch ohne ihre Gefühle näher zu prüfen. Er war solide, standhaft, männlich und fest in seiner Wirklichkeit verankert. Sich selbst sah sie als Papierdrachen im Wind schweifen und war, erschreckt über den Aufruhr in ihrer Brust, manchmal versucht, sich jemanden zu wünschen, der ihre Impulse zügelte. Doch diese Anwandlungen dauerten nicht lang. Meistens wurde sie melancholisch, wenn sie über ihre Zukunft nachdachte, und so lebte sie lieber unbeschwert drauflos, solange es ihr noch möglich war.
Francisco hielt Irenes Beziehung zu ihrem Verlobten für nicht viel mehr als die Summe zweier Einsamkei-

ten und vieler Abwesenheiten. Hätten sie einmal Gelegenheit, längere Zeit zusammenzusein, würden beide, so meinte er, bald einsehen, daß nur die Macht der Gewohnheit sie verband. Da gab es kein Liebesdrängen, ihre Begegnungen waren geruhsam und die Trennungen zu lang. Er glaubte, daß Irene im Grunde diese Verlobung bis ans Ende ihrer Tage ausdehnen wollte, um in bedingter Freiheit leben zu können, sich dann und wann mit dem Verlobten zusammenzutun und dann wie die jungen Hunde herumzutoben. Offensichtlich graute es ihr vor der Ehe, und deshalb erfand sie Ausreden für einen Aufschub, wohl wissend, daß sie, einmal diesem zum General berufenen Prinzen angetraut, auf ihren Tücherwirbel, die klirrenden Armreifen und ihre ganze aufgewühlte Lebensweise verzichten müßte.

An diesem Morgen, während das Motorrad mit Kurs auf Los Riscos Weideland und Hügel schluckte, überschlug Francisco die knappe Zeit bis zur Rückkehr vom Bräutigam des Todes. Mit seiner Ankunft würde sich alles verändern. Das Glück der vergangenen Monate, in denen er Irene für sich hatte, wäre dahin. Vorbei die turbulenten Träume, die alltäglichen Überraschungen, die sehnsüchtige Erwartung und der Spaß, sie bei ihren maßlosen Unterfangen zu beobachten. Dann würde er sehr viel vorsichtiger vorgehen müssen, nur über Unverfängliches reden und jede verdächtige Handlung vermeiden. Bis dahin hatte ein gelassenes Einverständnis die beiden vereint. Seine Freundin schien im Zustand der Unschuld durch die Welt zu wandeln, ohne die kleinen Anzeichen für sein Doppelleben zu bemerken, zumindest

stellte sie keine Fragen. In ihrer Gegenwart war es nicht unbedingt nötig, Vorsichtsmaßregeln einzuhalten, doch die Ankunft von Gustavo Morante zwang ihn, achtsamer zu sein. Seine Beziehung zu Irene war ihm so kostbar, daß er sie ungetrübt erhalten wollte. Er mochte diese Freundschaft nicht mit Verschwiegenem und Erlogenem in Frage stellen, wußte aber, daß dies bald nicht zu umgehen sein würde. Während er das Motorrad lenkte, wünschte er sich, diesen Ausflug ausdehnen zu können über die Grenze des Horizonts hinaus, wo der Schatten des Hauptmanns sie nicht erreichte, das Land wollte er durchqueren, den Kontinent und fremde Meere zusammen mit Irene, die seine Taille umschlang. Die Fahrt erschien ihm kurz. Er bog in einen schmalen Landweg zwischen weiten Weizenfeldern ein, die zu dieser Jahreszeit aussahen wie Fluren von grünem Flaum. Er seufzte, sie hatten ihr Ziel erreicht. Ohne Mühe fanden sie den Ort, wo die Heilige wohnte, verwundert über so viel Einsamkeit und Stille, denn sie hatten zumindest mit einer Ansammlung von Wundergläubigen gerechnet.
»Bist du sicher, daß es hier ist?«
»Ganz sicher.«
»Dann muß das aber eine Allerweltsheilige sein. Kein Mensch zu sehen.«
Vor ihren Augen tauchte das Wohnhaus armer Bauern auf, mit Kalk geweißelte Lehmwände, ausgeblichene Dachziegel, ein überdachter Gang vor der Tür und ein einziges Fenster am ganzen Bau. Vor dem Haus erstreckte sich ein weitläufiger Hof, der von unbelaubten Weinstöcken umgrenzt war. Deren

trockenes Geäst hatte sich zu Arabesken verkrümmt, aus denen die ersten Triebe hervorbrachen und das schattige Laubwerk des Sommers ankündigten. Sie sahen einen Brunnen, einen Bretterverschlag, der wohl als Klosett diente, und, etwas weiter weg, einen einfachen quadratischen Bau, die Küche.

Mehrere Hunde von unterschiedlicher Größe und Fellart liefen mit wütendem Gebell zusammen, um die Besucher zu empfangen. Irene, an den Umgang mit Tieren gewöhnt, schritt durch die Meute hindurch und redete zu den Bestien, als kennte sie die seit eh und je. Francisco hingegen ertappte sich dabei, in Gedanken den Zauberspruch aufzusagen, den er als Kind gelernt hatte, um solche Gefahren zu bannen: »Kusch, wilder Hund, in' Staub mit dir: vor Gott bist du ein kleines Tier!« Aber es lag auf der Hand, das System seiner Freundin funktionierte besser, während sie nämlich ungestört weiterlief, umringten sie ihn zähnefletschend. Er war drauf und dran, Fußtritte auf die heißen, hechelnden Schnauzen zu verteilen, als ein kleiner Junge erschien, der mit einem Stöckchen bewaffnet war und schreiend die Wächter verscheuchte. Auf den Lärm hin kamen weitere Personen aus dem Haus: eine breite Frau von derbem und verhärmtem Aussehen, ein Mann mit einem Gesicht so verschrumpelt wie eine Winterkastanie sowie mehrere Kinder unterschiedlichen Alters.

»Wohnt hier Evangelina Ranquileo?« fragte Irene.

»Ja, aber Wunder gibts erst zur Mittagszeit.«

Irene erklärte, daß sie Journalisten seien, die das Ausmaß der Gerüchte angelockt habe. Die Familie überwand ihre Scheu und bat sie herein, in der unwandelbar gastlichen Tradition der Bewohner dieser Erde.

Bald kamen die ersten Besucher und ließen sich im Hof der Ranquileos nieder. Francisco richtete das Objektiv auf Irene, die sich im morgendlichen Licht mit der Familie unterhielt, er wollte einen unbeobachteten Moment abpassen, denn sie mochte nicht für die Kamera posieren. Fotos führen die Zeit hinters Licht, sie halten sie auf einem Stück Pappe fest, wo die Seele, sagte sie, dann bäuchlings daliegt. Irene bewegte sich so frei und selbstverständlich durchs Haus der Ranquileos, als wäre sie dort geboren, redete, lachte, bahnte sich den Weg durch die Hunde, die ihre Beine umschwänzelten, und half, die Erfrischungen auszuteilen. Die Kinder folgten ihr, sie staunten über ihr sonderbares Haar, die extravagante Kleidung, ihr bereitwilliges Lachen und über die Anmut ihrer kleinen Gesten.
Nun erschienen einige Evangeliensänger mit ihren Gitarren, Flöten und Trommeln und begannen unter der Leitung ihres Hirten, eines Männchens in glänzendem Jackett und Zylinder, Psalmen anzustimmen. Chor und Instrumente vereinten sich zu einem schmerzhaften Mißklang, doch niemand außer Francisco und Irene schien es zu bemerken. Die anderen hörten sich das schon seit mehreren Wochen an, und ihre Ohren hatten sich daran gewöhnt.
Auch Pater Cirilo erschien schweratmend auf sei-

nem Fahrrad. Es hatte ihn mächtig angestrengt, die Strecke von der Kirche bis zum Haus der Ranquileos pedaletretend zu überwinden. Unter der Weinlaube sitzend, verlor er sich in melancholischen Betrachtungen oder auswendig gelernten Gebeten, er strich über seinen weißen Bart, der sah von Ferne aus wie ein Strauß weißer Lilien, den ihm jemand an die Brust geheftet hatte. Möglicherweise hatte er eingesehen, daß sein Rosenkranz der heiligen Gemita, den sogar die Hände des Papstes berührt hatten, in diesem Fall ebenso nutzlos war wie die Gesänge seines protestantischen Kollegen oder die vielfarbigen Pillen des Arztes von Los Riscos. Ab und zu schaute er auf seine Taschenuhr, um die Pünktlichkeit des Anfalls zu überprüfen. Die anderen Menschen, angelockt von den möglichen Wundern, saßen schweigsam auf ihren Stühlen im Schatten des vorgezogenen Daches. Zwischendurch unterhielten sich einige gemessen über die bevorstehende Aussaat oder ein zurückliegendes Fußballspiel, das sie im Radio verfolgt hatten, aber keiner erwähnte auch nur einmal das Interesse, das sie hergeführt hatte, aus Respekt vor den Hausherren oder auch aus Scheu.
Evangelina und ihre Mutter bewirteten die Gäste mit geröstetem Mehl und Honig in frischem Wasser. Nichts an der Erscheinung des jungen Mädchens war ungewöhnlich, sie wirkte ruhig, hatte rosige Wangen und ein einfältiges Lächeln im Apfelgesicht. Sie genoß es, im Mittelpunkt der allgemeinen Aufmerksamkeit zu stehen.
Hipólito Ranquileo brauchte seine Zeit, um die Hunde einzufangen und an Bäume zu binden. Sie

bellten zu sehr. Dann kam er zu Francisco und erklärte ihm, warum er, notgedrungen, eine der Hündinnen töten mußte, sie hatte nämlich am Vortag geworfen und die Welpen aufgefressen, ein ebenso ungeheuerlicher Vorgang, wie wenn eine Henne anfängt zu krähen. Gewisse Fehlgriffe der Natur müssen von der Wurzel her bekämpft werden, damit keine anderen Lebewesen davon befallen werden. In solchen Dingen war er sehr feinfühlig.
Während sie noch darüber sprachen, pflanzte sich der Pastor in der Mitte des Hofes auf, um aus voller Lunge eine leidenschaftliche Rede zu beginnen. Die Anwesenden hörten ihm zu, um ihn nicht zu entmutigen, obwohl außer den Evangelisten offensichtlich keiner recht wußte, wie ihm geschah. »Steigende Preise! Teuerungsraten! Ein sattsam bekanntes Problem. Es gibt viele Wege, dagegen anzukämpfen: Gefängnis, Geldbußen, Streiks et cetera. Doch was ist der Kern dieses Problems? Was die Ursache? Was ist das für eine Feuersbrunst, die im Menschen die Habsucht entflammt? Hinter alledem steckt ein gefährlicher Hang zur Sünde der Begehrlichkeit, die ungezügelte Gier nach irdischen Genüssen. Und dies entfernt den Menschen vom Heiligen Gott, stört das humane, moralische, ökonomische und seelische Gleichgewicht, entfacht den Zorn des allmächtigen Herrn. Unsere Zeit gleicht der von Sodom und Gomorrha, der Mensch hat sich im Nebel des Frevels verloren und erntet jetzt sein gerüttelt Maß an Strafe dafür, daß er sich von seinem Schöpfer abgewendet hat. Jehova sendet uns seine Ermahnungen, damit wir in uns gehen und unsere eklen Sünden bereuen...«

»Entschuldigen Sie, Herr Pastor, darf ich Ihnen eine Erfrischung anbieten?« unterbrach ihn Evangelina, worauf er den Faden für die Aufzählung weiterer Missetaten verlor.

Eine der Anhängerinnen des Protestanten, ein schielendes, kurzbeiniges Wesen, näherte sich Irene, um dieser ihre Theorie über die Tochter der Ranquileos darzulegen: »Beelzebub, Fürst der Dämonen, ist in ihren Leib gefahren, schreiben Sie das in Ihre Zeitschrift, Fräulein. Er will die Christen hinters Licht führen, doch die himmlischen Heere sind stärker und werden ihn besiegen. Das muß in die Zeitschrift, vergessen Sie es nicht.«

Pater Cirilo hörte die letzten Worte, hakte Irene unter und führte sie beiseite.

»Hören Sie nicht darauf. Diese Evangelisten sind Ignoranten, meine Tochter. Sie stehen nicht im wahren Glauben, haben aber ein paar gute Eigenschaften, das will ich nicht bestreiten. Es sind Abstinenzler, wußten Sie das? Selbst eingefleischte Alkoholiker hören in dieser Sekte mit dem Trinken auf, deshalb achte ich sie. Aber der Teufel hat mit alldem hier nichts zu schaffen. Das Mädchen ist durchgedreht, das ist alles.«

»Und die Wunder?«

»Von welchen Wundern sprechen Sie? Sie werden doch nicht diesem Tratsch Glauben schenken!«

Einige Minuten vor Mittag verließ Evangelina Ranquileo den Hof und ging ins Haus. Sie zog die Wolljacke aus, löste den Zopf und setzte sich auf eines der drei Betten im Zimmer. Draußen wurden alle still und kamen dann zur Veranda, um durch die

Tür oder das Fenster zu schauen. Irene und Francisco folgten dem Mädchen ins Haus, und während er die Kamera auf das Dämmerlicht einstellte, machte sie das Tonband startbereit. Der Boden im Haus der Ranquileos war aus Erde, festgetreten, befeuchtet und wieder festgetreten, so daß er die Härte von Zement hatte. Die wenigen Möbel waren aus einfachem rohem Holz, es gab ein paar strohgeflochtene Stühle und Hocker, einen selbstgezimmerten Tisch und, als einzigen Schmuck, ein Jesusbild mit dem flammenden Herzen. Ein Vorhang teilte den Schlafraum der Mädchen ab. Für die Buben lagen ein paar Matratzen auf dem Boden des angrenzenden Zimmers, das einen eigenen Eingang hatte, um Promiskuität zwischen den Geschwistern zu vermeiden. Alles war überaus sauber, duftete nach Minze und Thymian, ein Strauß roter Kardinalsblumen in einer Büchse gab dem Fenster Farbe, und über den Tisch war eine grüne Leinendecke gebreitet. Francisco entdeckte einen tiefen ästhetischen Sinn in diesen einfachen Dingen und nahm sich vor, später ein paar Aufnahmen für seine Sammlung zu machen. Er sollte nie dazu kommen.

Um zwölf Uhr mittags fiel Evangelina auf das Bett zurück. Ein Schauer fuhr durch ihren Körper, und sie preßte einen tiefen, langgezogenen Klagelaut hervor, der klang wie ein Liebesruf. Sie begann sich in Krämpfen zu winden, und ihr Kreuz bog sich in einer übermenschlichen Anstrengung durch. Aus ihrem verzerrten Gesicht war der Ausdruck des einfachen kleinen Mädchens jetzt verschwunden, und sie alterte plötzlich um Jahre. Eine Grimasse entstellte ihre Züge, Ekstase, Schmerz oder Wollust. Das Bett bebte, und Irene nahm entsetzt wahr, daß auch der zwei Meter entfernte Tisch in Bewegung geriet, ohne daß irgendeine erkennbare Kraft darauf einwirkte. Der Schrecken überwältigte ihre Neugier, und sie rückte schutzsuchend an Francisco heran, umklammerte seinen Arm und drängte sich an ihn, ohne den Blick von dem wahnwitzigen Schauspiel zu lassen, das sich auf dem Lager vollzog. Ihr Freund aber schob sie behutsam beiseite, um die Kamera zu bedienen. Draußen stimmten die Hunde ein endloses Katastrophengeheul an, das von den Stimmen der Singenden und Betenden begleitet wurde. Die Blechkannen schepperten im Wandschrank, und es schlug auf das Dachwerk, als ob es Kieselsteine hagelte. Ein anhaltendes Beben rüttelte an einem Bretterverschlag über den Deckenbalken, wo die Familie ihre Vorräte, das Saatgut und die Gerätschaften für den Ackerbau verwahrte. Ein Regen von Mais fiel aus den Säcken herab und machte die Szene endgültig zum Albtraum. Auf ihrem Bett krümmte sich Evangelina, Opfer einer geheimnisvollen Not und unerhellbarer Halluzinationen. Der Vater, dunkel, zahnlos, mit dem Ausdruck eines traurigen Clowns, beobachtete das Ganze von der Schwelle aus und kam nicht näher. Die Mutter verharrte mit halbgeschlossenen Augen neben dem Bett, vielleicht bemüht, das Schweigen Gottes zu hören. Innerhalb und außerhalb des Hauses faßten die Pilger Hoffnung. Einer nach dem anderen näherte sich Evangelina, um für sein kleines, bescheidenes Wunder zu bitten.

»Trockne mir die Furunkel, kleine Heilige!«

»Mach, daß mein Juan nicht zum Militär muß.«

»Gott segne dich, Evangelina voller Gnaden, heil die Hämorrhoiden von meinem Mann.«

»Gib mir ein Zeichen, welche Zahl soll ich in der Lotterie spielen?«

»Halt den Regen an, du Dienerin Gottes, bevor die Saat zum Teufel geht.«

Diejenigen, die geleitet von ihrem Glauben oder auch nur aus Verzweiflung gekommen waren, traten nun geordnet an, blieben einen Augenblick bei dem Mädchen stehen, um ihre Bitte vorzutragen, und entfernten sich dann verklärt vom Vertrauen in die göttliche Vorsehung, die sich an ihnen dank Evangelinas Fürsprache erweisen sollte.

Niemand hörte den Polizeiwagen kommen. Befehle ertönten, und bevor jemand reagieren konnte, fielen die Soldaten scharenweise ein, besetzten den Hof und drangen mit der Waffe in der Hand ins Haus. Sie stießen die Menschen beiseite, verscheuchten mit Gebrüll die Kinder und schlugen mit den Gewehrkolben auf diejenigen ein, die sich ihnen in den Weg stellten. Die Luft war erfüllt von Kommandostimmen.

»Gesicht zur Wand! Hände in den Nacken!« brüllte der massige Mann, der die Gruppe anführte.

Alle gehorchten, außer Evangelina, die unerreichbar in ihrer Trance war, und Irene Beltrán, die vor Schreck gelähmt an ihrem Platz stand.

»Die Ausweise!« brüllte ein Sergeant mit indianischen Gesichtszügen.

»Ich bin Journalistin und er Fotograf«, sagte Irene mit fester Stimme und zeigte auf ihren Freund.
Sie klopften Francisco grob ab: die Seiten, die Achseln, die Schenkel, die Schuhe.
»Dreh dich um!« befahlen sie ihm.
Der Offizier, den sie später als Leutnant Juan de Dios Ramírez kennenlernen sollten, kam hinzu und drückte ihm den Lauf der Maschinenpistole in die Rippen.
»Name!«
»Francisco Leal.«
»Was macht ihr hier für einen Scheiß?«
»Keinen Scheiß, eine Reportage«, unterbrach ihn Irene.
»Mit dir red ich nicht!«
»Ich aber, Hauptmann«, grinste sie den von ihr Beförderten spöttisch an.
Der Mann, an unverschämte Zivilisten nicht gewohnt, zögerte.
»Ranquileo!« rief er.
Sofort löste sich aus der Truppe ein dunkelhäutiger Riese mit einfältigem Gesichtsausdruck, der mit seinem Gewehr vor dem Vorgesetzten in Habachtstellung ging.
»Ist das deine Schwester?« Der Leutnant zeigte auf Evangelina, die in einer anderen Welt schwebte, in schwüler Verschmelzung mit den Geistern.
»Jawohl, Leutnant!« antwortete der andere stramm, Absätze zusammen, Brust raus, Augen geradeaus, ein Antlitz aus Granit.
In diesem Augenblick prasselte erneut und mit verstärkter Gewalt ein Regen von unsichtbaren Steinen

auf das bebende Dach. Der Offizier warf sich auf den Boden und nach ihm seine Leute. Verdutzt schauten die anderen zu, wie sie auf Ellbogen und Knien zum Hof robbten, wo sie hastig aufstanden und im Zickzack in ihre Stellung liefen. Vom Waschtrog aus begann der Leutnant auf das Haus zu feuern. Das war das Signal. Die Wachsoldaten drehten durch, aufgeputscht von der unkontrollierten Gewalt, drückten sie auf die Abzüge, und binnen Sekunden war der Himmel erfüllt von Schreien, Klagen, Bellen, Gakkern und Pulverschwaden. Wer sich im Hof befand, warf sich zu Boden, einige suchten Schutz im Graben, andere hinter den Bäumen. Die Evangelischen versuchten ihre Musikinstrumente in Sicherheit zu bringen. Pater Cirilo kroch unter den Tisch, krallte sich den Rosenkranz der heiligen Gemita und flehte lautstark den Herrn der himmlischen Heerscharen um Schutz an.

Francisco Leal beobachtete, daß die Kugeln nah am Fenster vorbeipfiffen und einige auch in die dicken Lehmwände einschlugen wie ein unheilverkündendes Pochen. Er griff nach Irene, zog sie zu Boden und warf sich auf ihren Körper. Er spürte, wie sie in seinen Armen erschauerte, und wußte nicht, ob sie unter seinem Gewicht nach Luft rang oder vom Entsetzen geschüttelt wurde. Kaum waren Panik und Geschrei verebbt, stand er auf und lief zur Tür, überzeugt davon, ein halbes Dutzend Tote auf dem Schlachtfeld zu finden, doch die einzige Leiche, die ihm unter die Augen kam, war eine von Kugeln zerfetzte Henne. Die Wachsoldaten waren außer Atem, wahnbesessen, enthemmt im Vollgefühl der eigenen Macht. Die Nachbarn und die Schaulustigen lagen eingestaubt und lehmverschmiert auf der Erde, die Kinder weinten, und die Hunde zerrten verzweifelt bellend an ihren Stricken. Francisco spürte an einer Bewegung der Luft, daß Irene an ihm vorbeiging, und noch bevor er sie aufhalten konnte, stand sie vor dem Leutnant, die Hände in die Hüften gestemmt, und schrie mit einer Stimme, die der ihren nicht glich:

»Ihr Bestien! Habt ihr keinen Respekt? Ihr hättet jemanden töten können! Merkt ihr das gar nicht?«

Francisco lief zu ihr, in der Ahnung, daß eine Kugel sie zwischen die Augen treffen würde, bemerkte dann aber verblüfft, daß der Offizier lachte.

»Werd nicht nervös, Kleine, wir haben in die Luft geballert.«

»Warum duzen Sie mich? Und was haben Sie hier überhaupt zu suchen?« ging ihn Irene an, die ihre Nerven nicht unter Kontrolle bekam.

»Ranquileo hat mir das mit seiner Schwester erzählt, und da habe ich ihm gesagt: Wo Pfaffen und Ärzte versagen, da siegt die Armee. Das habe ich ihm gesagt, und deshalb sind wir hier. Wir werden gleich sehen, ob diese Kleine weiter zappelt, wenn ich sie festnehme.«

Mit großen Schritten marschierte er ins Haus. Irene und Francisco folgten ihm wie Automaten. Was dann geschah, sollte ihnen auf ewig im Gedächtnis bleiben, als Erinnerung an eine Folge von stürmischen und unzusammenhängenden Bildern.

Der Leutnant Juan de Dios Ramírez schritt auf Evangelinas Bett zu. Die Mutter stellte sich ihm in den Weg, doch er schob sie beiseite. »Fassen Sie das Mädchen nicht an!« schrie sie noch, zu spät, der Offizier hatte schon die Hand ausgestreckt und packte die Kranke am Arm.

Für niemanden vorhersehbar schoß Evangelinas Faust auf das gerötete Gesicht des Soldaten zu und schmetterte mit einer derartigen Wucht gegen seine Nase, daß er rücklings auf dem Boden landete. Wie ein harmloser Ball rollte sein Helm unter den Tisch. Das Mädchen löste sich augenblicklich aus ihrer Starre, die Augen nicht mehr blicklos und jetzt ohne Schaum vor dem Mund. Wer da den Leutnant am Uniformrock packte, ihn mühelos vom Boden hob und ihn wie ein Staubtuch schwenkend aus dem Haus beförderte, das war die sanfte, zartknochige Fünfzehnjährige, die kurz zuvor in der Laube geröstetes Mehl mit Honig herumgereicht hatte. Nur ihre wundersame Kraft verriet den Ausnahmezustand, in dem sie sich befand. Irene reagierte schnell. Sie riß Francisco die Kamera aus den Händen und begann zu knipsen, ohne sich um die Blende zu kümmern, in der Hoffnung, daß einige Aufnahmen gelängen, trotz des jähen Lichtwechsels vom schattigen Innenraum in die pralle Mittagssonne.

Durch die Linse sah Irene, wie Evangelina den Leutnant bis zur Mitte des Hofes schleppte und ihn mit Widerwillen zu Boden schleuderte, ein paar Meter vor den zusammengekauerten zitternden Protestanten. Der Offizier versuchte auf die Füße zu kommen, doch sie verpaßte ihm ein paar gezielte Schläge auf den Hinterkopf, so daß er dort sitzen blieb, dann gab sie ihm lustlos noch einige Fußtritte, ohne sich um die Wachsoldaten zu scheren, die sie mit gezogener Waffe umringten, doch so baff vor Staunen waren, daß sie nicht ans Schießen dachten. Das Mädchen griff sich die Maschinenpistole, die Ramírez an die Brust gedrückt hielt, und warf sie weit weg. Sie flog in eine Schlammpfütze, wo sie vor der gleichgültigen Schnauze eines Hausschweines versank, das die Waffe nur kurz beschnüffelte, bevor sie vom Unrat geschluckt wurde.

In diesem Augenblick erst wurde sich Francisco eigentlich der Situation bewußt und besann sich auf sein Psychologiestudium. Er näherte sich Evangelina Ranquileo, tippte ihr ein paarmal sachte, aber doch bestimmt auf die Schulter und rief sie bei ihrem Namen. Das Mädchen schien von einer weiten somnambulen Reise zurückzukehren. Sie senkte den Kopf, lächelte schüchtern, ging und setzte sich unter die Weinlaube, während die Uniformierten noch herumrannten, um die Maschinenpistole zu holen, sie von dem Matsch zu säubern, den Helm aufzuheben, ihrem Kommandanten auf die Füße zu helfen und ihm die Uniform abzuklopfen, wie fühlen Sie sich, Herr Leutnant? Der bleiche Offizier zitterte vor Wut, drückte sich den Helm auf den Kopf und ergriff seine Waffe, ohne daß ihm aus seinem breiten Repertoire an Gewalttaten eine der Gelegenheit angemessene Vergeltungsmaßnahme einfiel.

Unbeweglich und verängstigt erwarteten alle etwas Grauenhaftes, irgendeine dunkle Irrsinnstat, die mit ihnen aufräumen würde, daß sie an die Wand gestellt und ohne Federlesen erschossen würden oder daß man sie zumindest mit den Gewehren auf den Einsatzwagen stieße, um sie dann in irgendeiner Gebirgsschlucht verschwinden zu lassen. Nach einem unendlich langen Zögern machte der Leutnant jedoch kehrt und schritt zum Ausgang.

»Zurück, Marsch, ihr Saftsäcke!« brüllte er, und seine Männer folgten ihm.

Pradelio Ranquileo, Evangelinas ältester Bruder, gehorchte als letzter, er war wie betäubt, hatte einen verstörten Gesichtsausdruck und reagierte erst, als er den Motor des Polizeiwagens hörte. Da rannte er los und kletterte auf die Ladefläche zu seinen Kameraden. Indes erinnerte sich der Offizier an die Aufnahmen, erteilte einen Befehl, und der Sergeant kehrte um, trottete auf Irene zu, riß ihr die Kamera weg, nahm den Film heraus und hielt ihn ins Licht. Dann warf er den Apparat wie eine leere Bierdose über die Schulter.

Die Soldaten verschwanden. Auf dem Hof der Ranquileos herrschte tiefes Schweigen. Die Handlungsfähigkeit schien wie in einem bösen Traum eingefroren. Dann durchbrach Evangelinas Stimme den Bann.

»Darf ich Ihnen noch eine Erfrischung bringen, Herr Pastor?«

Da atmeten sie wieder, konnten sich bewegen, ihre Habseligkeiten aufklauben und sich beschämt zerstreuen.

»Gott schütze uns!« seufzte Pater Cirilo und schüttelte seine staubige Soutane aus.

»Und bewahre uns!« ergänzte der protestantische Pastor, fahl wie ein Kaninchen.

Irene holte sich die Kamera wieder. Sie als einzige lächelte. Jetzt, wo der Schrecken vorüber war, hatte sie nur noch das Groteske des Geschehens im Kopf, überlegte den Titel für die Reportage und fragte sich, ob die Zensur den Namen des gebeutelten Offiziers würde durchgehen lassen.
»Eine schlechte Idee von meinem Sohn, die Guardia herzuführen«, meinte Hipólito Ranquileo.
»Sehr schlecht«, pflichtete seine Frau bei.
Bald darauf machten sich Irene und Francisco auf den Rückweg in die Stadt. Die junge Frau drückte einen großen Blumenstrauß an die Brust, ein Geschenk der Ranquileo-Kinder. Sie war guter Laune und schien den Zwischenfall vergessen zu haben, als sei sie sich der überstandenen Gefahr überhaupt nicht bewußt. Das einzige, was sie offensichtlich verärgerte, war der Verlust des Films, ohne den man unmöglich den Bericht bringen konnte, da kein Mensch eine derartige Geschichte glauben würde. Sie tröstete sich damit, daß sie am nächsten Sonntag wieder hinfahren könnten, um neue Aufnahmen von Evangelina im Trancezustand zu machen. Die Familie hatte sie eingeladen, da ein Schwein geschlachtet werden sollte. Das war ein Ereignis, das jedes Jahr stattfand und die Nachbarn zu einem großen Festessen versammelte. In Francisco hingegen staute sich die ganze Fahrt über seine Wut und Empörung. Als er Irene an ihrer Haustür absetzte, konnte er kaum noch an sich halten.
»Warum regst du dich so auf, Francisco? Es ist nichts passiert, nur ein paar Kugeln in die Luft und ein totes Huhn, das ist alles«, lachte sie beim Abschied.

Bis dahin hatte er immer dafür gesorgt, sie fern zu halten von dem ausweglosen Elend, von der Ungerechtigkeit und der Repression, die er täglich miterlebte und über die bei den Leals ständig gesprochen wurde. Er fand es erstaunlich, wie Irene in aller Unschuld durch dieses Meer von Stürmen, das ihr Land war, segelte und dabei ihr Augenmerk nur auf das Malerische und Anekdotische richten konnte. Es überraschte ihn, sie unbeschädigt in der Strömung ihrer guten Absichten treiben zu sehen. Dieser ungerechtfertigte Optimismus und die unbeschwerte Vitalität seiner Freundin waren wie Balsam für die Wunden, die ihm das Wissen beibrachte, die Verhältnisse nicht ändern zu können. An diesem Tag jedoch war er versucht, sie an den Schultern zu packen, sie mit den Füßen auf die Erde zu stellen und sie zu schütteln, um ihr die Augen für die Wahrheit zu öffnen. Als er sie dann aber an der Steinmauer ihres Hauses lehnen sah, die Arme voller Feldblumen für ihre Greise und das Haar zerwühlt von der Motorradfahrt, hatte er den Eindruck, daß dieses Mädchen für die rauhe Wirklichkeit nicht geschaffen war. Er küßte sie auf die Wange, fast auf den Mund, und wünschte sich leidenschaftlich, sie immer vor den Schatten bewahren zu können. Sie duftete nach Wiese, und ihre Haut war kalt. Und er wußte, daß er dem Schicksal, sie zu lieben, nicht entrinnen konnte.

Zweiter Teil
Die Schatten

Noch bewahrt die laue Erde letzte Geheimnisse.

Vicente Huidobro

Seitdem er für die Zeitschrift arbeitete, war Francisco einem ständigen Wechselbad ausgesetzt. Die Stadt war durch eine unsichtbare Grenze durchschnitten, die er häufig überqueren mußte. An ein und demselben Tag fotografierte er duftige Musselinkleider mit Spitzenbesatz, versorgte in Josés Siedlung ein von ihrem Vater vergewaltigtes Mädchen und brachte die letzte Liste der Opfer an den Flughafen, um sie einem ihm unbekannten Verbindungsmann zu übergeben, nachdem er das Erkennungswort gesagt hatte. Halb lebte er im offiziell verordneten Schein und halb in der heimlichen Wirklichkeit. Seine Gemütsverfassung mußte er jeweils den Erfordernissen des Augenblicks anpassen, wenn aber der Tag vorbei war, ließ er in der Stille seines Zimmers die Ereignisse des Tages an sich vorüberziehen und kam zu dem Schluß, angesichts der tagtäglichen Herausforderung am besten nicht weiter darüber nachzudenken, damit Angst und Zorn ihn nicht lähmten. Zu jener Stunde wuchs Irenes Bild aus den Schatten, die ihn umgaben, bis es den ganzen Raum ausfüllte.

In der Nacht zum Donnerstag träumte er von einem Margeritenfeld. Zumeist erinnerte er sich nicht an seine Träume, die Blumen aber waren so frisch gewesen, daß er beim Aufwachen davon überzeugt war, sich gerade im Freien bewegt zu haben. Vormittags lief er im Verlag der Astrologin über den Weg, jener Frau mit dem schwarzblauen Haar, die es sich in den Kopf gesetzt hatte, ihm seine Zukunft vorauszusagen.

»Ich lese es aus deinen Augen: Du hast eine Liebesnacht hinter dir!« rief sie ihm zu, kaum daß sie ihn auf der Treppe zum fünften Stock entdeckt hatte.

Francisco lud sie zu einem Bier ein und erzählte ihr, mangels kosmischer Daten, die ihr beim Wahrsagen hätten helfen können, von seinem Traum. Sie ließ ihn wissen, daß Margeriten Glück bedeuten, daß ihm also zwangsläufig in den nächsten Stunden etwas Angenehmes widerfahren mußte.

»Das ist ein Trost, mein Sohn, denn der Tod streckt seine Hand nach dir aus«, bemerkte sie noch, aber das hatte sie schon so oft gesagt, daß die Unheilsbotschaft ihn nicht mehr schrecken konnte.

Seine Achtung für die Sterndeuterin stieg, als sich wenig später die Glücksvorhersage erfüllte und Irene ihn zu Hause anrief, er möge sie doch zum Essen einladen, denn sie habe Lust, die Leals zu sehen. Sie waren in der ganzen Woche kaum zusammengewesen. Die Moderedakteurin hatte es sich in den Kopf gesetzt, eine Fotoserie in der Kriegsakademie machen zu lassen, und Francisco war damit vollauf beschäftigt gewesen. Die Mode der Saison waren romantische Kleider mit Bändern und Volants, und die wollte sie vor dem Hintergrund der schweren Kriegsmaschinerie und der Uniformen präsentieren. Der Kommandant seinerseits wollte die Gelegenheit nutzen, um die Armee von einer gutartigen Seite zu zeigen, und öffnete die Tore, nachdem er die Sicherheitsvorkehrungen verdoppelt hatte. Francisco und das übrige Team verbrachten mehrere Tage im militärischen Sperrgebiet, und danach wußte er nicht, was ihm widerwärtiger war: die vaterländischen Hymnen und die martialischen Zeremonien oder aber die drei Schönheitsköniginnen, die vor seiner Linse posierten. Beim Ein- und Auslaß wurden sie minutiös gefilzt. Das gab ein Drunter und Drüber wie bei einer Naturkatastrophe. Man kippte ihnen die Koffer aus, wühlte zwischen Kostümen, Schuhen und Perücken, die Wachen steckten nicht nur überall ihre Nase rein, sondern setzten auch noch elektronisches Suchgerät ein, um irgendein verdächtiges Indiz aufzuspüren. Die Mannequins begannen den Tag mit einem mauligen Gesicht und brachten quengelnd die Stunden hinter sich. Mario, der immer elegant weißgekleidete und diskrete Friseur, hatte die Mission, sie für jedes Foto zu verwandeln. Ihm sekundierten zwei Assistenten, beides Neulinge im Schwulengewerbe, die ihn wie Glühwürmchen umschwirrten. Francisco kümmerte sich um die Kameras und die Filme und mußte sich beherrschen, um Ruhe zu bewahren, wenn bei einer der Durchsuchungen seine Filmrollen dem Licht ausgesetzt wurden und dann die Arbeit des Tages zunichte war.

Das Gastspiel dieser Komparserie verursachte in der Disziplin der Akademie einige Einbrüche, da es all jene verwirrte, die ein solches Schauspiel nicht gewohnt waren. Die Soldaten, denen nicht die Königinnen den Kopf verdrehten, wurden von den Assistenten aus dem Tritt gebracht, die, sehr zum Leidwesen des Friseurmeisters, ständig um sie herumschwänzelten. Mario hatte keinen Sinn für solche

Geschmacklosigkeiten, er selbst hatte jede Neigung zur Promiskuität seit Jahren überwunden. Er war eines von elf Kindern eines Bergmanns aus dem Kohlerevier. Er war in einem grauen Städtchen geboren und aufgewachsen, in dem der Staub aus der Mine alles und jedes bedeckte, es mit einer dünnen, tödlichen Patina des Häßlichen überzog und die Bewohner, in deren Lungen er sich festsetzte, in Schatten ihrer selbst verwandelte. Mario war dazu bestimmt, in die Fußstapfen seines Vaters, seines Großvaters und seiner Brüder zu treten, aber er verspürte nicht die Kraft, um durch die Eingeweide der Erde zu robben und den nackten Felsen zu behauen und die ganze Rauheit der Minenarbeit durchzustehen. Seine Finger waren zart und sein Geist phantasiebegabt, was man ihm mit Prügeln auszutreiben suchte, doch solch drastische Mittel änderten nicht sein feminines Gebaren, noch brachten sie seine Natur auf einen anderen Kurs. Der Junge nutzte jede unbeobachtete Gelegenheit, um sich einsamen Freunden hinzugeben, die den mitleidlosen Spott seiner Umgebung herausforderten: er sammelte Flußsteine, die er polierte, um sich an dem Glanz der Farben zu erfreuen; er durchstreifte die traurige Landschaft auf der Suche nach trocknen Blättern, die er zu kunstvollen Kompositionen arrangierte; ein Sonnenuntergang konnte ihn zu Tränen rühren, er wünschte sich, das Gesehene in einem Bild oder einem Vers festhalten zu können. Nur seine Mutter billigte diese Sonderlichkeiten, sie sah in ihnen nicht Anzeichen von Perversion, sondern die Offenbarung einer anders gearteten Seele. Um ihn von den unbarmherzigen Prügeln seines Vaters zu bewahren, brachte sie ihn in die Pfarrei, wo er dem Sakristan helfen sollte. Sie hoffte, daß seine weibliche Sanftheit zwischen Meßgewändern und Weihrauchopfern nicht auffallen würde. Doch der Junge vergaß die lateinischen Litaneien, weil er sich ablenken ließ von den goldenen Stäubchen, die im Lichtstrahl tanzten, der durch das Fenster fiel. Der Pfarrer sah über solche Traumtänzereien hinweg, brachte ihm Arithmetik, Lesen und Schreiben sowie das Allernotwendigste an Bildung bei. Mit fünfzehn konnte er die wenigen Bücher in der Sakristei beinahe auswendig, ebenso wie die des türkischen Kolonialwarenhändlers, der ihn mit Büchern ins Hinterzimmer seines Ladens lockte, wo er ihn dann in die Mechanismen der Männerliebe einweihen konnte. Als sein Vater von diesen Besuchen erfuhr, schleppte er ihn mit roher Gewalt und eskortiert von seinen beiden älteren Brüdern zum Bordell. Dort mußten sie Schlange stehen zusammen mit einem Dutzend anderer Männer, die darauf brannten, ihren Freitagslohn loszuwerden. Nur Mario nahm die schmutzig verblichenen Gardinen wahr, den Gestank nach Urin und Karbol, die unendliche Trostlosigkeit, die dieser Ort atmete. Nur ihn rührte die Traurigkeit dieser Frauen, die der übermäßige Gebrauch und der Mangel an Liebe vernutzt hatte. Von seinen Brüdern in die Enge getrieben, machte er den Versuch, sich bei der Hure, die ihm zugefallen war, wie ein Mann aufzuführen; die sah jedoch auf den ersten Blick, daß diesem Jungen vorbestimmt war, einsam und geächtet zu leben. Er tat ihr leid, wie er da vor Widerwillen zitterte beim Anblick ihres nackten Fleisches, und sie bat darum, mit ihm allein gelassen zu werden, um ihrer Arbeit in Ruhe nachgehen zu können. Als die anderen hinausgegangen waren, schob sie den Riegel vor die Tür, setzte sich neben ihn aufs Bett und nahm seine Hand.

»Das kann man nicht auf Befehl machen«, sagte sie zu Mario, der verschreckt weinte. »Geh weit weg, Junge, irgendwohin, wo dich niemand kennt, denn hier werden sie dich am Ende totschlagen.«

Das war der beste Ratschlag, den er in seinem Leben bekam. Er trocknete die Tränen und versprach keine mehr zu vergießen um ein Mannestum, das er sich im Grunde nicht wünschte.

»Wenn du dich nicht verliebst, kannst du es weit bringen«, verabschiedete ihn die Frau, nachdem sie den Vater beruhigt und damit den Jungen vor einer neuen Tracht Prügel bewahrt hatte.

In jener Nacht sprach Mario mit der Mutter und erzählte ihr, was vorgefallen war. Sie suchte aus den Tiefen ihres Schrankes ein Bündelchen zerknitterter Scheine hervor und legte es ihrem Sohn in die Hand. Mit diesem Geld nahm er einen Zug in die Hauptstadt, wo es ihm gelang, sich als Hilfskraft in einem Friseursalon zu verdingen. Er mußte dort putzen und aufräumen und bekam dafür Essen und eine Strohmatte, auf der er nachts im Salon schlafen durfte. Er war überwältigt. Eine solche Welt hatte er sich nicht vorstellen können: helle Farben, zarte Parfums, fröhliche Stimmen, Frivolität, Wärme, Muße. In den Spiegeln verfolgte er die Hände der Friseusen auf den Haaren und konnte nur staunen.

Er lernte die weibliche Seele kennen, dieweil er die Frauen ungeschminkt sah. Nachts, wenn er allein im Salon zurückblieb, probierte er an den Perücken Frisuren aus und am eigenen Gesicht Lidschatten, Puder und Stifte, um sich in der Kunst des Schminkens zu üben, und er fand heraus, wie man ein Gesicht mit Pinsel und Farbe verschönt. Schon bald wurde ihm erlaubt, sich an neuen Kundinnen zu versuchen, und nach wenigen Monaten schnitt er Haare wie ein Gott, und die anspruchsvollsten Damen verlangten, von ihm bedient zu werden. Er verstand es, eine unscheinbare Frau zu verwandeln, indem er ihren Kopf mit duftigem Haar umrahmte und die Errungenschaften der Kosmetik weise einsetzte. Vor allem aber vermochte er jeder einzelnen die Gewißheit ihrer Attraktivität zu vermitteln, denn schließlich und endlich ist Schönheit eine Frage der Haltung. Er begann unermüdlich zu lernen und setzte das Gelernte wagemutig um. Er wurde von Bräuten, Mannequins, Schauspielerinnen und Botschaftergattinnen aus Übersee herangezogen. Ein paar geldschwere und einflußreiche Damen der Stadt öffneten ihm ihre Häuser, und so trat der Bergmannssohn zum erstenmal auf Perserteppiche, trank Tee aus durchscheinendem Porzellan und konnte sich am Glanz des getriebenen Silbers, der polierten Hölzer und des zarten Kristalls erfreuen. Schnell lernte er die wahrhaft wertvollen Stücke erkennen und beschloß, sich mit weniger nicht zufriedenzugeben, denn jede Vulgarität tat ihm weh. Als er in den Bannkreis von Kunst und Kultur geriet, wußte er, daß von dort kein Weg zurück führte. Er ließ seinen schöpferischen Impulsen und seinem Geschäftssinn freien Lauf und war in ein paar Jahren Besitzer des berühmtesten Schönheitssalons in der Hauptstadt; nebenbei betrieb er einen kleinen Antiquitätenladen, der diskreten Geschäften Raum gab. Er entwickelte sich zum Experten für Kunstwerke, edle Möbel, Luxusartikel, und die bestsituierten Leute ließen sich von ihm beraten. Er war stets beschäftigt und in Eile, vergaß darüber aber nie, daß die Zeitschrift, bei der Irene Beltrán arbeitete, ihn zum erstenmal groß herausgebracht hatte, daher ließ er seine anderen Arbeiten liegen, wenn er dort für eine Modenschau oder eine Schönheitsserie gebraucht wurde, und erschien mit seinem berühmten Verwandlungskoffer, in dem er sein Instrumentarium verwahrte. Sein Einfluß wurde so bedeutend, daß auf den großen gesellschaftlichen Ereignissen die wagemutigsten Damen, die von ihm geschminkt worden waren, auf der linken Wange wie eine tätowierte Beduinin stolz sein Autogramm trugen.

Als er Francisco Leal kennenlernte, war er ein Mann mittleren Alters, mit einer feinen, geraden Nase, ein Produkt der plastischen Chirurgie, schlank und aufrecht dank Diätplan, Gymnastik und Massagen, gebräunt im ultravioletten Licht, untadelig gekleidet in bester englischer und italienischer Ware, kultiviert, gebildet und berühmt. Er bewegte sich in exklusiven Kreisen und reiste unter dem Vorwand, Antiquitäten anzukaufen, in entlegene Gebiete. Er lebte wie ein Aristokrat, verleugnete aber nicht seine bescheidene Herkunft, und wenn sich eine Gelegenheit bot, über seine Vergangenheit in der Bergwerkssiedlung zu sprechen, nahm er sie souverän und mit Humor wahr. Diese Offenheit sicherte ihm die Sympathie jener, die ihm das Vortäuschen einer vornehmen Herkunft nie verziehen hätten. In dieser geschlossenen Gesellschaft, zu der nur ein traditionsreicher Name oder viel Geld Zugang verschafften, setzte er sich mit seinem exquisiten Geschmack durch und mit der Fähigkeit, sich die richtigen Leute zu verpflichten. Er kehrte nie in sein Elternhaus zurück, noch sah er seinen Vater oder seine Brüder je wieder, seiner Mutter schickte er jedoch jeden Monat einen Scheck, um ihr einen gewissen Wohlstand zu gewähren und die Schwestern in der Ausbildung, bei dem Aufbau eines Geschäfts oder mit einer Mitgift zu unterstützen. Sein Gefühlsleben war diskret, ohne schrille Töne, wie alles in seinem Leben. Als Irene ihm Francisco Leal vorstellte, verriet nur ein flüchtiger Glanz in seinen Pupillen, wie sehr er beeindruckt war. Sie bemerkte es und spottete später mit ihrem Freund, er solle sich vor den Avancen des Figaros in acht nehmen, sonst werde er mit einem Ring im Ohr und einer Sopranstimme enden. Zwei Wochen später arbeiteten sie gerade im Studio mit der neuen Schminkkollektion, als Hauptmann Gustavo Morante auf der Suche nach Irene aufkreuzte. Dem entglitten die Züge, als er Mario sah. Der Offizier verspürte einen lebhaften Widerwillen gegen alles Weibische, und es mißfiel ihm, daß seine Verlobte in diesem Ambiente mit Leuten in Berührung kam, die er als abartig einstufte. Mario, der ganz damit beschäftigt war, goldenen Rauhreif auf die Backenknochen eines wunderschönen Fotomodells zu legen, wurde von seinem Instinkt im Stich gelassen, er nahm die Ablehnung nicht wahr und streckte dem Hauptmann lächelnd die Rechte entgegen. Gustavo kreuzte die Arme vor der Brust, sah ihn unendlich verächtlich an und sagte, daß er sich mit warmen Brüdern nicht gemein mache. Eisiges Schweigen herrschte im Studio. Irene, die Helferinnen, die Fotomodelle, alle erstarrten. Mario wurde bleich, und Trauer verschattete seinen Blick. Da ließ Francisco Leal die Kamera stehen, kam langsam näher und legte dem Friseur die Hand auf die Schulter.

»Wissen Sie eigentlich, Hauptmann, warum Sie ihn nicht berühren mögen? Sie haben Angst vor Ihren eigenen Gefühlen! Womöglich ist die rauhe Kameraderie in Ihrer Kaserne stark homosexuell durchsetzt«, sagte er so gemächlich und höflich, wie es seine Art war.

Bevor Gustavo Morante dazu kam, die Tragweite dieser Feststellung zu ermessen und seiner Einstellung gemäß zu reagieren, griff Irene ein, packte ihren Verlobten am Arm und zerrte ihn aus dem Raum. Mario vergaß diesen Zwischenfall nie. Ein paar Tage später lud er Francisco zum Abendessen ein. Er wohnte im obersten Stock eines Luxusgebäudes. Seine Wohnung war in Schwarz und Weiß gehalten, der Stil nüchtern, modern, originell. In die geometrische Linienführung aus Stahl und Glas waren drei oder vier alte Barockmöbel und Tapisserien aus chinesischer Seide eingefügt. Auf dem weichen Teppich, der einen Teil des Bodens bedeckte, schnurrten zwei Angorakatzen, und vor dem offenen Kamin, in dem Akazienscheite brannten, lag schläfrig ein schwarzglänzender Hund. Ich liebe Tiere, bemerkte Mario bei der Begrüßung. Francisco sah einen Silberkübel mit Eis, in dem eine Flasche Champagner kühlte, daneben zwei Kelche; er nahm das schummrige Licht wahr, den Duft von Holz und von Weihrauch, der in einer bronzenen Räucherpfanne verbrannte, hörte Jazz aus versteckten Lautsprechern und begriff, daß er der einzige Gast war. Einen Augenblick war er versucht, kehrtzumachen und wegzulaufen, um seinem Gastgeber ja keine Hoffnungen zu machen. Dann aber gewann der Wunsch Oberhand, ihn nicht zu verletzen und lieber seine Freundschaft zu gewinnen. Mitleid überkam ihn, aber auch Sympathie mit diesem Mann, der ihm schüchtern seine Liebe anbot. Er setzte sich neben ihn aufs rohseidene Sofa, nahm das Champagnerglas und verließ sich auf seine Berufserfahrung, um jene unbekannten Wasser zu befahren, ohne Schiffbruch zu erleiden. Für beide wurde es ein unvergeßlicher Abend. Mario erzählte ihm sein Leben und ließ dabei auf taktvolle Weise die Leidenschaft durchblicken, die in ihm wach geworden war. Er ahnte eine abschlägige Antwort, war jedoch zu bewegt, um seine Gefühle verbergen zu können, denn nie zuvor hatte ihn ein Mann so eingenommen. Francisco war viril, selbstsicher und sanft zugleich. Mario verliebte sich nicht leicht, er mißtraute den Gefühlsanwandlungen, die ihm schon so viel Ärger eingebracht hatten, in diesem Fall aber war er bereit, aufs Ganze zu gehen. Auch Francisco sprach über sich und gab ihm zu verstehen, daß sich zwischen ihnen eine tiefe und dauerhafte Freundschaft, nicht aber Liebe entwikkeln könne. Im Laufe des Abends entdeckten sie gemeinsame Interessen, lachten zusammen, hörten Musik und tranken die Flasche Champagner aus. In einem Anflug von Vertrauensseligkeit, die gegen alle Regeln der Vernunft verstieß, erzählte Mario, wie sehr er die Diktatur verabscheue und wünsche, sie zu bekämpfen. Sein neuer Freund, der gelernt hatte, die Wahrheit in fremden Augen zu erkennen, erzählte ihm daraufhin von seinem Geheimleben. Als sie sich kurz vor der Sperrstunde verabschiedeten, besiegelte ihr Händedruck einen Pakt der Solidarität.

Von jenem Abendessen an waren Francisco und Mario nicht nur durch die gemeinsame Arbeit an der Zeitschrift verbunden, sondern auch durch die heimlichen Aktionen. Der Friseur spielte nicht wieder auf eine Neigung an, die ihre Freundschaft hätte trüben können. Seine Haltung war ganz unzweideutig, und Francisco begann daran zu zweifeln, daß dieser Mann jemals so hatte sprechen können wie in jener denkwürdigen Nacht. Irene wurde zwar in die Kleingruppe aufgenommen, aber von allem, was mit der illegalen Arbeit zu tun hatte, ferngehalten, da sie kraft Geburt und Erziehung zur Gegenseite gehörte, nie Interesse für Politik bekundet hatte und zudem Verlobte eines Offiziers war.

An jenem Tag in der Kriegsakademie war Mario mit seiner Geduld am Ende. Zu den lästigen Sicherheitsvorkehrungen, der Hitze und der allgemeinen schlechten Laune kam noch das Scharwenzeln seiner zwei Helfer vor der Truppe.

»Ich schmeiß sie raus, Francisco. Diese beiden Idioten haben keinen Stil und sind auch unfähig, sich so was je anzueignen. Ich hätte sie gleich an die Luft setzen sollen, als ich sie beim Techteln in der Verlagstoilette erwischt hab.«

Auch Francisco Leal hatte von allem genug, vor allem weil er Irene seit ein paar Tagen nicht mehr gesehen hatte. Die ganze Woche über war es unmöglich gewesen, ihre Termine unter einen Hut zu bringen, so war er verrückt vor Sehnsucht, als sie am Telefon ihren Besuch zum Abendessen ankündigte.

Im Hause Leal wurde das Gastmahl sorgfältig vorbereitet. Hilda kochte eines ihrer Lieblingsgerichte, und der Professor erstand eine Flasche Wein und einen Strauß erster Frühlingsblumen, denn er schätzte die junge Frau, und ihre Gegenwart fegte den Überdruß und die Sorgen hinweg. Auch die anderen Söhne wurden eingeladen, José und Javier mit Familie, denn sie versammelten gern wenigstens einmal in der Woche alle bei sich.

Francisco war eben damit fertig, im Bad, das ihm als Dunkelkammer diente, einen Film zu entwickeln, als er Irene kommen hörte, er hängte die Probestreifen auf, trocknete sich die Hände, schloß beim Hinausgehen hinter sich ab, um seine Arbeit vor der Neugier der Neffen zu schützen, und eilte zu ihrer Begrüßung. Anheimelnd umfing ihn der Duft aus der Küche, er hörte die hellen Kinderstimmen und vermutete sie alle im Eßzimmer. Da entdeckte er seine Freundin und fühlte sich wie von einer guten Fee beschenkt, denn der Stoff von Irenes Kleid war mit Margeriten bedruckt und auch ihr Haar, das sie zu einem Zopf geflochten und hochgesteckt hatte, war mit diesen Blumen geschmückt. Sie war der Inbegriff seines Traumbildes und aller guten Voraussagen der Sterndeuterin.

Hilda kam mit einer dampfenden Schüssel ins Eßzimmer, und ein Chor der Begeisterung hieß sie willkommen.

»Kutteln!« seufzte Francisco ohne Zögern, er hätte dieses Aroma von Tomate und Lorbeer überall erkannt.

»Kutteln mag ich überhaupt nicht! Wie Frottiertuch!« maulte eines der Kinder.

Francisco brach sich ein Stück Brot, tunkte es in die duftende Sauce und steckte es sich schnell in den Mund, während seine Mutter mit Unterstützung der Schwiegertochter die Teller füllte. Nur Javier schien nicht bei der Sache. Der älteste Bruder spielte inmitten des Getümmels schweigsam und abwesend mit einem Tauende. In letzter Zeit hatte er die Angewohnheit entwickelt, sich mit Knoten zu zerstreuen: Seemannsknoten, Fischerknoten, Cowboyknoten, Bergsteigerknoten, Anglerknoten, Knoten für Steigbügel, für Schlüssel oder für Wanten, die er mit einer unerklärlichen Zähigkeit knüpfte und wieder löste. Am Anfang hatten seine Kinder ihm dabei fasziniert zugeschaut, als sie aber gelernt hatten, es ihm gleichzutun, verlor das Tau für sie jegliches Interesse. Sie gewöhnten sich an den mit seiner Manie beschäftigten Vater, ein friedliches Laster, das niemanden störte. Die einzigen Klagen kamen von seiner Frau, sie mußte sich mit der Hornhaut an seinen Händen abfinden und mit dem vermaledeiten Strick, der nachts neben dem Bett lag, aufgerollt wie eine Hausschlange.

»Ich mag keine Kutteln!« wiederholte der Junge.

»Dann iß eben Sardinen«, schlug seine Großmutter vor.

»Nein! Die haben Augen!«

Der Pfarrer schlug mit der Faust auf den Tisch, daß das Geschirr schepperte. Alle fuhren zusammen.

»Basta! Du ißt, was auf den Tisch kommt! Weißt du überhaupt, wie viele Menschen mit einer Tasse Tee und einem harten Brot am Tag auskommen müssen? Da wo ich wohne, werden die Kinder in der Schule vor Hunger ohnmächtig«, empörte sich José.

Hilda legte ihm beschwichtigend die Hand auf den Arm, er möge sich beruhigen und die Hungernden in seinem Pfarrsprengel nicht mehr erwähnen, um nicht das Familienessen und die Leber des Vaters zu gefährden. José senkte den Kopf, verwirrt über seinen eigenen Zorn. Die Lebenserfahrung hatte sein aufbrausendes Temperament nicht völlig beruhigt noch seine Obsession für die Gleichheit zwischen den Menschen. Irene durchbrach die Spannung, sie wollte auf das Essen anstoßen, und alle schlossen sich ihr an, rühmten Duft, Konsistenz, Geschmack, vor allem aber die proletarische Herkunft des Gerichts.

»Schade, daß Neruda keine Ode auf die Kutteln geschrieben hat«, bemerkte Francisco.

»Aber die Seeaalsuppe hat er bedichtet. Wollt ihr's hören?« bot sein Vater begeistert an. Er wurde von

einem schrillen Pfeifkonzert zum Schweigen gebracht.
Professor Leal nahm solche Scherze nicht mehr übel. Seine Söhne hatten ihn die ganze Kindheit über Klassiker rezitieren und laut vorlesen gehört, aber nur der Jüngste war von seiner literarischen Schwärmerei angesteckt worden. Francisco hatte jedoch ein weniger exaltiertes Temperament und zog es vor, seine Vorlieben in die Bahnen geregelter Lektüre zu lenken und heimlich Gedichte zu verfassen. Seinem Vater gönnte er das Privileg, wann immer und was immer er wollte zu deklamieren. Doch das ließen weder die anderen Söhne noch die Enkel zu. Nur Hilda bat ihn mitunter in der Zweisamkeit einer Dämmerstunde darum. Bei diesen Gelegenheiten ließ sie dann das Strickzeug ruhen, um aufmerksam den Worten zu lauschen, im Gesicht denselben Ausdruck des Staunens wie bei ihrer ersten Begegnung, und in Gedanken durchstreifte sie dann die mit diesem Mann geteilten Jahre der Liebe. Als der Bürgerkrieg in Spanien ausbrach, waren sie jung und verliebt. Obwohl Professor Leal den Krieg für obszön hielt, zog er mit den Republikanern an die Front. Seine Frau packte ein Bündel Wäsche, schloß die Tür ihres Hauses ab, ohne noch einmal zurückzublicken, und folgte seinen Spuren von Dorf zu Dorf. Sie wollten zusammensein, wenn sie vom Sieg, von der Niederlage oder vom Tod überrascht würden. Zwei Herbste später wurde ihr ältester Sohn in einem improvisierten Unterschlupf zwischen den Ruinen eines Klosters geboren. Sein Vater konnte ihn erst drei Wochen danach in die Arme nehmen. Im

Dezember des gleichen Jahres, zur Weihnachtszeit, zerstörte eine Bombe die Stätte, wo Hilda mit dem Kind untergekommen war. Als sie das Getöse hörte, das der Katastrophe vorausging, gelang es ihr eben noch, das Kind in ihren Schoß zu betten und sich darüber zu beugen wie ein zuklappendes Buch, so schützte sie das Leben des Kindes, während das Dach über ihr einstürzte. Der Säugling wurde unversehrt geborgen, die Mutter aber hatte einen Schädelbruch und einen zerschmetterten Arm. Eine Zeitlang hatte ihr Mann jede Spur von ihr verloren, suchte jedoch hartnäckig weiter, bis er sie schließlich in einem Landkrankenhaus fand. Dort lag sie entkräftet, ohne den eigenen Namen zu kennen, die Erinnerungen gelöscht, ohne Vergangenheit noch Zukunft, das Kind an der Brust. Als der Krieg aus war, beschloß Professor Leal, nach Frankreich zu ziehen, bekam aber nicht die Erlaubnis, die Kranke aus dem Heim zu holen, in dem sie sich erholte, also mußte er sie nachts entführen. Er setzte sie auf ein Gefährt, das aus zwei Bohlen und vier Rädern bestand, legte ihr den Säugling in den gesunden Arm, zurrte beide mit zwei Decken fest und zog sie dann hinter sich her, auf den mühseligen Wegen, die ins Exil führen. Er überquerte die Grenze mit einer Frau, die ihn nicht erkannte und deren einziger Versuch, sich mitzuteilen, darin bestand, dem Kind etwas vorzusingen. Er war ohne Geld aufgebrochen, konnte nicht auf Freunde zählen und hinkte wegen einer Schußwunde im Schenkel, die ihn jedoch nicht aufhalten konnte, ging es doch darum, die Seinen in Sicherheit zu bringen. Als einzigen persönlichen

Besitz trug er einen alten, vom Vater geerbten Rechenschieber bei sich, der ihm beim Wiederaufbau von Gebäuden und bei der Anlage von Schützengräben auf dem Schlachtfeld gedient hatte. Jenseits der Grenze wartete die französische Polizei auf die endlose Karawane der Geschlagenen. Die Männer wurden ausgesondert und abgeführt. Professor Leal redete wie ein Irrer auf sie ein, um seine besondere Lage zu erklären, und mußte mit Kolbenstößen in ein Konzentrationslager getrieben werden.
Ein französischer Postbote fand den Bretterkarren auf seinem Weg. Als er das Wimmern eines Kindes hörte, näherte er sich mißtrauisch, zog die Decke weg und sah eine junge Frau mit einem Kopfverband, den einen Arm geschient und im anderen einen Säugling, wenige Wochen alt, der vor Kälte weinte. Er nahm sie zu sich nach Haus und versuchte, ihnen gemeinsam mit seiner Frau zu helfen. Über eine Organisation der englischen Quäker, die sich der Fürsorge und dem Schutz der Flüchtlinge widmete, gelang es ihm, ihren Mann an einem von Stacheldraht umzäunten Strand ausfindig zu machen, wo die Männer untätig zum Horizont starrend ihre Tage verbrachten und sich des Nachts in Erwartung besserer Zeiten in den Sand eingruben. Es fehlte nicht viel, und Leal wäre wahnsinnig geworden vor Angst um Hilda und seinen Sohn. Als er daher aus dem Mund des Briefträgers hörte, die beiden seien in Sicherheit, senkte er den Kopf und weinte ausgiebig, zum erstenmal in seinem erwachsenen Leben. Der Franzose wartete ab, den Blick auf das Meer gerichtet, ohne ein passendes Wort oder eine Geste des Trostes

zu finden. Als er sich verabschiedete, sah er, daß der andere vor Kälte schlotterte, zog seinen Mantel aus und reichte ihm den errötend. So begann eine Freundschaft, die ein halbes Jahrhundert dauern sollte. Der Postbote half ihm dabei, einen Paß zu bekommen, seinen gesetzlichen Status zu klären und die Entlassung aus dem Flüchtlingslager zu erreichen. Seine Frau ließ sich unterdessen alle nur erdenklichen Hilfen für Hilda einfallen. Sie war eine praktische Person und bekämpfte die Amnesie nach einer selbst erfundenen Methode. Da sie kein Spanisch konnte, benutzte sie ein Wörterbuch, um jeden einzelnen Gegenstand und jedes Gefühl zu benennen. Stundenlang saß sie bei ihr und brachte die Geduld auf, es von A bis Z durchzugehen, jedes Wort so oft wiederholend, bis sie einen Funken des Verstehens in den Augen der Kranken sah. Nach und nach erlangte Hilda das verlorene Gedächtnis wieder. Das erste Gesicht, das aus dem Nebel hervorkam, war das ihres Mannes, dann erinnerte sie sich an den Namen ihres Sohnes und endlich, in einem schwindelerregenden Strudel, brach sich die Vergangenheit Bahn, die Schönheit, der Mut, die Liebe, das Lachen. Vielleicht faßte sie in diesem Augenblick den Entschluß, ihre Erinnerung zu selektieren und jeglichen Ballast abzuwerfen, denn sie spürte, daß sie in der neuen Etappe, die jetzt begann, ihre ganze Kraft brauchen würde, um ihr Emigrantenschicksal zu bewältigen. Es war besser, die schmerzende Sehnsucht nach der Heimat, den Verwandten, den zurückgelassenen Freunden zu tilgen, und so redete sie nicht mehr davon. Sie schien das Steinhaus vergessen zu haben, und ihr Mann erwähnte es in den folgenden Jahren vergeblich. Der Eindruck entstand, daß sie diese und viele andere Erinnerungen endgültig verdrängt hatte. Hingegen hatte sie nie mit größerer Klarheit die Gegenwart wahrgenommen und die Zukunft geplant. Das neue Leben ging sie mit Schwung und Selbstsicherheit an.

An dem Tag, als sich die Leals mit Kurs auf das andere Ende der Welt einschifften, kamen der Briefträger und seine Frau im Sonntagsstaat an die Mole, um sie zu verabschieden. Ihre kleinen Figuren waren das letzte, was noch zu erkennen war, als das Schiff ins offene Meer vorstieß. Bis die Küste Europas in der Ferne verschwamm, verharrten alle Passagiere am Achterdeck und sangen mit bewegten Stimmen republikanische Gesänge, alle außer Hilda, die, das Kind im Schoß, vorn am Bug der Zukunft entgegensah.

Die Leals durchschritten die Wege der Verbannung, stellten sich auf die Armut ein, suchten Arbeit, schlossen Freundschaften und richteten sich am anderen Ende der Welt ein. So überwanden sie die erste Lähmung, die alle Entwurzelten befällt. Sie entwickelten eine neue Stärke, geboren aus Leid und Not. Bei all den Schwierigkeiten, die zu überstehen waren, konnten sie auf eine Liebe zählen, die jeder Prüfung standhielt, und das war sehr viel mehr, als andere besaßen. Vierzig Jahre später standen sie immer noch im Briefwechsel mit dem französischen Postboten und dessen Frau, denn alle vier hatten ein weites Herz und ein unbefangenes Wesen bewahrt.

An jenem Abend bei Tisch war der Professor in

einem euphorischen Zustand. Die Gegenwart von Irene Beltrán regte seine Beredsamkeit an. Die junge Frau hörte ihn über Solidarität sprechen und war fasziniert wie ein Kind vor dem Kasperletheater, denn solche exaltierten Reden lagen ihrer Welt fern. Er beschwor die höchsten Werte der Menschheit, tausend Jahre Geschichte hinwegwischend, die Gegenteiliges bewiesen hatten, und versicherte, daß eine Generation genüge, um ein höheres Bewußtsein und eine bessere Gesellschaft hervorzubringen, würden nur die dafür unabdingbaren Voraussetzungen geschaffen, und hingerissen ließ sie das Essen auf ihrem Teller kalt werden. Der Professor bestand darauf, daß Macht pervers sei und den Abschaum der Menschheit fördere, da im Kampf ums Dasein nur die Gewalttätigen und Blutrünstigen siegten. Aus eben diesem Grund müsse man jede Form der Herrschaft bekämpfen und die Menschen in einem egalitären System freisetzen.

»Die Regierungen sind per se korrupt und müssen ausgeschaltet werden. Sie garantieren nur die Freiheit der Reichen, die auf Besitz gründet, und versklaven den Rest der Menschen im Elend«, ereiferte er sich vor der staunenden Irene.

»Für jemanden, der vor einer Diktatur geflohen ist und jetzt in einer anderen lebt, ist der Haß auf die Obrigkeit ein arger Hemmschuh«, bemerkte José leicht genervt, da er sich seit Jahren diese flammende Rhetorik anhören mußte.

Mit der Zeit hatten seine Söhne aufgehört, den Professor ernst zu nehmen, und versuchten nur noch zu verhindern, daß er Verrücktheiten anstellte. Als

Kinder hatten sie ihm häufig zur Hand gehen müssen, doch kaum erwachsen geworden, ließen sie ihn mit seinen Reden allein, arbeiteten nicht mehr an der Druckerpresse in der Küche und setzten nie wieder einen Fuß in politische Versammlungen. Nach dem sowjetischen Einmarsch in Ungarn 1956 ließ sich auch der Vater nicht mehr bei der Partei sehen, die Enttäuschung hatte ihn fast umgebracht. Einige Tage lang versank er in eine besorgniserregende Depression, doch bald war seine Seele wieder vom Vertrauen in die Zukunft der Menschheit erhoben, so daß er die Ernüchterung überstehen konnte, indem er den Zweifeln, die ihn peinigten, den ihnen zukommenden Platz zuwies. Ohne seine Ideale von Recht und Gleichheit aufzugeben, sagte er sich, daß die Freiheit das erste Recht sei, entfernte die Bilder von Lenin und Marx aus dem Wohnzimmer und hängte statt dessen eines von Michail Bakunin auf. Von jetzt an bin ich Anarchist, verkündete er. Keiner seiner Söhne wußte, was das zu bedeuten hatte, und eine Zeitlang glaubten sie, es handele sich um eine religiöse Sekte oder einen Bund von Spinnern. Diese Ideologie, die aus der Mode gekommen und von den Fluten der Nachkriegszeit hinweggeschwemmt worden war, sagte ihnen nichts. Sie warfen ihm vor, der einzige Anarchist im ganzen Land zu sein, womit sie vielleicht nicht unrecht hatten. Um ihn vor seinem eigenen Überschwang zu schützen, baute Francisco nach dem Militärputsch aus der Druckerpresse ein entscheidendes Teil aus. Mit allen Mitteln mußte verhindert werden, daß er weiterhin seine Meinung vervielfältigte und über die Stadt verbreitete, wie er es bei anderen Gelegenheiten getan hatte. Später überzeugte ihn José davon, daß es besser sei, sich dieses vorsintflutlichen Apparats zu entledigen, und er verfrachtete die Maschine in seine Siedlung, wo sie, repariert, gereinigt und geölt, tagsüber dazu diente, die Arbeitsblätter für die Schule zu drucken, und nachts die Solidaritäts-Flugblätter vervielfältigte. Diese glückliche Vorsichtsmaßnahme rettete Professor Leal, als die politische Polizei eines Nachts bei einer Razzia das Viertel Haus für Haus durchkämmte. Es wäre schwierig gewesen, die Existenz einer Druckmaschine in der Küche zu erklären. Die Söhne versuchten, ihren Vater zur Vernunft zu bringen, indem sie ihm erklärten, daß die unbesonnenen Einzelaktionen der Sache der Demokratie mehr Schaden als Nutzen eintrügen, doch sobald er sich unbeobachtet glaubte, brachte er sich, getrieben von seinen glühenden Idealen, wieder in Gefahr.

»Sei bloß vorsichtig, Papa!« flehten sie ihn an, als sie von dem Aufruf gegen die Militärjunta hörten, den er von den Balkons des Hauptpostamtes hatte hinunterflattern lassen.

»Ich bin zu alt, um den Schwanz einzuziehen«, erwiderte der Professor ungerührt.

»Wenn dir etwas zustößt, stecke ich den Kopf in den Backofen«, warnte ihn Hilda, ohne die Stimme zu heben oder den Schöpflöffel in die Suppe fallen zu lassen. Ihr Mann argwöhnte, daß sie das Versprechen halten würde, und das machte ihn ein wenig vorsichtig, aber nie genug.

Hilda ihrerseits bekämpfte die Diktatur mit außergewöhnlichen Mitteln. Ihre Aktionen waren direkt auf den General gerichtet, der ihrer Ansicht nach vom Satan besessen, die Inkarnation des Bösen war. Sie meinte, es müsse möglich sein, ihn durch systematisches Beten zu stürzen, wenn man nur den Glauben in den Dienst der Sache stelle. Zu diesem Zweck nahm sie zweimal die Woche an mystischen Nachtwachen teil. Dort traf sie sich mit einer ständig wachsenden Zahl frommer Seelen, die fest zu ihrem Entschluß standen, mit dem Tyrannen aufzuräumen. Es handelte sich um eine nationale Bewegung des Kettengebets. Am festgelegten Tag, stets zur gleichen Stunde, versammelten sich die Gläubigen in allen Städten des Landes, in den entlegensten Dörfern, in Ansiedlungen, die vom Fortschritt vergessen worden waren, ja sogar in den Gefängnissen und auf See, um sich einer ungeheuren gemeinsamen geistigen Anstrengung zu widmen. Die solcherart gebündelte Energie sollte den General und seine Gefolgsleute wie mit Donnerhall niederwerfen. José war mit diesen gefährlichen und theologisch nicht vertretbaren Phantastereien nicht einverstanden, Francisco hingegen schloß die Möglichkeit nicht aus, daß dieses originelle Mittel gute Ergebnisse erzielen könne, denn Suggestion wirke ja Wunder, so daß, falls der General von dieser auf ihn gerichteten Wunderwaffe erführe, ihn unter Umständen der Schlag treffen und in ein anderes Leben überführen könnte. Er verglich die Aktivitäten seiner Mutter mit den sonderbaren Ereignissen im Hause Ranquileo und kam zu dem Schluß, daß in Zeiten der Repression sich plötzlich phantastische Lösungen für die gewöhnlichsten Probleme anbieten konnten.

»Laß das Beten, Hilda, und widme dich lieber dem Voodoo, das hat wenigstens eine wissenschaftliche Grundlage«, scherzte Professor Leal.
So sehr wurde sie von ihrer Familie verspottet, daß Hilda es vorzog, in Turnschuhen und Trainingshose zu den Versammlungen zu gehen, das Gebetbuch unter dem Pullover versteckt. Sie sagte, daß sie zum Joggen in den Park gehe, während sie tatsächlich unbeirrt die beschwerliche Arbeit fortsetzte, der Obrigkeit Rosenkranzschläge zu versetzen.
Am Tisch der Leals folgte Irene aufmerksam den Worten des Hausherrn, angetan von seinem sonoren spanischen Akzent, den die vielen Jahre amerikanischen Lebens nicht abgeschliffen hatten. Sie sah ihn, wie er mit glänzenden Augen leidenschaftlich gestikulierte, mitgerissen von seinen eigenen Überzeugungen, und sie fühlte sich ins vergangene Jahrhundert versetzt, in einen dunklen Anarchistenkeller, wo eine für eine königliche Kutsche bestimmte primitive Bombe gebastelt wurde. Indessen besprachen Francisco und José den Fall des vergewaltigten Mädchens, das stumm geblieben war, und Hilda und ihre Schwiegertochter kümmerten sich um das Essen und die Kinder. Javier aß kaum und beteiligte sich nicht am Gespräch. Seit über einem Jahr war er arbeitslos, und im Laufe dieser Monate hatte sich sein Charakter verändert, er war finster geworden, ein Gefangener seiner Ängste. Die Familie hatte sich an sein langes Schweigen gewöhnt, an seine Augen bar jeder Neugier, an seinen Stoppelbart, und belästigte ihn nicht mehr mit Beweisen von Mitleid und Besorgnis, die er immer zurückwies. Nur Hilda behielt die fürsorgli-

chen Gesten bei und fragte alle naslang, wo bist du nur mit den Gedanken, Sohn.
Endlich gelang es Francisco, den Monolog seines Vaters zu unterbrechen, er begann von der Szene in Los Riscos zu erzählen, bei der Evangelina den Offizier wie einen Staubwedel geschüttelt hatte. Um so eine Tat zu vollbringen, meinte Hilda, muß man schon unter Gottes Schutz oder dem des Teufels stehen. Professor Leal hingegen bestand darauf, daß das Mädchen nur ein anomales Produkt dieser verrückten Gesellschaft sei. Die Armut, die Vorstellung von Sünde, die unterdrückten sexuellen Bedürfnisse und die Vereinzelung verursachten ihr Leiden. Irene lachte. Sie war davon überzeugt, daß Mamita Encarnación als einzige richtig lag mit ihrer Diagnose: Das einfachste wäre, ihr einen Kerl zu suchen und beide im Gebüsch aufeinander loszulassen, damit sie es wie die Hasen treiben konnten. José stimmte ihr zu, als aber die Kinder Genaueres über die Hasen wissen wollten, lenkte Hilda die Aufmerksamkeit auf den Nachtisch, die ersten Aprikosen der Saison, und beteuerte, daß kein Land der Erde so geschmackvolle Früchte hervorbringe. Dies war die einzige Form des Nationalismus, die bei den Leals geduldet wurde, und der Professor ließ sich nicht die Gelegenheit entgehen, das klarzustellen.
»Die Menschheit muß in einer geeinten Welt leben, wo sich die Rassen, Sprachen, Sitten und Träume aller Menschen mischen. Der Nationalismus beleidigt die Vernunft. Und nützt den Völkern in keiner Weise. Er ist nur dazu gut, daß in seinem Namen die schlimmsten Untaten begangen werden.«

»Was hat das mit den Aprikosen zu tun?« fragte Irene, die den Faden des Gesprächs ganz verloren hatte.
Sie lachten im Chor. Jedes Thema konnte zu einem ideologischen Manifest führen, doch die Leals hatten glücklicherweise nicht die Fähigkeit verloren, über sich selbst zu lachen. Nach dem Dessert wurde aromatischer Kaffee ausgeschenkt, den Irene mitgebracht hatte. Als das Essen beendet war, erinnerte das Mädchen Francisco an das morgige Schlachtfest bei den Ranquileos, dann verabschiedete sie sich und hinterließ eine Kielspur der guten Laune, von der alle erfaßt wurden, außer dem trübsinnigen Javier, der so von seiner Hoffnungslosigkeit und seinen Knoten gefesselt war, daß er Irenes Existenz nicht wahrgenommen hatte.
»Heirate sie, Francisco.«
»Sie hat einen Verlobten, Mama.«
»Du bist bestimmt viel mehr wert«, entgegnete Hilda, die eines unparteiischen Urteils nicht fähig war, wenn es um ihre Kinder ging.

Als Francisco den Hauptmann Gustavo Morante kennenlernte, liebte er Irene schon in einem Maße, daß er kaum darauf acht gab, seine Ablehnung zu verbergen. Dabei hielt zu jener Zeit nicht mal er selbst dieses heftige Gefühl für Liebe, und die Gedanken, in denen er sich mit ihr beschäftigte, standen unter dem Vorzeichen schlichter Freundschaft. Von der ersten Begegnung an verabscheuten

Morante und er einander mit Höflichkeit. Der eine empfand die Verachtung des Intellektuellen für die Uniformträger, der andere das gleiche Gefühl in umgekehrter Richtung. Der Offizier begrüßte ihn mit einer knappen Verbeugung, ohne ihm die Hand zu reichen, und Francisco fiel dieser hochmütige Ton auf, der von vornherein Distanz schaffte, jedoch seine Schärfe verlor, wenn er sich an die Verlobte richtete. Für den Hauptmann gab es keine andere Frau. Schon früh hatte er sie zu seiner Gefährtin erkoren und ihr alle denkbaren Tugenden angedichtet. Für ihn zählten weder die flüchtigen Emotionen noch die unvermeidlichen Eintagsabenteuer in den langen Zeiten der Trennung, wenn seine Berufspflichten ihn von ihr fernhielten. Keine andere Beziehung hatte Spuren in seiner Seele oder Erinnerungen in seinem Fleisch hinterlassen, er liebte Irene seit eh und je, als Kinder hatten sie im Haus der Großeltern zusammen gespielt und waren gemeinsam zur ersten Unruhe der Pubertät erwacht. Francisco Leal zitterte beim Gedanken an diese Spielchen zwischen Vetter und Kusine.

Morante hatte die Gewohnheit, von den Frauen als von Damen zu sprechen und so die Differenz zwischen diesen ätherischen Wesen und dem rohen Universum der Männer herauszustreichen. In Gesellschaft gab er sich förmlich bis steif, mit seinen Waffengefährten hingegen pflegte er einen rauhen, aber herzlichen Umgang. Er hatte die Attraktivität eines Schwimmchampions. Das einzige Mal, daß die Schreibmaschinen im fünften Stock des Verlags verstummten, war, als er auf der Suche nach Irene in der

Redaktion auftauchte, braungebrannt, muskulös, hochfahrend: der Krieger schlechthin. Die Journalistinnen, die Grafikerinnen, die blasierten Mannequins und auch die Schwulen schauten von ihrer Arbeit hoch und ließen alles liegen, um ihn zu betrachten. Ohne ein Lächeln schritt er voran, und mit ihm marschierten die großen Soldaten aller Zeiten, Alexander, Julius Cäsar, Napoleon sowie die Heerscharen aus Zelluloid. Damals sah Francisco ihn zum erstenmal und war, sehr gegen den eigenen Willen, beeindruckt von der kraftvollen Ausstrahlung des anderen. Zugleich aber befiel ihn eine Übelkeit, die er seinem Widerwillen gegen das Militär zuschrieb, da er nicht zugeben konnte, daß es sich um gewöhnliche Eifersucht handelte. Normalerweise hätte er seine Abneigung überspielt, weil er sich kleinlicher Gefühle schämte, aber diesmal konnte er der Versuchung nicht widerstehen, Zweifel in Irenes Seele zu säen, und so äußerte er sich in den folgenden Monaten des öfteren über den katastrophalen Zustand des Landes, seitdem das Militär die Kasernen verlassen hatte, um die Macht an sich zu reißen. Seine Freundin rechtfertigte den Putsch mit den Argumenten ihres Verlobten. Francisco setzte dagegen, daß die Diktatur kein einziges Problem gelöst, sondern vielmehr die bestehenden verschärft und neue geschaffen habe und daß nur die Repression es verhindere, die Wahrheit zu erfahren. Was haben sie gemacht? Die Wirklichkeit hermetisch zugedeckelt haben sie, und darunter gärt ein schauriges Süppchen, bis so viel Druck entsteht, daß bei der Explosion dann weder Waffensysteme noch Soldaten genug dasein werden, um das Ganze unter Kontrolle zu bekommen. Irene hörte zerstreut zu. Ihre Schwierigkeiten mit Gustavo waren von anderer Natur. Sie entsprach nicht dem Bild einer Offiziersgattin aus den oberen Rängen und wußte, daß sie sich dem auch nie anverwandeln könnte, selbst wenn sie sich wie einen Strumpf umkrempelte. Hätten sie sich nicht von Kindheit an gekannt, sie hätte sich wohl niemals in ihn verliebt und möglicherweise nicht einmal die Gelegenheit gehabt, ihm zu begegnen, denn die Militärs leben in geschlossenen Kreisen und ziehen es vor, die Töchter ihrer Vorgesetzten oder die Schwestern ihrer Kameraden zu heiraten, die dazu erzogen werden, unschuldige Bräute und treue Ehefrauen zu sein, auch wenn nicht immer alles nach Erwartung lief. Nicht zufällig gelobten diese Männer, den Kameraden zu informieren, wenn seine Frau ihn betrog; ergriff er selbst keine Maßnahmen, denunzierten sie ihn vor dem Oberbefehlshaber als Hahnrei und ruinierten ihm die Karriere. Sie hielt diese Sitte für monströs. Am Anfang hatte Gustavo darauf gepocht, daß es nicht zulässig sei, Mann und Frau mit gleicher Elle zu messen, nicht nur im Rahmen der Heeresmoral, sondern auch innerhalb jeder anständigen Familie, da unbestreitbare biologische Unterschiede bestünden sowie historische und religiöse Traditionen, die keine Frauenbewegung tilgen könne. Und wenn, nur zum allergrößten Schaden der Gesellschaft, sagte er gewöhnlich. Dennoch bildete sich Gustavo etwas darauf ein, kein Macho wie die Mehrzahl seiner Freunde zu sein. Das Zusammenleben mit ihr wie auch ein Jahr Abgeschiedenheit

am Südpol verhalfen ihm zu differenzierteren Vorstellungen und glätteten erziehungsbedingte Widerstände, so daß er schließlich einsah, welche Ungerechtigkeit in dieser Doppelmoral lag.
Er bot Irene die ehrlich gemeinte Alternative an, selbst ebenfalls treu zu sein, denn die beidseitige Freiheit in der Liebe war für ihn nur eine hirnrissige Erfindung nordischer Völker. Streng mit sich selbst wie mit den anderen, rigoros, was ein gegebenes Wort anging, verliebt und im allgemeinen erschöpft von körperlichen Anstrengungen, hielt er sich unter normalen Bedingungen an seinen Teil der Vereinbarung. Während langandauernder Trennungen setzte er dem Drang der Natur die Kraft seiner Seele entgegen, die durch ein Versprechen gebunden war. Er litt moralisch, wenn er der Versuchung eines Abenteuers nachgab. Er brachte es nicht fertig, lange Zeit in Keuschheit zu leben, doch sein Herz blieb unberührt, ein Tribut an seine ewige Verlobte.
Für Gustavo Morante war das Heer eine Berufung, die ihn ganz in Anspruch nahm. Er hatte diese Laufbahn gewählt, weil das rauhe Leben und die Sicherheit einer stabilen Zukunft es ihm angetan hatten, hinzu kam die Freude am Befehlen und die Familientradition. Sein Vater und sein Großvater waren Generale gewesen. Mit einundzwanzig zeichnete er sich als bester Absolvent seines Jahrgangs aus und errang Siege im Fechten und Schwimmen. Er spezialisierte sich auf Artillerie und konnte entsprechend seinem Wunsch eine Truppe befehligen und Rekruten ausbilden. Als Francisco Leal ihn kennenlernte, war er gerade von der Antarktis zurückge-

kehrt, wo er zwölf Monate isoliert unter einem unwandelbaren Himmel verbracht hatte, als Horizont nichts als dessen bleiernes Gewölbe, das sechs Monate lang von einer schwachen Sonne erleuchtet wurde und das andere halbe Jahr in stete Dunkelheit getaucht war. Er konnte sich mit Irene nur einmal in der Woche fünfzehn Minuten lang per Funk in Verbindung setzen, die er, krank vor Eifersucht und Einsamkeit, dazu nutzte, Rechenschaft über jede ihrer Handlungen zu fordern. Vom Oberkommando unter vielen Bewerbern aufgrund seiner charakterlichen und körperlichen Stärke ausgewählt, lebte er zusammen mit sieben weiteren Männern in dem unermeßlichen, trostlosen Gebiet, wo sie unzählige Unwetter überstanden, die schwarze turmhohe Wellen aufwarfen, und ihre kostbarsten Schätze verteidigten: die Schlittenhunde und das Brennstoffdepot. So bewegte er sich bei dreißig Grad unter Null wie eine Maschine gegen die Weltraumkälte an und gegen die unstillbare Sehnsucht – alles zu dem einzigen geheiligten Zweck, die Nationalflagge über jenem gottverlassenen Landstrich flattern zu lassen. Er versuchte, nicht an Irene zu denken, doch weder die Müdigkeit noch das Eis, noch die Pillen des Sanitäters, die der Wollust Einhalt gebieten sollten, konnten die hautwarme Erinnerung an sie aus seinem Herzen löschen. Im Sommer lenkte er sich damit ab, Seehunde zu jagen, um im Schnee einen Vorrat für den Winter anzulegen, und überlistete mit meteorologischen Beobachtungen die trägen Stunden; er maß die Gezeiten, die Geschwindigkeit des Windes, die Wolkenbildung, die Temperatur und die Luftfeuchtigkeit, er machte Voraussagen über Stürme und ließ Ballonsonden steigen, um den Absichten der Natur durch trigonometrische Berechnungen auf die Spur zu kommen. Er durchlebte Augenblicke der Euphorie und der Depression, verfiel jedoch nie der Panik oder der Mutlosigkeit. Die Isolation und die Berührung mit diesem ungeheuren eisigen Land machten seinen Charakter und seinen Geist milder und führten ihn der Reflexion zu. Er entwickelte eine Neigung zur Lektüre und zum Studium der Geschichte. Wenn die Liebe ihn bedrängte, schrieb er Briefe an Irene, in einem Stil, der so transparent war wie die weiße Landschaft, die ihn umgab, doch er konnte sie nicht abschicken, denn das einzige Transportmittel war das Schiff, das ihn nach Ablauf eines Jahres abholen würde. Schließlich kam er abgemagert zurück, die Haut fast schwarz von der Rückstrahlung des Schnees, die Hände schwielig und verrückt vor Begierde. Er brachte zweihundertneunzig Umschläge mit, die waren zugeklebt und strikt chronologisch numeriert, und er legte sie seiner Verlobten in den Schoß, die er zerstreut und wie auf dem Sprung antraf, offensichtlich stärker an ihrer journalistischen Arbeit interessiert als daran, die Liebesungeduld ihres Freundes zu stillen, jedenfalls nicht geneigt, jenen Stoß verspäteter Korrespondenz zu lesen. Immerhin fuhren sie für ein paar Tage in einen verschwiegenen Badeort, wo sie sich leidenschaftlich liebten und der Hauptmann die in so vielen Monaten notgedrungener Keuschheit verlorene Zeit wettmachte. Die ganze Trennung hatte dem einzigen Zweck gedient, genügend Geld für die Heirat zusammenzusparen, denn in jenen unwirtlichen Regionen verdiente er sechsmal soviel wie normalerweise seinem Dienstgrad zustand. Ihn trieb der Wunsch, Irene ein eigenes Haus zu bieten, moderne Möbel, Haushaltsmaschinen, ein Auto und ein gesichertes Einkommen. Es kümmerte ihn nicht, daß sie ihr Desinteresse an solchen Dingen äußerte und vorschlug, statt der Ehe eine Probezeit einzugehen, um herauszufinden, ob die Summe der Gemeinsamkeiten die der Differenzen übertraf. Er hatte nicht vor, sich auf Experimente einzulassen, die seiner Karriere schadeten. Ein geordnetes Familienleben war ein wichtiges Kriterium für die Beförderung zum Major. Hinzu kam, daß ein Junggesellendasein in der Armee von einem gewissen Alter an mit Mißtrauen beobachtet wurde. Währenddessen bereitete Beatriz Alcántara, das Zaudern der Tochter übergehend, emsig die Hochzeit vor. Sie zog durch die Geschäfte auf der Jagd nach handbemaltem englischem Geschirr mit Vogelmotiven, nach holländischer Tischwäsche aus besticktem Leinen, Unterwäsche aus französischer Seide und anderen erlesenen Artikeln für die Aussteuer ihrer einzigen Tochter. Wer soll das Zeug denn bügeln, wenn ich heirate, Mama? klagte Irene, sah sie die Brüsseler Spitzen, die Seide aus Japan, Leinen aus Irland, Wollenes aus Schottland und andere empfindliche Stoffe, die aus fernen Ländern herbeigeschafft wurden.

Seine ganze Laufbahn über war Gustavo Provinzgarnisonen zugeordnet gewesen, er kam jedoch, wann immer er konnte, in die Hauptstadt, um Irene zu sehen. Bei diesen Gelegenheiten vernachlässigte sie Francisco, selbst wenn dringende Arbeiten für die Zeitschrift anstanden. Mit ihrem Verlobten verlor sie sich beim Tanzen im Schummerlicht der Diskotheken, Hand in Hand in Theatern und auf Promenaden und schmuste in diskreten Hotels, wo sie einander für so viel Sehnen entschädigten. Das versetzte Francisco in eine gequälte Stimmung. Er schloß sich in sein Zimmer ein, um seine Lieblingssymphonien zu hören und sich an seiner eigenen Trauer zu weiden. Eines Tages ging ihm die Zunge durch, und er beging die Torheit, das Mädchen zu fragen, wie weit sie gehe in ihrer Intimität mit dem Bräutigam des Todes. Sie lachte lauthals. Du glaubst doch nicht etwa, daß ich in meinem Alter noch Jungfrau bin, antwortete sie und nahm ihm damit auch noch die Gnade der Ungewißheit. Kurze Zeit später wurde Gustavo Morante an eine Offiziersschule in Panama entsandt. Sein Kontakt zu Irene beschränkte sich auf leidenschaftliche Briefe, Ferngespräche und Geschenke, die mit Militärmaschinen herangeflogen kamen. In gewisser Weise war das allgegenwärtige Gespenst dieses zähen Liebhabers daran schuld, daß Francisco einmal wie ein Bruder mit Irene schlief. Wenn er sich daran erinnerte, schlug er sich an die Stirn, erstaunt über das eigene Verhalten.

Eines Tages waren sie länger im Verlag geblieben, um eine Reportage vorzubereiten. Sie hatten das Material zusammen und mußten es bis zum nächsten Tag ausarbeiten. Die Stunden verflogen, und sie bemerkten nicht, daß die Angestellten das Haus verlassen

hatten und in allen Arbeitsräumen die Lichter ausgegangen waren. Schließlich machten sie sich auf, eine Flasche Wein und etwas zum Essen zu kaufen. Da sie gerne bei Musik arbeiteten, hörten sie ein Konzert vom Tonband. Mit den Flöten und Geigen verging ihnen die Zeit, ohne daß sie auf die Uhr schauten. Sehr spät wurden sie fertig, und erst dann nahmen sie durchs Fenster die Stille und die Dunkelheit der Nacht wahr. Kein Lebenszeichen war zu bemerken, die Stadt schien entvölkert, aufgegeben wegen einer Naturkatastrophe, die jede menschliche Spur gelöscht hatte, wie in einem Science-fiction-Roman. Sogar die Luft wirkte stumpf und unbewegt. Sperrstunde, murmelten sie einstimmig und fühlten sich wie in einer Falle, denn es war undenkbar, zu dieser Stunde auf die Straße zu gehen. Francisco dankte seinem Schicksal, das ihm erlaubte, noch länger mit ihr zusammenzubleiben. Irene ahnte, was für Sorgen sich ihre Mutter und Rosa machten, und eilte zum Telefon, um ihnen die Situation zu erklären. Nachdem sie den Rest des Weines getrunken, das Konzert zweimal gehört und über tausend Dinge gesprochen hatten, waren sie todmüde, und Irene schlug vor, sich aufs Sofa schlafen zu legen.
Das Badezimmer im fünften Stock des Verlags war ein großer Raum, der verschiedenen Zwecken diente, er wurde als Umziehkabine für die Mannequins benutzt, als Schminksalon, da dort ein gut beleuchteter Spiegel stand, und dank einer Kochplatte sogar als Cafeteria. Es war der einzige private und intime Ort der Zeitschriftenredaktion. In einer Ecke stand ein vor langer Zeit vergessenes Sofa. Es

war ein großes Möbelstück, mit rotem Brokat bezogen, wie von Wunden übersät, aus denen die rostigen Federn herausragten und seine fin-de-siècle-Würde in Frage stellten. Es wurde bei Migräneanfällen benutzt, um Liebeskummer oder geringere Schmerzen zu beweinen oder auch nur um dort auszuruhen, wenn der Arbeitsdruck unerträglich geworden war. Dort wäre eine Sekretärin nach einer unglückseligen Abtreibung fast verblutet, dort offenbarten sich die Assistenten von Mario ihre Leidenschaft, und ebendort ertappte sie dieser hosenlos auf der verblichenen bischöflichen Tapisserie. Auf dieses Sofa legten sich Irene und Francisco und deckten sich mit ihren Mänteln zu. Sie schlief sogleich ein, er aber blieb bis zum Morgen wach, bedrängt von seinen widersprüchlichen Gefühlen. Er wollte sich nicht auf ein Abenteuer einlassen, das zweifelsohne die Grundfesten seines Lebens erschüttern würde, mit einer Frau, die auf der anderen Seite der Barrikade stand. Er fühlte sich unwiderstehlich von ihr angezogen, in ihrer Gegenwart steigerten sich alle seine Sinnesempfindungen, er wurde seiner selbst froh. Irene amüsierte, faszinierte ihn. Hinter ihrem wechselhaften Erscheinungsbild, ihrer spontanen, arglosen Art, verbarg sich ein Herz ohne Makel, das noch auf seine Entfaltung wartete. Er dachte auch an Gustavo Morante und an seine Rolle in Irenes Schicksal. Er fürchtete, das Mädchen könnte ihn zurückweisen, und wollte ihre Freundschaft nicht aufs Spiel setzen. Gesprochene Worte können nicht radiert werden. Als er sich später seiner Gefühle in jener unvergeßlichen Nacht erinnerte, kam er zu dem Schluß, daß er nicht gewagt hatte, seine Liebe anzudeuten, weil Irene seinen inneren Aufruhr nicht geteilt hatte. Sie war sorglos in seinen Armen eingeschlafen, ohne auf den Gedanken zu kommen, daß sie Francisco in tiefe Unruhe versetzt hatte. Das Mädchen lebte die Freundschaft unbeschwert von jeglicher erotischen Spannung, und er wollte sie nicht überrumpeln, in der Hoffnung, daß die Liebe sie sanft in Besitz nehmen würde, wie es ihm widerfahren war. Er spürte sie, die sich im Schlaf auf dem Sofa zusammengerollt hatte und friedlich atmete, sah die lange Mähne wie eine dunkle Arabeske ihr Gesicht und ihre Schultern bedecken. Er verharrte unbeweglich und kontrollierte sogar seinen Atem, um diese bebende, ungeheuerliche Erregung vor ihr zu verbergen. Einerseits bedauerte er, diesen stummen Pakt der Brüderlichkeit eingegangen zu sein, der ihm die Hände seit Monaten band, denn er hätte sich wie ein Desperado auf ihren Körper stürzen wollen, andererseits sah er die Notwendigkeit, ein Gefühl zu zügeln, das ihn von den Vorsätzen, die diese Phase seines Lebens bestimmten, abbringen konnte. Verkrampft vor Anspannung und Verlangen, doch bereit, diesen Augenblick auf ewig auszudehnen, blieb er an ihrer Seite liegen, bis er die ersten Geräusche der Straße hörte und das Licht des Morgengrauens durchs Fenster fiel. Irene wachte erschreckt auf, wußte einen Augenblick lang nicht, wo sie war, sprang dann sofort auf, wusch sich das Gesicht mit kaltem Wasser und eilte nach Hause, Francisco wie ein Waisenkind zurücklassend. Von dem Tag an erzählte sie jedem, der es hören wollte, daß sie zusammen geschlafen hatten, was, wie Francisco befand, leider nur allzu wörtlich zu verstehen war.

Der Sonntag kam mit einem lichtgesättigten Himmel, die Luft war schwül, ein Vorgeschmack auf den Sommer. Die Gewalt kennt keinen nennenswerten Fortschritt, und beim Schweineschlachten wird seit barbarischen Zeiten die gleiche Methode angewandt. Irene sprach von einer pittoresken Zeremonie, da sie noch nicht einmal ein Huhn hatte sterben sehen und Schweine kaum in lebendigem Zustand kannte. Sie kam mit dem Vorsatz, eine Reportage für die Zeitschrift zu machen, und war so begeistert von ihrem Projekt, daß sie Evangelina mit ihren lärmbewegten Anfällen nicht erwähnte, als hätte sie die vergessen. Francisco meinte, einen unbekannten Landstrich zu durchqueren. Diese Woche hatte den Frühling entfesselt, das Grün der Felder hatte sich vertieft, erblüht waren die Mimosen, verzauberte Bäume, die aus der Ferne wie von Bienen bedeckt erschienen und von nahem mit dem unglaublichen Duft ihrer gelben Blütentrauben betäubten, Akazien und Maulbeerbäume bevölkerten sich mit Vögeln, und die Luft vibrierte vom Summen der Insekten. Als sie bei den Ranquileos ankamen, begann dort gerade die Arbeit. Die Hausherren und Gäste bewegten sich geschäftig um ein Feuer herum, und die Kinder rannten schreiend, lachend und hustend im Rauch umher, während die Hunde in erwartungsvoller Ungeduld Wache bei den Schüsseln bezogen, ihren Anteil am Festmahl

vorausahnend. Die Ranquileos empfingen die Neuankömmlinge zuvorkommend, Irene bemerkte jedoch gleich einen Schatten von Trauer in ihren Gesichtern. Hinter dem herzlichen Auftreten spürte sie das Leid, sie kam jedoch nicht dazu, nachzufragen oder mit Francisco darüber zu reden, denn in diesem Augenblick wurde das Schwein herangeschleift. Es war ein riesiges Tier, das man für den Eigenverbrauch aufgezogen hatte, alle übrigen wurden auf dem Markt verkauft. Ein Experte wählte es aus, wenige Tage nach der Geburt, indem er ihm mit der Hand in den Schlund fuhr, um die Abwesenheit von Pickeln und damit die Qualität des Fleisches sicherzustellen. Monatelang wurde es mit Getreide und Gemüse gefüttert, im Unterschied zu den anderen, die sich von Abfällen ernährten. Isoliert, gefangen und bewegungslos harrte es seines Schicksals, dieweil es reichlich Fett und zarte Schinken ansetzte. An diesem Tag durchmaß das Tier zum erstenmal die zweihundert Meter, die den Schweinekoben vom Opferaltar trennten, es schwankte auf seinen kurzen verkümmerten Beinen, geblendet vom Licht und taub vor Entsetzen. Irene sah es und konnte sich nicht vorstellen, wie diesem Fleischkoloß, der soviel wie drei stämmige Männer wog, ein Ende bereitet werden sollte.
Neben dem offenen Feuer hatten sie dicke Holzbohlen auf zwei Fässer gelegt und so eine Schlachtbank errichtet. Als das Opfer zur Stelle war, näherte sich Hipólito Ranquileo mit einer erhobenen Axt und verpaßte ihm mit der Rückseite des Werkzeugs einen trockenen Schlag auf die Stirn. Das Schwein fiel be-

nommen zu Boden, doch nicht betäubt genug, denn sein Brüllen verlor sich im Echo der Hügel und ließ die Lefzen der Hunde erzittern, die ungeduldig hechelten. Mehrere Männer banden das Tier an den Beinen und hievten es unter großer Anstrengung auf den Tisch. Dann kam der Fachmann zum Zug. Das war ein Mann, dem die Gabe des Tötens angeboren war, ein seltenes Talent, das fast nie bei Frauen anzutreffen ist. Er hatte die Fähigkeit, das Herz auf Anhieb zu treffen, selbst mit geschlossenen Augen, denn nicht anatomische Kenntnisse leiteten ihn, sondern die Intuition des Scharfrichters. Um das Tier zu opfern, war er auf besondere Einladung von weit her angereist, denn wenn das nicht mit Könnerschaft ausgeführt wurde, konnte das Tier mit seinen Todesschreien die Nerven aller Anwohner der Umgebung zermürben. Er nahm ein riesiges Messer mit beinernem Griff und geschärfter Stahlschneide, packte es mit beiden Händen wie ein Aztekenpriester, rammte es in den Hals des Tieres und traf das Zentrum des Lebens. Das Schwein stieß ein verzweifeltes Brüllen aus, und ein Schwall warmen Blutes ergoß sich aus der Wunde, bespritzte die Nahestehenden und bildete eine Lache, die von den Hunden aufgeleckt wurde. Digna hielt einen Eimer darunter, um es aufzufangen, und der füllte sich in wenigen Sekunden. In der Luft schwamm ein süßlicher Geruch von Blut und Angst.
In diesem Augenblick bemerkte Francisco, daß Irene nicht mehr neben ihm stand, er sah sich nach ihr um und entdeckte sie bewegungslos auf der Erde. Auch die anderen bemerkten sie, und allgemeines Geläch-

Gelächter feierte ihre Ohnmacht. Er beugte sich zu ihr hinunter und schüttelte sie, sie sollte die Augen öffnen. Ich möchte weg von hier, flehte sie ihn an, sobald ihr die Stimme wieder gehorchte, doch ihr Freund bestand darauf, bis zum Ende durchzuhalten. Dafür waren sie gekommen. Sie solle lernen, die Nerven unter Kontrolle zu behalten, oder den Beruf wechseln, auch Zusammenbrüche konnten zur Gewohnheit werden. Er erinnerte sie an das verhexte Haus, wo das Knarren einer Tür ausgereicht hatte, sie blutleer in seine Arme sinken zu lassen. Er machte sich noch über Irene lustig, als das Röcheln des Tieres verstummte. Erst als sie sich davon überzeugt hatte, daß es wirklich tot war, konnte sie wieder aufstehen.

Die Schlachtung ging jedoch weiter. Sie schütteten kochendes Wasser auf den Kadaver und schabten dann die Borsten mit einem Eisen ab, bis die Haut rosig, glänzend und sauber war wie die eines Neugeborenen, dann schlitzten sie es der Länge nach auf, nahmen die Eingeweide aus und schnitten den Speck vor den faszinierten Augen der Kinder und den blutnassen Schnauzen der Hunde ab. Die Frauen wuschen im Bewässerungsgraben viele Meter Darm, den sie dann füllten, um Blutwürste herzustellen, und von der Brühe, in der diese gekocht wurden, füllten sie einen Napf, um Irene zu beleben. Das Mädchen zögerte angesichts dieser Vampirsuppe, in der dunkle Blutgerinnsel schwammen, trank sie dann aber, um ihre Gastgeber nicht zu kränken. Sie erwies sich als köstlich und von eindeutig therapeutischer Wirkung, denn wenige Minuten später hatten ihre

Wangen wieder Farbe und sie selbst die gute Laune zurück. Den restlichen Tag verbrachten sie fotografierend, sie aßen, sie tranken Wein aus dem Faß, während in den Blechtonnen das Fett schmolz. Die Grieben schwammen zusammengeschnurrt im Schmalz und wurden mit großen Sieben herausgefischt und auf Brot serviert. Sie garten Herz und Leber und boten es ebenfalls den Gästen an. In der Abenddämmerung wankten alle, die Männer wegen des Alkohols, die Frauen vor Erschöpfung, die Kinder vor Müdigkeit und die Hunde, weil sie sich zum erstenmal in ihrem Leben überfressen hatten. Da erst bemerkten Irene und Francisco, daß Evangelina den ganzen Tag über nicht gesehen worden war.
»Wo ist Evangelina?« fragte sie Digna Ranquileo. Die senkte den Kopf, ohne zu antworten.
»Ihr Sohn, der Guardia, wie heißt er noch?« erkundigte sich Irene, der schwante, daß etwas nicht in Ordnung war.
»Pradelio del Carmen Ranquileo«, sagte die Mutter, und die Tasse zitterte in ihren Händen.
Irene nahm ihren Arm und führte sie in eine abgelegene Ecke des Hofes, die zu dieser Stunde bereits in Schatten getaucht war. Francisco wollte ihnen folgen, doch Irene wehrte ihn mit einer Handbewegung ab, in der Gewißheit, allein mit Digna eine vertrauensvolle Komplizenschaft unter Frauen herstellen zu können. Sie setzten sich einander gegenüber auf zwei Strohstühle. Im schwachen Dämmerlicht schaute Digna Ranquileo auf das blasse Gesicht, das beherrscht war von den eigentümlich schwarz umrandeten Augen, auf das verwehte Haar, auf die aus

anderen Epochen herübergeretteten Kleider und die lärmenden Gehänge an ihren Handgelenken. Sie begriff, daß sie ihr, trotz des Abgrundes, der sie zu trennen schien, die Wahrheit erzählen konnte, weil sie dem Wesen nach Schwestern waren, wie letztendlich alle Frauen.

In der Nacht des vergangenen Sonntags, als im Haus alle schliefen, waren Leutnant Juan de Dios Ramírez und sein Rangnächster, der Franciscos Film dem Licht ausgesetzt hatte, zurückgekehrt.

»Der Sergeant ist Faustino Rivera, ein Sohn meines Gevatters Manuel Rivera, der mit der Hasenscharte«, erklärte Digna Irene.

Rivera blieb auf der Schwelle stehen und hielt die Hunde in Schach, während der Leutnant ins Schlafzimmer vordrang, gegen die Möbel trat und mit der Waffe in der Hand Drohungen ausstieß. Er reihte die noch nicht ganz wache Familie an der Wand auf und schleifte dann Evangelina zum Jeep. Das letzte, was ihre Eltern von ihr sahen, war das kurze Aufblitzen ihres weißen Unterrocks, der sich in der Dunkelheit bewegte, als sie gezwungen wurde, auf das Fahrzeug zu steigen. Eine Zeitlang hörten sie das Mädchen noch schreien und nach ihnen rufen. Sie warteten mit bedrücktem Herzen bis zum Morgengrauen und ritten beim Krähen der ersten Hähne zur Wachstation. Sie wurden nach langer Wartezeit vom wachhabenden Sergeanten empfangen, der ihnen mitteilte, daß ihre Tochter die Nacht in einer Zelle verbracht habe, aber frühmorgens entlassen worden sei. Sie fragten nach Pradelio und wurden von seiner Versetzung in eine andere Region unterrichtet.

»Seitdem wissen wir nichts mehr von dem Kind und haben auch keine Nachricht von Pradelio«, sagte die Mutter.
Sie suchten Evangelina im Dorf, gingen von Haus zu Haus, zu jedem einzelnen Campesino aus der Gegend, hielten die Autobusse an, um die Fahrer zu fragen, ob die sie gesehen hätten, befragten den protestantischen Pastor, den Gemeindepfarrer, den Kurpfuscher, die Hebamme und wen sonst sie auf ihrem Weg trafen, doch niemand konnte ihnen einen Hinweis geben. Überall waren sie gewesen, vom Fluß bis hinauf in die Berge gelaufen, ohne auf sie zu stoßen, der Wind trug ihren Namen durch Schluchten und über Landwege, nach fünf Tagen erfolgloser Suche hatten sie begriffen, daß die Gewalt sie verschluckt hatte. Da zogen sie Trauerkleidung an und gingen ins Haus der Flores, um die traurige Nachricht zu überbringen. Sie waren beschämt, denn bei ihnen hatte Evangelina nur Unglück kennengelernt, und so wäre es für sie wohl besser gewesen, bei ihrer wirklichen Mutter aufzuwachsen.
»Sagen Sie das nicht, Gevatterin«, entgegnete Señora Flores. »Sehen Sie nicht, daß das Unheil niemanden verschont? Denken Sie daran, vor Jahren habe ich meinen Mann verloren und meine vier Söhne, sie haben sie mitgenommen, mir weggenommen, wie sie es mit Evangelina gemacht haben. Das war ihr Schicksal, Gevatterin. Nicht Ihre Schuld ist das, sondern meine, denn ich trage das Unglück im Blut.«
Evangelina Flores, fünfzehn Jahre alt, drall und

gesund, stand hinter dem Stuhl ihrer Adoptivmutter und hörte den beiden Frauen zu. Sie hatte das gleiche ruhige und dunkle Gesicht wie Digna Ranquileo, ihre quadratischen Hände und die großzügigen Hüften, fühlte sich aber nicht als ihre Tochter, denn als Kind war sie in den Armen der anderen gewiegt und von deren Brüsten gestillt worden. Dennoch begriff sie, daß die Verschwundene aus irgendeinem Grund mehr als eine Schwester war, es war sie selbst, vertauscht, es war ihr Leben, das die andere lebte, und es wäre der eigene Tod, den Evangelina Ranquileo stürbe. Womöglich nahm Evangelina Flores in diesem Augenblick die Verantwortung auf sich, die sie später, Gerechtigkeit fordernd, durch die Welt führen würde.

Das alles vertraute Digna Irene an, und als sie zu sprechen aufhörte, verlöschten die letzten Funken des Feuers, und die Nacht besetzte den Horizont. Es war Zeit zum Aufbruch. Irene Beltrán versprach ihr, die Tochter in der Hauptstadt zu suchen, und gab ihr die eigene Adresse, damit man sich im Fall von Neuigkeiten miteinander in Verbindung setzen könnte. Zum Abschied umarmten sie sich.

In jener Nacht bemerkte Francisco einen neuen Ausdruck in den Augen der jungen Frau, er fand in ihnen weder das Lachen noch das Staunen von früher wieder. Ihre Pupillen waren dunkel und traurig geworden, von der Farbe trockener Eukalyptusblätter. Ihm wurde klar, daß sie dabei war, ihre Unschuld zu verlieren, und schon nichts mehr die Berührung mit der Wahrheit verhindern konnte.

Die beiden sprachen bei den üblichen Stellen vor, um nach Evangelina Ranquileo zu forschen, mit einer Zähigkeit, die größer als ihre Hoffnung war. Sie waren nicht allein bei diesen Behördengängen. In den Gefangenenlagern, in den Polizeistationen, vor dem gesperrten Sektor der psychiatrischen Klinik, wo nur unheilbar Gefolterte in Zwangsjacken und die Ärzte des Geheimdienstes Eingang fanden, wurden Irene Beltrán und Francisco Leal von vielen anderen begleitet, die den Leidensweg schon besser kannten und sie führten. Dort wie überall, wo sich das Leiden häuft, gab es auch menschliche Solidarität, die das Unglück erträglicher machte.

»Und wen suchen Sie?« fragte Irene eine Frau, die mit ihr in der Schlange stand.

»Niemanden, Tochter. Drei Jahre lang habe ich eine Spur meines Mannes gesucht, aber jetzt weiß ich, daß er in Frieden ruht.«

»Warum kommen Sie dann?«

»Um einer Freundin zu helfen«, antwortete sie, auf eine andere Frau deutend.

Sie hatten sich vor einigen Jahren kennengelernt und waren gemeinsam zu allen nur möglichen Stellen gelaufen, hatten an Türen geklopft, Funktionäre bekniet, Soldaten bestochen. Sie selbst hatte etwas mehr Glück gehabt und brachte wenigstens in Erfahrung, daß ihr Mann sie nicht mehr brauchte, die andere aber setzte ihre Pilgerschaft fort, hätte sie die allein lassen können? Außerdem hatte sie sich daran gewöhnt, zu warten und Demütigungen einzustekken, sagte sie, ihr ganzes Leben kreise um Schalterstunden und Formulare, sie kenne die Schleichwege,

um mit Gefangenen in Verbindung zu treten und Informationen zu erhalten.
»Evangelina Ranquileo Sánchez, 15 Jahre alt, festgenommen zum Verhör in Los Riscos, nie wieder aufgetaucht.«
»Sucht nicht weiter, die haben sie bestimmt auf dem Gewissen.«
»Geht ins Verteidigungsministerium, da liegen neue Listen aus.«
»Kommen Sie nächste Woche zur gleichen Uhrzeit wieder.«
»Um fünf ist Wachwechsel, fragt nach Antonio, das ist ein anständiger Kerl, der wird euch Auskunft geben.«
»Das beste ist, bei der Morgue anzufangen, dann verliert ihr wenigstens keine Zeit.«
José Leal hatte einschlägige Erfahrungen, da er einen Großteil seiner Energien bei solchen Angelegenheiten verbrauchte. Er nutzte seine Kontakte als Pfarrer, um sie dort einzuführen, wo sie allein nie hineingelangt wären. Er begleitete sie in die Morgue, ein altes graues Gebäude, heruntergekommen und düster, ein passendes Haus für die Toten. Dort landeten die Allerärmsten, die namenlosen Leichen aus den Hospitälern, solche, die bei Schlägereien unter Besoffenen umgekommen waren, andere, die man aus dem Hinterhalt ermordet hatte, Opfer von Verkehrsunfällen und, in den letzten Jahren, auch Männer und Frauen mit abgeschnittenen Fingergliedern, Menschen, die mit Drähten gefesselt waren, deren Gesichter von Schneidbrennern versengt oder von Schlägen entstellt und unmöglich zu identifi-

zieren waren. Ihr letzter Bestimmungsort war ein namenloses Grab im 29ten Hof des städtischen Friedhofs. Um in die Morgue hineinzukommen, benötigte man eine Erlaubnis der Kommandantur, doch José hatte öfter dort zu tun, und die Angestellten kannten ihn. Seine Arbeit im Vikariat bestand darin, den Weg der Verschwundenen nachzugehen. Während die ehrenamtlichen Rechtsanwälte erfolglos die rechtlichen Mittel auszuschöpfen versuchten, um sie im Fall, daß sie noch lebten, zu schützen, hatten er und andere Priester die makabre bürokratische Aufgabe, mit den Fotos in der Hand zwischen den Toten zu stöbern, um sie ausfindig zu machen. Ganz selten war es möglich, einen noch lebend zu retten, so vertrauten die Priester auf die göttliche Hilfe, um den Angehörigen wenigstens leibliche Reste zu übergeben, damit sie diese begraben konnten.
Von seinem Bruder vor dem gewarnt, was sie zu sehen bekämen, bat Francisco Irene inständig, draußen zu bleiben, doch er traf bei ihr auf eine neue Bestimmtheit. Getrieben von dem Wunsch, die Wahrheit zu erfahren, übertrat sie die Schwelle. Francisco war gegen das Grauen abgehärtet durch seine Berufspraxis in Hospitälern und Irrenhäusern, als er aber jenen Ort wieder verließ, war ihm elend, und er brauchte lange, um sich wieder zu fangen. So wußte er, wie seiner Freundin zumute sein mußte. Die Kühlkammern reichten nicht aus für so viele Leiber, und da sie auch auf den Tischen nicht unterzubringen waren, wurden sie in Lagerräumen gestapelt, die früher anderen Zwecken gedient hatten. Die Luft roch nach Formol und Moder. In den großen,

schmutzigen Sälen mit den fleckigen Wänden blieb es stets dämmrig. Nur einzelne Glühlampen erhellten ab und zu die Gänge, die heruntergekommenen Büros und die weitläufigen Lagerhallen. Hoffnungslosigkeit herrschte an diesem Ort, und wer dort seine Tage verbrachte, wurde von der Gleichgültigkeit angesteckt, sobald seine Fähigkeit zum Mitleid erschöpft war. Die hier Beschäftigten erledigten ihre Arbeit und gingen dabei mit dem Tod wie mit etwas Banalem um, das so zu ihrem Alltag gehörte, daß sie darüber das Leben aus dem Blick verloren. Sie sahen Angestellte, die ihre Stullen an den Autopsie-Tischen kauten, andere hörten Sportprogramme, unberührt von den erstarrten Gliedmaßen um sie herum, oder spielten Karten in Kellerräumen, wo die Leichen des jeweiligen Tages warteten.

Sie gingen alle Räume durch und blieben bei den Frauen stehen, es waren nur wenige, und sie waren nackt. Francisco mußte schlucken. Er spürte Irenes Hand, die in der seinen zitterte. Seine Freundin war bleich, ihre Augen starr, sie bewegte sich stumm vorwärts, vereist, wie in einem endlosen Albtraum. Es gelang ihr nicht, diese Höllenvision zu begreifen, und nicht einmal ihre überbordende Einbildungskraft konnte das Ausmaß von so viel Grauen erfassen.

Francisco schreckte nicht davor zurück, der Gewalt ins Auge zu sehen, er war ein Glied in jener langen Kette von Menschen, die sich im Untergrund bewegten, und er kannte, was sich hinter den Kulissen der Diktatur abspielte. Niemand wußte von seiner Rolle bei der Verschiebung von Exilierten, von Nachrichten, von Geld, das aus geheimnisvollen Quellen stammte, von gesammelten Namen, Daten und Beweisen, die ins Ausland geschickt wurden, für den Fall, daß sich eines Tages jemand dazu entschlösse, die Geschichte zu schreiben. Ihn selbst hatte die Repression jedoch noch nicht erreicht, es gelang ihm, sich knapp an ihr vorbeizubewegen, immer am Rande des Abgrunds entlang. Nur einmal, zufällig, hatten sie ihn gefaßt und geschoren. Auf dem Rückweg von seiner Praxis, damals arbeitete er noch als Psychologe, stieß er auf eine Patrouille, die den Verkehr anhielt. Er glaubte an eine Routinekontrolle und zog seine Papiere heraus, als ihn zwei Hände wie Greifzangen vom Motorrad zogen und sich ihm eine Maschinenpistole zwischen die Rippen bohrte.

»Steig ab, schwule Sau!«

Er war nicht der einzige in dieser kritischen Lage. Ein paar Jungens im Schulalter knieten bereits auf dem Boden, und er wurde gezwungen, sich neben sie hinzuwerfen. Zwei Soldaten zielten auf ihn, und ein dritter griff ihm ins Haar und rasierte ihm den Kopf. Noch Jahre später konnte er an diese Episode nicht denken, ohne sich vor Ohnmacht und Empörung zu verkrampfen, obwohl er mit der Zeit einsah, daß die Begebenheit, verglichen mit anderen, völlig bedeutungslos gewesen war. Er hatte versucht, mit den Soldaten zu argumentieren, was ihm aber nur einen Kolbenstoß in den Rücken und mehrere Schnitte in die Kopfhaut eintrug. In dieser Nacht war er wutspuckend nach Hause gekommen, so gedemütigt wie nie zuvor.

»Ich habe dir gesagt, daß sie den Leuten die Haare abscheren, Kind«, weinte seine Mutter.
»Ab sofort läßt du dir wieder die Mähne wachsen, man muß in jeder nur möglichen Form Widerstand leisten«, knurrte der Vater zornig, die eigene Abneigung gegen langes Haar bei Männern vergessend. Er handelte danach, überzeugt davon, wieder kahl geschoren zu werden, doch ein Gegenbefehl verschaffte den Langhaarigen Frieden.
Irene hatte bis dahin in einer engelhaften Unwissenheit gelebt, nicht aus Trägheit oder Dummheit, sondern weil das in ihren Kreisen nicht anders war. Wie ihre Mutter und so viele andere aus ihrer Gesellschaftsschicht fand sie Geborgenheit in der geordneten und geruhsamen Welt des Barrio Alto, der exklusiven Badeorte, der Skipisten, der Sommerferien auf dem Land. Man hatte sie dazu erzogen, offensichtliche Mißstände als trügerischen Schein zu bewerten und darüber hinwegzusehen. Sie hatte zwar schon einmal miterlebt, wie ein Auto anhielt, mehrere Männer heraussprangen und sich auf einen Fußgänger stürzten, um ihn mit roher Gewalt in das Fahrzeug zu zerren; von ferne hatte sie den Rauch der Scheiterhaufen aus verbotenen Büchern gerochen; sie hatte Umrisse eines menschlichen Körpers erraten, der in den schlammigen Wassern des Kanals trieb; manchmal hörte sie nachts den Tritt der Patrouillen und das Dröhnen der Hubschrauber am Himmel; sie hatte auf der Straße jemandem aufgeholfen, der vor Hunger ohnmächtig geworden war. Der Sturm des Hasses umtobte sie, holte sie aber nicht ein, da sie geschützt wurde von der hohen Mauer,

hinter der man sie hatte aufwachsen lassen; ihre Sensibilität jedoch war wach, und als sie den Entschluß faßte, in die Morgue zu gehen, unternahm sie einen Schritt, der ihre ganze Existenz berühren sollte. Sie hatte noch nie einen Toten aus der Nähe gesehen, bis zu jenem Tag, an dem sie genug sah, um ihre schlimmsten Träume damit zu bevölkern. Sie hielt vor einer riesigen Kühlkammer, um ein hellhaariges junges Mädchen zu betrachten, das dort neben anderen an einem Haken hing. Von ferne sah es Evangelina Ranquileo ähnlich, aber von nahem kam es ihr nicht bekannt vor, schaudernd vor Entsetzen entdeckte sie tiefe Spuren überall an ihrem Leib, ein versengtes Gesicht, amputierte Hände.

»Das ist nicht Evangelina, schau sie nicht an«, bat Francisco, legte den Arm um seine Freundin und zog sie bis zur Tür, tief verstört wie sie.

Obwohl der Gang durch die Morgue nur eine halbe Stunde gedauert hatte, war Irene, als sie herauskam, nicht mehr dieselbe, etwas in ihr war zerbrochen. Francisco wußte es, bevor sie noch das erste Wort gesagt hatte, und suchte verzweifelt nach einem Trost, den er ihr hätte anbieten können.

Er bat sie, aufs Motorrad zu steigen, und brauste in hoher Geschwindigkeit zum Stadtberg.

Dort machten sie oft gemeinsam Essenspause. Das Mittagspicknick ersparte ihnen die Diskussionen im Restaurant, wenn es ans Zahlen ging, und beide genossen es, an der frischen Luft zu sein, im lichtdurchflutet schimmernden Park. Manchmal fuhren sie bei den Beltráns vorbei, um Cleo abzuholen. Das Mädchen befürchtete, daß die Hündin, die so eng mit den Greisen zusammenlebte und nur auf den angelegten Pfaden des Altersheims herumstreunte, den Instinkt verlieren und schwachsinnig werden könnte, deshalb erschien es ihr ratsam, ihr Auslauf zu verschaffen. Bei den ersten Ausfahrten saß das arme Tier starr vor Schrecken, geduckt mit hängenden Ohren und angstgeweiteten Augen zwischen den beiden auf dem Motorrad, doch mit der Zeit gewann es Spaß daran und führte sich wie toll auf, wenn es nur ein Motorengeräusch hörte. Es war ein Tier ohne Stammbaum, mehrfarbig gefleckt, das die Schläue und Listigkeit von seinen Bastard-Vorfahren geerbt hatte. Mit seiner Herrin verband es eine ruhige Treue. Die drei auf dem Motorrad sahen nach Jahrmarktsattraktion aus, Irene, die wirbelnden Röcke, Schals, Fransen und das lange Haar im Wind, die Hündin in der Mitte und dann Francisco, der den Freßkorb im Gleichgewicht hielt.

Der riesige Naturpark mitten in der Stadt war leicht zu erreichen, dennoch suchten ihn nur wenige auf. Francisco fühlte sich dort wie der Hausherr. Wenn er Landschaften fotografieren wollte, machte er es hier: sanfte Hügel, durstig im Sommer, vergoldete Magnolienbäume und Eichen, in denen im Herbst die Eichhörnchen hausten, das ausgedehnte Schweigen der nackten Äste im Winter. Im Frühjahr erwachte der Park, leuchtete zitternd in tausend verschiedenen Grüns, Trauben von Insekten zwischen den Blüten, trächtig alle Quellen, die Wurzeln begierig, indes der Pflanzensaft die verborgenen Adern der Natur schwellen ließ. Sie überquerten auf einer Brücke den Bach und begannen den Aufstieg, der Weg schlängelte sich zwischen Gärten hinauf, in denen exotische Pflanzen wuchsen. Je höher sie kamen, desto dichter wucherten die Büsche ineinander, die Pfade verloren sich, und sie erreichten nun das Reich der Birken, aus denen die ersten Blätter des Jahres brachen, der starken immergrünen Pinien, der schlanken Eukalyptusbäume, der Rotbuchen. In der Mittagshitze verflüchtigte sich der morgendliche Tau, und vom Boden stieg ein leichter Dunst auf, der einen Schleier vor die Landschaft legte. Auf dem Gipfel war ihnen, als seien sie die einzigen Bewohner dieses Zauberortes. Sie kannten die verborgenen Winkel, fanden die richtigen Stellen, um die Stadt zu ihren Füßen zu betrachten. Manchmal, wenn sich unten der Nebel verdichtete, verlor sich der Fuß des Berges in erstarrtem Schaum, und sie stellten sich vor, auf einer Insel zu sein, umgeben von Mehl. An klaren Tagen hingegen konnten sie das nicht abreißende silbrige Band des Verkehrs erkennen, und der Straßenlärm erreichte sie wie das ferne Rauschen eines Wasserfalls. An bestimmten Stellen war das Blätterwerk so dicht und der Duft der Pflanzen so stark, daß es sie in eine verworrene Trunkenheit versetzte. Beide verschwiegen diese Ausflüge auf den Berg wie ein kostbares Geheimnis. Sie vermieden, davon zu reden, ohne sich darüber abgesprochen zu haben, wie um die Intimität des Erlebten zu bewahren.

Als er aus der Morgue kam, dachte Francisco, daß

nur die dichte Pflanzenwelt des Parks, die Feuchtigkeit der Erde und der Geruch nach Humus seine Freundin von dem Elend der vielen Toten ablenken konnte. Er führte sie bis zum Gipfel hinauf und suchte eine Stelle, die abseits und im Schatten lag. Sie setzten sich unter eine Trauerweide in die Nähe des Baches, der über Steine hüpfend dahinfloß. Die herabfallenden Strähnen des Baumes bildeten eine Hütte aus Zweigen. An den knotigen Stamm gelehnt, saßen sie schweigend, ohne einander zu berühren, doch so nah in ihrem Fühlen, daß sie einen einzigen Leib zu bewohnen schienen. Noch immer bestürzt, jeder in seine Gedanken versunken, spürten sie die Nähe des anderen wie einen Trost. Das Vorbeigleiten der Stunden, der leichte Wind von Süden, das Geräusch des Wassers, die gelben Vögel und der Geruch der Erde gaben ihnen langsam den Sinn für die Wirklichkeit zurück.

»Wir müßten in den Verlag zurück«, sagte schließlich Irene.

»Müßten wir.«

Aber sie bewegten sich nicht. Sie rupfte ein paar Grashalme, kaute an ihnen und sog den Saft ein. Sie drehte sich zu ihm hin, und er versenkte sich in ihre dunstigen Pupillen. Ohne nachzudenken, zog er sie an sich und suchte ihren Mund. Das war ein keuscher Kuß, lau und leicht, er wühlte aber seine Sinne auf wie ein tellurisches Beben. Beide spürten die Haut des anderen deutlich nah wie nie zuvor, den Druck ihrer Hände, die Innigkeit einer schon immer ersehnten Berührung. Eine pochende Hitze durchfuhr sie, ihre Adern, die Knochen, die Seele, etwas, das sie nie gekannt oder gänzlich vergessen hatten, denn die Erinnerung des Fleisches ist ungewiß. Eigentlich war es kaum ein Kuß, eher die Ahnung einer erhofften und unvermeidlichen Berührung, beide aber waren sicher, daß dies der Kuß war, an den sie sich auch noch am Ende ihrer Tage erinnern würden. Und von allen Zärtlichkeiten war dies die einzige, die eine sichere Spur in ihren Sehnsüchten hinterließ. Der Kuß war nur ein Atemzug. Als Francisco die Augen öffnete, stand das Mädchen mit vor der Brust verschränkten Armen über ihm, ein Scherenschnitt vor dem Himmel. Beide atmeten heftig, erhitzt, gebannt in sich, in ihrer Zeit und ihrem Raum. Er rührte sich nicht, betroffen von einem neuen, allumfassenden Gefühl für diese Frau, die schon nicht mehr von seinem Schicksal zu trennen war. Er meinte ein leichtes Schluchzen zu hören und ahnte etwas von dem Kampf, den Irene in sich austrug: Liebe, Treue, Zweifel. Er schwankte zwischen dem Wunsch, sie zu umarmen, und der Furcht, sie zu überrumpeln. Sie schwiegen lange. Irene wandte sich ihm zu, kam langsam näher und kniete sich neben ihn. Er umfaßte sie, atmete den Duft ihrer Bluse, diese leichte Verlokkung ihres Körpers. »Gustavo hat sein ganzes Leben auf mich gewartet. Ich werde ihn heiraten.«

»Das glaube ich nicht«, murmelte Francisco.

Nach und nach lockerte sich die Anspannung. Sie nahm den dunklen Kopf ihres Freundes zwischen ihre Hände und sah ihn an. Beide lächelten erleichtert, froh, etwas zittrig und gewiß, nicht ein flüchtiges Abenteuer zu suchen, denn sie waren bestimmt, das Wagnis einzugehen, sich auf immer zu lieben.

Der Abend kam, die grüne Kathedrale des Parks war schattig geworden. Es war Zeit zur Rückkehr. Wie die Windsbraut rasten sie auf dem Motorrad abwärts. Die grauenvolle Vision der Leichen sollte nie aus ihren Seelen gelöscht werden, doch sie waren in diesem Augenblick glücklich.
Die Glut dieses Kusses, die auf der Haut Erinnerungen wie Brandmale hinterließ, hielt sich viele Tage und erfüllte ihre Nächte mit zärtlichen Gespenstern. Das Glück jener Begegnung machte, daß sie schwebend über die Straßen wandelten, ohne ersichtlichen Grund lachten, es rüttelte sie inmitten von Träumen wach. Sie tasteten mit den Fingerspitzen die eigenen Lippen ab und riefen sich den Mund des anderen genau ins Gedächtnis. Irene dachte an Gustavo und an die neuen, eben erfahrenen Wahrheiten. Sie hatte den Verdacht, daß er, wie jeder Offizier der Streitkräfte, auch deren Macht ausübte, ein Geheimleben, an dem er sie nie hatte teilhaben lassen. Da wohnten zwei verschiedene Wesen in diesem athletischen Körper, den sie so gut kannte. Zum erstenmal hatte sie Angst vor ihm und wünschte, daß er nie zurückkäme.

Javier erhängte sich am Donnerstag. An diesem Nachmittag war er wie jeden Tag auf Arbeitssuche gegangen und kehrte nicht zurück. Früh schon, als noch längst kein Grund zur Beunruhigung vorlag, ahnte seine Frau das Unglück voraus. Als die Nacht einbrach, stellte sie sich in die Haustür, die Augen

starr auf die Straße gerichtet, bis die Last der befürchteten Tragödie für sie untragbar wurde. Dann ging sie zum Telefon, um ihre Schwiegereltern anzurufen und jeden ihr bekannten Freund, doch niemand wußte, wo er hätte sein können. Mit ihren Gedanken suchte sie ihn, belauerte die Schatten eine unermeßliche Zeitlang und wurde dabei von der Sperrstunde überrascht. Die dunkelsten Stunden verstrichen, und sie sah dem Morgengrauen des Freitags entgegen. Die Kinder waren noch nicht aufgewacht, als die Bereitschaftspolizei vor ihrer Tür bremste. Sie hatten Javier Leal gefunden, beim Kinderspielplatz an einem Baum hängend. Nie hatte er von Selbstmord gesprochen, niemandem Lebewohl gesagt, keinen Abschiedsbrief hinterlassen, dennoch wußte sie zweifelsfrei, daß er sich umgebracht hatte, und verstand endlich die Knoten in dem Seil, an dem er pausenlos herumgefingert hatte.
Francisco war es, der den Leichnam abholte und die Verantwortung für die Beerdigung seines Bruders übernahm. Während er die mühseligen Formalitäten des Todes erledigte, trug er das Bild von Javier in sich, der auf einem Tisch des Medizinischen Instituts im eisigen Licht der Neonröhren ruhte. Er versuchte, die Gründe für dieses brutale Ende zu verstehen und sich an den Gedanken zu gewöhnen, daß der Kamerad seines ganzen Lebens, der bedingungslose Freund, der Beschützer nicht mehr auf der Welt war. Er erinnerte sich an die Lektionen seines Vaters: Die Arbeit ist die Quelle der Selbstachtung. Nicht einmal während der Ferien hatte es für sie so etwas wie Müßiggang gegeben. Im Haus Leal wurden

Feiertage auf nützliche Weise verbracht. Die Familie war durch schwere Zeiten gegangen, jedoch nie auf den Gedanken gekommen, Wohltätigkeit anzunehmen, selbst wenn sie von jenen kam, denen sie zuvor geholfen hatten. Als Javier alle Wege abgeschnitten waren, blieb ihm nichts anderes übrig, als Hilfe von seinem Vater und seinen Brüdern anzunehmen, und so war er lieber still gegangen. Francisco überließ sich fernen Erinnerungen, sein großer Bruder war noch ein junger Bursche, gerechtigkeitsliebend wie der Vater und gefühlsbetont wie die Mutter. Solidarisch waren die drei Leal-Kinder aufgewachsen, drei gegen die Welt, drei vom selben Klan, geachtet im Schulhof, weil jeder von ihnen im Schutz der anderen beiden stand und jegliche Beleidigung sofort geahndet wurde. José, der mittlere, war der kräftigste und stämmigste, doch am meisten gefürchtet wurde Javier, wegen seines Mutes und der Treffsicherheit seiner Fäuste. Er durchlebte eine unruhige Pubertät, bis er sich in die erste Frau verliebte, die seine Aufmerksamkeit erregt hatte. Er heiratete sie und war ihr treu bis zu seiner Todesnacht. Seinem Namen machte er Ehre: Leal, loyal und treu ihr ergeben, seiner Familie, seinen Freunden. Er war Biologe, liebte seine Arbeit und hätte sich Forschung und Lehre gewidmet, wenn er nicht umständehalber an ein kommerziell arbeitendes Laboratorium gekommen wäre, wo er innerhalb von wenigen Jahren hohe Posten bekleidete, denn sein Verantwortungsgefühl war gepaart mit einer produktiven Einbildungskraft, was ihm erlaubte, die kühnsten Projekte der Wissenschaft vorwegzunehmen. Diese Fähigkeiten hatten ihm jedoch nichts genutzt, als die Militärjunta Listen der geächteten Personen aufstellen ließ. Seine Gewerkschaftsarbeit galt als Stigma in den Augen der neuen Obrigkeit. Zunächst hatten sie ihn überwacht, dann angefeindet und schließlich gefeuert. Als er keine Anstellung mehr hatte und auch keine Hoffnung auf eine neue, begann sein Verfall. Abgehärmt überließ er sich seinen schlaflosen Nächten und den demütigenden Tagen. Er hatte an viele Türen geklopft, in Vorzimmern gewartet, war Zeitungsanzeigen nachgegangen, und am Ende des Weges hatte die Hoffnungslosigkeit ihn eingekreist. Der Arbeit beraubt, verlor er nach und nach seine Identität. Er war bereit, selbst für den lächerlichsten Lohn jedwedes Angebot anzunehmen, denn er hatte es bitter nötig, sich nützlich zu fühlen. Als Arbeitsloser war er ein ausgestoßenes, anonymes Wesen, von niemandem zur Kenntnis genommen, da er nichts mehr produzierte und Produzieren das Maß war für den Wert eines Menschen in der Welt, in die er hineingeboren worden war. In den letzten Monaten hatte er seine Träume aufgegeben, seine Ziele, und hielt sich schließlich selbst für einen Paria. Seine Söhne hatten kein Verständnis für seine andauernde schlechte Laune und Melancholie. Auch sie suchten sich Arbeit, wuschen Autos, schleppten Säcke auf den Markt und übernahmen jeden Auftrag, durch den sie das Haushaltsgeld aufbessern konnten. An dem Tag, als sein jüngster Sohn ein paar Münzen auf den Küchentisch legte, die er damit verdient hatte, reicher Leute Hunde im Park auszuführen, krümmte sich Javier Leal wie ein Tier zusammen, das angegriffen wird.

Von dem Zeitpunkt an hatte er niemandem mehr in die Augen geschaut und war in der Hoffnungslosigkeit versunken. Es fehlte ihm sogar der Schwung, sich anzuziehen, und häufig verbrachte er einen Großteil des Tages liegend auf dem Bett. Die Hände zitterten ihm, weil er angefangen hatte, heimlich zu trinken, was seine Schuldgefühle abermals steigerte, gab er dafür doch Geld aus, das im Haushalt dringend benötigt wurde. Sonnabends unternahm er die Anstrengung, sauber und ordentlich im Haus der Eltern zu erscheinen, um seine Familie nicht noch mehr zu beunruhigen, doch konnte er diesen trostlosen Ausdruck aus seinem Gesicht nicht löschen. Die Beziehung zu seiner Frau verschlechterte sich, denn die Liebe ermüdet unter solchen Bedingungen. Er brauchte Trost, lauerte zugleich aber auf jeden Funken von Mitleid, um wütend zu reagieren. Am Anfang wollte sie nicht glauben, daß es nicht irgendeine Stellung für ihn geben sollte, später aber, als sie von den Tausenden von Arbeitslosen wußte, hielt sie den Mund und verdoppelte ihren Arbeitseinsatz. Die Müdigkeit dieser Monate zehrte ihre Jugend auf und ihre Schönheit, die sie als einzigen Besitz gehütet hatte, doch sie kam nicht dazu, das zu beklagen, weil sie beschäftigt hin und her hetzte, um den Hunger ihrer Kinder und das Trostbedürfnis ihres Mannes zu stillen. Sie konnte nicht verhindern, daß sich Javier in der Einsamkeit verlor. Die Apathie hüllte ihn ein, löschte sein Zeitbewußtsein, zersetzte seine Kraft und nahm ihm den Mut. Er bewegte sich wie ein Schatten, hörte auf, sich wie ein Mann zu fühlen, als er sein Heim zerfallen und die Liebe in den Augen seiner Frau verlöschen sah. Zu einem Zeitpunkt, den seine Familie, da sie Javier ständig nah war, nicht voraussehen konnte, zerbrach seine Willenskraft endgültig. Er verwarf den Wunsch zu leben und traf die Entscheidung, seinen Tod zu schlafen.

Die Tragödie traf die Leals wie ein Axthieb. Hilda und der Professor alterten jäh, und ihr Haus verfiel in Schweigen. Sogar die streitsüchtigen Vögel im Hof schienen ihre Schnäbel zu halten. Obwohl die katholische Kirche Selbstmörder strengstens verdammt, las José eine Messe, damit die Seele seines Bruders Frieden fände. Zum erstenmal seit seiner Hochzeit setzte der Professor den Fuß in eine Kirche. Damals hatte er es freudig getan. Jetzt blieb er während der ganzen Zeremonie aufrecht stehen, die Arme gekreuzt, den Mund zu einer schmalen Linie gepreßt. Er war vor Kummer betäubt. Seine Frau hingegen betete, sie trug den Tod des Sohnes als eine weitere Prüfung des Schicksals.

Irene nahm verstört am Begräbnis teil, ohne die Ursache für so viel Unglück ganz zu begreifen. Sie hielt sich ruhig neben Francisco, bedrückt auch sie von dem Leid, das auf dieser Familie lastete, die sie wie die eigene lieben gelernt hatte. Sie kannte sie als aufgeschlossene, fröhliche, zum Lachen bereite Menschen und wußte nicht, daß sie den Schmerz nur für sich und in Würde durchlebten. Vielleicht war es das kastilische Erbe, das dem Professor erlaubte, alle Leidenschaften auszudrücken außer jener, die ihm die Seele zerriß. Männer weinen nicht, es sei denn aus Liebe, pflegte er zu sagen. Hildas Augen wurden

dagegen bei jeder Emotion feucht: Zuneigung, Fröhlichkeit, Sehnsucht. Das Leiden aber verhärtete sie wie ein Kristall. Es gab wenig Tränen auf dem Begräbnis ihres ältesten Sohnes.
Sie begruben ihn auf einem kleinen Stück Erde, das sie in letzter Minute gekauft hatten. Das Ritual war improvisiert und konfus, denn bis zu jenem Tag hatten sie nicht an die Erfordernisse des Todes gedacht. Wie alle, die das Leben lieben, fühlten sie sich unsterblich.
»Wir werden nicht nach Spanien zurückkehren, Frau«, entschied Professor Leal, als die letzten Schaufeln Erde die Urne bedeckten. Zum erstenmal in vierzig Jahren akzeptierte er, daß er zu diesem Boden gehörte.
Die Witwe Javier Leals kehrte vom Friedhof in ihre Wohnung zurück, packte ihre spärlichen Besitztümer in Pappkartons, nahm ihre Kinder an die Hand und verabschiedete sich. Sie zogen in den Süden, in ihren Geburtsort, weil dort das Leben weniger hart war und sie auf die Unterstützung ihrer Brüder zählen konnte. Sie wollte nicht, daß ihre Kinder im Schatten des abwesenden Vaters aufwuchsen. Die Leals begleiteten niedergeschlagen ihre Schwiegertochter und die Enkelkinder zur Bahnstation, verabschiedeten sie, sahen sie den Zug besteigen und konnten nicht fassen, daß sie innerhalb so weniger Tage auch noch die Kinder verlieren sollten, die sie hatten aufziehen helfen. Sie schätzten materielle Güter gering, ihr Vertrauen in die Zukunft hatten sie auf die Familie gegründet. Niemals hätten sie sich vorgestellt, fern von ihr alt zu werden.

Vom Bahnhof ging Professor Leal heim und setzte sich, ohne erst die Jacke oder die Trauerkrawatte abzulegen, mit verlorenem Blick auf einen Stuhl unter den Kirschbaum im Hof. In den Händen hielt er seinen alten Rechenschieber, den einzigen Gegenstand, den er aus dem Schiffbruch des Krieges hinübergerettet und nach Amerika mitgebracht hatte. Immer hatte er ihn greifbar auf dem Nachttisch liegen gehabt, und den Kindern hatte er nur dann erlaubt, damit zu spielen, wenn er sie belohnen wollte. Die drei lernten damit umzugehen, die Teile zu verschieben und die Zahlen zuzuordnen, und er weigerte sich, ihn auszurangieren, als der Rechenschieber vom elektronischen Fortschritt überholt wurde. Es handelte sich um ein Messingrohr mit winzigen, auf der Oberfläche eingeritzten Zahlen, eine Handwerksarbeit aus dem vergangenen Jahrhundert. Dort, unter dem Baum, saß Professor Leal viele Stunden lang, den Blick auf die Mauern geheftet, die er selbst aufgeschichtet hatte, um seinem Sohn Javier Unterkunft zu bieten. Am Abend führte ihn Francisco fast gewaltsam ins Bett, konnte ihn aber nicht zwingen, etwas zu essen. Am nächsten Tag war es genauso. Am dritten Tag trocknete Hilda ihre Tränen, sammelte die ganze innere Kraft, die ihr zur Verfügung stand, und war bereit, wieder einmal für die Ihren zu kämpfen.

»Das Schlimme mit Vater ist, daß er nicht an die Seele glaubt, Francisco. Deshalb meint er, Javier verloren zu haben«, sagte sie. Von der Küche aus konnten sie durchs Fenster den Professor auf seinem Stuhl sehen, er drehte am Rechenschieber. Mit einem Seufzer stellte Hilda das Mittagessen, ohne auch nur davon zu kosten, in den Kühlschrank, schleppte noch einen Stuhl in den Hof, setzte sich unter den Kirschbaum und legte, zum erstenmal seit undenklichen Zeiten, die Hände in den Schoß, kein Strickzeug, keine Näharbeit, so blieb sie mehrere Stunden bewegungslos sitzen. Als es Abend wurde, flehte Francisco sie an, doch etwas zu essen, doch er bekam keine Antwort. Mit großer Mühe brachte er die beiden ins Schlafzimmer und legte sie aufs Bett, wo sie schweigend verharrten, ohne Trost, zwei aufgegebene alte Leutchen. Francisco küßte sie auf die Stirn, löschte das Licht und wünschte ihnen von ganzem Herzen einen tiefen Schlaf, der ihr Leid lindern würde. Als er am nächsten Morgen aufstand, sah er, daß sie wieder die gleiche Stellung unter dem Baum bezogen hatten, mit zerknitterten Kleidern, ungewaschen, ohne Essen, stumm. Er mußte sich auf all seine Kenntnisse besinnen, um nicht dem Wunsch, sie zu rütteln, nachzugeben. Er setzte sich ebenfalls hin, um geduldig über sie zu wachen, entschlossen, sie bis zum Grunde ihres Schmerzes vordringen zu lassen.

Am späten Nachmittag hob Professor Leal die Augen und sah Hilda an.

»Was hast du, Frau?« fragte er mit einer Stimme, die von vier Tagen Schweigen brüchig war.

»Das gleiche wie du.«

Der Professor begriff. Er kannte sie gut genug, um zu wissen, daß sie sich im gleichen Maße würde sterben lassen, wie er es tat, denn nachdem sie ihn so viele Jahre ohne Unterlaß geliebt hatte, würde sie ihm nicht erlauben, allein zu ziehen.

»Es ist gut«, sagte er, sich mühsam erhebend, und reichte ihr die Hand.
Langsam, sich gegenseitig stützend, betraten sie das Haus. Francisco wärmte die Suppe auf, und das Leben kehrte in seine Bahnen zurück.

Ausgeschlossen von der Trauer der Leals, nahm Irene Beltrán das Auto ihrer Mutter und fuhr allein nach Los Riscos, mit dem Vorsatz, Evangelina auf eigene Faust zu finden. Sie hatte Digna versprochen, ihr bei der Suche zu helfen, und wollte nicht unzuverlässig erscheinen. Zuerst machte sie bei den Ranquileos halt.
»Suchen Sie nicht weiter, Fräulein. Die Erde hat sie verschluckt«, sagte die Mutter mit der Resignation derjenigen, die viele Verluste hat ertragen müssen.
Irene aber war fest entschlossen, wenn nötig, sogar die Erde umzuwühlen, bis sie auf das Mädchen stieß. Später, wenn sie sich erinnernd in diese Tage zurückversetzte, fragte sie sich, was es gewesen war, das sie in das Reich der Schatten trieb. Von Anfang an vermutete sie, das Ende eines Fadens zwischen den Fingern zu halten, sie meinte, es genüge, daran zu ziehen, um ein nicht enden wollendes Knäuel der Bestürzung zu entwirren. Sie ahnte, daß diese Heilige der fragwürdigen Wunder den Grenzstein darstellte zwischen ihrer geordneten Welt und der nie zuvor betretenen dunklen Region. Sie dachte darüber nach und kam zu dem Schluß, daß es nicht nur die ihrem Charakter und ihrem Beruf eigene Neugier

gewesen war, die sie vorantrieb, sondern ein dem Schwindel vergleichbares Gefühl. Sie hatte sich über eine unauslotbare Kluft gebeugt und der Versuchung des Abgrunds nicht widerstehen können.

Leutnant Juan de Dios Ramírez empfing sie in seinem Büro, ohne sie erst warten zu lassen. Er wirkte nicht so bullig wie an jenem unseligen Sonntag, als sie ihn im Haus Ranquileo kennengelernt hatte, und sie schloß, daß die Größe eines Mannes von seiner Tätigkeit abhängt. Ramírez zeigte sich beinahe zuvorkommend. Er trug den Waffenrock ohne Koppel, den Kopf unbedeckt und führte keine Waffe bei sich. Seine Hände waren rot angeschwollen, voll von Frostbeulen, diesem Armeleuteleiden. Es war schwierig, Irene nicht wiederzuerkennen, einmal ihr zerwühltes Haar und ihre extravaganten Kleider gesehen zu haben genügte gemeinhin, um sich ihrer zu erinnern. Daher versuchte sie nicht, ihn zu täuschen, und äußerte ohne Umschweife ihr Interesse für Evangelina Ranquileo.

»Sie wurde zu einem kurzen Routineverhör festgenommen«, sagte der Offizier, »sie hat die Nacht hier verbracht und ist am nächsten Tag in der Früh gegangen.«

Ramírez wischte sich den Schweiß von der Stirn. Es war heiß in seinem Büro.

»Hat man sie ohne Kleider auf die Straße geschickt?«

»Die Bürgerin Ranquileo trug Schuhe und einen Poncho.«

»Ihr habt sie in der Nacht aus dem Bett geholt. Sie ist minderjährig. Warum wurde sie nicht den Eltern übergeben?«

»Ich habe keine Veranlassung, mit Ihnen über das Vorgehen der Polizei zu diskutieren«, antwortete der Leutnant barsch.
»Wollen Sie das lieber meinem Verlobten, dem Heereshauptmann Gustavo Morante, erklären?«
»Was denken Sie sich? Ich habe mich nur vor meinem unmittelbaren Vorgesetzten zu verantworten.«
Doch Ramírez zögerte. Das Prinzip militärischer Brüderlichkeit war ihm von früh auf eingeimpft worden. Über den kleinen Rivalitäten zwischen den Waffengattungen hatten die heiligen Interessen des Vaterlandes und die nicht minder heiligen der Uniform zu stehen. Sie mußten sich vor dem bösartigen Geschwür schützen, das im Schoß des Volkes wuchs. Deshalb sollte man, als Vorsichtsmaßnahme, stets den Zivilisten mißtrauen und, als strategische Maßnahme, stets loyal zu den Waffenbrüdern stehen. Die Armee muß monolithisch sein, das war ihm tausendmal eingetrichtert worden. Seine Haltung wurde auch von der Tatsache beeinflußt, daß die junge Frau offensichtlich aus einer höheren sozialen Schicht stammte, denn er war es gewohnt, die Autorität des Geldes und der Macht zu achten, und sie mußte beides besitzen, wenn sie es wagte, ihn so unverfroren auszufragen und dabei wie einen Dienstboten zu behandeln. Er holte das Wachbuch und zeigte es ihr. Dort war die Einlieferung von Evangelina Ranquileo Sánchez verzeichnet, fünfzehn Jahre alt, festgenommen zwecks Verhörs über einen nicht genehmigten Vorfall auf dem Grundstück ihrer Familie und über Handgreiflichkeiten gegen die Person des Offiziers Juan de Dios Ramírez. Darunter war vermerkt, daß

das Verhör wegen einer Weinkrise abgebrochen worden sei. Unterschrieben hatte der wachhabende Korporal Ingnacio Bravo.

»Ich nehme an, sie ist in die Hauptstadt gegangen. Sie wollte sich als Dienstmädchen verdingen, wie ihre ältere Schwester«, sagte Ramírez.

»Ohne Geld und halb nackt, Leutnant? Finden Sie das nicht etwas sonderbar?«

»Die Kleine war ja leicht verrückt.«

»Kann ich mit ihrem Bruder sprechen, mit Pradelio Ranquileo?«

»Nein. Der ist in eine andere Zone versetzt worden.«

»Wohin denn?«

»Diese Information kann ich nicht weitergeben. Wir befinden uns im Belagerungszustand.«

Sie sah ein, daß sie auf diesem Weg nichts mehr erreichen würde, und da es noch früh war, fuhr sie ins Dorf, um sich dort noch einmal umzuschauen und mit einigen Leuten zu sprechen. Sie wollte herausfinden, was diese vom Militär im allgemeinen und von Leutnant Ramírez im besonderen hielten. Die Menschen wendeten sich jedoch bei solchen Fragen ab, sagten kein Wort und verzogen sich so schnell wie möglich. Viele Jahre unter einem autoritären Regime hatten die Verschwiegenheit zur Überlebensregel gemacht. Während sie darauf wartete, daß der Mechaniker einen Reifen des Wagens flickte, ging Irene in ein Gasthaus nah bei der Plaza. Der Frühling machte sich bemerkbar im Hochzeitsflug der Drosseln, im selbstgefälligen Tritt der Hennen vor ihrem Kükengefolge, dem Erschauern der Mäd-

chen in ihren Kattunkleidern. Eine trächtige Katze kam in die Gaststube und ließ sich würdevoll unter Irenes Tisch nieder.
In manchen Augenblicken ihres Lebens meinte Irene, von der Kraft der Intuition geleitet zu werden. Sie glaubte Signale der Zukunft zu empfangen und vermutete, daß die Macht des Geistes gewisse Ereignisse lenken könne. So erklärte sie sich das Erscheinen des Sergeanten Faustino Rivera an eben dem Ort, den sie zum Essen gewählt hatte. Als sie das später Francisco erzählte, entwickelte er eine schlichtere Theorie: Es habe sich um das einzige Restaurant in Los Riscos gehandelt, und der Sergeant sei zu jener Zeit durstig gewesen. Irene sah ihn verschwitzt hereinkommen, zum Tresen gehen, ein Bier bestellen und erkannte sofort sein indianisches Gesicht wieder, hohe Backenknochen, schräggestellte Augen, steifes Haar und große regelmäßige Zähne. Er trug Uniform und hielt die Dienstmütze in der Hand. Sie rief sich das wenige ins Gedächtnis, was sie von Digna Ranquileo über ihn wußte, und beschloß, es für ihre Zwecke zu nutzen.
»Sind Sie Sergeant Rivera?« begrüßte sie ihn.
»Zu Befehl.«
»Sohn von Manuel Rivera, dem mit der Hasenscharte?«
»Eben der, zu Ihren Diensten.«
Von da an verlief die Unterhaltung mühelos. Die junge Frau bat ihn an ihren Tisch. Und kaum war er mit einem weiteren Bier dort, nahm sie ihn in Beschlag. Beim dritten Glas war klar, daß der Guardia Alkohol schlecht vertrug, und sie konnte das

Gespräch in die von ihr gewünschten Bahnen lenken. Sie begann damit, ihm zu schmeicheln, sagte, er sei für verantwortungsvolle Posten geboren, das könne jeder sehen, sie selbst habe es bei den Ranquileos bemerkt, da hatte doch er die Situation unter Kontrolle bekommen, mit der Autorität und der Kaltblütigkeit einer wahren Führerpersönlichkeit, energisch und effizient, ganz anders als der Offizier Ramírez.

»Ist Ihr Leutnant immer so leichtfertig, einfach loszuballern? Was habe ich für einen Schreck bekommen!«

»Früher war er nicht so. Er war kein schlechter Kerl, das kann ich Ihnen versichern.«

Er kannte ihn wie seine eigene Handfläche, weil er seit Jahren unter seinem Befehl diente. Eben aus der Offiziersschule entlassen, vereinte Ramírez die Tugenden eines guten Soldaten: ordentlich, streng, verläßlich. Er kannte die Dienstordnung und die Reglements auswendig, ließ keine Verfehlungen durchgehen, kontrollierte den Glanz des Schuhwerks, zerrte an den Knöpfen, um ihren festen Sitz zu überprüfen, verlangte von seinen Untergebenen große Gewissenhaftigkeit im Dienst und hatte sich im übrigen ganz der Hygiene verschrieben. Persönlich überwachte er die Säuberung der Latrinen und ließ jede Woche seine Männer nackt antreten, um Geschlechtskrankheiten und Läuse aufzuspüren. Mit der Lupe untersuchte er ihren Intimbereich, und die Befallenen mußten drastische Kuren und vielfältige Demütigungen über sich ergehen lassen.

»Aber das tat er nicht aus Bosheit, Fräulein, sondern um anständige Menschen aus uns zu machen. Ich glaube, damals hat mein Leutnant ein gutes Herz gehabt.«

Rivera erinnerte sich an die erste Erschießung, als sähe er sie immer noch vor seinen Augen. Sie hatte vor fünf Jahren stattgefunden, wenige Tage nach der Machtübernahme. Es war noch kalt, und in jener Nacht hatte es pausenlos geregnet, ein Wasserfall stürzte vom Himmel herab, um die Welt reinzuwaschen, und hinterließ saubere Kasernen, die nach Moos und Feuchtigkeit rochen. Bei Tagesanbruch hörte der Regen auf, doch die Landschaft schien noch von seiner Nässe verschleiert, und die Pfützen glänzten zwischen den Steinen wie Kristallflächen. Am rückwärtigen Ende des Hofes befand sich das Peloton und zwei Schritte davor, sehr bleich, der Leutnant Ramírez. Zwei Wachsoldaten brachten den Gefangenen. Sie hatten ihn untergehakt, weil er nicht gehen konnte. Rivera hatte zunächst seine schlechte Verfassung nicht bemerkt und gemeint, er sei verängstigt, wie andere, die erst subversive Umtriebe gegen das Vaterland anzetteln und dann in Ohnmacht fallen, wenn sie ihre Schuld bezahlen sollen. Aber dann hatte er genauer hingesehen und festgestellt, daß es sich um den Kerl handelte, dem die Beine zerquetscht worden waren. Die Wachen mußten ihn hochstemmen, um zu verhindern, daß seine Füße gegen das Pflaster schlugen. Faustino Rivera schaute seinen Vorgesetzten an und konnte dessen Gedanken erraten, weil sie in so mancher Nachtwache, die Dienstgrade überspringend, von Mann zu

Mann miteinander hatten reden können, um die Ursachen der Militärerhebung und ihre Folgen zu analysieren. Das Land war gespalten: ein Werk der vaterlandslosen Politiker, sie hatten die Nation geschwächt und zur leichten Beute für äußere Feinde gemacht, sagte Leutnant Ramírez. Die erste Pflicht eines Soldaten aber ist, über die Sicherheit zu wachen, darum hatten sie die Macht übernommen, um dem Vaterland seine Stärke zurückzugeben und bei dieser Gelegenheit mit den Feinden im Inneren aufzuräumen. Rivera lehnte die Folter ab, er hielt sie für das Übelste an diesem schmutzigen Krieg, in den sie verstrickt waren, so etwas gehörte nicht zu seinem Beruf, das hatte man ihn nicht gelehrt, es drehte ihm den Magen um. Es war nämlich etwas ganz anderes, einem gemeinen Verbrecher, sozusagen routinemäßig, ein paar Tritte zu versetzen, als einen Gefangenen systematisch zu quälen. Warum schwiegen diese Unglücksraben aber auch? Warum reden sie nicht beim ersten Verhör und ersparen sich so viel unnützes Leiden? Am Ende gestehen sie alle, oder sterben, wie jener, der jetzt erschossen werden sollte.
»Peloton! Aaachtung...!«
»Leutnant...«, flüsterte an seiner Seite Faustino Rivera, zu jener Zeit noch Korporal.
»Stellen Sie den Gefangenen an die Wand!«
»Aber, Herr Leutnant, er kann sich nicht aufrecht halten.«
»Dann setzen Sie ihn!«
»Wohin, Herr Leutnant?«
»Bringt einen Stuhl, zum Teufel!« und seine Stimme brach.

Faustino Rivera wandte sich an den Mann zu seiner Linken, gab den Befehl weiter, der andere verschwand. Warum lassen Sie ihn nicht einfach auf die Erde fallen und töten ihn wie einen Hund, bevor es hell wird und wir unsere Gesichter sehen? Wozu diese Verzögerung, dachte er unruhig, weil mit jedem Augenblick, der verstrich, mehr Licht in den Hof kam. Der Gefangene hob die Augen und sah sie einen nach dem anderen mit dem staunenden Blick der Agonie an und hielt bei Faustino Rivera inne. Er hatte ihn wiedererkannt, sie hatten doch mitunter auf demselben Platz Fußball gespielt, und nun stand er dort, stramm auf vereisten Pfützen, das Gewehr auf der Schulter, das wie ein Joch auf ihm lastete, während der andere warten mußte. Dann wurde der Stuhl gebracht, und der Leutnant befahl, ihn an die Rückenlehne zu binden, da er wie eine Vogelscheuche schwankte. Der Feldwebel kam mit einem Tuch.

»Nicht die Augen verbinden, Soldat«, sagte der Gefangene, und der andere senkte beschämt den Kopf, wünschte, daß der Offizier schnell den Befehl geben möge, daß dieser Krieg ein für allemal ein Ende fände, damit die Zeiten sich wieder normalisierten und er in Frieden durch die Straßen gehen und seine Landsleute grüßen könnte.

»Anlegen!« brüllte der Leutnant.

Endlich, dachte der Korporal. Der Mann, der sterben sollte, schloß die Lider für eine Sekunde, öffnete sie dann aber wieder, um den Himmel zu sehen. Er hatte keine Angst mehr. Der Leutnant zögerte. Seitdem er von der anstehenden Erschießung wußte, sah er verfallen aus, in seinem Hirn hämmerte eine Stimme aus der Kindheit, vielleicht die eines Lehrers oder eines Beichtvaters in der Priesterschule: Alle Menschen sind Brüder. Aber das ist nicht wahr, wer Gewalt sät, ist kein Bruder, zuerst das Vaterland, alles übrige ist Gefühlsduselei, und wenn wir sie nicht töten, werden sie uns töten, das sagen die Obristen, töte oder stirb, so ist der Krieg, diese Sachen müssen durchgestanden werden, schnür dir die Hosen fest und zittre nicht, denk nicht, fühl nicht und, vor allem, schau ihm nicht ins Gesicht, denn wenn du das tust, bist du geliefert.

»Feuer!«

Die Gewehrsalve erschütterte die Luft und vibrierte in dem eisigen Raum nach. Ein morgendlicher Spatz flog verstört auf. Es war, als ob sich das Krachen und der Pulvergeruch auf ewig dort einrichten wollten, aber dann kehrte langsam die Stille wieder ein. Der Leutnant öffnete die Augen: auf seinem Stuhl saß der Gefangene, aufrecht, ruhig, und schaute ihn an. Frisches Blut tränkte die unförmige Masse seiner Hose, doch er war lebendig, und sein Gesicht leuchtete im ersten Morgenlicht. Er lebte und wartete.

»Was ist los, Korporal?« fragte der Offizier leise.

»Sie zielen auf die Beine, Leutnant«, antwortete Faustino Rivera. »Die Jungs sind hier aus der Gegend, sie kennen einander, wie werden sie einen Freund umbringen?«

»Was nun?«

»Jetzt sind Sie dran, Leutnant.«

Er verstummte und begann zu begreifen, während

die Männer des Pelotons abwarteten und beobachteten, wie der Tau zwischen den Steinen verdampfte. Auch der Angeschossene wartete am anderen Hofende und verblutete ohne Hast.
»Hat man Ihnen nichts davon gesagt, Leutnant? Alle wissen es.«
Nein. Man hatte es ihm nicht gesagt. In der Offiziersschule war er ausgebildet worden, um gegen die Nachbarländer zu kämpfen oder gegen jedweden Hurensohn, der in das Staatsgebiet eindringt. Er war auch darauf vorbereitet worden, gegen Strolche vorzugehen, sie erbarmungslos zu verfolgen, damit anständige Männer, Frauen und Kinder unbehelligt durch die Straßen gehen können. Das war seine Aufgabe. Aber niemand hatte ihm gesagt, daß er einen gefesselten Mann würde foltern müssen, um ihn zum Reden zu bringen, so etwas hatten sie ihm nicht beigebracht. Und jetzt stand die Welt Kopf, und er mußte hingehen und diesem Unglückseligen, der nicht einmal klagte, den Gnadenschuß geben. Nein. Das hatte ihm niemand gesagt.
Diskret stieß ihn der Korporal an, damit das Peloton nicht den Befehlshaber zögern sähe.
»Den Revolver, Leutnant«, flüsterte er.
Der Offizier zog die Waffe und überquerte den Hof. Das dumpfe Echo der Stiefel auf dem Pflaster hallte in den Eingeweiden der Männer nach. Dann waren sie sich gegenüber, der Leutnant und der Gefangene, und sahen sich in die Augen. Sie waren gleich alt. Der Offizier hob die Arme, den Revolver mit beiden Händen haltend, um sein Zittern zu beherrschen, und zielte auf die Schläfe des anderen. Der jetzt

schon helle Himmel war das letzte, was der Verurteilte sah, als die Kugel durch seinen Kopf drang. Blut bedeckte sein Gesicht und seine Brust und spritzte auf die saubere Uniform des Offiziers.
Nur Faustino Rivera hörte das Aufschluchzen des Leutnants.
»Kopf hoch, Leutnant. Es heißt, das hier ist wie Krieg. Fällt schwer, das erste Mal, aber man gewöhnt sich später daran.«
»Gehen Sie zum Teufel!«
Der Korporal hatte recht. Im Laufe der Tage und Wochen fiel es ihnen dann sehr viel leichter, für das Vaterland zu töten, als dafür zu sterben.
Der Sergeant Faustino Rivera hatte zu reden aufgehört und wischte sich den Schweiß vom Hals. Im Nebel seiner Trunkenheit konnte er kaum die Züge von Irene Beltrán unterscheiden, nur die Harmonie ihrer Formen teilte sich ihm mit. Er sah auf die Uhr und erschrak. Seit zwei Stunden sprach er nun, und wenn es nicht schon längst Zeit für seinen Dienst gewesen wäre, hätte er ihr noch einiges mehr erzählen können. Sie konnte aufmerksam zuhören und interessierte sich für seine Anekdoten, nicht wie diese zugeknöpften Fräuleins, die schon die Nase rümpfen, wenn ein Mannsbild sich ein paar Schluck zur Brust nimmt, nein, Menschenskind, ein richtiges Weib scheint das zu sein, Köpfchen hat sie und gut gebaut, nur etwas spärlich vielleicht. Keine dicken Titten zu sehen und auch keine ordentlichen Arschbacken, da gibts nichts zum Festhalten in der Stunde der Wahrheit.
»Das war kein schlechter Kerl, mein Leutnant. Er

hat sich verändert, Fräulein, später, als er Macht bekam und niemandem Rechenschaft ablegen mußte«, schloß er, stand auf und zog sich den Uniformrock glatt.
Irene wartete, bis er abmarschiert war, und schaltete dann das in ihrem Beutel versteckte Tonband aus. Sie warf die letzten Stückchen Fleisch der Katze zu und dachte an Gustavo Morante, fragte sich, ob ihr Verlobter einmal einen Hof hatte überqueren müssen, die Waffe in der Hand, um einem Gefangenen den Gnadenschuß zu geben. Entsetzt wehrte sie diese Bilder ab und versuchte sich das rasierte Gesicht und die hellen Augen von Gustavo zu vergegenwärtigen, aber ihr kam nur Francisco Leals Profil vor Augen, wie er sich neben ihr über den Arbeitstisch beugte und in seinem dunklen Blick Verständnis aufblitzte, der kindliche Zug um seinen Mund beim Lächeln und dieser andere Ausdruck, gepreßt und hart, wenn er getroffen war von offenkundiger menschlicher Bosheit.

»Gottes Wille« war reichlich beleuchtet, die Gardinen in den Sälen zurückgezogen, und Musik lag in der Luft, denn es war Besuchstag, und Verwandte und Freunde der alten Leute kamen, um einer barmherzigen Pflicht zu genügen. Von weitem sah das Erdgeschoß aus wie ein Überseedampfer, der irrtümlicherweise in den Gärten vor Anker gegangen war. Die Passagiere wandelten mit ihren Besuchern an Deck, die frische Nachtluft genießend, oder ruhten sich auf den Sesseln der Terrasse aus, wie verblichene Gespenster, Seelen aus einer anderen Zeit. Sie führten Selbstgespräche, einige mümmelten die Luft, andere erinnerten sich vielleicht an fernvergangene Jahre oder kramten in ihrem Gedächtnis nach den Namen der Gäste und der abwesenden Kinder und Enkel. In diesem Alter gleicht die Rückschau auf die Vergangenheit dem Aufbruch in ein Labyrinth, ein Platz, ein Ereignis oder ein geliebter Mensch sind zuweilen nicht zu orten oder verschwimmen im Nebel. Die uniformierten Pflegerinnen bewegten sich schweigend durch die Menge, deckten schlaffe Beine zu, verteilten Nachtpillen, servierten den Pensionären Kräutertee und den übrigen Gästen Erfrischungen. Aus unsichtbaren Lautsprechern klangen die jugendlichen Akkorde einer Mazurka von Chopin, die keinerlei Bezug zu dem langsamen inneren Rhythmus der Heimbewohner hatten.

Die Hündin sprang freudig herum, als Francisco und Irene in den Garten kamen.

»Vorsicht, tritt nicht auf die Vergißmeinnicht«, warnte das Mädchen den Freund und lud ihn ein, an Bord zu gehen, zu den Reisenden der Vergangenheit.

Irene hatte das Haar zu einem Knoten aufgesteckt, der die Biegung ihres Nackens freilegte, trug eine lange Tunika aus Baumwolle und hatte zum erstenmal auf ihre lärmenden Kupfer- und Bronzearmreifen verzichtet. Etwas in ihrer Haltung befremdete Francisco, aber er konnte es nicht genau bestimmen. Er beobachtete sie, wie sie zwischen den Greisen herumging, lachend und zuvorkommend zu jedermann, besonders zu jenen, die in sie verliebt waren. Sie alle lebten in einer Gegenwart, die nostalgisch umflort war. Irene zeigte Francisco den halbseitig Gelähmten, der keinen Federhalter zwischen seinen starren Fingern halten konnte und ihr deshalb seine Botschaften diktierte. Er schrieb den Spielkameraden seiner Kindheit, an Bräute aus ferner Zeit und an Verwandte, die schon seit Jahrzehnten im Grab lagen. Sie schickte diese Briefe fürsorglich nicht ab, um der schmerzlichen Enttäuschung vorzubeugen, sie von der Post mit dem Vermerk »Empfänger unbekannt« zurückzuerhalten. Sie dachte sich Antwortschreiben aus, die sie dem alten Mann zustellte, und ersparte ihm so den Kummer, sich allein auf dieser Erde zu wissen. Sie stellte Francisco auch einen schwachsinnigen Opa vor, der niemals Besuch bekam. Der Alte hatte die Taschen voll heißer Schätze, über die er eifersüchtig wachte: verblichene Bilder von blühenden Mädchen, sepiafarbene Postkarten, auf denen sich ein dürftig verschleierter Busen abzeichnete oder ein vorwitziges Bein, das ein Spitzenstrumpfband schmückte. Sie gingen zu dem Rollstuhl der reichsten Witwe des Reiches. Die Frau trug ein verknittertes Kleid, einen von der Zeit und den Motten angefressenen Schal, einen einzelnen Kommunionshandschuh. Am Rollstuhl hingen Plastiktüten, vollgestopft mit Krimskrams, und auf ihren Knien lag eine Schachtel mit Knöpfen, die sie wieder und wieder zählte, um sicherzugehen, daß keiner fehlte. Ein Oberst mit Blechmedaillen stellte sich ihnen in den Weg, um asthmatisch flüsternd mitzuteilen, daß eine Kanonenkugel den halben Körper dieser heroischen Frau zerfetzt habe. Wissen Sie eigentlich, daß sie einen Sack mit Goldmünzen gehortet hat, die sie sich damit verdient hat, ihrem Mann willfährig zu sein? Denken Sie nur, junger Mann, was für ein Tölpel, er zahlte für das, was er umsonst haben konnte! Ich gebe meinen Rekruten immer den Rat, ihren Sold nicht bei Nutten zu verschwenden, denn die Frauen machen für eine Uniform bereitwillig die Beine breit, das sage ich aus eigener Erfahrung. Ich kriege immer noch mehr als genug. Bevor Francisco Licht in diese dunklen Mysterien bringen konnte, näherte sich ihm ein sehr großer und sehr dünner Mann mit einem von Tragik gezeichneten Gesicht. Er fragte nach seinem Sohn und der Schwiegertochter und dem Baby. Irene zog den Mann beiseite, flüsterte mit ihm, führte ihn dann zu einer angeregt plaudernden Gruppe und blieb so lange bei ihm stehen, bis sie sah, daß er sich beruhigt hatte. Sie erklärte ihrem Freund, daß der Alte zwei Söhne gehabt habe. Der eine war auf der anderen Seite der Erdkugel im Exil und konnte sich seinem Vater nur noch in immer kühleren und distanzierteren Briefen mitteilen, denn Abwesenheit ist so feindselig wie das Verstreichen der Zeit. Der andere Sohn war mit seiner Frau und einem Baby verschwunden. Irene wollte die grauenvollen Vermutungen des Mannes durch einen gewisseren Schmerz ersetzen und versicherte ihm, Beweise dafür zu haben, daß keiner von ihnen mehr lebte. Er jedoch schloß die Möglichkeit nicht aus, eines Tages das Kind wiederzusehen, denn man munkelte, daß die Kinder der Verschwundenen als Waisen gehandelt und so mit-

unter gerettet wurden. Einige, die schon für tot gehalten worden waren, tauchten plötzlich in fernen Ländern auf, adoptiert von Familien fremder Völker, oder wurden nach vielen Jahren in karitativen Organisationen aufgespürt, Kinder, die sich nicht einmal mehr daran erinnerten, Eltern gehabt zu haben. Mit barmherzigen Lügen schaffte sie es, daß er nicht mehr jedesmal aus dem Garten entfloh, wenn dieser unbewacht war. Aber sie konnte ihm nicht verwehren, seine Träume zu verschwenden auf solch unabänderliche Qualen und sein Leben aufzubrauchen bei der Erforschung von Details und im Verlangen, die Gräber der Seinen zu besuchen. Sie zeigte Francisco auch zwei alte Leutchen wie aus Pergament und Elfenbein, die sich in einer schmiedeeisernen Hollywoodschaukel wiegten, sie kannten kaum noch die eigenen Namen, dennoch war es ihnen gelungen, sich ineinander zu verlieben, trotz des zähen Widerstandes von Beatriz Alcántara, die das als eine unzulässige Lockerung der Sitten ansah. Wo hat man schon erlebt, daß sich zwei kindische Alte im verborgenen küssen? Irene hingegen verteidigte das Recht auf dieses letzte Glück und wünschte es allen Gästen, weil die Liebe sie vor der Einsamkeit rettete, der schlimmsten Strafe des Alters, also laß sie in Frieden, Mama, schau nicht auf ihre Tür, die sie nachts offenläßt, und zieh nicht so ein Gesicht, wenn du sie morgens beieinander findest, sie lieben sich, aber gewiß doch, auch wenn der Arzt sagt, daß das in ihrem Alter unmöglich ist.
Zuletzt zeigte sie ihrem Freund noch eine Frau, die auf der Terrasse frische Luft schöpfte, sieh sie dir gut

an, das ist Josefina Bianchi, die Schauspielerin. Hast du von ihr gehört? Francisco entdeckte eine zierliche Dame, die zweifellos eine Schönheit gewesen war und es in gewisser Weise auch noch war. Sie trug einen Morgenmantel und seidene Pantoffeln, da sie nach der Uhrzeit von Paris lebte, was eine Differenz von mehreren Stunden und zwei Jahreszeiten ausmachte. Auf ihren Schultern ruhte ein Cape aus räudigen Füchsen mit ausdrucksvollen Glasaugen und welken Schwänzen.

»Cleo hat sich einmal die Stola geschnappt, und als wir sie ihr endlich abnehmen konnten, sah sie aus, als wäre sie unter den Zug gekommen«, sagte Irene, die Hündin festhaltend.

Die Schauspielerin hatte in ihren Koffern die Kostüme aus ihren Lieblingsstücken aufbewahrt, Kleider, die vor einem halben Jahrhundert getragen worden waren und die sie öfters entstaubte, um vor den staunenden Augen ihrer Freunde im Altersheim darin zu glänzen. Sie war im Vollbesitz ihrer geistigen Kräfte, die Koketterie eingeschlossen, und ihr Interesse an der Welt hatte nicht abgenommen, sie las Zeitungen und ging ab und zu ins Kino. Irene zeichnete sie vor den anderen aus, auch die Pflegerinnen behandelten sie mit Ehrerbietung und nannten sie nicht Oma, sondern gnädige Frau. Es war ihr ein Trost, daß ihr in den letzten Jahren nicht ihre unerschöpfliche Einbildungskraft abhanden gekommen war, sie war mit ihren Phantasien beschäftigt, und es fehlte ihr an Zeit und an Lust, um sich auf die Nichtigkeiten des Lebens einzulassen. In ihren Erinnerungen herrschte kein Chaos, sie hielt da perfekte

Ordnung, und es machte sie glücklich, darin zu stöbern. In dieser Hinsicht war sie besser dran als der Rest der Greise, denen das mangelhafte Gedächtnis ganze Episoden aus der Vergangenheit gelöscht hatte und in ihnen die Panik erzeugte, sie hätten sie gar nicht gelebt. Josefina Bianchi konnte ein erfülltes Leben verbuchen, und ihr größtes Glück bestand darin, sich das mit der Genauigkeit eines Notars zu vergegenwärtigen. Sie beklagte nur die verpaßten Gelegenheiten, die Hand, die sie nicht ausgestreckt hatte, die zurückgehaltenen Tränen, die Lippen, die sie nicht geküßt hatte. Mehrere Ehemänner und viele Liebhaber hatte sie gehabt und sich auf Abenteuer eingelassen, ohne die Folgen zu bedenken, sie hatte ihre Zeit freudig verschwendet, da sie stets davon überzeugt gewesen war, erst hundertjährig zu sterben. Mit praktischem Verstand bereitete sie die Zukunft vor, wählte selbst das Altersheim, als sie einsah, daß sie nicht allein würde leben können, und beauftragte einen Rechtsanwalt damit, ihre Ersparnisse zu verwalten, um sich ein gutes Auskommen bis ans Ende ihrer Tage zu sichern. Für Irene Beltrán empfand sie eine tiefverwurzelte Zuneigung, da ihr eigenes Haar in der Jugend diesen gleichen feurigen Ton gehabt hatte, und sie erfreute sich an der Vorstellung, daß dieses Mädchen ihre Großenkelin sei, oder gar sie selbst in der Zeit des Glanzes. Ihr öffnete sie ihre Schatztruhen, zeigte ihr das Album ihres Ruhmes und gab ihr die Briefe von Anbetern zu lesen, denen sie den Seelenfrieden und die Sinnenruhe genommen hatte. Beide hatten einen geheimen Pakt geschlossen: An dem Tag, an dem ich in die Hosen mache oder mir nicht mehr die Lippen schminken kann, hilfst du mir sterben, bat Josefina Bianchi. Irene versprach es ihr selbstverständlich.

»Meine Mutter ist auf Reisen, wir werden alleine zu Abend essen«, sagte Irene und führte Francisco über die Innentreppe in den zweiten Stock.

Das oberste Stockwerk lag ruhig im Halbschatten, die Lichter des ersten Stockes reichten nicht bis dorthin. Auch die Lautsprecher des Altersheims waren nicht mehr zu hören. Zu dieser Stunde brachen die Besucher auf, die Bewohner gingen zurück in ihre Zimmer, und die Stille der Nacht zog mit den ihr eigenen Schatten in das Haus ein. Rosa, dick und großartig, empfing sie in der Garderobe. Sie hatte eine Schwäche für diesen dunkelhaarigen jungen Mann, der sie enthusiastisch begrüßte, Späße mit ihr machte und imstande war, mit der Hündin balgend über den Boden zu rollen. Er war ihr viel näher und vertrauter als Gustavo Morante, obwohl er zweifellos für ihr kleines Mädchen keine gute Partie war. In den Monaten, seitdem sie ihn kannte, hatte sie ihn immer nur in dieser einen grauen Cordhose gesehen, dazu stets die gleichen gummibesohlten Schuhe, jammerschade. Kleider machen Leute, dachte sie, korrigierte sich aber sogleich mit dem gegenteiligen Sprichwort: Die Kutte macht nicht den Mönch.

»Mach die Lichter an, Irene«, empfahl sie, bevor sie sich in die Küche absetzte.

Der Salon war nüchtern eingerichtet, Perserteppiche, moderne Bilder und einige Kunstbücher in dekorativer Unordnung. Die Möbel machten einen bequemen Eindruck, und die zahlreichen Pflanzen verbreiteten Frische im Raum. Francisco setzte sich aufs Sofa und dachte an das Haus seiner Eltern, wo der einzige Luxus ein Plattenspieler war. Irene entkorkte eine Flasche Rosé.

»Was feiern wir?« fragte er.

»Das Glück, am Leben zu sein«, antwortete seine Freundin und lächelte nicht.

Er beobachtete sie schweigend und stellte fest, daß sie sich tatsächlich verändert hatte. Er sah, wie sie die Gläser mit unsicherer Hand einschenkte, einen traurigen Ausdruck im ungeschminkten Gesicht. In der Absicht, Zeit zu gewinnen und ihre Stimmung auszuloten, suchte Francisco zwischen den Platten, fand einen alten Tango, legte ihn auf, und die unverwechselbare Stimme von Gardel erreichte sie, fünfzig Jahre Geschichte überbrückend. Sie hörten stumm zu, Hand in Hand, bis Rosa hereinkam und ansagte, das Abendessen sei im Eßzimmer aufgetragen.

»Warte hier, rühr dich nicht«, bat Irene und ging, die Lampen ausknipsend, hinaus.

Nach ein paar Sekunden kam sie mit einem fünfarmigen Kerzenleuchter zurück, in ihrer langen weißen Tunika eine Erscheinung aus einem anderen Jahrhundert, im Kerzenschein, der metallische Reflexe auf ihr Haar tupfte. Feierlich geleitete sie Francisco durch den Korridor in ein ehemaliges Schlafzimmer, das jetzt als Eßzimmer eingerichtet war. Die Möbel waren zu groß für die Ausmaße des Raumes, doch der sichere Geschmack von Beatriz Alcántara hatte diese Hürde überwunden, indem sie die Wände in pompejanischem Rot streichen ließ, das dramatisch mit dem Kristallglas des Tisches und den weißen

Bezügen der Stühle kontrastierte. Das einzige Bild im Zimmer war ein Stilleben aus der flämischen Schule: Zwiebeln, Knoblauch, in einer Ecke lehnte die Jagdbüchse, und drei bedauernswerte Fasanen waren an den Beinen aufgehängt.

»Sieh es dir nicht zu genau an, sonst träumst du davon«, empfahl ihm Irene.

Francisco trank insgeheim auf die Abwesenheit von Beatriz und des Bräutigams des Todes und war zufrieden, mit Irene allein zu sein.

»Und jetzt, meine Freundin, sag mir, warum du traurig bist.«

»Weil ich bis jetzt in einem Traum gelebt habe und Angst vor dem Aufwachen habe.«

Irene Beltrán war ein verhätscheltes kleines Mädchen gewesen, das einzige Kind wohlhabender Eltern, behütet vor der Berührung mit der Welt und sogar vor der Unruhe des eigenen Herzens. Schmeicheln, Verwöhnen, Zärtlichkeiten, Englische Mädchenschule, Katholische Universität, Obacht bei den Meldungen in Fernsehen und Presse, es gibt so viel Bosheit und Gewalt, es ist besser, sie vor solchen Dingen abzuschirmen, später wird sie leidvolle Erfahrungen machen, das ist unvermeidlich, aber ihre Kindheit soll glücklich sein, schlafe, mein Kindchen, deine Mutter wacht. Hunde mit Stammbaum, Gärten, das Reitpferd im Klub, Ski im Winter und Strand den ganzen Sommer lang, Tanzunterricht, damit sie lernt, sich anmutig zu bewegen, denn sie hopst mehr als daß sie läuft und läßt sich wie eine Gummipuppe auf die Sessel fallen; laß sie in Ruh, Beatriz, bedräng sie nicht. Es geht nicht anders, wir müssen sie erziehen: Röntgenaufnahme der Wirbelsäule, Hautreinigung, ein Psychologe, weil sie am Dienstag von Sümpfen geträumt hat und schreiend aufgewacht ist. Es ist deine Schuld, Eusebio, du verziehst sie mit Geschenken, die einer Mätresse würdig wären, französische Parfums, Spitzenhemdchen und dieser Schmuck, der sich nicht schickt für ein Mädchen ihres Alters. Du bist schuld, Beatriz, du bist oberflächlich und geistig beschränkt, Irene zieht sich Lumpen an, um dich zu reizen, der Psychiater hat's bestätigt. All meine Mühe und Sorgfalt bei der Erziehung... Und sieh dir an, Eusebio, was aus ihr geworden ist, ein eigensinniges Geschöpf, das über alles spottet, Musik und Malerei aufgibt, um Journalistin zu werden, diese Beschäftigung gefällt mir nicht, das ist ein Beruf für Tagediebe, ohne Zukunft und sogar gefährlich. Schon gut, Frau, aber immerhin haben wir erreicht, daß sie glücklich ist: Sie hat ein offenes Lachen und ein großmütiges Herz, mit ein bißchen Glück wird sie zufrieden bis zu ihrer Hochzeit leben, und wenn sie sich dann dem Leben stellen muß, wird sie sich wenigstens sagen können, daß ihre Eltern ihr viele glückliche Jahre beschert haben. Aber du bist abgehauen, ich verfluche dich, Eusebio, du hast uns verlassen, bevor sie ganz erwachsen war, und ich bin verloren, das Unheil dringt durch alle Ritzen, tropft herein, überflutet mich, ich kann es nicht länger aufhalten, und von Tag zu Tag wird es schwieriger, Irene zu schützen vor jedem Übel, Amen. Siehst du ihre Augen? Sie waren immer unstet, deshalb glaubt Rosa, daß sie nicht lange leben wird, es ist, als ob sie Abschied nähmen. Schau sie dir an, Eusebio, es sind nicht mehr dieselben, sie haben sich mit Schatten angefüllt, als ob sie in einen Brunnenschacht hineinsähen. Und du, wo bist du, Eusebio?

Irene konnte den ungeheuren Haß ihrer Eltern ermessen, noch bevor diese selbst ihn erkannten. In den Nächten ihrer Kindheit hörte sie die endlosen Vorwürfe und blieb wach, den Blick starr zur Decke ihres Zimmers gerichtet und mit einer unbestimmbaren Unruhe in den Gliedern. Das unaufhörliche Gemurmel ihrer Mutter ließ sie nicht einschlafen, wenn diese sich in langen weinerlichen Telefongesprächen den Freundinnen anvertraute. Die Stimme drang bis zu ihr, verzerrt durch ihre eigene Furcht und die geschlossenen Türen. Der Sinn der Worte erschloß sich ihr nicht, so gab ihre Einbildungskraft ihnen eine Bedeutung. Sie wußte, daß über ihren Vater gesprochen wurde. Und sie schlief nicht ein, bis sie seinen Wagen in die Garage fahren und seinen Schlüssel im Schloß hörte, dann fiel der Druck von ihr ab. Sie atmete beruhigt, schloß die Lider und tauchte in den Schlaf. Wenn Eusebio Beltrán in ihr Zimmer kam, um ihr den letzten Kuß des Tages zu geben, fand er sie schlafend vor und zog sich beruhigt zurück, im Glauben, daß sie glücklich sei. Als das Mädchen dann die kleinen Zeichen deuten lernte, begriff sie, daß er eines Tages von ihnen gehen würde, wie es am Ende geschah. Ihr Vater war ein Reisender des Lebens, immer auf dem Sprung, er setzte sich nie, stand da, wechselte, unfähig zur Ruhe, Spiel- und Standbein, sein Blick verlor sich in der Ferne, er wechselte mitten im Gespräch abrupt das Thema, stellte Fragen und hörte den Antworten nicht mehr zu. Nur Irene gegenüber gewann er feste Umrisse. Sie war das einzige Wesen, das er wahrhaft liebte, und nur sie konnte ihn einige Jahre lang halten. Er stand ihr zur Seite in den denkwürdigen Augenblicken ihres Frauenlebens, kaufte ihr den ersten Büstenhalter, Nylonstrümpfe, hochhackige Schuhe und erzählte ihr, wie die Kinder gemacht werden, eine erstaunliche Geschichte, denn Irene konnte sich nicht vorstellen, daß zwei Personen, die sich wie ihre Eltern haßten, so etwas unternahmen, nur um sie in die Welt zu setzen.

Mit der Zeit merkte sie, daß dieser Mann, den sie anbetete, ein Despot war und grausam sein konnte. Seine Frau peinigte er ohne Unterlaß, wies sie auf die Spur jeder Falte hin, auf das überzählige Kilo um die Taille. Hast du gesehen, wie dich der Chauffeur anguckt, Beatriz? Du bist ganz nach Proletengeschmack, meine Liebe. Zwischen beide gestellt, diente Irene als Schiedsrichter bei ihren endlosen Aggressionen. Warum macht ihr nicht Frieden, und wir feiern das mit Kuchen? flehte sie. Ihr Herz neigte sich dem Vater zu, da das Verhältnis zur Mutter von Rivalität geprägt war. Beatriz registrierte ihre weiblichen Formen und schloß auf das eigene Alter zurück. Lieber Gott, laß sie nicht erwachsen werden!

Früh erwachte in dem Mädchen der Drang zu leben. Mit zwölf sah sie noch sehr kindlich aus, wurde aber schon von inneren Turbulenzen geschüttelt, von der

Sehnsucht nach Abenteuern. Diese verschwommenen Emotionen störten des öfteren ihren Schlaf und machten ihre Tage fiebrig. Als gierige und wahllose Leserin machte sie sich, trotz des wachsamen Zensorenauges ihrer Mutter, über jedes Buch her, das in ihrer Reichweite lag, und diejenigen, die sie nicht offen vor Beatriz zeigen konnte, las sie nachts im Licht einer Taschenlampe unter der Bettdecke. Auf diese Weise sammelte sie mehr Informationen, als für ein Mädchen aus ihren Kreisen üblich war, und wog mit romantischen Phantasien das auf, was ihr die Erfahrung noch vorenthielt.

Eusebio Beltrán und seine Frau waren verreist an dem Tag, als das Neugeborene durchs Oberlicht fiel. Jahre waren seitdem vergangen, aber weder Rosa noch Irene vergaßen es jemals. Der Chauffeur hatte das Mädchen von der Schule abgeholt und ließ sie am Gartentor aussteigen, da er noch andere Verpflichtungen hatte. Den ganzen Tag über hatte es geregnet, der Winterhimmel hatte die Farbe geschmolzenen Bleis, und die ersten Straßenlaternen leuchteten auf. Irene erschrak, als sie ihr Haus im Halbdunkel liegen sah. Kein Licht brannte, alles war still. Sie öffnete mit ihrem Schlüssel und wunderte sich darüber, daß Rosa nicht wie sonst schon auf sie wartete und auch der Sechs-Uhr-Radioroman nicht aus dem Apparat dröhnte. Sie legte ihre Bücher auf den Tisch am Eingang und ging weiter den Flur entlang, ohne das Licht einzuschalten. Eine vage, schaurige Vorahnung trieb sie vorwärts. Sie schlich auf Zehenspitzen und hielt sich dicht an der Wand und rief mit der ganzen Kraft ihrer Gedanken nach Rosa. Der Salon war leer, Eßzimmer und Küche ebenso. Sie hatte nicht den Mut weiterzugehen, auf den Trommelwirbel in ihrer Brust horchend, blieb sie dort stehen und wollte sich nicht mehr rühren, nicht einmal mehr atmen, bis der Chauffeur zurückkäme. Sie versuchte sich gut zuzureden, daß kein Grund zur Furcht bestand, ihr Kindermädchen war vielleicht draußen oder konnte in den Keller hinuntergegangen sein. Da sie nie zuvor allein im Haus gewesen war, hinderte sie ihre Verwirrung daran, klar zu denken. Die Zeit verstrich. Sie sackte langsam in die Hocke zusammen, bis sie schließlich ganz in eine Ecke gekauert dasaß. Als sie ihre kalten Füße spürte, bemerkte sie, daß die Heizung nicht angestellt war, und das mußte etwas Ernsthaftes bedeuten, da Rosa niemals ihre Pflichten vernachlässigte. Entschlossen, sich Klarheit zu verschaffen, ging sie Schritt für Schritt voran, bis sie das erste Stöhnen hörte. Alle ihre Fibern spannten sich, die Angst verschwand, und die Neugier lenkte ihre Schritte in den Wohnbereich der Dienstboten, der ihr verboten war. Dort befanden sich die Heißwasserkessel, der Wasch- und Bügelraum, der Weinkeller und die Vorratskammer. Am Ende des Ganges lag Rosas Zimmer, aus dem unterdrücktes Wimmern drang. Dort bewegte sie sich hin, mit weitgeöffneten Augen und der Seelenangst, die in ihren Schläfen pochte. Durch die Türritze fiel kein Licht, und ihre Phantasie gaukelte ihr Horrorszenen vor. Die verbotenen Bücher mit ihrer Fracht von Grauen und Gewalt wurden in ihrem Kopf lebendig: Räuber im Haus und Rosa niedergestreckt auf ihrem Bett, den Hals aufgeschlitzt in einem langen Schnitt;

fleischfressende Ratten, die aus dem Keller ausgebrochen waren, nagten an ihr; Rosa, gefesselt an Händen und Füßen, wurde von einem Irren geschändet, so wie es in dem Heftchen zu lesen war, das ihr der Chauffeur geliehen hatte. Doch nie wäre Irene in den Sinn gekommen, was sie dann vorfand.

Sie drückte behutsam auf die Türklinke und schob die Tür langsam auf. Sie fuhr mit der Hand hinein, tastete an der Wand nach dem Schalter und machte das Licht an. Vor ihren geblendeten Augen tauchte Rosa auf, ihre liebe, massige Rosa, sie lag da, über einen Sessel gestreckt, die Röcke bis zur Taille heraufgezogen. Ihre dicken braunen Beine in wollenen Kniestrümpfen waren blutbefleckt. Den Kopf hatte sie nach hinten geworfen, und ihr Gesicht war vom Schmerz verzerrt. Auf dem Boden zwischen ihren Füßen lag eine rötliche Masse, um die eine lange, bläuliche Schnur geschlungen war.

Als Rosa das Mädchen sah, machte sie eine Bewegung, um die Kleider über den Unterleib zu ziehen, und versuchte vergeblich, sich aufzurichten.

»Rosa! Was hast du?«

»Geh, Kind! Geh hier raus!«

»Was ist das?« fragte Irene, auf den Boden deutend.

Das Mädchen näherte sich der Kinderfrau, legte die Arme um sie, trocknete ihr mit ihrem Schulkittel den Schweiß auf der Stirn und bedeckte ihre Wangen mit Küssen.

»Woher kommt dieses Baby?« fragte sie schließlich.

»Es ist heruntergefallen, durch das Oberlicht«, antwortete Rosa und zeigte auf eine Lüftungsöffnung an der Decke. »Es ist auf den Kopf gefallen und war tot, deshalb ist es voll Blut.«
Irene bückte sich, es anzuschauen, und stellte fest, daß es nicht atmete. Sie hielt es nicht für nötig, lang zu erklären, daß sie etwas davon verstand und genau bestimmen konnte, hier handele es sich um einen Fötus von sechs oder sieben Monaten, eineinhalb Kilo schwer, männlichen Geschlechts, blau gefärbt aufgrund von Sauerstoffmangel und vermutlich bereits tot geboren. Das einzige, was sie verwunderte, war, daß sie nicht früher etwas von der Schwangerschaft gemerkt hatte, aber das schob sie auf die fleischige Fülle ihrer Kinderfrau, wo eine Schwellung sehr wohl zwischen den vielen Polstern untergehen konnte.
»Was machen wir, Rosa?«
»Ach, Kind! Niemand darf es wissen. Schwörst du mir, niemals davon zu sprechen?«
»Ich schwöre.«
»Wir werfen es in den Müll.«
»Das ist aber traurig, Rosa, so zu enden... Das Arme kann doch nichts dafür, daß es durchs Oberlicht gefallen ist. Warum begraben wir es nicht?«
So geschah es. Sobald die Frau wieder aufstehen, sich waschen und frisch anziehen konnte, legten sie das Kleine in eine Tragetüte, die sie mit Klebeband versiegelten. Sie versteckten das Päckchen bis zur Nacht und, nachdem sie sich vergewissert hatten, daß der Chauffeur schlief, trugen sie die Plastikurne in den Garten, um ihr ein Begräbnis zu geben. Sie

hoben ein tiefes Loch aus, legten das Paket mit seinem traurigen Inhalt hinein, schütteten es sorgfältig wieder zu und traten, ein Gebet sprechend, die Erde darüber fest. Zwei Tage später kaufte Irene ein paar Vergißmeinnichtpflänzchen und setzte sie an die Stelle, wo das durchs Oberlicht gefallene Neugeborene ruhte. Seitdem fühlten sie sich durch eine Komplizenschaft verbunden, durch ein Geheimnis, das keine von ihnen in vielen Jahren preisgab, bis es beiden so natürlich war, daß es wie zufällig in ihren Unterhaltungen auftauchte. Niemand im Haus fragte nach. Jeder neue Gärtner erhielt von dem Mädchen den Auftrag, die Vergißmeinnicht zu pflegen, und im Frühling, wenn die kleinen Blüten aufgingen, pflückte Irene einen Strauß, den sie ins Zimmer der Kinderfrau stellte.
Bei den Spielen mit ihrem Vetter Gustavo entdeckte Irene wenig später, daß Küsse nach Frucht schmekken und auch die ungeschicktesten und unerfahrensten Zärtlichkeiten die Sinne entzünden können. Sie versteckten sich zum Küssen und weckten das schlafende Begehren. Es dauerte ein paar Sommer, bis sie die höchste Stufe der Intimität erreichten, aus Furcht vor den Folgen und gebremst von der Gewissenhaftigkeit des jungen Mannes, dem man eingeschärft hatte, daß es zwei Klassen von Frauen gab: die Anständigen zum Heiraten und die anderen zum Beschlafen. Seine Kusine gehörte zur ersten Klasse. Sie wußten nichts von Schwangerschaftsverhütung, und erst später, als das rauhe Kasernenleben den Jungen in die Aufgaben der Männer einführte und seine Moral eine gewisse Flexibilität erworben

hatte, konnten sie sich angstfrei lieben. In den folgenden Jahren reiften sie gemeinsam heran. Die Ehe konnte nur noch eine Formalität sein für sie, die schon die Zukunft einander versprochen hatten.
Trotz ihres Freundes und der wundersamen Begegnung mit der Liebe war für Irene der Vater weiterhin der Mittelpunkt der Welt. Sie kannte seine Tugenden und seine Schwächen. Sie ertappte ihn bei unzähligen Falschheiten und Lügen, sah ihn scheitern, erlebte ihn feige und bemerkte, wie er mit den Augen eines läufigen Hundes andere Frauen verfolgte. Sie gab sich, was ihn betraf, keinen Illusionen hin, liebte ihn aber innig. Eines Abends, als Irene in ihrem Zimmer las, spürte sie plötzlich seine Nähe, und bevor sie noch den Blick hob, wußte sie, daß dies ein Abschied war. Sie sah ihn an der Schwelle stehen und hatte den Eindruck, daß er nur ein Geist sei, er war schon nicht mehr da, hatte sich verflüchtigt, wie sie es immer befürchtet hatte.
»Ich gehe für einen Augenblick, Kind«, sagte Eusebio und küßte sie auf die Stirn.
»Leb wohl, Papa«, antwortete das Mädchen und war sicher, daß er nicht zurückkehren würde.
So war es auch. Vier Jahre waren seitdem vergangen, doch dank eines subtilen Mechanismus der Tröstung war er für sie nicht tot wie für die anderen. Sie wußte ihn lebendig, und das gab ihr eine gewisse Ruhe, er war vielleicht glücklich in einem neuen Leben, stellte sie sich vor, doch die Stürme der Gewalt, die jetzt ihre Welt schüttelten, erfüllten sie zugleich mit Zweifeln. Sie hatte Angst um ihn.

Die beiden beendeten ihr Abendessen. Ihre Umrisse hoben sich vor den Wänden des Raumes ab und warfen im Licht der Kerzen zuckende Schatten. Sie sprachen beinahe flüsternd, um diese Intimität zu erhalten. Irene erzählte Francisco vom traurigen Geschäft mit der philanthropischen Metzgerei, und er kam zu dem Schluß, daß ihn nichts an dieser Familie mehr überraschen konnte.
»Alles fing damit an, daß mein Vater den arabischen Gesandten kennenlernte«, sagte sie.
Der Mann war von seiner Regierung mit der Aufgabe betraut worden, Schafe aufzukaufen. Auf einem Empfang seiner Botschaft wurde ihm Eusebio Beltrán vorgestellt, und sie freundeten sich sofort an, weil beide gleichermaßen getrieben wurden von ihrem Verlangen nach schönen Frauen und ausschweifenden Festen. Nach dem Diner lud ihn Irenes Vater dazu ein, im Hause eines Dämchens weiterzufeiern, wo sie es sich mit Champagner und käuflichen Mädchen gutgehen ließen, ein lärmendes Bacchanal, das andere, von geringerem Durchhaltevermögen, in die Hölle befördert hätte. Am nächsten Tag erwachten sie mit Magenbeschwerden und wirrem Kopf, doch nach einer Dusche und einer deftig-pikanten Muschelsuppe begann ihre Wiederauferstehung. Als guter Muselman abstinent, wurde der Araber nur schlecht mit dem Alkoholkater fertig, stundenlang brauchte er Gesellschaft und Trost sowie Kampferabreibungen und kalte Kompressen auf die Stirn. Als der Abend hereinbrach, waren sie Brüder geworden und hatten in gegenseitigen Bekenntnissen das Geheimnis ihrer beider Leben ausgeschöpft. Da machte

der Ausländer Eusebio den Vorschlag, das Schafgeschäft zu übernehmen, denn damit sei tonnenweise Geld zu machen, wenn man es nur richtig anstellte.
»Ich habe noch nie ein Schaf im Urzustand gesehen, aber wenn sie Kühen und Hühnern ähneln, werde ich keine Schwierigkeiten damit haben«, lachte Beltrán.
Das war der Anfang eines Geschäfts, das ihn in den Ruin und an den Rand der Selbstaufgabe treiben sollte, wie seine Frau es prophezeite, lang bevor sie Anhaltspunkte dafür hatte. Er reiste in den äußersten Süden des Kontinents, wo diese Tiere reichlich vorkommen, und begann einen Schlachthof und ein Kühlhaus aufzubauen, ein Projekt, in das er einen Großteil seines Vermögens investierte. Als alles soweit fertig war, wurde aus dem Herzen der arabischen Länder ein islamischer Geistlicher entsandt, dem es oblag, die Schlachtung zu überwachen, auf daß sie nach den strengen Regeln des Korans erfolge. Er hatte für jedes tote Schaf ein Gebet mit dem Antlitz in Richtung Mekka zu sprechen und sicherzustellen, daß es mit einem einzigen Schnitt getötet und nach Mohammeds Vorschriften hygienisch ausgeblutet war. Gesegnet, gesäubert und eingefroren wurden die Kadaver dann per Luftfracht zu ihrem letzten Bestimmungsort expediert. In den ersten Wochen wurde die Prozedur mit der erforderlichen Gewissenhaftigkeit durchgeführt, doch bald verlor der Imam seinen ursprünglichen Eifer. Es mangelte ihm an Ansporn. Niemand in der Umgebung hatte Verständnis für die Wichtigkeit seiner Funktion, niemand sprach seine Sprache oder hatte gar das Heilige Buch gelesen. Statt dessen war er von auslän-

dischen Grobianen umgeben, die sich, während er auf arabisch psalmodierte, über ihn lustig machten und ihn ständig mit obszönen Gesten provozierten. Geschwächt durch das kalte südliche Klima, das Heimweh und die kulturelle Verständnislosigkeit, ermattete er schnell. Eusebio Beltrán, wie immer praktisch, schlug vor, er solle, um die Arbeit nicht aufzuhalten, seine Gebete auf ein batteriebetriebenes Tonbandgerät sprechen. Von diesem Augenblick an verfiel der Imam zusehends. Sein Unwohlsein nahm beunruhigende Ausmaße an, er kam nicht mehr in den Schlachthof, der Müßiggang, das Glücksspiel, der übermäßige Schlaf und der Alkohol besiegten ihn, alles dies Laster, die seine Religion ächtete, aber niemand ist vollkommen, tröstete ihn sein Arbeitgeber, wenn er diesem sein menschliches Leid klagte.

Die Schafe gingen starr und kalt wie Mondgestein auf ihre Reise, ohne daß jemand davon wußte, daß sie ihre Unreinheiten nicht durch die Halsschlagader ausgeblutet hatten und daß aus dem Tonbandgerät Boleros und Rancheras erklungen waren statt der obligaten muselmanischen Gebete. Die Angelegenheit wäre ohne weitere Folgen geblieben, wenn die arabische Regierung nicht unangekündigt einen Bevollmächtigten zur Kontrolle des südamerikanischen Partners entsandt hätte. Am gleichen Tag, als dieser den Ort des Geschehens besuchte und feststellte, wie die Vorschriften des Korans verhöhnt wurden, fand das frisch erblühte Geschäft mit den Schafen sein Ende. Eusebio Beltrán verblieb ein mohammedanischer Mystiker in voller Reuekrise, der jedoch noch keineswegs gewillt war, in seine Heimat zurückzukehren, und ein Berg Gefrierschaffleisch, für das es in seinem Land keinen Markt gab, da es von den Käufern nicht recht geschätzt wurde. Eben dann kam die prächtige Seite seiner Persönlichkeit zur Geltung. Er begab sich mit der Ware in die Hauptstadt, fuhr mit einem Lieferwagen durch die Armenviertel und verschenkte das Fleisch an jene, die Hunger litten. Er glaubte fest daran, daß seine Initiative von anderen Großhändlern aufgegriffen würde, daß diese, wenn man an ihre Großzügigkeit appellierte, ebenfalls einen Teil ihrer Produkte den Notleidenden spenden würden. Er ging so weit, von einer solidarischen Versorgungskette zu träumen, bestehend aus Bäckern, Gemüsehändlern, Inhabern von Fisch- und Lebensmittelläden, Herstellern von Nudeln, Reis und Bonbons, Importeuren von Tee, Kaffee und Schokolade, den Fabrikanten von Konserven, Schnaps und Käse, kurz, jedweder Händler oder Produzent sollte einen Teil seiner Gewinne abzweigen, um den offenkundigen Hunger der Ausgestoßenen, der Witwen, Waisen, Arbeitslosen und anderer Glückloser zu stillen. Nichts dergleichen geschah. Die Metzger beurteilten die Geste als Schnapsidee, und die anderen ignorierten sie einfach. Da er trotz allem seinen Kreuzzug mit Begeisterung fortführte, wurde er mit dem Tode bedroht, weil er ihnen das Geschäft und den guten Ruf, ehrliche Kaufleute zu sein, verdarb. Sie beschuldigten ihn als Kommunisten, was die nervösen Beschwerden von Beatriz Alcántara verschlimmerte, die zwar die nötige Stärke gehabt hatte, die Extravaganzen ihres

Mannes zu ertragen, nicht aber dem Druck dieser gefährlichen Anschuldigung standhalten konnte. Eusebio Beltrán verteilte persönlich Hammelkeulen und Lammschultern, er stand auf einem Gefährt mit großen, links und rechts aufgemalten Anzeigen und einem Lautsprecher, durch den seine Initiative vorgestellt wurde. Bald sah er sich von der Polizei und angemieteten Totschlägern in die Enge getrieben. Die Unternehmer von der Konkurrenz waren fest entschlossen, ihn aus dem Weg zu räumen. Ihm wurden Lächerlichkeit und Tod angedroht, und seine Frau bekam anonyme Briefe von unglaublicher Infamie. Als die Lieferaktion der »Philanthropischen Metzgerei« im Fernsehen gezeigt wurde und die Schlange der Elenden sich in eine Menschenmasse verwandelte, die von den Wächtern der öffentlichen Ordnung nicht mehr in Schach gehalten werden konnte, riß Beatriz Alcántara der Geduldsfaden, und sie schleuderte ihm den gesammelten Groll eines ganzen Lebens entgegen. Eusebio verschwand, um nicht wiederzukehren.

»Ich habe mir nie um meinen Vater Sorgen gemacht, Francisco. Ich war sicher, daß er geflohen war, vor meiner Mutter, vor den Gläubigern und vor diesen verdammten Schafen, die dann vor sich hin faulten, ohne Abnehmer zu finden. Aber jetzt bin ich ganz unsicher«, sagte Irene.

Nachts überkam sie die Angst, wenn ihr die fahlen Leiber aus der Morgue in Träumen erschienen, oder Javier Leal, wie er als groteske Frucht von der Akazie am Spielplatz hing, oder die nicht enden wollende Schlange der Frauen, die nach ihren Vermißten fragten, Evangelina Ranquileo, die barfuß im Nachthemd aus den Schatten rief, und zwischen so vielen fremden Gespenstern sah sie auch ihren Vater, in Sümpfen des Hasses versinkend.

»Vielleicht ist er nicht geflohen, sondern ermordet worden oder gefangen, wie meine Mutter glaubt«, seufzte Irene.

»Es gibt keinen vernünftigen Grund, weshalb ein Mann in seiner Stellung der Polizei zum Opfer fallen sollte.«

»Die Vernunft hat nichts mit meinen Albträumen zu tun und auch nichts mit der Welt, in der wir leben.«

Soweit waren sie gelangt, als Rosa hereinkam und meldete, daß eine Frau nach Irene frage. Ihr Name sei Digna Ranquileo.

Digna trug das Gewicht der Zeit auf den Schultern, und ihre Augen waren ganz durchsichtig geworden, so lange hatte sie auf die Landstraße geschaut und gewartet. Sie entschuldigte sich, zu so später Stunde zu kommen, und erklärte, daß die Verzweiflung sie hergetrieben habe, sie wisse nicht, an wen sonst sie sich hätte wenden können. Da sie ihre Kinder nicht allein lassen könne, sei es ihr nicht möglich gewesen, tagsüber zu reisen, aber für diesen Abend habe sich Mamita Encarnación erboten, sie zu hüten. Die Hilfsbereitschaft der Hebamme habe es ihr ermöglicht, den Bus in die Hauptstadt zu nehmen. Irene hieß sie willkommen, führte sie in den Salon und bot ihr etwas zum Abendessen an, doch sie wollte nur eine Tasse Tee annehmen. Sie setzte sich auf die Stuhlkante, die Lider gesenkt, und fingerte an einer abgewetzten schwarzen Tasche. Über die Schultern hatte sie ein Tuch gelegt, und ihr enger Wollrock bedeckte kaum die bis zum Knie aufgerollten Strümpfe. Sie bemühte sich sichtlich, ihrer Schüchternheit Herr zu werden.

»Haben Sie etwas über Evangelina erfahren?«

Die Mutter schüttelte den Kopf. Nach einer langen Pause sagte sie, daß sie das Mädchen verlorengebe, jedermann wisse, daß es eine Aufgabe ohne Ende sei, die Verschwundenen zu suchen. Sie komme nicht ihretwegen, sondern wegen Pradelio, ihrem ältesten Sohn. Sie senkte die Stimme zu einem fast unhörbaren Flüstern.

»Er hält sich versteckt«, sagte sie.

Er war von seinem Standort geflohen. Wegen des Kriegszustands konnte Desertion das Leben kosten. Um den Polizeidienst zu quittieren, war in normalen Zeiten nur ein bürokratisches Eingabeverfahren notwendig, jetzt aber gehörten die Polizeieinheiten zu den Streitkräften und waren auf die gleiche Weise verpflichtet wie Soldaten auf dem Schlachtfeld. Pradelio Ranquileo befand sich in einer gefährlichen Lage, wenn sie ihn fingen, würden es ihm übel ergehen, das war seiner Mutter klargeworden, als sie ihn sah, den Ausdruck eines gejagten Tieres in seinem Gesicht. Hipólito, ihr Mann, traf die wichtigen Entscheidungen in der Familie, aber er hatte sich vom erstbesten Zirkus anheuern lassen, der sein Zelt in ihrer Gegend aufgeschlagen hatte. Es hatte ihm genügt, den Ruf der Trommel zu hören, mit der die Vorstellung angekündigt wurde, um den Koffer mit seinem Berufswerkzeug zu packen und sich den Schaustellern anzuschließen. Jetzt zog er mit ihnen durch die Dörfer und Städtchen und war nur schwer ausfindig zu machen. Digna hatte auch nicht gewagt, mit anderen Personen über ihr Problem zu sprechen. Einige Tage lang hatte sie sich mit ihrer Unsicherheit herumgeschlagen, bis sie an ihr Gespräch mit Irene Beltrán dachte und an die Anteilnahme der Journalistin an dem Unheil, das über das Haus Ranquileo eingebrochen war. Der einzige Mensch, zu dem sie gehen konnte, hatte sie dann gedacht, war diese Frau.

»Ich muß Pradelio aus dem Land schaffen«, murmelte sie.

»Warum ist er desertiert?«

Die Mutter wußte es nicht. Eines Nachts war er erschienen, bleich, verstört, die Uniform in Fetzen und mit dem Blick eines Irren. Er hatte sich geweigert zu sprechen. Er war sehr hungrig und aß eine ganze Weile lang gierig, stopfte alles in sich hinein, was er in der Küche nur auftreiben konnte, rohe Zwiebeln, gewaltige Brotstücke, Dörrfleisch, Obst und Tee. Als er satt war, stützte er die Arme auf den Tisch, legte den Kopf dazwischen und schlief ein, erschöpft wie ein Kind. Digna bewachte seinen Schlaf. Über eine Stunde lang blieb sie an seiner Seite und beobachtete ihn, um etwas über die lange Wegstrecke zu erfahren, die ihn bis zu diesem Punkt der Erschöpfung und Angst gebracht hatte. Als er aufwachte, wollte Pradelio seine Brüder nicht sehen, um sicherzugehen, daß sie ihn nicht in einem unachtsamen Moment verraten könnten. Er hatte vor, bis in die Kordillere hinauf zu flüchten, wo nicht einmal die Geier ihn finden könnten. Jener Besuch hatte den einzigen Zweck, sich von seiner Mutter zu verabschieden und ihr zu sagen, daß sie sich nicht wiedersehen würden, denn er hatte eine Mission, die er auszuführen gedachte, und koste es ihn das Leben. Später, im Sommer, wollte er dann versuchen, auf einem Gebirgspaß die Grenze zu überqueren. Digna Ranquileo stellte keine Fragen, denn sie kannte ihren Sohn: er würde sein Geheimnis weder mit ihr noch mit sonst jemandem teilen. Sie wies ihn nur darauf hin, daß selbst bei gutem Wetter der Versuch, diese unzähligen Berge ohne Führer zu überqueren, ein Wahnsinn sei, viele verirren sich in dieser Unwegsamkeit, bis sie vom Tod überrascht werden. Später deckt sie dann der Schnee zu, und sie verschwinden bis zum nächsten Sommer, wenn irgendein Bergsteiger auf ihre Reste stößt. Sie schlug ihm vor, so lange in seinem Versteck zu warten, bis man ihn nicht mehr suche, oder aber er solle in den Süden ziehen, wo es leichter sei, über die niedrigen Gebirgszüge zu fliehen.

»Lassen Sie mich in Frieden, Mutter. Ich tue, was ich tun muß, und danach hau ich ab, wie ich kann«, unterbrach sie Pradelio.

Er machte sich auf den Weg ins Gebirge, geführt von Jacinto, seinem jüngsten Bruder, der sich in diesen Bergen wie kein anderer auskannte. Dort oben zwischen den Gipfeln fand er ein Versteck, ernährte sich von Eidechsen, Nagetieren, Wurzeln und den wenigen Speisen, die ihm der Junge ab und zu brachte.

Digna fand sich damit ab, ihn sein Schicksal erfüllen zu sehen, als aber Leutnant Ramírez jedes einzelne Haus in der Umgebung nach ihm durchsuchte und diejenigen bedrohte, die ihn womöglich deckten, und eine Belohnung für seine Erfassung aussetzte und als eines Nachts der Sergeant Faustino Rivera heimlich und in Zivil zu ihr kam, um sie flüsternd zu warnen, sie solle, falls sie vom Verbleib des Flüchtigen wisse, ihm Bescheid geben, denn die Berge würden wie mit einer Harke durchkämmt werden, bis er gefaßt sei, da beschloß die Mutter, nicht länger zu warten.

»Der Sergeant Rivera gehört so gut wie zur Familie, deshalb war es seine Pflicht, uns Bescheid zu geben«, erklärte Digna.

Für eine Kleinbäuerin, die immer an dem Ort gelebt hatte, wo sie geboren war, und die nur die nächsten Dörfer kannte, war der Gedanke, daß sich einer ihrer Söhne in ein anderes Land absetzen könnte, so abwegig wie die Idee, ihn auf dem Meeresgrund zu verstecken. Sie konnte sich nicht das Ausmaß der Welt jenseits der Berge vorstellen, die den Horizont begrenzten, sie hatte eine dunkle Ahnung davon, daß die Erde sich bis zu Gegenden erstreckte, wo andere Sprachen gesprochen wurden und Menschen von unterschiedlichen Rassen unter erstaunlichen klimatischen Bedingungen lebten. Dort war es leicht, vom rechten Weg zu geraten und unter die Räder zu kommen, aber Weggehen war besser als Sterben. Sie hatte von Exilierten gehört, ein Dauerthema in den letzten Jahren, und hoffte, daß Irene Pradelio ein Asyl verschaffen könne. Die junge Frau versuchte ihr

zu erklären, warum dieser Plan mit unüberwindbaren Schwierigkeiten verbunden sei. Die Zeiten waren vorbei, wo es denkbar war, der bewaffneten Wachmannschaften spottend, tollkühn über eine Mauer zu springen und sich in einer Botschaft in Sicherheit zu bringen. Außerdem würde kein Diplomat einem Deserteur, der aus dunklen Motiven floh, Schutz bieten. Die einzige Möglichkeit bestand darin, mit den Leuten des Kardinals Kontakt aufzunehmen.
»Ich kann meinen Bruder José einschalten«, bot schließlich Francisco an, der wenig Lust hatte, seine Geheimorganisation durch einen Militär zu gefährden, selbst wenn dieser nur ein armer Schutzmann war, der von seinen eigenen Kameraden verfolgt wurde. »Die Kirche kennt mysteriöse Rettungswege, wird aber die Wahrheit wissen wollen. Ich muß mit Ihrem Sohn sprechen, Señora.«
Digna erklärte ihm, daß er in einer Höhle in der Kordillere untergeschlüpft sei, auf einer Höhe, wo das Atmen schwierig wird. Um dorthin zu gelangen, mußte man einen Ziegenpfad hochklettern und Fuß vor Fuß zwischen Steine und dürres Gesträuch setzen. Es war kein Ausflug, sondern ein langer und harter Weg für jemanden, der nicht klettergeübt war.
»Ich werde es versuchen«, sagte Francisco.
»Wenn du gehst, gehe ich auch«, beschloß Irene.
In dieser Nacht legte sich die Frau schüchtern in das Bett, das Irene für sie improvisiert hatte, und verbrachte die Stunden damit, verstört an die Zimmerdecke zu starren. Am nächsten Tag brachen sie zu dritt im Wagen von Beatriz nach Los Riscos auf,

nachdem Irene aus der Vorratskammer einen Sack Proviant für Pradelio abgezweigt hatte. Francisco gab zu verstehen, daß es nicht leicht sein würde, den Berg mit diesem ungeheuren Bündel zu besteigen, aber sie sah ihn spöttisch an, und er gab auf.

Auf der Fahrt erzählte ihnen die Mutter, was sie über Evangelinas unseliges Schicksal wußte, von dem Augenblick an, als sie von dem Leutnant und dem Sergeanten am Abend jenes unvergessenen Sonntags zum Jeep abgeführt worden war. Die Schreie des Mädchens hallten über die Felder und verständigten die Schatten, bis ein Fausthieb ihr den Mund schloß und ihrem Zappeln ein Ende setzte. Im Quartier sah der wachhabende Korporal sie ankommen, wagte es jedoch nicht, sie wegen der Gefangenen auszufragen, und begnügte sich damit, wegzuschauen. Im letzten Augenblick, als der Leutnant Ramírez sie mit einem einzigen Griff vom Boden hob und in sein Dienstbüro beförderte, wagte er es, ihn um Rücksicht zu bitten, sie sei krank und die Schwester eines Mannes aus ihrer Einheit, aber sein Vorgesetzter gab ihm keine Zeit weiterzureden, er schloß die Tür, wobei er einen Zipfel des Unterrocks einklemmte, der dort feststeckte wie eine verletzte Taube. Eine Zeitlang hörte man Weinen, dann wurde es still.

Das war eine endlose Nacht für den Sergeanten Faustino Rivera. Er legte sich nicht hin, weil ihm das Herz schwer war. Er unterhielt sich mit dem wachhabenden Korporal, drehte ein paar Runden, um sicherzugehen, daß alles in vorschriftsmäßiger Ordnung war, und setzte sich dann unter das Vordach des Pferdestalls, um seine beizenden schwarzen

Zigaretten zu rauchen. Er nahm die laue Brise der Jahreszeit wahr, den fernen Duft der blühenden Akazien und, darübergelagert, den von frischem Pferdemist. Die Nacht war sternenklar und in ein weites Schweigen gehüllt. Ohne genau zu wissen, worauf er wartete, blieb er dort mehrere Stunden sitzen, bis er die ersten Anzeichen der Morgendämmerung bemerkte, erkennbar nur für jene, die im engen Kontakt zur Natur aufgewachsen und ans Frühaufstehen gewohnt sind. Genau um vier Uhr drei Minuten, wie er Digna Ranquileo sagte und später wiederholte, sah er Leutnant Juan de Dios Ramírez mit einer Last in den Armen herauskommen. Trotz der Entfernung und des Dämmerlichts hatte er keinen Zweifel daran, daß es sich um Evangelina handelte. Der Offizier schwankte ein wenig, aber nicht, weil er betrunken war, denn er trank nie im Dienst. Das Haar des Mädchens hing fast bis auf den Boden, und als er über den Kiesweg zum Parkplatz ging, schleiften die Haarspitzen über die Kiesel. Von seinem Platz aus hörte Rivera den schweren Atem des Offiziers und erriet, daß nicht Anstrengung die Ursache war, denn der schmale Körper der Gefangenen wog nicht schwer für ihn, der groß war, muskulös und an Bewegung gewohnt. Er schnaufte wie ein Blasebalg, weil er nervös war. Rivera sah ihn das Mädchen auf die Zementplattform niederlegen, die zum Entladen von Gepäck und Vorräten benutzt wurde. Die Sicherheitsscheinwerfer am Wachtturm kreisten die ganze Nacht, um möglichen Überfällen vorzubeugen, und beleuchteten im Vorüberschweifen Evangelinas kindliches Gesicht. Sie hatte die

Augen geschlossen, lebte aber möglicherweise, denn dem Sergeanten schien es, als ob sie wimmerte. Der Leutnant ging zu einem weißen Kleinlaster, setzte sich auf den Fahrersitz, ließ den Motor an und fuhr langsam im Rückwärtsgang zu der Stelle, wo er das Mädchen gelassen hatte. Er stieg aus, hob sie auf und legte sie auf die Ladefläche des Wagens, gerade als der Scheinwerfer über die Szene strich. Bevor der Offizier sie mit einer Plane bedeckte, sah Faustino Rivera Evangelina, die auf einer Seite lag, das Gesicht war von ihren Haaren verdeckt, und die nackten Füße schauten zwischen den Fransen des Ponchos hervor. Sein Vorgesetzter trabte zu dem Gebäude, verschwand in der Küchentür und kam eine Minute später mit einer Schaufel und einer Brechstange zurück, die er neben das Mädchen legte. Dann stieg er wieder in den Wagen und fuhr Richtung Ausgang. Die Wache am Tor erkannte den Chef, grüßte stramm und öffnete die schweren Flügeltüren. Der Wagen entfernte sich auf der Landstraße Richtung Norden.

Sergeant Faustino Rivera wartete zusammengekauert im Schatten der Stallungen und schaute zwischen zwei Zigaretten auf die Uhr. Ab und zu bewegte er sich, um die eingeschlafenen Beine zu lockern, und dann kam der Moment, da er vom Schlaf überwältigt wurde und sein Kopf gegen die Wand schlug. Von dort aus konnte er das Wachhäuschen sehen, wo Korporal Ignacio Bravo, seine Nähe nicht vermutend, sich die Langeweile mit Onanieren vertrieb. Bei Morgengrauen fiel die Temperatur, und die Kälte vertrieb seine Schläfrigkeit. Es war sechs Uhr und

der Horizont schon vom Sonnenaufgang gefärbt, als der Kleinlaster zurückkehrte.
Sergeant Faustino Rivera schrieb das, was er erlebt hatte, in das speckige Notizbuch, das er immer bei sich trug. Er hatte die Manie, wichtige und triviale Ereignisse dort einzutragen, nicht ahnend, daß dies ihm wenige Wochen später zum Verhängnis werden sollte. Von seinem Versteck aus beobachtete er den Offizier, der aus dem Wagen stieg und sich das Koppel und den Waffengurt zurechtrückte und zum Gebäude hinüberging. Der Sergeant näherte sich dem Wagen, tastete die Geräte ab und stellte fest, daß frische Erde an den Kanten haftete. Er wußte nicht, was das zu bedeuten hatte noch was der Offizier während seiner Abwesenheit getrieben hatte, aber jeder konnte sich seinen Reim darauf machen.
Das von Francisco Leal chauffierte Auto hielt vor dem Anwesen der Ranquileos. Die Kinder kamen alle heraus, um ihre Mutter und die Gäste zu begrüßen, denn keines war an diesem Tag zur Schule gegangen. Hinter ihnen tauchte Mamita Encarnación auf mit ihrer üppigen Taubenbrust, ihrem dunklen Dutt, der von Haarnadeln durchstochen war, und den kurzen, mit Krampfadern gesprenkelten Beinen, eine prächtige Alte, die unerschüttert durch die Mißgeschicke des Lebens gegangen war.
»Kommt rein und ruht euch aus, ich mache euch einen Tee«, sagte sie.

Jacinto führte sie zu Pradelio. Er war der einzige, der das Versteck seines Bruders kannte, und er hatte die Notwendigkeit begriffen, dieses Geheimnis zu hüten, und koste es sein Leben. Sie sattelten die beiden Pferde der Ranquileos, der Junge und Irene stiegen auf die Stute und Francisco auf den anderen Gaul, der hartmäulig und ziemlich nervös war. Es war lange her, daß er auf einem Pferd gesessen hatte, und er fühlte sich unbehaglich. Er konnte zwar nicht stilvoll, aber doch sicher reiten, dank des Umstandes, daß er als Kind auf dem Gut eines Freundes Gelegenheit gehabt hatte, sich mit Pferden einigermaßen vertraut zu machen. Irene hingegen zeigte sich als erfahrene Amazone, denn in den Zeiten der wirtschaftlichen Blüte ihres Elternhauses hatte sie ihr eigenes Reitpferd besessen.

Sie brachen auf in Richtung Kordillere und bewegten sich auf einem einsamen und schroffen Pfad aufwärts. In normalen Zeiten benutzte ihn kein Mensch, und das Unkraut hatte ihn schon beinahe zugedeckt. Nach einer kurzen Strecke bedeutete ihnen Jacinto, daß sie mit den Tieren nicht mehr weiter kämen, sie müßten zu Fuß zwischen den Steinen aufsteigen und die Felsvorsprünge suchen, um sich Halt zu verschaffen. Sie banden die Tiere an Bäume und begannen den Aufstieg, einander an den abschüssigen Hängen helfend. Der Rucksack mit den Konserven wog schwer wie eine Kanone auf Franciscos Schultern. Er war drauf und dran, von Irene zu verlangen, daß sie ihn ein paar Meter schleppen solle, als Strafe für den Eigensinn, mit dem sie darauf bestanden hatte, ihn mitzunehmen, aber sie tat ihm leid, als er sie wie eine Sterbende hecheln hörte. Ihre Handflächen waren von den Felsen aufgeschürft, die Hose an einem Knie gerissen, sie schwitzte und fragte jeden Augenblick, wieviel denn noch bis zum Ziel fehle. Der Junge antwortete immer dasselbe: Gleich dort drüben, hinter dem Bergrücken. So gingen sie weiter, eine beachtliche Zeitlang unter einer erbarmungslosen Sonne, müde und durstig, bis Irene erklärte, sie sei nicht in der Lage, auch nur einen einzigen weiteren Schritt zu tun.

»Der Aufstieg ist nichts. Warten Sie ab, bis Sie runter müssen«, bemerkte Jacinto.

Sie schauten hinunter, und Irene stieß einen Schrei aus. Wie die Ziegenböcke waren sie eine steil abfallende Schlucht hinaufgeklettert, sich an jedem Strauch haltend, der zwischen dem Geröll wuchs. In weiter Ferne waren als dunkle Flecken die Bäume zu erahnen, bei denen sie die Pferde gelassen hatten.

»Hier komme ich niemals runter. Ich bin nicht schwindelfrei...«, murmelte Irene und beugte sich, angezogen vom Abgrund zu ihren Füßen, hinunter.

»Wenn du raufgekommen bist, kommst du auch runter«, hielt sie Francisco fest.

»Nur Mut, Fräulein, wir sind gleich da, dort drüben, hinter dem Bergrücken«, fügte der Junge hinzu.

Irene sah sich plötzlich von außen, hoch auf einem Felsen balancierend und vor Entsetzen wimmernd, da obsiegte ihre Gabe, sich über alles lustig zu machen. Sie nahm ihre Kräfte zusammen, griff nach Franciscos Hand und verkündete, sie sei bereit weiterzumachen. Den Proviantsack ließen sie liegen, in der Absicht, ihn später zu holen, so daß Francisco nun, befreit von einem Gewicht, das ihm die Nakkenmuskeln gequetscht hatte, Irene helfen konnte. Zwanzig Minuten später erreichten sie eine Bergnase, hinter der plötzlich die Schatten hoher Büsche auftauchten und der Trost eines klägliches Rinnsals. Sie begriffen, daß Pradelio diesen Zufluchtsort wegen des Baches gewählt hatte, der es erst möglich machte, in den kahlen Bergen zu überleben. Sie beugten sich über die Quelle, um sich das Gesicht, die Haare und die Kleider zu benetzen. Als Francisco den Blick hob, sah er zuerst die kaputten Stiefel, dann die grünen Drillichhosen und gleich darauf den nackten, von der Sonne geröteten Oberkörper; zuletzt das dunkle Gesicht von Pradelio del Carmen Ranquileo, der seine Dienstwaffe auf sie gerichtet hatte. Der Bart war ihm gewachsen, seine von Staub und Schweiß verfilzten Haare hatten sich ihm wie Mondalgen aufgestellt.

»Mama hat sie geschickt. Sie kommen, um dir zu helfen«, sagte Jacinto.

Ranquileo ließ den Revolver sinken und half Irene hoch. Er führte sie zu einer schattigen, kühlen Höhle, deren Eingang von Büschen und Felsbrocken verdeckt war. Dort warfen sie sich der Länge nach auf den Boden, während der Junge seinen Bruder zu dem zurückgelassenen Rucksack führte. Obwohl er noch ein Kind und mager war, wirkte Jacinto so frisch wie zu Beginn der Exkursion. Irene und Francisco blieben lange Zeit allein. Sie schlief sofort ein. Ihr Haar war feucht und die Haut verbrannt. Ein Insekt setzte sich auf ihren Hals und kletterte bis zu ihrer Wange, doch sie spürte es nicht. Francisco scheuchte es mit der Hand weg und streifte dabei ihr Gesicht, das war weich und warm wie eine Sommerfrucht. Er bestaunte die Harmonie ihrer Züge, die Lichtreflexe in ihrem Haar und ihren im Schlaf entspannten Körper. Er wollte sie berühren, sich über sie beugen, um ihren Atem zu spüren, sie in den Armen wiegen und beschützen vor den bösen Ahnungen, die ihn seit Beginn dieses Abenteuers bedrängten, doch die Erschöpfung übermannte ihn, und auch er schlief ein. Er hörte die Brüder Ranquileo nicht kommen, und als sie ihn an der Schulter berührten, fuhr er erschreckt hoch.

Pradelio war ein Riese. Sein ungeheures Knochengestell fiel in einer kleinwüchsigen Familie wie der seinen auf. Wie er da in der Höhle saß, ehrfürchtig den Rucksack öffnete, um die Schätze herauszuholen, ein Päckchen Zigaretten streichelte, um den Genuß des Tabaks vorauszukosten, sah er aus wie ein unproportioniertes Kind. Er hatte stark abgenommen, seine Wangen waren eingefallen, und mit den tiefen Ringen unter den Augen wirkte er frühzeitig gealtert. Seine Haut war von der Bergsonne gegerbt, die Lippen rissig und die Schultern wund unter der abpellenden Haut und den Blasen. Gekrümmt in der kleinen Höhlung hockend, die sich im nackten Felsen öffnete, sah er aus wie ein verirrter Seeräuber. Sehr vorsichtig benutzte er seine Hände, zwei Pranken mit schmutzigen, abgenagten Nägeln, so als befürchte er, alles zu zerbrechen, was er berührte. Beengt in der eigenen Hülle, als wäre er plötzlich gewachsen, ohne sich langsam an die eigenen Ausmaße gewöhnen zu können, und daher unfähig,

Länge und Gewicht seiner Glieder richtig einzuschätzen, stieß er sich an der Welt bei der ständigen Suche nach einer angemessenen Haltung. In diesem engen Unterschlupf hatte er viele Tage gelebt und sich von Hasen und Mäusen ernährt, die er mit Steinwürfen erlegte. Der einzige Besuch war Jacinto, ein Vermittler zwischen seiner Einsamkeit und dem Reich der in Gemeinschaft Lebenden. Er verbrachte die Stunden jagend, ohne dabei seine Waffe zu benutzen, denn die wollte er sich für Notsituationen aufsparen. Er bastelte sich eine Schleuder, und der Hunger schärfte seine Zielsicherheit, so daß er Vögel und Nagetiere selbst aus der Ferne traf. Ein säuerlicher Geruch aus einer Ecke der Höhle zeigte die Stelle an, wo er die Federn und die getrockneten Bälge seiner Opfer anhäufte, um draußen keine Spuren zu hinterlassen. Gegen die Langeweile hatte ihm die Mutter ein paar Cowboy-Heftchen geschickt, die er so langsam wie möglich las, weil sie das einzige Vergnügen seiner schleichenden Tage waren. Er fühlte sich wie ein Überlebender nach einer Katastrophe, so allein und verzweifelt, daß er sich zuweilen nach den Wänden seiner Zelle in der Kaserne sehnte.

»Sie hätten nicht desertieren sollen«, sagte Irene, die Schläfrigkeit abschüttelnd, die ihre Seele befallen hatte.

»Wenn sie mich erwischen, werde ich erschossen. Ich muß ein Asyl finden, Fräulein.«

»Stellen Sie sich, und man wird Sie nicht erschießen...«

»So oder so bin ich am Arsch.«

Francisco erklärte ihm die Schwierigkeiten, in seinem Fall Asyl zu bekommen. Nach so vielen Jahren Diktatur verließ niemand mehr das Land auf diesem Wege. Er empfahl ihm, sich eine Zeitlang versteckt zu halten. Inzwischen würde er versuchen, ihm gefälschte Papiere zu verschaffen, um ihn damit in eine andere Provinz zu schicken, wo er ein neues Leben beginnen könnte. Irene glaubte, falsch gehört zu haben, denn sie konnte sich ihren Freund nicht beim Handel mit Falschpapieren vorstellen. Pradelio hob die Arme in einer Geste der Hoffnungslosigkeit, und sie sahen ein, daß es unmöglich war, den Agenten der Polizei mit dieser zypressenhaften Gestalt und dem Gesicht eines Flüchtigen zu entgehen.
»Sagen Sie uns, warum Sie desertiert sind«, insistierte Irene.
»Wegen Evangelina, meiner Schwester.«
Nach und nach dann, die Worte im stillen Wasser seines gewohnheitsmäßigen Schweigens suchend, sich selbst mit langen Pausen unterbrechend, begann er seine Geschichte auszubreiten. Was der Riese nicht sagte, erfuhr Irene aus seinen Augen, und was er verschwieg, konnte sie seinem Erröten entnehmen, seinen Tränen und dem Zittern seiner großen Hände.

Als das Gerücht über Evangelina und ihr seltsames Leiden umzugehen begann, Neugierige anlockte und den guten Namen der Ranquileos in den Schmutz zog, da es die Schwester auf eine Stufe mit den

Anstaltsirren stellte, kam Pradelio der Schlaf abhanden. Von der ganzen Familie war sie ihm schon immer die liebste gewesen, eine Zuneigung, die mit der Zeit wuchs. Nichts rührte sein Herz so sehr, wie diesem kleinen mageren Mädchen mit dem blonden Haar, das so anders als die Ranquileos war, bei den ersten Schrittchen zu helfen. Als sie geboren wurde, war er noch ein Junge gewesen, zu groß und zu kräftig für sein Alter, gewohnt, die Arbeiten eines Erwachsenen zu verrichten und die Pflichten des abwesenden Vaters zu übernehmen. Er kannte weder Muße noch Zärtlichkeit. Digna ging schwanger durch die Jahre oder stillte das jeweils Letztgeborene, was sie nicht daran hinderte, die Feld- und Hausarbeit zu erledigen, doch sie brauchte dabei jemanden, auf den sie sich stützen konnte. Sie hatte Vertrauen zu ihrem ältesten Sohn und räumte ihm den anderen Kindern gegenüber Autorität ein. In mancherlei Hinsicht trat Pradelio als Hausherr auf. Er erfüllte diese Rolle schon, als er noch sehr jung war, und gab sie auch nicht ganz ab, wenn sein Vater zurückkehrte. Einmal, als dieser betrunken war, wagte er es, gegen ihn aufzutreten. Er verhinderte, daß sich der Vater an Digna vergriff, und das machte ihn endgültig zum Mann. Der Junge hatte geschlafen und war von einem leisen Weinen aufgewacht, aus dem Bett gesprungen und hatte hinter den Vorhang geschaut, der die Schlafecke der Eltern abtrennte. Dort sah er Hipólito mit der zum Schlag erhobenen Hand, und seine Mutter, die wie ein Knäuel zusammengerollt auf dem Boden lag und sich selbst den Mund zuhielt, um mit ihrem Wimmern nicht die

Kinder aufzuwecken. Er hatte schon einige ähnliche Szenen miterlebt und hielt es im Grunde für ein Recht der Männer, Frauen und Kinder zu strafen, jenen Anblick konnte er jedoch nicht ertragen, und ein Zornesschleier machte ihn blind. Ohne nachzudenken, stürzte er sich auf seinen Vater, schlug und beschimpfte ihn, bis Digna ihn anflehte, sich zu beherrschen, da die Hand zu Stein wird, die sich gegen die eigenen Eltern erhebt. Am nächsten Tag wachte Hipólito übersät mit blauen Flecken auf. Seinem Sohn taten die Muskeln weh von der Anstrengung, keines seiner Glieder war jedoch, wie der Volksmund will, versteinert. Das war das letzte Mal gewesen, daß Hipólito in seiner Familie Gewalt angewendet hatte.

Pradelio del Carmen Ranquileo blieb sich stets dessen bewußt, daß Evangelina nicht seine Schwester war. Alle behandelten sie, als ob sie es wäre, er aber hatte sie von klein auf mit anderen Augen gesehen. Mit dem Vorwand, seiner Mutter zu helfen, badete, wiegte und fütterte er sie. Das Mädchen betete ihn an und nutzte jede Gelegenheit, um sich ihm an den Hals zu hängen, in sein Bett zu kriechen und sich in seine Arme zu kuscheln. Wie ein Schoßhündchen folgte sie ihm überallhin, bedrängte ihn mit Fragen, wollte seine Geschichten hören und schlief nur ein, wenn seine Lieder sie einlullten. Die Spiele mit Evangelina waren für Pradelio nicht frei von Verlangen. Er nahm zahlreiche Ohrfeigen hin fürs Betatschen und zahlte so seine Sündenschuld. Er war schuldig der schwülen Träume wegen, in denen sie ihn mit obszönen Gesten heranwinkte, schuldig dafür, sie heimlich zu belauern, wenn sie sich hinhockte, um zwischen den Beeten Pipi zu machen, schuldig, ihr zur Badezeit bis zum Wassertank zu folgen, schuldig für die Erfindung verbotener Spiele, bei denen sie sich fern von den anderen versteckten und bis zur Ermattung zärtlich zueinander waren. Dank des Verführungsinstinktes, der allen Frauen eigen ist, teilte das Mädchen willig das Geheimnis mit dem großen Bruder und ging ihrerseits verstohlen vor. Sie setzte eine Mischung aus Unschuld und Schamlosigkeit, aus Koketterie und Sittsamkeit ein, um ihn verrückt zu machen, sie hielt seine Sinne entzündet, und so war er ihr Gefangener. Wachsamkeit und Strenge der Eltern erreichten nichts anderes, als die Glut noch anzufachen, die das Blut des heranwachsenden Pradelio erhitzte. Das trieb ihn allzu früh in die Arme der Nutten, denn er fand keinen Trost in den einsamen Vergnügungen der Jünglinge. Evangelina spielte noch mit Puppen, als er schon davon träumte, sie zu besitzen, obwohl er sich ausrechnen konnte, daß seine drängende Männlichkeit sie wie ein Schwert durchstoßen hätte. Er setzte sie sich auf den Schoß, um ihr bei den Schulaufgaben zu helfen, und während er eine Antwort auf die Fragen des Heftes suchte, fühlte er seine Knochen schmelzen und etwas Heißklebriges in seinen Adern stocken. Seine Kräfte schwanden, er verlor das klare Bewußtsein, wenn er diesen Geruch von Rauch, der aus ihrem Haar stieg, roch, die Waschlauge in ihren Kleidern, den Schweiß auf ihrem Hals und wenn er das Gewicht ihres Körpers auf dem seinen spürte; er glaubte, das alles nicht ertragen zu können, ohne wie ein läufiger Hund zu heulen, ohne sie anzufallen und zu verschlingen, ohne zu den Pappeln zu rennen und sich an einem Ast aufzuhängen, um mit dem Tod das Verbrechen zu sühnen, die Schwester mit solch höllischer Leidenschaft zu lieben. Das Mädchen spürte das und bewegte sich auf seinen Knien, preßte, knetete und rieb, bis sie ihn erstickt stöhnen hörte, er die Fingerknöchel gegen den Tischrand drückte, steif wurde und ein scharfsüßes Aroma sie beide umfing. Diese Spiele dauerten eine ganze Kindheit lang.

Mit achtzehn wurde Pradelio Ranquileo zum Militärdienst eingezogen. Er verließ das Haus und kehrte nicht zurück.

»Ich bin gegangen, um mich nicht an meiner Schwester zu vergehen«, bekannte er Irene und Francisco.

Als er den Militärdienst abgeleistet hatte, meldete er sich sogleich zur Polizei. Evangelina blieb enttäuscht und verloren zurück, begriff nicht, warum er sie im Stich ließ, bedrängt von einem Verlangen, für das sie keinen Namen hatte und das in ihrem Herzen war, lang bevor ihre Weiblichkeit erwachte. Auf diese Weise floh Pradelio vor dem Schicksal eines armen Kleinbauern, vor einem Mädchen, das zur Frau heranwuchs, und vor den Erinnerungen an eine vom Inzest bedrohte Kindheit. In den folgenden Jahren erreichte sein Körper sein endgültiges Ausmaß, und seine Seele fand einen gewissen Frieden. Er reifte an den politischen Umwälzungen, was die Obsession für Evangelina milderte, denn von einem Tag auf den anderen war er kein unbedeutender Landpolizist mehr, sondern einer der Männer, welche die Macht übernommen hatten. Er sah Furcht in den Augen der Menschen, und das gefiel ihm. Er fühlte sich wichtig, stark, eine Autorität. In der Nacht vor dem Militärputsch wurde er davon in Kenntnis gesetzt, daß der Feind die Soldaten auszuschalten beabsichtige, um eine sowjetische Tyrannei zu errichten. Zweifellos handelte es sich um gefährliche und gewitzte Gegner, denn bis zu jenem Tag hatte von diesen blutigen Plänen niemand etwas gemerkt, außer den Kommandanten der Streitkräfte, die stets über die nationalen Interessen wachten. Wenn wir ihnen nicht zuvorkommen, versinkt das Land im Bürgerkrieg, oder es wird von den Russen besetzt, hatte ihm Leutnant Juan de Dios Ramírez erklärt. Das rechtzeitige und tapfere Handeln jedes einzelnen Soldaten, er, Ranquileo, eingeschlossen, hatte das Volk vor einem fatalen Schicksal bewahrt. Deshalb bin ich stolz darauf, die Uniform zu tragen, auch wenn mir einige Dinge nicht gefallen, aber ich führe die Befehle aus, ohne Fragen zu stellen, wo kommt man hin, wenn jeder Soldat anfängt, die Entscheidungen der Vorgesetzten zu diskutieren, dann geht alles den Bach runter, und das Vaterland ist am Arsch. Ich habe viele Leute festnehmen müssen, das gebe ich zu, darunter Bekannte und sogar Freunde wie die Flores. Eine üble Geschichte, daß die Flores in der Landarbeitergewerkschaft mit drinsteckten. Das schienen doch anständige Leute zu sein, wer hätte gedacht, daß sie einen Überfall auf die Kaserne planten, so ein Wahnwitz. Wie konnte Antonio Flores mit seinen Söhnen nur auf eine solche Idee kommen? Das waren doch intelligente Menschen mit Bildung. Zum Glück ist mein Leutnant Ramírez von den Besitzern der Nachbargüter gewarnt worden, so daß er beizeiten handeln konnte. Das war sehr hart für mich, die Flores festzunehmen. Heute höre ich noch die Schreie der vertauschten Evangelina, als wir den Vater abführten. Es hat mir weh getan, denn das ist meine richtige Schwester, eine Ranquileo wie ich. Ja, es gab viele Gefangene damals. Ich habe mehrere zum Sprechen gebracht, in den Stallungen, da gab es kein Pardon, sie wurden an Händen und Füßen gefesselt und geprügelt, es gab auch Erschießungen und andere Geschichten, von denen kann ich nicht sprechen, weil es sich um militärische Geheimnisse handelt. Der Leutnant hat mir vertraut und mich wie einen Sohn behandelt, ich habe ihn geachtet und bewundert, er war ein guter Chef, und er übertrug mir Sonderaufgaben, die nichts für Schlappschwänze waren oder für Großmäuler wie den Sergeanten Faustino Rivera, der beim ersten Bier den Kopf verliert und wie eine Klatschtante loslegt. Er hat es mir oft gesagt, mein Leutnant: Ranquileo, du wirst es weit bringen, weil du verschwiegen bist wie ein Grab und tapfer. Verschwiegen und tapfer, die besten Tugenden eines Soldaten.

Bei der Ausübung der Gewalt verlor sich Pradelios Entsetzen über seine eigenen Sünden, und er konnte sich Evangelinas Gespenst vom Leib halten, außer bei den Besuchen zu Hause. Dann brachte das Mädchen mit kindischen Zärtlichkeiten sein Blut wieder in Wallung, sah dabei aber schon nicht mehr wie ein Kind aus, sondern hatte das eindeutige Verhalten einer Frau. An dem Tag, als er sah, wie sie das Kreuz zurückbog, sich in Krämpfen wand und bei der grotesken Parodie des Sexualakts stöhnte, überkam ihn urplötzlich die fast vergessene Hitze wieder. Um sich das Mädchen aus dem Kopf zu schlagen, griff er auf verzweifelte Mittel zurück, langdauernde Morgenbäder in kaltem Wasser, Hühnergalle mit Essig, auf daß die Kälte in den Knochen und das Brennen im Gedärm ihn wieder zur Vernunft brächten, doch alles war vergebens. Schließlich hatte er Leutnant Juan de Dios Ramírez, mit dem ihn eine alte Kameraderie verband, alles erzählt.

»Ich werde mich um die Sache kümmern, Ranquileo«, versicherte ihm der Offizier, nachdem er die extravagante Geschichte gehört hatte. »Ich mag es, wenn meine Männer mit ihren Sorgen zu mir kommen. Du tust gut daran, mir zu vertrauen.«

Noch am gleichen Tag des Skandals im Hause Ranquileo befahl Leutnant Ramírez, Pradelio in Isolierhaft zu nehmen. Er gab ihm keine Erklärung. In seiner Zelle verbrachte der Guardia mehrere Tage bei Wasser und Brot, ohne den Grund für die Bestrafung zu kennen, obwohl er annehmen konnte, daß sie mit dem wenig zartfühlenden Verhalten seiner Schwester zu tun hatte. Dachte er daran, mußte er grinsen. Kaum zu glauben, daß diese Göre, dies unbedeutende Würmchen, das dürr war und keine Brüste wie die Frauen hatte, sondern gerade mal zwei Pfläumchen, die zwischen den Rippen hervorguckten, daß die den Leutnant in die Luft gewirbelt und vor seinen

Untergebenen wie einen Strohbesen geschüttelt hatte. Er meinte, geträumt zu haben. Vielleicht war es der Hunger, die Einsamkeit oder die Verzweiflung, die ihn verwirrten, und das alles war in Wahrheit nie geschehen. Was konnte aber dann der Grund für die Haftstrafe sein? So etwas passierte ihm zum erstenmal, nicht einmal während des Militärdienstes hatte er eine solche Demütigung hinnehmen müssen. Er war ein vorbildlicher Rekrut gewesen und ein guter Polizist, viele Jahre lang. Ranquileo, pflegte ihm sein Leutnant zu sagen, dein einziges Ideal hat die Uniform zu sein, die mußt du verteidigen. Und vertraue deinen Vorgesetzten. Daran hatte er sich stets gehalten. Der Offizier brachte ihm bei, die Wagen der Dienststelle zu fahren, und machte ihn zu seinem Chauffeur. Zuweilen gingen sie zusammen ein Bier trinken und die Dirnen von Los Riscos besuchen, wie zwei gute Freunde. Deshalb hatte er gewagt, ihm von den Anfällen seiner Schwester zu erzählen, von dem Steinschlag auf dem Dach, vom Tanz der Tassen und der Verstörung der Tiere. Alles hatte er ihm gesagt und nicht geahnt, daß der Vorgesetzte mit einem Dutzend bewaffneter Männer ins Haus seiner Eltern eindringen und Evangelina ihn auf dem Hof in den Schlamm werfen würde.

Ranquileo fühlte sich wohl bei seiner Arbeit. Er war von schlichtem Gemüt, und es fiel ihm schwer, Entscheidungen zu treffen, er gehorchte lieber schweigend und legte die Verantwortung für sein Handeln in fremde Hände. Er stotterte und kaute sich die Nägel, bis seine Finger in blutige Stummel verwandelt waren.

»Früher habe ich keine Nägel gekaut«, entschuldigte er sich vor Irene und Francisco.
Bei dem harten Militärleben fühlte er sich sehr viel glücklicher als im Elternhaus. Er wollte nicht zurück aufs Land. Bei den Streitkräften hatte er eine Karriere, eine Zukunft und eine neue Familie gefunden. Er zeigte die Widerstandskraft eines Ochsen beim Dienst, bei den anstrengendsten Übungen, bei den Nachtwachen. Er war ein guter Kamerad, bereit, seine Ration einem Hungrigeren oder seine Decke einem, der mehr fror, zu überlassen. Er ertrug üble Scherze, ohne zu mucksen, verlor nicht die gute Laune, lächelte noch wohlgefällig, wenn man über seinen Knochenbau spottete, der einem Kaltblütler Ehre gemacht hätte, oder über seine aufgeworfene Männlichkeit. Auch über seinen Diensteifer wurde gelacht, über seinen ehrfürchtigen Respekt vor der heiligen Institution des Militärs, über seinen Traum, wie ein Held das Leben für die Fahne zu lassen. Plötzlich brach das nun alles zusammen. Er wußte nicht, warum er sich in dieser Zelle befand, und konnte die verstreichende Zeit nicht abschätzen. Sein einziger Kontakt zur Außenwelt bestand in den wenigen geflüsterten Worten des Mannes, der das Essen zu bringen hatte. Ein paarmal hatte der ihm Zigaretten geschenkt und ihm ein Westernheft oder eine Sportzeitschrift versprochen, obwohl kein Licht zum Lesen da war. In diesen Tagen hatte er gelernt, vom Gemurmel zu leben, von Hoffnungen und von den kleinen Tricks, mit denen die Langeweile gebannt wird. Um am Außenleben teilzuhaben, stellte er alle seine Sinne auf Empfang. Dennoch war

seine Einsamkeit zeitweise so groß, daß er sich tot glaubte. Er hörte Geräusche von draußen, wußte, wann Wachwechsel war, zählte die Wagen, die hinein- oder hinausfuhren, schärfte sein Gehör, um die Stimmen zu erkennen und die Schritte, deren Klang durch die Entfernung verzerrt wurde. Er versuchte zu schlafen, damit die Zeit schneller verginge, doch das Nichtstun und die Angst verscheuchten den Schlaf. Ein kleinerer Mann hätte sich in dem eingeschränkten Raum immerhin strecken und etwas Gymnastik treiben können, doch Ranquileo steckte darin wie in einer Zwangsjacke. Die Kopfläuse aus der Matratze nisteten sich in sein Haar ein und vermehrten sich schnell. Die Filzläuse juckten in seinen Achseln und im Schamhaar, und er kratzte sich bis aufs Blut. Für seine Notdurft bekam er einen Eimer, und wenn der sich füllte, war der Gestank seine ärgste Marter. Er dachte, daß Leutnant Ramírez ihn womöglich einer Prüfung unterzog. Vielleicht wollte er seine Zähigkeit und seine Charakterfestigkeit testen, bevor er ihn mit einer Sondermission beauftragte. Deshalb machte Pradelio nicht von seinem Recht auf Berufung innerhalb der ersten drei Tage Gebrauch. Er bemühte sich, ruhig zu bleiben, sich nicht gehenzulassen, nicht zu weinen noch zu schreien, wie sonst fast alle Isolierten. Er wollte ein Beispiel der physischen und moralischen Stärke geben, damit der Offizier seine Tugenden zu schätzen lernte und um ihm zu beweisen, daß er auch in extremen Situationen nicht schwach wurde. Er versuchte im Kreis zu gehen, um Krämpfen vorzubeugen und die Muskeln zu lockern, aber das erwies sich als unmöglich, denn er stieß mit dem Kopf an die Decke und schlug, wenn er die Arme ausstreckte, gegen die Wände. In diese Zelle hatten sie mitunter bis zu sechs Gefangene gesperrt, aber nur für wenige Tage, nie so lange wie ihn, und außerdem waren es keine normalen Häftlinge gewesen, sondern Staatsfeinde, Sowjetagenten, Verräter, das hatte der Leutnant in aller Deutlichkeit gesagt. An Bewegung und frische Luft gewöhnt, schlug sich diese erzwungene Ruhe des Körpers auch auf seinen Geist nieder, ihm wurde schwindlig, er vergaß Namen und Orte, sah monströse Schatten. Um nicht verrückt zu werden, sang er mit gedämpfter Stimme. Das tat er gerne, nur unter normalen Umständen verbot es ihm seine Schüchternheit. Evangelina hörte ihm stets andächtig zu und saß dann schweigend und mit geschlossenen Augen da, als hörte sie Sirenengesang, sing weiter, mehr... Während seiner Haft hatte er Gelegenheit, viel an sie zu denken, sich lebhaft an jede einzelne ihrer Gesten zu erinnern und an die Komplizenschaft der verbotenen Begierde, die sie von Kindheit an verbunden hatte. Er ließ seiner Phantasie freien Lauf und fügte das Gesicht der Schwester seinen wildesten Erfahrungen ein. Sie war es, die sich wie eine reife Wassermelone öffnete, rot, saftig, lau; sie, die diesen durchdringenden Muschelduft schwitzte; sie, die ihn biß, kratzte, ansaugte, die wimmerte und verging vor Atemnot und Lust; in ihr mitfühlendes Fleisch tauchte er ein, bis ihm die Luft ausging und er sich in einen Schwamm, eine Meduse, einen Seestern verwandelte. Viele Stunden konnte er damit verbringen, Evangelinas Gespenst zu umarmen, aber immer noch blieben zu viele übrig. Innerhalb dieser Mauern war die Zeit in einem ewigen Augenblick gefangen. Es kam vor, daß er bis zur Grenze des Wahnsinns vorstieß und mit dem Kopf gegen die Wand rennen wollte, bis sein Blut unter der Tür hervorquellen und die Wache alarmieren würde, vielleicht verlegte man ihn dann wenigstens auf die Krankenstation. Eines Nachmittags war er soweit, es drauf ankommen zu lassen, als Sergeant Faustino Rivera erschien. Er hatte die Klappe in der Eisentür geöffnet und reichte ihm Zigaretten, Zündhölzer und Schokolade durch.

»Die Jungs lassen dich grüßen. Sie werden dir Kerzen und Zeitschriften besorgen, zur Ablenkung, sie machen sich Sorgen um dich und wollen mit dem Leutnant sprechen, damit er die Strafe aufhebt.«

»Warum sitze ich hier?«

»Weiß ich nicht. Vielleicht wegen deiner Schwester.«

»Ich bin ganz schön beschissen dran, Sergeant.«

»Sieht so aus. Deine Mutter war da, hat nach dir gefragt und auch nach Evangelina.«

»Evangelina? Was ist mit ihr?«

»Du weißt es nicht?«

»Was ist mit meiner Schwester?« brüllte Pradelio und rüttelte wie wild an der Tür.

»Ich weiß nichts. Schrei doch nicht so, wenn man mich hier erwischt, muß ich das teuer bezahlen, Ranquileo. Halt durch. Ich bin dein Verwandter, und ich werde dir helfen. Ich komm bald wieder«, sagte der Sergeant und entfernte sich eilig.

Ranquileo fiel zu Boden, und wer durch den Hof

ging, konnte das Heulen eines Mannes hören, das die Herzen über Stunden bewegte. Seine Freunde ernannten eine Kommission, die bei dem Offizier vorsprechen sollte, aber sie erreichten nichts Konkretes. Unwillen breitete sich in der Wachmannschaft aus, es wurde in den Latrinen getuschelt, in den Fluren, im Waffensaal, doch Leutnant Juan de Dios Ramírez hörte darüber hinweg. Dann beschloß Faustino Rivera, der sich am besten auskannte, die Dinge zurechtzurücken. Ein paar Tage später nützte er die Nacht und die zeitweilige Abwesenheit des Offiziers, um sich der Isolationszelle zu nähern. Der Wachtposten sah ihn kommen, ahnte sogleich seine Absicht und spielte mit, indem er sich schlafend stellte, denn auch er hielt diese Strafe für ungerechtfertigt. Ohne sich darum zu kümmern, ob er Lärm machte oder gesehen wurde, nahm der Sergeant den Schlüssel, der an einem Nagel an der Wand hing, und ging zur Eisentür. Er holte Ranquileo aus seinem Gefängnis, reichte ihm seine Kleider und seine Dienstwaffe mit sechs Kugeln, führte ihn in die Küche, wo er ihm eigenhändig eine doppelte Portion Essen auffüllte. Später übergab er ihm ein wenig Geld, das die Truppe gesammelt hatte, fuhr ihn mit einem Dienstjeep möglichst weit und setzte ihn ab. Wer die beiden sah, schaute beiseite und wollte keine Einzelheiten wissen. Ein Mann hat das Recht, seine Schwester zu rächen, sagten sie.

Nachts robbte sich Pradelio voran, und tagsüber lag er bewegungslos in den Feldern versteckt. So verbrachte er fast eine Woche und wagte nicht, um Hilfe zu bitten, denn er konnte sich die Wut des Leutnants über seine Flucht vorstellen und wußte, daß die Wachmannschaft sich dem Befehl nicht widersetzen konnte, Himmel und Erde nach ihm abzusuchen. In die Schatten geduckt, wartete er so lange, bis Unruhe und Hunger ihn schließlich ins Haus seiner Eltern führten. Sergeant Rivera war dort gewesen und hatte Digna das gleiche wie ihm erzählt, so war es nicht nötig, darüber zu sprechen: Rache ist Männersache. Rivera hatte ihm beim Abschied gesagt, er solle seine Schwester suchen, hatte aber eigentlich sagen wollen, er solle sie rächen, da war sich Pradelio ganz sicher. Ihr Tod war für ihn eine Tatsache. Er hatte keine Beweise, kannte aber seinen Vorgesetzten gut genug, um es anzunehmen.

»Es wird für mich schwer sein, meine Pflicht zu erfüllen. Denn sowie ich von diesem Berg hinuntersteige, werden sie mich töten«, erklärte er Francisco und Irene in der Grotte.

»Warum?«

»Ich bewahre ein militärisches Geheimnis.«

»Wenn Sie unsere Hilfe wollen, müssen Sie es uns sagen.«

»Ich werde es nie sagen.«

Er war sehr erregt, schwitzte, biß sich die Nägel, in seinen Augen war ein Angstglanz, und er strich sich mit den Händen über das Gesicht, als ob er grauenhafte Erinnerungen wegwischen wollte. Zweifellos hatte er noch sehr viel mehr zu sagen, doch ungeheuerliche Fesseln des Schweigens banden ihn. Er stammelte, es sei besser zu sterben, ein für allemal, denn es gäbe keine Fluchtmöglichkeit für ihn. Irene versuchte, ihn zu beruhigen: Er solle nicht verzweifeln, sie würden eine Form finden, ihm zu helfen, das sei nur eine Frage von ein wenig Zeit. Francisco machte in dieser Geschichte mehrere dunkle Punkte aus und verspürte ein instinktives Mißtrauen. Dennoch ging er seine Verbindungen durch, auf der Suche nach einer Lösung, die Ranquileo das Leben retten könnte.

»Wenn Leutnant Ramírez meine Schwester umgebracht hat, dann weiß ich, wo er ihre Leiche versteckt hat«, sagte Pradelio ganz zum Schluß. »Kennen Sie die stillgelegte Mine in Los Riscos?«

Er unterbrach sich jäh und bereute, was er gesagt hatte, doch aus seinem Gesichtsausdruck und dem Ton seiner Stimme konnte Francisco schließen, daß er nicht von einer Möglichkeit, sondern von einer Gewißheit gesprochen hatte. Er hatte ihnen eine Fährte gegeben.

Es war später Nachmittag, als sie sich verabschiedeten und auf den Rückweg machten, während Ranquileo gedrückt und Todesgedanken brütend zurückblieb. Der Abstieg erwies sich als ebenso schwierig wie der Aufstieg, besonders für Irene, die schaudernd in den Abgrund sah, aber nicht stehenblieb, bis sie die Stelle erreichten, wo sie die Pferde gelassen hatten. Dort atmete sie erleichtert durch, schaute zurück auf die Kordillere und konnte nicht glauben, daß sie diese steilen Höhen, die sich mit der Farbe des Himmels vermischten, erklommen hatte.

»Das ist genug für heute. Ein andermal werde ich mit Werkzeug wiederkommen, um nachzusehen, was es in dieser Mine gibt«, entschied Francisco.

»Und ich gehe mit dir«, sagte Irene.

Sie schauten sich an, und es wurde ihnen klar, daß beide bereit waren, bis auf den Grund dieses Abenteuers vorzustoßen, das ihnen den Tod und Schlimmeres bringen konnte.

Beatriz Alcántara stöckelte hoheitsvoll über das gebohnerte Linoleum des Flughafens, dem Gepäckträger hinterher, der ihre blauen Koffer schleppte. Sie trug ein Leinenkostüm, tomatenrot und mit tiefem Ausschnitt, das Haar hatte sie im Nacken hochgebunden, weil ihr die Geduld für ein sorgfältigeres Arrangement gefehlt hatte. Zwei große Barockperlen in den Ohrläppchen betonten den Karamelton ihrer Haut und den Glanz ihrer bernsteinfarbenen Augen, aus denen ein neues Wohlgefühl leuchtete. Mehrere Stunden Flug auf einem unbequemen Sitz neben einer spanischen Nonne hatten ihr nicht die Freude an ihrer letzten Begegnung mit Michel nehmen können. Das Bewußtsein der eigenen Schönheit ließ sie beim Gehen in einen aufreizenden Rhythmus verfallen. Sie zog die Blicke der Männer auf sich, wenn sie vorüberging, und keiner hätte ihr tatsächliches Alter vermutet. Sie konnte sich sorglos dekolletieren, da gab es keine verräterischen Spuren am Busen noch schlaffes Gewebe an den Armen, ihre Beine hatten sanfte Umrisse, und die Rückenlinie bewahrte ihre stolze Anmut. Die Meeresbrise hatte ihrem Gesicht einen fröhlichen Anstrich gegeben und die feinen Falten um Lider und Mund überpinselt. Nur ihre Hände, die trotz der magischen Salben fleckig und runzlig waren, verrieten das Verstreichen der Zeit. Sie war zufrieden mit ihrem Körper. Sie hielt ihn für ihr eigenes Werk und nicht für das der Natur, war er doch das ausgefeilte Endprodukt ihrer enormen Willenskraft, Ergebnis von vielen Jahren Diät, Gymnastik, Massage, Yoga und lebendiger Beweis für die Fortschritte auf dem Gebiet der Kosmetologie. In ihrem Köfferchen führte sie Ölampullen für die Brüste mit, Kollagen für den Hals, Wässerchen und Hormoncremes für die Haut, Extrakte aus Plazenta und Nerzöl für die Haare, dazu Kapseln mit Gelee royale und Pollen der ewigen Jugend zuliebe, Apparätchen, Schwämme und Bürsten aus Roßhaar für die Elastizität ihrer Gewebe. Das ist eine verlorene Schlacht, Mama, dem Alter kann man nicht entrinnen, das einzige, was du erreichen kannst, ist, den Augenschein hinauszuzögern. Lohnt sich denn der ganze Aufwand? Wenn sie sich an irgendeinem tropischen Strand in der Sonne streckte, nur ein Stoffdreieck auf dem Geschlecht trug und sich mit zwanzig Jahre jüngeren Frauen verglich, lächelte sie stolz. Doch, Tochter, es lohnt. Manchmal, wenn sie in einen Salon trat, spürte sie diese Luft, aufgeladen mit Begehren und Neid, und dann wußte sie, daß ihre Mühen nicht vergeblich waren. Vor allem aber konnte sie sich in den Armen von Michel davon überzeugen, daß ihr Körper eine gewinnträchtige Kapitalanlage darstellte, denn er verschaffte ihr die größten Wonnen.

Michel, das war ihr heimlicher Luxus, die Bestätigung ihrer Selbstachtung und der Grund ihrer innersten Eitelkeit. Er war so viel jünger, daß er ihr Sohn hätte sein können; großgewachsen, mit breiten Schultern und schmalen Hüften, die eines Toreros würdig waren, das Haar gebleicht vom Überschuß an Sonne, helle Augen, ein weicher Akzent beim Sprechen und ausgestattet mit aller Weisheit, die in Liebesstunden gefordert ist. Das müßige Leben, der Sport und die Ungebundenheit prägten seinem Gesicht ein dauerhaftes Lächeln auf und gaben ihm eine verspielte Haltung zur Lust. Er aß kein Fleisch, trank und rauchte nicht und hatte auch keine intellektuellen Ambitionen. Das größte Vergnügen zog er aus Freiluftbeschäftigungen und Liebesspielen. Sanft, zärtlich, schlicht und stets gut gelaunt, lebte er in einer anderen Dimension, wie ein versehentlich auf diese Erde gefallener Erzengel. Geschickt richtete er es sich so ein, daß sein Leben ein einziger Urlaub war. Sie hatten sich an einem Strand mit biegsamen Palmen kennengelernt, und als sie sich das erstemal umfaßten beim Tanz im schummrigen Licht des Hotels, sahen sie ein, daß eine intimere Begegnung unumgänglich war. In derselben Nacht noch öffnete ihm Beatriz ihre Zimmertür und fühlte sich dabei wie ein junges Mädchen. Sie war etwas bang, denn sie befürchtete, daß er kleine verräterische Altersspuren entdecken könnte, die ihrer strengen Überwachung entgangen waren, doch Michel ließ ihr keine Zeit für solche Sorgen. Während er sie schon mit erfahrenen Lippen küßte, machte er das Licht an und nahm ihr, da er sie ganz kennenlernen wollte, all das schmückende Beiwerk ab: die Barockperlen, die Brillantringe, die Armreifen aus Elfenbein, bis er sie nackt und unbewehrt vor sich hatte. Da seufzte sie

erleichtert, denn in den Augen ihres Liebhabers las sie die Bestätigung ihrer Schönheit. Sie vergaß die gegangenen Jahre, den Verschleiß durch den Daseinskampf und die Langeweile, die andere Männer in ihr Gemüt gesenkt hatten. Sie gingen ein lustbetontes Verhältnis miteinander ein und nannten es nicht Liebe.
Michels Nähe erregte Beatriz in einem solchen Maße, daß sie sogar all ihre Sorgen vergaß. Dieser Mann hatte die übernatürliche Fähigkeit, mit seinen Küssen die hinfälligen Greise von »Gottes Wille« ebenso wegzuwischen wie die Extravaganzen ihrer Tochter und die finanziellen Schwierigkeiten. An seiner Seite gab es nur die Gegenwart. Sie sog seinen Geruch ein, der an ein junges Tier erinnerte, seinen sauberen Atem, den Schweiß seiner glatten Haut, die salzige Spur des Meeres in seinem Haar. Sie tastete seinen Körper ab, das rauhe Brusthaar, die Sanftheit seiner gerade rasierten Wangen, spürte die Kraft seiner Umarmung und die Festigkeit seines Geschlechts. Nie zuvor hatte sie einen solchen Liebhaber gehabt. Die Beziehung zu ihrem Mann war von aufgestautem Groll und unbewußter Abwehr gefärbt, und ihre gelegentlichen Affären hatte sie mit älteren Männern, die fehlende Rüstigkeit durch kunstfertige Täuschungsmanöver ersetzten. Sie mochte nicht an deren schüttere Haare, die schlaffen Körper und den abgestandenen Geruch nach Rauch und Alkohol erinnert werden noch an diese überanstrengten Mannesglieder, an die schäbigen Geschenke und unnützen Versprechungen. Michel log nicht. Nie hatte er ihr gesagt, ich liebe dich, sondern: Du gefällst mir,

ich fühle mich gut bei dir, ich möchte mit dir schlafen. Er war bestechend im Bett, bemüht, ihr Lust zu verschaffen, ihre Launen zu befriedigen, neue Bedürfnisse zu wecken.

Michel verkörperte die verborgene und leuchtende Seite ihrer Existenz. Es war unmöglich, dieses Geheimnis zu teilen, denn niemand hätte ihre Leidenschaft für einen so viel jüngeren Mann verstanden. Sie konnte sich die Kommentare in ihrem Bekanntenkreis vorstellen: Beatriz hat den Kopf verloren, ein ganz junger Kerl, ein Ausländer, der nimmt sie garantiert aus, er wird sie um ihr ganzes Geld bringen, sie sollte sich schämen, in ihrem Alter. Niemand würde ihr das gemeinsame Lachen und die Zärtlichkeiten glauben, seine Freundschaft, daß er niemals etwas verlangte und keine Geschenke annahm. Sie trafen sich mehrmals im Jahr an irgendeinem Punkt der Landkarte, um ein paar Tage voller Illusionen zu leben und dann mit dankbarem Leib und freudiger Seele zurückzukehren. Beatriz Alcántara ging wieder an ihre Arbeit, stellte sich den Anforderungen und nahm die eleganten Beziehungen zu ihren gewohnheitsmäßigen Verehrern von neuem auf: Witwern, geschiedenen Männern, untreuen Ehegatten, krankhaften Verführern, die sie mit ihren Aufmerksamkeiten umwarben, ohne ihr Herz zu berühren.

Sie schritt durch die verglaste Tür, wo der abgesperrte Sektor des Flughafens endete, und sah auf der anderen Seite ihre Tochter, die sich in einer Menschenmenge verlor. Sie war in Begleitung dieses Fotografen, der in den letzten Monaten nicht von ihrer Seite gewichen war. Wie hieß er doch? Sie konnte eine mißbilligende Geste nicht unterdrücken, als sie Irenes ungepflegte Erscheinung sah. Wenn sie ihr Zigeunerhabit trug, legte sie damit wenigstens eine gewisse Originalität an den Tag, aber in diesen knittrigen Hosen und mit dem Pferdeschwanz wirkte sie wie eine Landschullehrerin. Als sie näher kam, bemerkte Beatriz weitere beunruhigende Zeichen, es gelang ihr jedoch nicht, sie genauer zu bestimmen. Ein Schatten von Trauer war in Irenes Augen und ein unruhiger Zug um ihren Mund, da sie aber noch damit beschäftigt waren, die Koffer in den Wagen zu schaffen und den Heimweg anzutreten, konnte sie nicht mehr herausfinden.

»Ich habe sehr feine Wäsche für deine Aussteuer mitgebracht, Kindchen.«

»Vielleicht werde ich sie nie brauchen, Mama.«

»Was willst du damit sagen? Ist etwas vorgefallen mit deinem Verlobten?«

Beatriz musterte Francisco Leal aus dem Augenwinkel und wollte schon eine bissige Bemerkung machen, entschloß sich dann aber zu schweigen, bis sie mit Irene allein wäre. Sie füllte die Lunge mit Luft und atmete dann in sechs Zügen aus, entspannte die Halsmuskulatur und leerte ihre Seele von jeder Aggressivität, um sich auf positiven Empfang einzustellen, wie es ihr der Yogalehrer beigebracht hatte. Sobald sie sich wohler fühlte, konnte sie das schöne Schauspiel der frühlingshaften Stadt genießen, die sauberen Straßen, die frischgestrichenen Wände, die höflichen und disziplinierten Menschen, dafür mußte man der Obrigkeit dankbar sein, alles war unter Kontrolle und gut überwacht. Sie sah die

Schaufenster der Geschäfte, gefüllt mit exotischen Waren, die nie zuvor im Lande konsumiert worden waren, die Luxusgebäude mit ihren von Zwergpalmen eingefaßten Swimmingpools auf den Dachterrassen, Boutiquen wie Schneckenhäuser aus Beton, in denen Geschenkartikel für die Neureichen feilgeboten wurden, hohe Mauern, hinter denen man die Armenviertel versteckt hatte, wo das Leben der Ordnung dieser Zeit und den göttlichen Gesetzen zuwiderlief. Angesichts der Unmöglichkeit, das Elend auszumerzen, wurde das Verbot erlassen, es zu erwähnen. Die Presseberichte waren erbaulich, sie lebten in einem verwunschenen Reich. Die Gerüchte, daß Frauen und Kinder, vom Hunger getrieben, Bäckereien überfielen, waren ganz und gar aus der Luft gegriffen. Schlechte Nachrichten kamen nur aus dem Ausland, wo sich die Welt über unlösbare Probleme stritt, die das ehrenwerte Vaterland nicht betrafen. Auf den Straßen fuhren japanische Autos, empfindliche Einwegprodukte, und riesige schwarze Motorräder mit verchromten Auspuffrohren für Erfolgsmenschen. An jeder Ecke standen Reklameschilder, die exklusive Wohnungen für eine ausgesuchte Klientel ebenso anboten wie Marco-Polo-Reisen auf Raten und die letzten Errungenschaften der Elektronik. Allenthalben gab es Vergnügungszentren, hell erleuchtet und gut bewacht bis zur Sperrstunde. Man sprach über den Überfluß, das Wirtschaftswunder und das von der Bonität des Regimes massenhaft angezogene Auslandskapital. Unzufriedene wurden für unpatriotisch erklärt, denn das Glück war obligatorisch. Dank eines Klassentrennungsgesetzes, das es nicht schriftlich gab, das aber allen bekannt war, existierten zwei Länder innerhalb des einen Staatsgebiets, das der mächtigen und vergoldeten Elite und das andere, das der ausgeschalteten Masse. Das ist die wirtschaftliche Gesundschrumpfung, bestimmten die jungen Ökonomen der neuen Schule, und so wiederholten es die Medien.

Der Wagen hielt an einer Ampel, und drei zerlumpte Kinder kamen heran, um die Windschutzscheibe zu putzen, Heiligenbilder und Nadelpäckchen anzubieten oder einfach um zu betteln. Irene und Francisco wechselten einen Blick, beide dachten dasselbe.

»Mit jedem Tag werden die Armen mehr«, sagte Irene.

»Fängst du auch an mit dieser Leier? Bettler gibt es überall. Tatsache ist, daß die Leute hier nicht arbeiten wollen, dies ist das Land der Faulpelze«, gab Beatriz zurück.

»Es gibt nicht Arbeit für alle, Mama.«

»Was willst du eigentlich? Soll es keinen Unterschied mehr geben zwischen den Habenichtsen und den anständigen Leuten?«

Irene errötete und wagte nicht, zu Francisco hinüberzuschauen, doch ihre Mutter fuhr unbeirrt fort:

»Das ist doch eine Übergangsphase, bald kommen bessere Zeiten. Zumindest herrscht Ordnung, nicht wahr? Im übrigen führt die Demokratie zum Chaos, tausendmal hat der General das gesagt.«

Den Rest der Strecke fuhren sie schweigend. Als sie das Haus erreicht hatten, trug Francisco das Gepäck in den hellerleuchteten zweiten Stock, wo Rosa auf sie wartete. Dankbar für seine Aufmerksamkeit, lud Beatriz ihn zum Abendessen ein. Es war ihre erste herzliche Geste, und er nahm sie an.

»Trag das Essen früh auf, Rosa. Wir haben nämlich eine Überraschung für das Heim vorbereitet«, sagte Irene.

Auf ihre Bitte hin hatte Beatrix auf der Reise kleine Geschenke für die Alten und für das Pflegepersonal erstanden. Irene hatte Kuchen gekauft und eine Früchtebowle für die Feier angesetzt. Nach dem Abendessen gingen sie hinunter ins Erdgeschoß, wo die Heimbewohner in ihrem Sonntagsstaat warteten, die Pflegerinnen glänzten in ihren gestärkten Schürzen, und die ersten Blumen der Jahreszeit füllten die Vasen, um die Herrin willkommen zu heißen.

Die Schauspielerin Josefina Bianchi kündigte eine Theatervorstellung an. Irene zwinkerte Francisco zu, er begriff, daß sie in das Geheimnis eingeweiht war, und wollte sich verziehen, bevor es zu spät war, denn er litt, wenn andere sich lächerlich machten, doch seine Freundin ließ ihm keine Zeit, sich eine Entschuldigung auszudenken. Sie zwang ihn, sich neben Rosa und ihre Mutter auf einen der Terrassenstühle zu setzen, und verschwand mit Josefina im Inneren des Hauses. Sie warteten ein paar für Francisco sehr unbehagliche Minuten lang. Beatriz erging sich in ziemlich oberflächlichen Bemerkungen über die auf ihrer Reise besuchten Orte, während die Pflegerinnen die Stühle vor dem großen Eßzimmerfenster aufstellten. Die Heimgäste setzten sich nieder, eingewickelt in ihre Jacken und Tücher, denn das fortschreitende Alter kühlt die Knochen aus, und nicht einmal eine laue Frühlingsnacht kann die Greisenkälte mildern. Die Gartenlaternen gingen aus, Akkorde einer romantischen Sonate durchdrangen die Luft, und die Vorhänge wurden zurückgezogen. Einen Augenblick lang schwankte Francisco zwischen dem Schamgefühl, das ihn zur Flucht drängte, und dem Zauber dieses ungewöhnlichen Schauspiels. Vor seinen Augen lag eine in Licht getauchte Bühne, wie ein Aquarium im Dunkeln. Das einzige Möbelstück in dem weiten, leeren Raum war ein mit gelbem Brokat bezogener Sessel, daneben eine Stehlampe mit Pergamentschirm, die einen goldenen Lichtkreis schuf, in dem sich eine Gestalt aus der Vergangenheit unversehrt abzeichnete, ein Geist aus dem neunzehnten Jahrhundert. Er erkannte Josefina Bianchi zunächst nicht und dachte, es wäre Irene, denn aus jenem Gesicht waren die Verheerungen der Zeit getilgt. Sie trug ein prunkvolles Gewand mit plissierten Volants und cremefarbener Spitze, das war ausgeblichen und verknittert, doch immer noch prächtig, trotz der Asche der Jahre und all der Reisen durch Truhen und Koffer. Aus der Entfernung glaubte man das leichte Knistern der Seide zu hören. Die Aktrice schien nicht zu sitzen, eher zu schweben, mit der Mühelosigkeit einer Libelle, hingegeben, sinnlich, ewig weiblich. Und bevor sich Francisco von der Überraschung erholen konnte, verstummte die Musik aus den Lautsprechern, und die Kameliendame ließ ihre alterslose Stimme hören. Er gab seinen Widerstand auf und überließ sich der

Zauberkunst des Schauspiels. Die Tragödie der Kurtisane erreichte seine Ohren, ihre lange, leise und deshalb so anrührende Klage. Mit der einen Hand wies sie den unsichtbaren Liebhaber zurück, und mit den Gesten der anderen rief sie ihn, beschwor ihn, berührte ihn. Die Greise schienen erstarrt in ihren Erinnerungen, abwesend, still. Die Pflegerinnen spürten den Druck auf der Brust, sie waren verunsichert von dieser Frau, die so zerbrechlich und leicht wirkte, als ob ein Hauch sie zu Staub verwandeln könnte. Niemand vermochte sich ihrem Bann zu entziehen.

Francisco spürte Irenes Hand auf seiner Schulter. Behext von dem Schauspiel, war er jedoch unfähig, sich umzuwenden. Als ein Hustenanfall, Teil der Vorstellung oder Folge von Schwäche, den Worten der unsterblichen Liebenden ein Ende setzte, brannten ihm die Augen. Von Schwermut befallen, konnte er nicht mit den anderen klatschen. Er stand von seinem Stuhl auf und lief bis zum dunklen Ende des Gartens, begleitet von der neben ihm hertrottenden Hündin. Von dort aus beobachtete er, wie sich die Alten langsam mit ihren Pflegerinnen fortbewegten, Bowle tranken und die kleinen Geschenke mit zittrigen Händen öffneten, während Marguerite Gautier, auf einen Schlag um hundert Jahre gealtert, ihren Armand Duval suchte, den Federfächer in der einen Hand, eine Kremschnitte in der anderen. Die Gespenster, die sich zwischen den Stühlen regten und über die mit Zwergbüschen eingegrenzten Pfade wandelten, der intensive Duft des Jasmins, der gelbe Schein der Laternen, all dies verstärkte den Eindruck des Unwirklichen. Es schien, als sei die Nachtluft von Vorahnungen durchweht.

Irene suchte ihren Freund und kam, als sie ihn entdeckte, lächelnd heran. Sie bemerkte den Ausdruck seines Gesichts und ahnte, welche Gefühle ihn bedrückten. Sie lehnte die Stirn an seine Brust, und ihr widerspenstiges Haar kitzelte seinen Mund.

»Was denkst du?«

Er dachte an seine Eltern. In ein paar Jahren hätten sie das Alter der Insassen von »Gottes Wille« erreicht, die, wie sie, Kinder in die Welt gesetzt und unermüdlich gearbeitet hatten, um sie großzuziehen. Nie hatten sie sich träumen lassen, daß sie einst, von bezahlten Händen versorgt, ihre Tage beschließen würden. Die Leals lebten seit jeher im Klan, teilten Armut, Freude, Leid und Hoffnung, geeint durch die Bande des Bluts und der Verantwortung. Noch gab es viele solche Familien, vielleicht unterschieden sich die Greise, die an diesem Abend Josefina Bianchis Vorführung verfolgt hatten, darin nicht von seinen eigenen Eltern. Dennoch waren sie allein. Sie waren die vergessenen Opfer dieses Sturmes, der die Menschen in alle Richtungen verweht hatte, die Erben der Diaspora, sie blieben zurück, ohne für sich einen Platz, einen Freiraum in den neuen Zeiten zu finden. Sie hatten keine Enkel in ihrer Nähe, die sie hüten oder wachsen sehen konnten, sie besaßen weder einen Garten, um Samen zu säen, noch einen Kanarienvogel, der abends sang. Sie waren damit beschäftigt, sich dem Tod zu entziehen, indem sie stets an ihn dachten, ihn vorwegnahmen, fürchteten.

Francisco schwor sich, daß seinen Eltern niemals so etwas widerfahren sollte. Er wiederholte das Gelöbnis laut, die Lippen verborgen in Irenes Haar.

Dritter Teil
Liebes Vaterland

Ich reise mit unserem Territorium
und die Längengradessenzen meines Landes
leben in der Ferne weiter mit mir.

Pablo Neruda

Viel später sollten sich Irene und Francisco fragen, wann genau sich ihr Schicksal gewendet hatte, und dann jenen schwarzen Montag nennen, an dem sie die stillgelegte Mine in Los Riscos betraten. Vielleicht war es aber schon früher gewesen, an dem Sonntag, als sie Evangelina Ranquileo kennenlernten, oder an jenem Nachmittag, als sie Digna versprachen, ihr bei der Suche nach dem verschollenen Mädchen zu helfen, oder aber ihre Wege waren von Anbeginn vorgezeichnet gewesen, und sie hatten keine andere Wahl gehabt, als sie zu beschreiten.

Zur Mine fuhren sie mit dem Motorrad, das geländegängiger als ein Auto war. Francisco und Irene hatten einige Werkzeuge dabei, eine Thermoskanne mit heißem Kaffee und die Fotoausrüstung. Vor niemandem hatten sie den Zweck der Reise erwähnt, da beide von dem Gefühl beherrscht waren, eine Unbesonnenheit zu begehen. Seitdem sie den Entschluß gefaßt hatten, sich nachts auf das ihnen unbekannte Gebiet zu begeben, um die Mine zu öffnen, wußten beide, daß ihre Waghalsigkeit sie das Leben kosten konnte.

Sie studierten die Landkarte, bis sie sie auswendig kannten und sicher waren, auch ohne Fragen, die Verdacht wecken konnten, ans Ziel zu kommen. Dieses sanfthügelige Land hatte nichts Gefährliches, als sie dann aber auf die schroffen Bergpfade kamen, wo steile Schatten lange vor Sonnenuntergang fielen, wurde die Landschaft karg und einsam, und ihre

Gedanken verloren sich darin. Francisco war unruhig, weil er seine Freundin so unbedacht in ein Abenteuer hineingezerrt hatte, dessen Ausgang er nicht kannte.

»Du bringst mich nirgendwohin. Ich bin es, die dich mitnimmt«, spottete sie und hatte vielleicht recht.

Ein vom Rost angefressenes, aber noch leserliches Schild kündigte an, daß es sich um ein Sperrgebiet handele und der Durchgang verboten sei. Stacheldraht war abschreckend vor den Eingang gespannt, und einen Augenblick lang waren die jungen Leute versucht, diese Ausrede aufzugreifen und umzukehren, sogleich schlossen sie jedoch eine solche Ausflucht aus und suchten ein Loch im Stacheldrahtnetz, um mit dem Motorrad durchzukommen. Das Schild und der Zaun bestätigten ihre Vermutung, daß es dort etwas zu entdecken gäbe. Wie geplant, wurde es dunkel, als sie gerade ihr Ziel erreicht hatten, und das erleichterte es ihnen, sich unauffällig zu bewegen. Der Eingang zur Mine war ein Loch im Felsen und mit Steinen, festgestampfter Erde und Mörtel verschlossen. Sie hatten den Eindruck, daß seit Jahren niemand dieses Gebiet betreten hatte. Die Einsamkeit hatte sich hier auf Dauer eingerichtet, hatte die Spuren des Pfades und die Erinnerung an das Leben gelöscht. Sie versteckten das Motorrad im Gebüsch und schritten sogleich das Gelände ab, um sicherzugehen, daß es nicht bewacht wurde. Der Erkundungsgang machte sie ruhiger, denn sie entdeckten keinerlei menschliche Spuren in der Umgebung, nur eine elende Hütte, die war dem Wind und dem Unkraut überlassen worden, etwa hundert Meter von der Mine entfernt. Der Wind hatte das halbe Dach fortgetragen, eine Mauer war zusammengefallen, und die Vegetation war ins Innere gedrungen und bedeckte alles mit einem Teppich wildwachsenden Grases. So viel Verlassenheit und Einöde an einem Ort nah bei Los Riscos und der Landstraße erschien ihnen befremdlich.

»Ich hab Angst«, flüsterte Irene.

»Ich auch.«

Sie schraubten die Thermoskanne auf und tranken einen Schluck Kaffee, der Leib und Seele stärkte. Sie scherzten, als ob das alles nur ein Spiel wäre, und versuchten sich gegenseitig mit der Zuversicht anzustecken, nichts Böses könne ihnen widerfahren, wurden sie doch von irgendeinem wohltätigen Geist beschützt. Es war eine klare Mondnacht, und sie gewöhnten sich bald an das Halbdunkel. Sie nahmen den Pickel und die Taschenlampe und begaben sich zum Stollen. Sie hatten noch nie eine Mine von innen gesehen und stellten sie sich vor wie eine Höhle, die sich tief in die Erde senkte. Francisco erinnerte daran, daß, der Tradition nach, Frauen unter Tag nicht zugelassen sind, da sie unterirdische Katastrophen anziehen, doch Irene machte sich über den Aberglauben lustig, sie war entschlossen, auf jeden Fall mitzukommen.

Francisco begann mit dem Werkzeug am Eingang herumzuklopfen. Er war ungeübt in Schwerarbeit, wußte kaum mit dem Pickel umzugehen und sah ein, daß die Arbeit langwieriger sein würde als vorgesehen. Seine Freundin versuchte nicht, ihm zu helfen, sie setzte sich in ihre Wolljacke gewickelt auf einen

Felsen, bemüht, sich vor dem Wind zu schützen, der durch die kesselförmige Schlucht zog. Jedes seltsame Geräusch erschreckte sie. Sie fürchtete die Nähe von allem möglichen Getier und, schlimmer noch, von Soldaten, die ihnen auflauerten. Am Anfang versuchten sie, möglichst wenige Geräusche zu machen, schickten sich aber dann bald ins Unvermeidliche, denn die Schläge des Eisens gegen die Steine breiteten sich aus über die nahen Bergrücken, wurden von ihrem Echo eingefangen und tausendfach wiederholt. Falls die Zone patrouilliert gewesen wäre, wie das Schild nahelegte, hätte es keine Fluchtmöglichkeit für sie gegeben. Es war noch keine halbe Stunde vergangen, da hatte Francisco steife Finger und die Handflächen voller Blasen. Das Resultat seiner Anstrengungen war immerhin eine Öffnung, die sie vergrößern konnten, indem sie nun mit der Hand das lockere Material entfernten. Irene half ihm, und bald hatten sie einen breiten Durchbruch geschafft, durch den sie sich ins Innere gleiten lassen konnten.

»Zuerst die Damen«, spaßte Francisco, auf das Loch deutend.

Statt einer Antwort übergab sie ihm die Taschenlampe und ging ein paar Schritte zurück. Francisco steckte Kopf und Arme in die Öffnung und leuchtete in die Höhle. Ein pestilenzialischer Hauch drang ihm in die Nase. Fast hätte er aufgegeben, dachte dann aber, daß er nicht bis dorthin gelangt war, um die Unternehmung abzubrechen, die gerade erst beginnen sollte. Der Lichtstrahl schnitt einen Kreis in das Dunkel, und eine schmale Höhle wurde sichtbar. Sie ähnelte in nichts dem, was sie sich vorgestellt hatten:

Es war eine Kammer, in die harten Eingeweide des Berges geschlagen, von der zwei enge Tunnel ausgingen, die mit Schutt blockiert waren. Die Holzverschalungen waren noch vorhanden, die, als die Mine noch in Betrieb war, Einstürze verhindern sollten, doch die Zeit hatte an ihnen genagt, und sie waren so morsch, daß einige sich nur wie durch ein Wunder an ihrem Platz hielten. Ein Windzug hätte ausgereicht, das prekäre Gleichgewicht zu zerstören. Er leuchtete den Innenraum aus, um das Terrain zu erkunden, bevor er den Rest des Körpers nachzog. Plötzlich streifte ein flüchtiger Klumpen ihn am Arm, wenige Zentimeter vor seinem Gesicht. Er schrie auf, mehr vor Schreck als vor Angst, und ließ die Taschenlampe fallen. Irene hörte ihn von draußen und packte, Entsetzliches befürchtend, seine Beine und begann an ihnen zu zerren.

»Was ist passiert?« rief sie in Todesangst.

»Nichts, nur eine Ratte.«

»Laß uns gehen. Das ist mir alles nicht geheuer...«

»Warte, laß mich einen Blick hineinwerfen.«

Francisco ließ sich wegen der scharfen Steinkanten vorsichtig in das Loch gleiten und wurde vom Felsmund verschluckt. Irene sah, wie sich der schwarze Stollen ihren Freund einverleibte, und schauderte vor Angst, obwohl ihr die Vernunft sagte, daß Gefahren nicht innerhalb, sondern außerhalb des Bergwerks lauerten. Würden sie überrascht, waren ihnen eine Kugel in den Hinterkopf und ein diskretes Grab am Ort sicher. Menschen starben bei weit geringeren Anlässen. Sie erinnerte sich an die Gruselgeschichten, die ihr Rosa in ihrer Kindheit erzählt hatte: der Teufel, der sich hinter den Spiegeln versteckt, um eitle Frauen zu erschrecken; der schwarze Mann, der einen Sack voll entführter Kinder schultert; Hunde mit Krokodilsschuppen auf dem Rücken und Bocksfüßen; zweiköpfige Männer, die in den Winkeln lauern, um sich die Mädchen zu schnappen, die mit den Händen unterm Laken einschlafen. Schaurige Geschichten, die Albträume erzeugten, jedoch so faszinierend, daß sie nicht genug davon bekommen konnte und Rosa bestürmte, mehr zu erzählen, obwohl sie vor Angst zitterte und sich am liebsten Ohren und Augen zugehalten hätte, zugleich aber zwanghaft die kleinsten Einzelheiten wissen wollte: Ob der Teufel nackt ist, ob der schwarze Mann stinkt, ob Schoßhunde sich in furchterregende Bestien verwandeln können und ob die Zweiköpfigen auch in Zimmer eindringen, die durch ein Bildnis der heiligen Jungfrau geschützt sind. In dieser Nacht vor dem Bergwerksschacht durchlitt Irene noch einmal diese Mischung aus Grauen und Faszination aus der fernen Vorzeit, als ihre Kinderfrau sie das Gruseln lehrte. Endlich beschloß sie, Francisco zu folgen, und schlüpfte mühelos durch die Öffnung, denn sie war klein und beweglich. Es dauerte nur ein paar Sekunden, bis sie sich an die Dunkelheit gewöhnt hatte. Der Gestank erschien ihr unerträglich, als ob sie ein tödliches Gift einatmete. Sie nahm das Zigeunertuch ab, das sie um die Taille geschlungen hatte, und band es über Mund und Nase.

Die beiden untersuchten die Höhle und entdeckten zwei Durchgänge. Der rechte war nur mit Schutt und lockerer Erde zugeschaufelt, der andere hingegen war zugemauert. Sie entschieden sich für das Einfachere und begannen die Steinbrocken und die Erde beim ersten abzutragen. Je mehr Schutt sie wegräumten, desto pestilenzialischer wurde der Gestank, so daß sie immer wieder den Kopf aus dem Eingangsloch stecken mußten, um etwas frische Luft einzuatmen, die wie ein Strahl klaren Wassers dort zu ihnen drang.

»Was genau suchen wir?« fragte Irene, als sie das Brennen in ihren zerschundenen Händen spürte.

»Weiß ich nicht«, antwortete Francisco, und sie arbeiteten schweigend weiter, da selbst die Vibration ihrer Stimmen die morschen Stützpfeiler zu erschüttern schien.

Die Angst bemächtigte sich beider. Sie schauten zurück über die Schulter auf den schwarzen Raum in ihrem Rücken, glaubten Augen zu sehen, die sie beobachteten, bewegliche Schatten, Seufzer, die aus der Tiefe zu kommen schienen. Sie hörten das alte Holz knarren und spürten zwischen ihren Füßen das flüchtige Jagen der Nager. Die Luft war stickig und schwer.

Irene packte einen Felsbrocken und zog mit ganzer Kraft daran, um ihn zu lösen. Sie rüttelte an ihm, bis er ihr vor die Füße rollte und sich vor dem Lampenlicht eine dunkle Bresche öffnete. Ohne zu überlegen, steckte sie die Hand hinein, um das Innere abzutasten, und im gleichen Augenblick quoll ein fürchterlicher Schrei tief aus ihrem Innern und erschütterte das Gewölbe, prallte von den Wänden ab in einem dumpfen Echo, das keine Ähnlichkeit mehr mit ihrer Stimme hatte. Sie preßte sich an

Francisco, der sie schützend gegen die Wand drängte, als sich ein Balken von der Decke löste und herunterkrachte. Sie verharrten umschlungen, die Augen geschlossen, fast ohne zu atmen, eine Ewigkeit lang. Als endlich Stille eingekehrt war und sich der Staub vom Einsturz gesenkt hatte, gelang es ihnen, die Taschenlampe wiederzufinden. Sie stellten fest, daß der Ausgang frei geblieben war. Ohne Irene loszulassen, richtete Francisco das Licht auf die Stelle, von der sie den Felsbrocken entfernt hatte, und der erste Fund lag vor ihren Augen. Es war eine menschliche Hand, oder vielmehr das, was von ihr übriggeblieben war.

Er schleppte Irene aus der Mine heraus, drückte sie an sich und zwang sie, die frische Nachtluft einzuatmen. Als er spürte, daß sie sich etwas erholt hatte, holte er die Thermosflasche und schenkte ihr Kaffee ein. Ihr war schlecht, sie blieb stumm und zitterte, unfähig, die Tasse zwischen den Fingern zu halten. Er gab ihr wie einer Kranken zu trinken, strich ihr über das Haar, versuchte sie zu beruhigen, indem er ihr erklärte, daß sie gefunden hatten, was sie suchten, es handele sich bestimmt um Evangelina Ranquileo, und wenn das auch makaber sei, so doch keineswegs bedrohlich, schließlich hatten sie es mit einer Leiche zu tun. Obwohl die Worte keine Bedeutung hatten für sie, die zu verstört war, um sie als der eigenen Sprache zugehörig zu erkennen, wiegte sie doch der Klang seiner Stimme ein und gab ihr ein wenig Trost. Sehr viel später, als sie etwas ruhiger geworden war, beschloß Francisco, seine Arbeit zu Ende zu führen.

»Warte hier auf mich. Ich gehe für ein paar Minuten zurück in die Mine. Kannst du allein bleiben?«
Irene nickte schweigend, zog die Beine an wie ein Kind und legte das Gesicht auf die Knie bei dem Versuch, nicht zu denken, nicht zu hören, nicht zu sehen, nicht einmal zu atmen, in großer Angst schwebend, während er mit dem Fotoapparat in die Grabstätte zurückkehrte, das Tuch über Mund und Nase gebunden.
Francisco entfernte weiter Steine und Erdklumpen, bis er den Körper von Evangelina Ranquileo ganz freigelegt hatte. Er erkannte sie an ihrem hellen Haar. Ein Poncho war halb um sie gewickelt, sie war barfuß und hatte so etwas wie einen Unterrock oder ein Nachthemd an. Sie befand sich in einem fortgeschrittenen Stadium der Zersetzung. Francisco sah die Würmer, die sich an dem verwesenden Fleisch mästeten, und mußte gewaltsam den Brechreiz unterdrücken, um weiterzuarbeiten. Er war nicht der Mann, der leicht die Beherrschung verlor, während des Studiums hatte er Übungen an Leichen absolvieren müssen, aber nie war er mit einem solchen Anblick konfrontiert worden. Die widerwärtige Umgebung, der durchdringende Gestank und die gestaute Angst ließen seine Verstörung körperlich werden. Er konnte nicht atmen. In größter Eile machte er mehrere Aufnahmen, ohne auf Einstellung oder Entfernung zu achten, hastig, da es ihn bei jedem Lichtblitz, der die Szene erleuchtete, würgte. Er brachte es hinter sich und floh aus dem Grabmal.
Im Freien ließ er dann die Kamera, die Taschenlampe und sich selbst auf die Erde fallen. Er lag auf den

Knien, den Kopf auf dem Boden, versuchte sich zu entspannen und die Krämpfe seines Magens zu kontrollieren. Der Geruch haftete wie die Pest an seiner Haut, und auf seinem Augenhintergrund war das Bild von Evangelina eingegraben. Irene mußte ihm beim Aufstehen helfen.

»Was machen wir jetzt?«

»Die Mine verrammeln, dann sehen wir weiter«, entschied Francisco, als er endlich seine Stimme wieder hatte.

Sie häuften dieselben Steine wieder in die Öffnung, arbeiteten hastig, betäubt und nervös, als ob sie durch das Zuschütten den Inhalt tilgen und die Zeit zurückdrehen könnten, bis zu einem Punkt, wo sie die Wahrheit noch nicht kannten und unschuldig, fern von jener Entdeckung, sich auf der lichten Seite der Wirklichkeit aufhalten konnten. Francisco nahm seine Freundin an die Hand und führte sie zu der verfallenen Hütte, dem einzigen Zufluchtsort, der auf dem Hügel auszumachen war.

Es war eine milde Nacht. Im jungfräulichen Licht verschwamm die Landschaft, verloren sich die Konturen der Berge und der großen, in Schatten gehüllten Eukalyptusbäume. Auf dem Hügel, kaum sichtbar in der sanften Dunkelheit, erhob sich die Hütte. Ihr Inneres erschien den jungen Leuten, verglichen mit der Gruft, so anheimelnd wie ein Nest. Sie richteten sich in einer Ecke auf dem Unkraut ein, sahen in den Sternenhimmel, aus dessen unendlicher

Wölbung ein milchiger Mond leuchtete. Irene lehnte den Kopf an Franciscos Schulter und weinte ihre ganze Not. Er legte einen Arm um sie, und so saßen sie lange Zeit, vielleicht Stunden, in der Ruhe und Stille Erholung suchend von dem, was sie entdeckt hatten, und Kraft für das, was ihnen bevorstand. Sie ruhten zusammen aus, hörten das leichte Geräusch von den Blättern der Büsche im Wind, den nahen Schrei der Nachtvögel und das heimliche Huschen der Hasen auf den Wiesen.

Nach und nach lockerte sich der Knoten, der Franciscos Kehle einschnürte. Er nahm die Schönheit des Himmels wahr, die Sanftheit der Erde, den intensiven Duft des Feldes und wie Irene an seinem Körper lehnte. Er erriet ihre Umrisse, und ihm wurde das Gewicht ihres Kopfes auf seinem Arm bewußt, die Biegung ihrer Hüfte neben seiner, die Glätte ihrer Bluse, zart wie die Textur ihrer Haut. Er dachte an den Tag, an dem er sie kennengelernt hatte, daran, wie ihr Lächeln ihn überwältigt hatte. Seitdem liebte er sie, und alle Unsinnstaten, die ihn bis zu dem Stollen geführt hatten, waren nur Vorwände gewesen, um endlich diesen Augenblick zu erreichen, da er sie für sich hatte, nah, preisgegeben, verletzlich. Das Verlangen überschwemmte ihn wie eine mächtige Woge. Der Atem stockte ihm in der Brust, und sein Herz machte sich im Galopp davon. Er vergaß den eisernen Verlobten, Beatriz Alcántara, seine ungewisse Zukunft und alle Hindernisse zwischen ihnen. Irene würde ihm gehören, denn so stand es geschrieben vom Anbeginn aller Zeiten.

Sie bemerkte seinen veränderten Atem, hob das

Gesicht und sah ihn an. Im schwachen Mondlicht konnte der eine in den Augen des anderen die Liebe erraten. Die warme Nähe von Irene hüllte Francisco ein wie ein barmherziger Mantel. Er schloß die Lider und zog sie an sich, suchte ihre Lippen, öffnete sie in einem Kuß, der ein Versprechen war, Ausdruck all seiner Hoffnung, lang, feucht, warm, eine Herausforderung an den Tod, zärtlich, brennend, Seufzer, Liebesklage. Er erforschte ihren Mund, trank von ihrem Speichel, atmete ihren Atem und war bereit, diesen Augenblick bis an das Ende seiner Tage auszudehnen, geschüttelt vom Sturm seiner Gefühle, gewiß, bislang nur auf diese wunderreiche Nacht zugelebt zu haben, in der er sich in diese Frau versenken würde. Irene, Honig und Schatten, Irene, Reispapier, Pfirsich, Schaum, ach, Irene, diese Schnecke deiner Ohren, wie dein Hals riecht, deine Taubenhände, Irene, diese Liebe spüren, diese Leidenschaft verbrennt uns, wachend von dir träumen, dich schlafend begehren, mein Leben, meine Frau, Irene. Er wußte nicht, was alles er ihr sagte, noch was sie flüsterte, in diesem pausenlosen Gemurmel, dies Rauschen der Worte in den Ohren, dieses Seufzen und Stöhnen, wenn zwei sich in Liebe besitzen.

In einem kurzen Moment geistiger Klarheit sah er ein, daß er nicht dem Impuls nachgeben durfte, mit ihr einfach über die Erde zu rollen, ihr mit Gewalt, Nähte sprengend, die Kleider vom Leib zu reißen, in der Hast seines Deliriums. Er fürchtete, die Nacht könnte zu kurz sein, wie auch das Leben, um dieses Unwetter zu befrieden. Langsam und ein wenig unbeholfen, da ihm die Hände zitterten, öffnete er die Knöpfe ihrer Bluse und entdeckte die warme Kuhle ihrer Achseln, die Kurve ihrer Schultern, die kleinen Brüste und ihre Knospen, so hatte er sie sich vorgestellt, wenn sie seinen Rücken bei den Motorradfahrten streiften, wenn er Irene über den Zeichentisch gebeugt sah oder als er sie in dem unvergessenen Kuß an sich zog. In der Höhle seiner Handflächen nisteten warm zwei heimliche Schwalben, die für seiner Hände Maß geboren waren, und die Haut des Mädchens, blau im Mond, erschauerte bei der Berührung. Er nahm sie um die Taille und richtete sie auf, sie stand, er kniete, er suchte die verborgene Wärme zwischen ihren Brüsten, ein Duft von Holz, Mandeln und Zimt, er knüpfte die Bänder ihrer Sandalen auf und sah die Kleinmädchenfüße, die er streichelte, denn er hatte sie sich unschuldig und leicht erträumt. Er öffnete den Reißverschluß ihrer Hose und zog sie herunter, die glatte Strecke ihres Bauches aufdeckend, den Schatten des Nabels, die lange Linie des Rückens, die er mit durstigen Fingern verfolgte, ihre festen Schenkel, die ein kaum spürbarer Flaum vergoldete. Er sah sie nackt und zeichnete mit den Lippen ihre Wege nach, ergründete Buchten, erklomm Hügel, wanderte durch ihre Täler und erstellte so die notwendige Karte ihrer Geographie. Auch sie kniete nieder, wiegte den Kopf, und die dunklen Strähnen tanzten auf ihren Schultern, verloren in der Farbe der Nacht. Als Francisco seine Kleider abgeworfen hatte, waren sie sich der erste Mann und die erste Frau und erlebten das Geheimnis des Ursprungs. Es war kein Raum für andere, fern war ihnen die Häßlichkeit der Welt und das Wissen um die eigene Endlichkeit, es gab nur diese Begegnung.

Irene hatte so noch nicht geliebt, sie kannte nicht diese Hingabe ohne Schranken, ohne Ängste oder Rückhalt, sie konnte sich nicht an eine solche Lust erinnern, an diese tiefe Verständigung, das Zusammenspiel. Staunend entdeckte sie die neuen und überraschenden Formen des Körpers ihres Freundes, seine Wärme, wie er schmeckte, wie er roch, sie erforschte ihn, eroberte jede Handbreit, ihn mit eben erst erfundenen Zärtlichkeiten übersäend. Noch nie hatte sie mit solcher Freude das Fest der Sinne gefeiert, nimm mich, besitz mich, denn genauso nehme und besitze ich dich. Sie verbarg das Gesicht an seiner Brust, die Lauheit seiner Haut atmend, doch er schob sie vorsichtig von sich, um sie anzusehen. Der schwarzglänzende Spiegel ihrer Augen gab ihm das eigene Bild zurück, verschönt durch die geteilte Liebe. Schritt um Schritt legten sie die Etappen eines unsterblichen Rituals zurück. Sie nahm ihn auf, er gab sich hin, drang in ihre privatesten Gärten ein, und jeder nahm den Rhythmus des anderen vorweg, zuschreitend auf dasselbe Ziel: Francisco lächelte, das war die Seligkeit, er hatte die Frau gefunden, die er schon als Jüngling in seinen Phantasien verfolgt und über viele Jahre in jedem Körper gesucht hatte: die Freundin, Schwester, Geliebte, Gefährtin. Lange, ohne Hast, im Frieden der Nacht, wohnte er in ihr, hielt an jeder Sinnesschwelle inne, die Lust willkommen zu heißen, ergriff von ihr Besitz in dem Maße, wie er sich auslieferte. Sehr viel später, als er ihren Körper wie ein empfindliches

Instrument vibrieren spürte und ein tiefer Seufzer ihrem Mund entwich, brach sich der aufgestaute Fluß in seinem Leib Bahn.

Sie blieben eng beieinander, friedfertig entspannt, die Liebe in ihrer Fülle auskostend, atmeten und bebten einstimmig, bis die Nähe das Begehren erneuerte. Sie spürte ihn in sich wachsen und suchte seine Lippen in einem Kuß ohne Ende. Den Himmel als Zeugen, zerkratzt von den Kieselsteinen, von Staub bedeckt und von Blättern, die im Liebesgewühl zerdrückt waren, entzündet von einer maßlosen Leidenschaft, liebten sie sich ausgelassen unter dem Mond, bis die Seele in Seufzern aus ihnen wich und sie schweißnaß umarmt erlagen, die Lippen beisammen, den gleichen Traum träumend. Sie hatten eine Reise ohne Rückkehr angetreten.

Das Lärmen der Spatzen weckte sie beim ersten Morgenlicht, überwältigt noch vom Einklang der Leiber und der Seelen. Sie erinnerten sich an die Leiche in der Mine, und die Realität hatte sie wieder. Mit dem Hochmut erwiderter Liebe, doch noch zittrig und staunend, zogen sie sich an, stiegen auf das Motorrad und fuhren bis zum Haus der Ranquileos.

Über den hölzernen Waschtrog gebeugt, bearbeitete die Frau mit einer harten Bürste die Wäsche. Ihre breiten Füße standen fest auf einem Brett, um nicht in den Schlamm zu treten, die schweren Hände arbeiteten energisch, sie rieb, wrang und legte die

Wäschestücke in einen Eimer, wo sie sich häuften, um dann im fließenden Wasser des Bewässerungsgrabens gespült zu werden. Sie war allein, denn zu dieser Zeit gingen die Kinder zur Schule. Der Sommer machte sich bemerkbar in den ansehnlichen Früchten, im Farbenaufruhr der Blumen, den stickigen Siestas und durch weiße Schmetterlinge, die, im leichten Wind wie Taschentücher wehend, in alle Richtungen flogen. Vogelscharen fielen in die Felder ein und vereinten ihr Zwitschern mit dem ständigen Summen der Bienen und Bremsen. Digna nahm nichts davon wahr, die Arme in die Waschkumme gesenkt, war ihr alles fern, was nicht zu ihrer mühseligen Arbeit gehörte. Erst das Dröhnen des Motorrads und der Chor der Hunde erregten ihre Aufmerksamkeit, sie hob den Blick. Sie sah, wie die Journalistin und ihr ständiger Begleiter, der mit dem Fotoapparat, über den Hof näher kamen, ohne auf das Gebell zu achten. Sie trocknete sich die Hände an der Schürze und ging ihnen ohne Lächeln entgegen, denn bevor sie ihnen noch in die Augen gesehen hatte, erriet sie die schlechte Nachricht. Irene zog sie in einer schüchternen Umarmung an sich, die einzige Beileidsformel, die ihr einfiel. Die Mutter begriff sofort. Es gab keine Tränen in ihren Augen, die an so viel Leid gewohnt waren. Sie preßte die Lippen in Trostlosigkeit zusammen, und ein heiseres Stöhnen kam aus ihrer Brust, bevor sie es abfangen konnte. Sie hustete, um diese Schwäche zu verbergen. Eine Strähne aus der Stirn streichend, bedeutete sie den jungen Leuten, ihr ins Haus zu folgen. Die drei setzten sich an den Tisch und schwiegen ein paar

Minuten, bis Irene die Worte zusammengeklaubt hatte, um es ihr zu sagen.

»Ich glaube, wir haben sie gefunden…«, flüsterte sie.

Und dann erzählte sie ihr, was sie in der Mine gesehen hatten, ohne auf grausige Einzelheiten einzugehen, und ließ dabei die Möglichkeit offen, daß es sich um eine andere Person handeln könnte. Digna jedoch schloß diese Hoffnung aus, weil sie seit vielen Tagen auf Beweise für den Tod ihrer Tochter wartete. Sie hatte es gewußt, weil sich die Trauer in ihrem Herz eingerichtet hatte seit der Nacht, als das Mädchen abgeführt wurde, und weil sie in so vielen Jahren Diktatur ihre Erfahrungen gemacht hatte.

»Nie geben sie die wieder raus, die sie mitgenommen haben«, sagte sie.

»Das hat nichts mit Politik zu tun, Señora, das ist ein gewöhnliches Verbrechen«, erwiderte Francisco.

»Das kommt auf das gleiche raus. Getötet hat sie der Leutnant Ramírez, und der ist Herr der Gesetze. Was kann ich da tun?«

Auch Irene und Francisco hatten den Offizier in Verdacht. Sie vermuteten, daß er Evangelina festgenommen hatte, um ihr auf irgendeine Weise die Demütigung heimzuzahlen, die sie ihm vor so vielen Augenzeugen zugefügt hatte. Vielleicht war seine Absicht gewesen, sie nur ein paar Tage lang gefangenzuhalten, doch er hatte nicht mit der Zartheit der Gefangenen gerechnet und war bei der Bestrafung zu weit gegangen. Als er sah, was er angerichtet hatte, überlegte er es sich anders und beschloß, ihren Körper in der Mine zu verstecken und das Wach-

buch zu fälschen, um sich vor jeglicher Nachforschung zu schützen. Aber das waren nur Vermutungen. Eine lange Strecke lag vor ihnen, um bis zu dem Grund dieses Geheimnisses vorzudringen. Während Francisco und Irene sich im Bewässerungsgraben wuschen, bereitete Digna das Frühstück. Geschäftig dem gewohnheitsmäßigen Ritual genügend – Feuer anfachen, Wasser kochen, Teller und Tassen aufdekken –, überspielte sie ihre Trauer. Sie war sehr schamhaft, wenn es um ihre Gefühle ging.
Als sie das warme Brot rochen, merkten Irene und Francisco erst, wie hungrig sie waren, schließlich hatten sie seit dem vergangenen Tag keinerlei Nahrung zu sich genommen. Sie aßen langsam. Sie sahen sich an, lächelten, des gerade erst erlebten Festes gedenkend, und hielten sich die Hände, im wechselseitigen Versprechen. Trotz der Tragödie, die sie einhüllte, waren sie von einem selbstsüchtigen Frieden erfüllt, als hätten sie die Teile eines Puzzles, das ihr Leben war, ineinandergefügt und könnten nun endlich ihr Schicksal voraussehen. Sie fühlten sich durch den Zauber dieser neuen Liebe vor jedem Übel geschützt.
»Man muß Pradelio Bescheid geben, damit er nicht weiter nach seiner Schwester sucht«, schlug Irene vor.
»Ich steige hinauf. Warte hier auf mich, dann kannst du dich etwas ausruhen und Señora Digna Gesellschaft leisten.«
Nachdem er fertiggegessen hatte, küßte er seine Freundin und brach mit dem Motorrad auf. Er erinnerte sich an den Weg und kam ohne Zwischen-

fälle zu der Stelle, wo sie die Pferde gelassen hatten, als sie zum erstenmal mit Jacinto dort gewesen waren. Da stellte er das Motorrad zwischen den Bäumen ab und machte sich zu Fuß auf den Weg. Er vertraute seinem Orientierungssinn, der ihn ohne große Umwege das Versteck finden lassen sollte, merkte aber bald, daß dies nicht so leicht sein würde, da sich die Landschaft in den letzten Tagen verändert hatte. Die erste Sommerhitze schlug auf die Berghänge nieder, verbrannte die Pflanzen und kündigte den Durst der Erde an. Die Farben erschienen ihm blaß, verbraucht. Francisco erkannte die Orientierungspunkte, die er sich ins Gedächtnis geprägt hatte, nicht wieder, und ließ sich von seinem Instinkt leiten. Auf der Hälfte des Weges blieb er verstört stehen, überzeugt davon, die Richtung verloren zu haben, denn es kam ihm so vor, als ob er immer wieder an der gleichen Stelle vorbeikäme. Wäre er nicht ständig aufgestiegen, hätte er geschworen, daß er im Kreis ging. Er war erschöpft von der angewachsenen Spannung der letzten Tage und von der letzten Nacht im Bergwerk. Sonst vermied er es meist, sofern es möglich war, seine Nerven durch impulsive Aktionen auf die Probe zu stellen. Bei seiner Untergrundsarbeit mußte er Risiko und Gefahr in Kauf nehmen, aber er zog es vor, peinlich genaue Pläne auszuklügeln und sich an diese zu halten. Er schätzte Überraschungen nicht. Ihm wurde jedoch bewußt, daß es keinen Zweck mehr hatte, Berechnungen anzustellen, war ihm sein Leben doch ohnehin ins Unberechenbare entglitten. Er war es gewohnt, die Gewalt zu erkennen, die wie ein heimtückisches Gas in der Luft lag und durch einen einzigen Funken explodieren konnte. Wie so viele in der gleichen Lage verdrängte er jedoch den Gedanken daran. Er versuchte, seine Existenz in halbwegs normalen Bahnen verlaufen zu lassen. Dort aber, in der Einsamkeit der Berge, wurde ihm klar, daß er eine unsichtbare Grenze überschritten hatte und in eine neue, furchtbare Dimension eingetreten war.

Als es auf Mittag zuging, wurde die Hitze wie Lava. Weit und breit kein Busch oder Baum, der Schutz geboten hätte. Einen Felsvorsprung nützte er, um sich hinzusetzen und ein wenig zu verschnaufen, bis der Herzschlag seinen Rhythmus wiederfand. Scheiße, warum kehre ich nicht um, bevor ich hier vor Erschöpfung umfalle. Er wischte sich den Schweiß vom Gesicht und stieg weiter hoch, immer langsamer werdend und mit immer größeren Pausen. Endlich sah er einen kümmerlichen Bach, der trübe zwischen Steinen herabfloß, und stieß einen Seufzer der Erleichterung aus, denn er war sicher, daß die Wasserspur ihn zu Pradelio Ranquileos Versteck führen würde. Er machte sich Hals und Kopf naß und spürte das Brennen der Sonne auf der Haut. Er kletterte die letzten Meter hinauf bis zur Quelle und suchte die Höhle im Gestrüpp, lauthals nach Pradelio rufend. Niemand antwortete. Die Umgebung war ausgetrocknet, die Erde rissig und die Büsche von diesem Staub bedeckt, der die ganze Landschaft mit der Farbe alten Tons versah. Er schob ein paar Zweige beiseite und legte den Eingang der Grotte frei, brauchte aber nicht mehr hineinzugehen, um zu wissen, daß sie verlassen war. Er ging die Umgegend ab, ohne eine Spur des Flüchtigen zu finden, nahm an, daß dieser bereits vor mehreren Tagen aufgebrochen sein mußte, da keine Reste von Essen oder Abdrücke auf dem vom Wind gefegten Boden zurückgeblieben waren. In der Höhle fand er leere Konservendosen und ein paar Westernhefte mit vergilbten und abgegriffenen Blättern, die einzigen Indizien dafür, daß sich dort jemand aufgehalten hatte. Alles, was Evangelinas Bruder hinterlassen hatte, befand sich in peinlicher Ordnung, wie es sich für einen Menschen gehört, der militärische Disziplin gewohnt ist. Er sah die ärmlichen Habseligkeiten durch, auf der Suche nach irgendeinem Hinweis, einer Botschaft. Es gab keine Anzeichen für Gewaltanwendung, und daraus schloß er, daß die Soldaten nicht auf ihn gestoßen waren, zweifellos war es ihm gelungen, beizeiten aufzubrechen, vielleicht war er ins Tal hinuntergegangen und hatte versucht, in eine andere Region zu entkommen, oder er hatte sich auf das Abenteuer eingelassen, über die Kordillere hinweg die Grenze zu erreichen

Francisco Leal setzte sich in die Grotte und blätterte die Büchlein durch. Es handelte sich um billige Taschenausgaben mit platten Illustrationen, die in Trödelläden oder an Zeitschriftenkiosken erstanden werden können. Er lächelte über die geistige Nahrung des Pradelio Ranquileo: Der einsame Präriewolf, Hopalong Cassidy und andere Helden des amerikanischen Westens, mythische Verteidiger der Gerechtigkeit, Beschützer der Schwachen vor den Ruchlosen. Er erinnerte sich an ihr Gespräch beim vorangegangenen Treffen, an den Stolz dieses Mannes auf die Waffe im Gurt. Der Revolver, das Koppel, die Stiefel, die glichen aufs Haar denen der tapferen Männer aus seinen Geschichten: magische Insignien, die einen unbedeutenden Kerl zum Herrn über Leben und Tod machten, ihm einen Platz in der Welt verschafften. Für dich waren sie so wichtig, Pradelio, daß, als man sie dir abnahm, nur die Gewißheit deiner Unschuld und die Hoffnung, sie zurückzubekommen, dir erlaubten weiterzuleben. Sie haben dich glauben lassen, du hättest Macht, dein Hirn haben sie über Kasernenlautsprecher behämmert, sie gaben dir Befehle im Namen des Vaterlands und haben dir so dein Quantum Schuld verpaßt, damit du dir nicht die Hände in Unschuld waschen kannst, sondern für immer mit blutigen Fesseln gebunden bist. Armer Ranquileo.

In der Grotte sitzend, erinnerte sich Francisco Leal seiner eigenen Gefühle, als er, ein einziges Mal, eine Waffe in der Hand gehabt hatte. Seine Jugend war ohne größere Unruhe vorübergegangen, da er sich, als Reaktion auf die geheime Druckerpresse und die entzündeten freiheitlichen Reden seines Vaters, mehr für Bücher als für Politik interessiert hatte. Dennoch war er kurz nach dem Abitur von einer extremistischen Splittergruppe angeworben worden, die ihn mit dem Traum einer Revolution lockte. Oft hatte er in seinem Gedächtnis gekramt, um sich darüber klarzuwerden, was das gewesen war, diese Faszination der Gewalt, dieser unwiderstehliche Sog hin zu Krieg und Tod. Er war sechzehn gewesen, als er mit ein paar frischgebackenen Guerrilleros in den Süden aufbrach, um sich bei einer ungewissen Rebellion und einem großen Marsch irgendwohin zu erproben. Sieben oder acht Jungen, die eher ein Kindermädchen als ein Gewehr nötig hatten, bildeten jene kümmerliche Truppe unter dem Kommando eines drei Jahre älteren Chefs, der als einziger die Regeln des Spiels kannte. Francisco wurde nicht von dem Wunsch geleitet, Maos Theorien in Lateinamerika umzusetzen, er hatte sich nicht einmal die Mühe gemacht, sie zu lesen. Ihn bewegte, schlicht und einfach, die Sehnsucht nach Abenteuern. Im übrigen wollte er sich der Vormundschaft seiner Eltern entziehen. Entschlossen, den Beweis anzutreten, schon ein Mann zu sein, verließ er eines Tages ohne Abschied sein Zuhause, im Rucksack nur ein Jagdmesser, ein Paar Wollsocken und ein Heft, um Gedichte hineinzuschreiben. Seine Familie suchte ihn, sogar mit Hilfe der Polizei, und konnte sich mit einem derartigen Unglück nicht abfinden. Professor Leal wurde schweigsam und verschlossen und versank in Schwermut, er war im Innersten getroffen von der Undankbarkeit dieses Sohnes, der ohne Erklärung verschwunden war. Seine Mutter zog sich das Habit der Jungfrau von Lourdes an und flehte zum Himmel um die Rückgabe ihres Lieblingssohns. Für sie, die auf ihr Äußeres achtete und modebeflissen Rocksäume kürzte und verlängerte, Abnäher hinzufügte und Volants entfernte, mußte das ein enormes Opfer bedeuten. Ihr Mann, der zunächst seine pädagogische Erfahrung in die Praxis umsetzen wollte, indem er in aller Ruhe auf Franciscos spontane Rückkehr wartete, verlor die Geduld, als er seine Frau in der weißen Tunika mit blauer Kordel sah. In einer unbeherrschten Anwandlung fetzte er ihr, lautstark gegen den Aberglauben wetternd, das Gewand vom Leib und drohte, das Haus, das Land und Amerika zu verlassen, falls sie sich noch einmal in einem solchen Aufzug sehen ließe. Als die Polizei schließlich auf eine Fährte stieß, schüttelte er seinen inneren Gram ab, zügelte sein auffahrendes Temperament und brach auf, den verlorenen Sohn zu suchen. Tagelang wanderte er auf Eselspfaden und fragte jeden Schatten aus, der seinen Weg kreuzte. Während er so von Dorf zu Dorf, von Berg zu Berg marschierte, wuchs der Zorn in ihm, und er faßte den Plan, dem Jungen die erste Tracht Prügel seines Lebens zu verpassen. Endlich konnte ihm jemand berichten, daß in den Wäldern ab und zu Gewehrschüsse zu hören waren und daß von dort mitunter ein paar verdreckte junge Leute kamen, um Essen bettelten und Hühner stahlen, doch niemand glaubte ernsthaft daran, daß es sich hierbei um den ersten Entwurf eines revolutionären Projekts für den ganzen Kontinent handelte, sondern allenfalls um eine indisch angehauchte Sekte, wie andere, die bereits früher in der Umgebung gesichtet worden waren. Diese Daten genügten Professor Leal, um das Lager der Guerrilleros ausfindig zu machen. Als er sie so sah, mit Lumpen bedeckt, schmutzig, langhaarig, wie sie Bohnen und halbverdorbene Sardinen aus Büchsen aßen, sich an einem Gewehr aus dem Ersten Weltkrieg übten, zerstochen von Wespen und Ungeziefer, verflog auf einen Schlag sein Zorn, und das Mitleid, zu dem er innerlich stets bereit war, überkam ihn. Sein diszipliniertes politisches Engagement bewog ihn, Gewalt und Terroraktionen als einen strategischen Irrtum anzusehen, insbesondere in einem Land, wo der soziale Wandel auf anderen Wegen zu erreichen war. Er war fest davon überzeugt, daß die bewaffneten Grüppchen nicht die geringste Aussicht auf Erfolg hatten. Diese Jungen würden allenfalls eine Intervention der regulären Truppen herausfordern und dann massakriert werden. Die Revolution, pflegte er zu sagen, muß aus einem erwachenden Volk hervorgehen, das sich seiner Rechte und seiner Kraft bewußt wird, sich die Freiheit aneignet und aufbricht, niemals aber von sieben Bürgersöhnchen, die Krieg spielen.

Francisco hockte bei einem Feuerchen und versuchte, Wasser zum Kochen zu bringen, als er zwischen den Bäumen eine unkenntliche Gestalt auftauchen sah. Das war ein alter Mann in dunklem Anzug und Krawatte, verstaubt und voller Kletten, mit einem Drei-Tage-Bart und zerwühltem Haar, in der einen Hand ein schwarzes Köfferchen, in der anderen einen trockenen Ast, auf den er sich stützte. Der Junge stand erstaunt auf, was daraufhin auch seine Kameraden taten. Dann erst merkte er, wer das war. In seiner Erinnerung war sein Vater ein ganzer Kerl mit leidenschaftlichen Augen und einer Oratorenstimme, doch niemals dies verbrauchte und traurige Wesen, das da hinkend heranstapfte, mit gekrümmtem Rücken und erdigen Schuhen.

»Papa!« konnte er gerade noch sagen, bevor ihm ein Schluchzen die Stimme abschnitt.
Professor Leal ließ den knorrigen Stock und das Köfferchen fallen und öffnete die Arme. Sein Sohn sprang über die Feuerstelle, rannte an seinen verblüfften Kameraden vorbei und umarmte den Vater, wobei er feststellte, daß er sich nicht mehr an seine Brust flüchten konnte, da er selbst einen halben Kopf größer und sehr viel breiter gebaut war.
»Deine Mutter wartet auf dich.«
»Ich komme.«
Während der Junge seine Sachen zusammensuchte, nützte der Professor die Gelegenheit, den anderen einen Vortrag zu halten, er brachte vor, daß sie, wenn sie die Revolution wollten, innerhalb gewisser Normen und niemals spontan vorgehen müßten.
»Wir improvisieren nicht, wir sind Pekinganhänger«, sagte einer.
»Ihr seid verrückt«, erwiderte der Professor kategorisch.
Sehr viel später sollten eben diese jungen Männer über Hügel, Berge und durch Wälder ziehen und mit Munition und asiatischen Parolen Dörfer bepflastern, die von der Geschichte des Kontinents vergessen worden waren. Die Jungen sahen, wie sich die beiden untergehakt entfernten, und zuckten mit den Schultern.
Im Zug, während der Heimfahrt, blieb der Vater schweigsam und beobachtete Francisco. Als sie den Bahnhof erreichten, schleuderte er ihm in wenigen Worten all das entgegen, was sein Herz bewegte.
»Ich erwarte, daß so etwas nicht wieder vorkommt.

In Zukunft ziehe ich dir für jede Träne deiner Mutter eins über. Erscheint dir das angemessen?«
»Ja, Vater.«
Im Grunde war Francisco froh darüber, wieder daheim zu sein. Wenig später, endgültig geheilt von den Versuchungen der Guerrilla, versenkte er sich in Psychologiebücher, fasziniert von der Erforschung jenes illusionistischen Spiels der Gedanken und Motive in ihrer endlosen Verkettung, eine Herausforderung ohne Ende. Auch die Literatur absorbierte ihn, und er las hingegeben die Werke der lateinamerikanischen Schriftsteller. Dabei wurde ihm bewußt, daß er in einem Miniaturland lebte, nur ein enger Streifen auf der Landkarte, aber inmitten eines weiten und wunderbaren Kontinents, den der Fortschritt mit Jahrhunderten Verspätung erreichte: Land der Hurrikane und Erdbeben, Flüsse so breit wie das Meer, Wälder so dicht, daß kein Sonnenstrahl sie durchdringt; ein Boden, auf dessen Humus mythologische Tiere gedeihen und auf dem menschliche Wesen leben, unwandelbar seit dem Ursprung der Welt; eine irrwitzige Geografie, dort wird man mit einem Stern auf der Stirn geboren, Zeichen des Wunderbaren, verzauberte Region der ungeheuren Kordillere, wo die Luft dünn wie ein Schleier ist, absolute Wüsteneien, schattende Wälder und stille Täler. Dort mischen sich alle Rassen im Schmelztiegel der Gewalt: gefiederte Indianer, Reisende aus fernen Republiken, schwarze Einwanderer, in Apfelkisten eingeschmuggelte Chinesen, verwirrte Türken, Mädchen aus Feuer, Mönche, Propheten und Tyrannen, Schulter an Schulter die Lebenden mit den Geistern all jener,

die im Laufe der Jahrhunderte diese mit so viel Leidenschaften gesegnete Erde betreten hatten. Und allerorts sie, die Männer und Frauen Amerikas, die sich in Zuckerrohrfeldern quälen, in den Zinn- und Silberminen von Fieber geschüttelt werden, die sich beim Perlentauchen in den Meeren verlieren und überleben, trotz alledem, in den Gefängnissen.

Auf der Suche nach neuen Erfahrungen beschloß Francisco sich nach Beendigung seines Studiums im Ausland fortzubilden, was seine Eltern etwas in Staunen versetzte. Sie willigten jedoch ein, ihm die Reise zu finanzieren, und waren so taktvoll, ihn nicht vor den Ausschweifungen zu warnen, die alleinreisende junge Männer gefährden. Er verbrachte ein paar Jahre draußen, nach deren Verlauf er den Doktortitel und passable Englischkenntnisse erworben hatte. Als Tellerwäscher in einem Restaurant und als Fotograf bei Kleine-Leute-Festen in den Einwandervierteln hatte er sich über Wasser gehalten.

Inzwischen hatte es in seinem Land politisch zu gären begonnen, und im Jahr seiner Rückkehr gewann ein sozialistischer Kandidat die Präsidentschaftswahlen. Trotz der pessimistischen Prognose und der Verschwörungen, die ihn aufhalten sollten, setzte er sich, zur Verblüffung der amerikanischen Botschaft, tatsächlich auf den Präsidentenstuhl. Francisco hatte seinen Vater noch nie so selig gesehen.

»Siehst du, Sohn? Dein Gewehr war gar nicht nötig!«

»Du bist Anarchist, Alter«, spottete Francisco, »deine Partei ist nicht an der Regierung.«

»Das sind Spitzfindigkeiten! Wichtig ist, daß das Volk die Macht hat, und nie wird man sie ihm wieder entreißen können.«
Wie immer lebte er in den Wolken. Am Tag des Militärputsches glaubte er, daß da eine Gruppe Aufständischer handelte, die von den verfassungs- und republiktreuen Streitkräften schnell unter Kontrolle gebracht würden. Er wartete nach mehreren Jahren immer noch darauf. Gegen die Diktatur kämpfte er mit ausgefallenen Mitteln. Als die Repression am härtesten war, als sogar die Sportstadien und Schulen geöffnet wurden, um Tausende von politischen Gefangenen dort einzusperren, druckte Professor Leal in seiner Küche Flugblätter, stieg hinauf ins oberste Stockwerk der Hauptpost und warf sie auf die Straße hinunter. Der Wind blies günstig, und seine Mission war erfolgreich, denn einige Exemplare landeten im Verteidigungsministerium. Der Text enthielt gewisse Aussagen, die dem historischen Moment angemessen erschienen:

Die Ausbildung des Militärs, vom einfachen Soldaten bis hinauf in die höchsten Ränge, macht aus diesen Menschen zwangsläufig Feinde der zivilen Gesellschaft und des Volkes. Sogar ihre Uniform, mit all dem lächerlichen Zierat, der die Regimenter und Dienstgrade unterscheidet und sie als Hanswurste erscheinen ließe, wäre nicht die stets drohende Haltung, auch dies trennt sie von der Gesellschaft. Diese Aufmachung und die tausend kindischen Zeremonien, zwischen denen ihr Leben verläuft zu keinem anderen Zwecke als der Einübung für das Schlachten und die Zerstörung, wären beschämend für Personen, die nicht das Gefühl für die menschliche Würde verloren haben. Vor Scham würden sie sterben, wenn sie nicht daraus, durch eine systematische Perversion der Ideen, eine Quelle der Eitelkeit gemacht hätten. Der passive Gehorsam ist ihre größte Tugend. Einer despotischen Disziplin unterworfen, haben sie am Ende Angst vor jedem, der sich frei bewegt. Daher wollen sie gewaltsam die brutale Disziplin und die stupide Ordnung durchsetzen, deren Opfer sie selbst sind.

Man kann den Militärdienst nicht lieben, ohne das Volk zu verabscheuen. *BAKUNIN*

Wenn er seine Aktion noch einmal überdacht oder eine erfahrenere Meinung eingeholt hätte, wäre Professor Leal sicherlich klargeworden, daß der Text als Flugblatt zu lang war, denn bevor jemand auch nur die Hälfte hätte lesen können, wäre er festgenommen gewesen. Doch seine Bewunderung für den Vater des Anarchismus war so groß, daß er nichts von seinem Vorhaben sagte. Seine Frau und seine Söhne erfuhren davon vierundzwanzig Stunden später, als die Presse, der Rundfunk und das Fernsehen eine militärische Verlautbarung veröffentlichten, die er ausschnitt, um sie in seinem Album aufzubewahren.

Bekanntmachung Nr. 19

1. Die Bürger werden davon in Kenntnis gesetzt, daß die Streitkräfte keine Art von öffentlichen Kundgebungen dulden werden.

2. Der Bürger Bakunin, Verfasser eines Pamphlets, das die heilige Ehre der Streitkräfte beschmutzt, hat sich freiwillig bis heute 16.30 Uhr im Verteidigungsministerium zu melden.
3. Nichtbefolgung bedeutet, daß er sich außerhalb der Verfügungen der Junta der Heereskommandanten stellt und die voraussehbaren Folgen zu verantworten hat.

Am selben Tag noch hatten die drei Brüder Leal beschlossen, die Druckerpresse aus der Küche zu schaffen, um zu vermeiden, daß ihr Vater ein Opfer seines leidenschaftlichen Idealismus würde. Seither hatten sie sich bemüht, ihm möglichst keinen Anlaß zur Aufregung zu geben. Als José aber zusammen mit mehreren Priestern aus dem Vikariat abgeführt wurde, konnten sie nicht verhindern, daß sich der Professor mit einem Schild auf die Plaza setzte: »In diesem Augenblick wird mein Sohn gefoltert.« Wären Javier und Francisco nicht rechtzeitig gekommen, um ihn untergehakt von dort wegzuführen, hätte er sich wie jener buddhistische Mönch mit Benzin übergossen und angezündet, vor den Augen derjenigen, die sich mitleidig um ihn geschart hatten.
Francisco bekam Kontakt zu organisierten Gruppen, die Flüchtlinge über eine Grenze hinausbrachten und Mitglieder der Opposition über eine andere hereinschleusten. Er tat Geld auf, um versteckt Überlebenden zu helfen und Nahrungsmittel und Medizin zu kaufen, er trug Informationen zusammen, die in Mönchssohlen und Puppenperücken verborgen ins

Ausland geschafft wurden. Er erledigte ein paar fast unausführbare Aufträge: So fotografierte er einen Teil der Geheimarchive der politischen Polizei und lichtete auf Mikrofilm die Personalausweise der Folterer ab; eines Tages, so glaubte er, würde dieses Material dazu beitragen, Gerechtigkeit zu schaffen. Dies Geheimnis hatte er nur mit José geteilt, der weder Namen, Ort noch andere Einzelheiten wissen wollte, weil er bereits die Erfahrung gemacht hatte, wie schwer es ist, angesichts gewisser Druckmittel zu schweigen.

Da solche geheimen Aktionen sie verbanden, mußte Francisco in der Grotte von Pradelio Ranquileo an seinen Bruder denken. Er bereute, ihn nicht früher um Hilfe gebeten zu haben. Falls der Flüchtling in die schweigsame Zone der Berge eingedrungen war, würden sie seine Spur nicht finden, und falls er hinunter ins Tal gestiegen war, um Rache zu üben, würden sie ihm unmöglich helfen können.

Francisco schüttelte die Müdigkeit ab, machte sich die Kleider naß, um sich zu erfrischen, und begann den Abstieg. Die Hitze des frühen Nachmittags lastete ihm auf dem Kopf und machte ihn für Augenblicke blind durch die vielfarbigen Pünktchen, die vor seinen Pupillen tanzten. Endlich erreichte er die Stelle, wo er das Motorrad zurückgelassen hatte, und entdeckte dort Irene, die ihn erwartete. Zu unruhig, um bei den Ranquileos auf ihn zu warten, hatte seine Freundin den ersten Gemüsekarren angehalten, der zufällig vorbeikam, und den Fahrer gebeten, sie ein Stück mitzunehmen. Sie umarmten sich sehnsüchtig. Irene führte ihn in den wohltätigen Schatten der

Bäume, wo sie den Boden eingeebnet und die Disteln entfernt hatte. Sie half ihm, sich hinzulegen, und während er ausruhte und versuchte, das Zittern seiner Beine unter Kontrolle zu bekommen, wischte sie ihm den Schweiß ab, brach eine Melone auf, die ihr Digna geschenkt hatte, löste Stücke davon mit den Zähnen aus und schob sie ihm mit einem Kuß in den Mund. Die Frucht war warm und zu süß, aber ihm schien jeder Bissen ein Wundermittel, das die Erschöpfung tilgen und die Mutlosigkeit beheben konnte. Als von der Melone nur noch die abgenagten Schalen übrig waren, feuchtete Irene das Taschentuch in einer Pfütze an, und sie säuberten sich damit. Unter der gnadenlosen Drei-Uhr-Mittags-Sonne erneuerten sie die geflüsterten Versprechungen der vorangegangenen Nacht und streichelten sich mit neuerlernter Weisheit.

»Woher wußte Pradelio, wo die Leiche seiner Schwester war?« fragte Irene, die trotz aller Liebesseligkeit nicht die Vision der Mine aus ihrem Kopf bannen konnte.

Francisco hatte darüber nicht nachgedacht, und es erschien ihm auch nicht der geeignete Augenblick dazu. Er war fertig. Sein einziger Wunsch war, ein wenig zu schlafen, um das Schwindelgefühl loszuwerden, sie aber ließ ihm keine Zeit dazu. Sie saß mit gekreuzten Beinen wie ein Fakir da, redete hastig, von einem Gedanken zum anderen springend, wie es ihre Art war. Genau in diesem Detail, meinte sie, lag der Schlüssel zu dem in einigen grundlegenden Punkten noch dunklen Geheimnis. Während ihr Freund Kräfte sammelte und versuchte, einen klaren Kopf zu bekommen, wendete sie dieses Thema hin und her, schied Zweifel aus, peilte Antworten an, um sich dann mit Bestimmtheit darauf festzulegen, daß Pradelio Ranquileo die Mine kannte, weil er zuvor mit Leutnant Juan de Dios Ramírez dort gewesen war. Sie mußten sie benutzt haben, um etwas zu verbergen. Der Guardia wußte, daß es sich um ein sicheres Versteck handelte und daß sein Vorgesetzter es notfalls wieder verwenden würde.

»Ich verstehe nichts«, sagte Francisco mit dem Gesicht eines Schlafwandlers, der mitten in einem Ausflug aufgehalten wird.

»Das ist ganz einfach. Wir gehen zu der Mine und graben den anderen Tunnel auf. Vielleicht finden wir dort eine Überraschung.«

Später sollte sich Francisco mit einem Lächeln an diesen Augenblick erinnern, während sich nämlich der Kreis des Schreckens um sie schloß, hatte ihn nur der Wunsch beherrscht, mit Irene zu schlafen. Die Toten vergessend, die wie Unkraut aus dem Boden zu schießen schienen, die Angst verdrängend, selbst festgenommen oder gar umgebracht zu werden, hatte er, unersättlich, nur den Wunsch im Kopf, Irene zu lieben. Wichtiger als das Dickicht zu entwirren, durch das sie sich blind vorwärts tasteten, schien ihm damals, eine bequeme Stelle zu finden, wo er mit ihr balgen konnte. Mächtiger als die Ermüdung, die Hitze und der Durst war das dringende Bedürfnis, sie an sich zu drücken, sie zu umarmen, einzuatmen, sie in der eigenen Haut zu spüren, zwischen den Bäumen, gleich dort am Weg, gut sichtbar für jeden, der zufällig vorbeikäme. Glücklicherweise hatte Irene einen klaren Kopf. Du hast Fieber, sagte sie, als er den Versuch machte, sie aufs Gras zu legen. Sie zerrte ihn bis zum Motorrad, überredete ihn, aufzusteigen, setzte sich hinter ihn, legte die Arme um seine Brust, flüsterte ihm klare Befehle und innige Worte ins Ohr, bis das Rütteln des Gefährts und das weiße Sonnenlicht den leidenschaftlichen Drang ihres Freundes abschwächten und ihm seine gewöhnliche Ruhe zurückgaben. So fuhren sie wieder in Richtung auf das Bergwerk von Los Riscos.

Es war Nacht, als Irene und Francisco im Haus Leal ankamen. Hilda hatte gerade eine Kartoffeltortilla zubereitet, und das intensive Aroma frisch durchgeseihten Kaffees erfüllte die Küche. Nachdem die Druckerpresse entfernt worden war, zeigte sich dieser Raum zum erstenmal in seinen wahren Proportionen, und alle konnten sich daran freuen: an den alten Holzmöbeln mit den Marmorplatten darauf, dem altmodischen Kühlschrank und, in der Mitte, dem Tisch für tausend Zwecke, um den sich die Familie versammelte. Im Winter war dies der wärmste und heimeligste Platz der Welt. Dort, neben der Nähmaschine, dem Radio und dem Fernseher fanden sie Licht sowie die Wärme vom Kerosinofen, dem Herd und dem Bügeleisen. Für Francisco gab es keinen besseren Ort. Die angenehmsten Kindheitserinnerungen verbanden sich mit diesem Raum, wo er gespielt, gelernt, mit irgendeiner zöpfchentragenden Schulfreundin telefoniert hatte, während seine Mutter, damals jung und sehr schön, eine Weise aus dem fernen Spanien trällernd, ihrer Arbeit nachging. Die Luft dort roch immer nach frischen Kräutern und den Gewürzen für Schmortöpfe und Pfannengerichte. In köstlicher Harmonie vermengten sich Rosmarin, Lorbeerblätter, Knoblauchzehen und Zwiebelknollen mit den zarteren Düften von Zimtstangen, Gewürznelken, Vanilleschoten, Anis und Blockschokolade für den Guß von Kuchen und Plätzchen.

An diesem Abend brühte Hilda ein paar Löffel echten Kaffees auf, ein Geschenk von Irene Beltrán. Eine Gelegenheit, die es wert war, die kleinen Porzellantassen ihrer Sammlung aus dem Schrank zu holen, keine glich der anderen, und alle waren hauchzart. Der Duft aus der Kaffeekanne war das erste, was die jungen Leute wahrnahmen, als sie die Tür öffneten, und er führte sie ins Herzstück des Hauses.

Beim Eintreten fühlte Francisco sich von der Wärme des Raumes umfangen, es war wie in seiner Kindheit, als er ein magerer und schwacher Junge war, oft genug Opfer der rauhen Spiele von stärkeren und rücksichtsloseren Kindern. Wenige Monate nach der Geburt war er wegen einer angeborenen Mißbildung der Hüfte operiert worden, so daß die Mutter zur Säule seiner Kindheit wurde, ihn über den normalen Zeitraum hinaus stillte, im Schatten ihrer Röcke großzog und auf dem Rücken, den Armen oder der Hüfte trug wie einen Fortsatz des eigenen Körpers, bis seine Knochen gänzlich geheilt waren und er auf eigenen Beinen stehen konnte. Die schwere Schultasche hinter sich herschleifend, kam er aus der Schule und freute sich schon auf seine Mutter, die ihn in der Küche mit dem Essen und ihrem ruhigen Willkommenslächeln erwartete. Diese Erinnerung hinterließ eine unvergängliche Spur in seinem Gedächtnis, und immer, wenn er es im Laufe seines Lebens nötig hatte, sich der Geborgenheit seiner Kindheit zu vergewissern, ließ er im Geiste diesen Raum in allen seinen Einzelheiten erstehen. Eben diese Anmutung hatte er jetzt am Abend, als er sie leise trällernd die Pfanne mit der Tortilla bewegen sah. Sein Vater saß im Licht der Deckenlampe über Hefte gebeugt und korrigierte Arbeiten.

Das Aussehen der Ankömmlinge alarmierte das Ehepaar Leal. Mitgenommen sahen die beiden aus, die Kleidung verknittert und verdreckt und in den Augen einen eigentümlichen Ausdruck.

»Was ist mit euch los?« fragte der Professor.

»Wir haben ein Grab entdeckt. Da liegen viele Leichen verscharrt«, antwortete Francisco.

»Hurensöhne!« rief sein Vater aus, das erste unflätige Wort, das er je vor seiner Frau gebraucht hatte.

Hilda deckte sich den Mund mit dem Küchentuch zu und riß entgeistert ihre blauen Augen auf, ohne auf die Entgleisung ihres Mannes zu achten.

»Heilige Jungfrau!« war das einzige, was sie stammelnd hervorbrachte.

»Ich glaube, es handelt sich um Opfer der Polizei«, sagte Irene.

»Verschwundene?«

»Kann sein«, sagte Francisco, holte einige Filme aus seiner Umhängetasche und legte sie auf den Tisch. »Ich habe ein paar Aufnahmen gemacht...«

Hilda bekreuzigte sich, eine automatische Geste. Irene ließ sich auf einen Stuhl fallen, sie hatte die Grenze ihrer Belastbarkeit erreicht. Professor Leal durchmaß mit großen Schritten den Raum, ohne in seinem reichen und ausgefallenen Wortschatz angemessene Worte zu finden. Er neigte zur hochtrabenden Rede, doch dies machte ihn stumm.

Irene und Francisco erzählten, was vorgefallen war. Am späten Nachmittag hatten sie die Mine von Los Riscos erreicht, bereits ermattet und hungrig, jedoch entschlossen, sie gründlich zu durchsuchen, in der Hoffnung, daß sie, wenn die Rätsel erst einmal gelöst wären, zur Normalität zurückkehren und sich in Ruhe lieben könnten. Bei hellichtem Tage hatte der Ort nichts Unheimliches, doch die Erinnerung an Evangelina machte sie vorsichtig. Francisco wollte allein hineinsteigen, doch Irene war entschlossen, ihren Ekel zu beherrschen und ihm beim Öffnen des zweiten Gangs zu helfen, um schneller fertig zu werden und so bald wie möglich von dort weg zu können. Mühelos räumten sie Schutt und Steine vom Eingang fort, rissen Irenes Tuch in zwei Teile, um sich damit etwas vor dem unerträglichen Gestank zu schützen, und stiegen in die erste Kammer ein. Es war nicht nötig, die Taschenlampe anzuknipsen. Die Sonne schien durch die Öffnung und tauchte die Leiche von Evangelina Ranquileo in diffuses Licht. Francisco bedeckte sie mit dem Poncho, damit seine Freundin sie nicht zu sehen brauchte.

Irene mußte sich gegen die Wand lehnen, um das Gleichgewicht zu halten. Die Beine versagten ihr. Sie bemühte sich, an den Garten daheim zu denken, an die blühenden Vergißmeinnicht über dem Grab des Neugeborenen, das durch das Oberlicht gefallen war, oder an den Markt, an das reife Obst, das in großen Körben aufgestapelt war. Francisco bat sie hinauszugehen, doch es gelang ihr, ihren Magen unter Kontrolle zu bekommen. Sie hob eine am Boden liegende Eisenstange auf und klopfte damit gegen die dünne Zementschicht, die den Tunnel verschloß. Er half ihr mit dem Pickel. Der Mörtel mußte von unerfahrenen Händen gemischt worden sein, denn er bröckelte bei dem geringsten Druck in feinen Partikeln ab. Zu dem Gestank kam der Schmutz in der Luft, Staub und Zement umgaben sie in einer dichten Wolke, aber sie wichen nicht zurück, denn mit jedem Schlag vergrößerte sich die Gewißheit, daß hinter diesem Hindernis etwas auf sie wartete, eine lang verborgene Wahrheit. Zehn Minuten später gruben sie Stoffreste und Gebein aus. Es war das Gerippe eines Mannes, bedeckt mit einem hellen Hemd und einer blauen Jacke. Sie mußten nur ein wenig weiter im Schutt wühlen, da rollte ihnen ein Schädel entgegen, an dem noch eine Haarsträhne haftete. Irene hielt nicht länger durch, sie stolperte aus der Mine, während Francisco weitergrub, ohne nachzudenken, wie eine Maschine. Neue Überreste tauchten auf, und er begriff, daß sie auf ein Massengrab gestoßen waren. Nach ihrem Zustand zu schließen, lagen die Leichen dort seit wer weiß wie langer Zeit begraben. Die Überreste trieben aus der Erde hervor, vermengt mit Kleidungsstücken, die zerfetzt und von einer dunklen und öligen Flüssigkeit befleckt waren. Bevor er sich zurückzog, machte Francisco mehrere Aufnahmen, in aller Ruhe und mit

Präzision, als bewegte er sich in einem Traum, denn er hatte die Grenze des eigenen Erschreckens überschritten. Das Außerordentliche erschien ihm schließlich natürlich, und er entdeckte eine gewisse Logik in der Situation, als ob die Gewalt von jeher dort auf ihn gewartet hätte. Diese aus der Erde aufgetauchten Toten mit den fleischlosen Händen und den Einschußlöchern in der Stirn warteten schon lange, hatten ohne Unterlaß nach ihm verlangt, nur waren ihm bis dahin nicht die Ohren gegeben, sie zu hören. Verstört ertappte er sich dabei, wie er ihnen laut seine Verspätung zu erklären suchte, mit dem schlechten Gewissen einer nicht eingehaltenen Verabredung. Irene rief ihn von außen in die Wirklichkeit zurück. Er verließ die Mine und war am Ende seiner Kraft.

Zu zweit verrammelten sie den Eingang und hinterließen ihn äußerlich so, wie sie ihn vorgefunden hatten. Sie ruhten sich ein paar Minuten aus, pumpten die frische Luft in ihre Lungen, hielten sich an den Händen und hörten die heftigen Schläge ihres Herzens. Die Sonne versteckte sich zwischen den Bergen, und der Himmel nahm die Farbe von Petroleum an. Sie stiegen auf das Motorrad und brachen auf in Richtung Stadt.

»Und was tun wir jetzt?« fragte Professor Leal, als sie ihren Bericht beendet hatten.

Ausführlich diskutierten sie, wie diese Angelegenheit am besten anzugehen sei. Die Justiz zu bemühen schied aus, das hieße den Hals in die Schlinge legen. Pradelio Ranquileo, so vermuteten sie, wußte, daß sich seine Schwester in der Mine befand, weil er selbst dieses Versteck benutzt hatte, um andere Verbrechen zu vertuschen. Die Behörden zu verständigen konnte bedeuten, daß auch Francisco und Irene binnen weniger Stunden verschwinden würden und die Mine von Los Riscos erneut zugeschaufelt würde. Gerechtigkeit war ein außer Gebrauch gekommener Begriff, weil er den gleichen subversiven Beiklang hatte wie das Wort Freiheit. Die Militärs waren für keine ihrer Machenschaften belangbar, was sogar die Regierung zuweilen in Verlegenheit brachte, denn jede Waffengattung verfügte über einen eigenen Sicherheitsdienst, neben der politischen Polizei, die sich zur obersten Macht im Staate entwickelt hatte und abseits jeder Kontrolle stand. Der Berufseifer jener, die solchen Beschäftigungen nachgingen, führte zu bedauerlichen Irrtümern und damit zu einem Verlust an Effizienz. Es geschah nicht selten, daß zwei oder drei Gruppen sich denselben Gefangenen streitig machten, um ihn aus entgegengesetzten Gründen zu verhören, oder daß eingeschleuste Agenten des gleichen Lagers aneinandergerieten und sich gegenseitig liquidierten.

»Mein Gott! Wie konnte es euch nur einfallen, in diese Mine zu steigen!« stöhnte Hilda.

»Ihr habt richtig gehandelt. Jetzt müssen wir sehen, wie ihr aus diesem Schlamassel wieder herauskommt«, meinte der Professor.

»Mir fällt nur ein, das Ganze in die Presse zu bringen«, schlug Irene vor, an die wenigen Oppositionsblätter denkend, die noch im Umlauf waren.

»Ich gehe morgen los mit den Fotos«, entschied Francisco.

»Ihr werdet nicht weit kommen. An der ersten Ecke legen sie euch um«, versicherte Professor Leal.
Dennoch einigten sich alle darauf, daß der Gedanke richtig war. Es war immer noch das beste, die Nachricht in den Wind zu schreien, sie um die Welt zu jagen, damit sie die Gewissen aufrüttelte und die Grundfesten dieses Vaterlandes erschütterte. Hilda mit ihrem praktischen Verstand erinnerte daran, daß die Kirche die einzige noch erhaltene Institution sei, alle anderen Organisationen waren aufgelöst oder von der Repression hinweggefegt worden. Mit ihrer Hilfe gab es eine Chance, das Unmögliche zu schaffen, nämlich die Mine zu öffnen, ohne bei dem bloßen Versuch das Leben zu lassen. Sie einigten sich darauf, das Geheimnis in die Hände des Kardinals zu legen.
Francisco besorgte ein Taxi, um Irene vor der Sperrstunde nach Hause zu bringen. Das Mädchen hatte nicht mehr die Kraft, sich auf dem Rücksitz des Motorrads zu halten. Er ging spät ins Bett, weil er erst noch die Filme entwickeln mußte. Er schlief schlecht, wälzte sich im Bett hin und her und schrie im Traum. Als er aufwachte, saß Hilda bei ihm.
»Ich habe Lindenblütentee für dich gemacht. Trink ein bißchen, Kind.«
»Ich glaube, ich hab etwas Kräftigeres nötig ...«
»Du bist still und gehorchst, dafür hast du deine Mutter«, befahl sie ihm lächelnd.
Francisco setzte sich auf, pustete in den Tee und begann ihn mit langsamen Schlucken zu trinken, während sie ihn unverhohlen musterte.
»Was schaust du mich so an, Mama?«

»Du hast mir nicht alles erzählt, was gestern passiert ist. Irene und du, ihr habt euch geliebt, stimmt's?«
»Verflixt! Mußt du überall deine Nase reinstekken?«
»Ich hab ein Recht, das zu wissen.«
»Ich bin zu alt, um dir Rechenschaft zu schulden.«
»Schau, ich sag dir eins, das ist ein anständiges Mädchen. Ich hoffe, du meinst es ernst mit ihr, sonst kriegen wir beide uns in die Haare. Hast du mich verstanden? Und jetzt trink deinen Lindenblütentee aus, und wenn du ein reines Gewissen hast, wirst du schlafen wie ein Engelchen«, schloß Hilda, während sie ihm die Decken zurechtzog.
Francisco sah sie hinausgehen und fühlte für sie die gleiche Zärtlichkeit wie in seiner Kindheit, wenn sie sich an sein Bett gesetzt und ihn mit leichter Hand gestreichelt hatte, bis er eingeschlafen war. Seitdem waren viele Jahre vergangen, aber sie behandelte ihn noch immer mit dieser hemmungslosen Fürsorglichkeit, setzte sich darüber hinweg, daß er sich mitunter zweimal am Tag rasieren mußte, daß er promovierter Psychologe war und sie mit nur einem Arm vom Boden heben konnte. Er spottete über sie, tat aber nichts, um diese gewohnheitsmäßig dreisten Liebesbeweise abzuwehren. Er hatte ein Privileg und hoffte es so lange wie möglich zu genießen. Ihre Beziehung war wie ein kostbares Geschenk, das sie über den Tod des anderen hinaus bewahren wollten.
Den Rest der Nacht schlief er fest, und als er aufwachte, konnte er sich seiner Träume nicht mehr erinnern. Er duschte sich lange und heiß, früh-

stückte, trank den letzten Rest des importierten Kaffees und machte sich mit den Fotos in der Tasche auf zur Siedlung, in der sein Bruder lebte.
José Leal war Klempner. Wenn er nicht mit dem Lötkolben und dem Engländer arbeitete, war er in vielerlei Weise für die Armengemeinde, die er als Wohnsitz gewählt hatte, beschäftigt, gemäß seiner unheilbaren Berufung, dem Nächsten zu helfen. Er lebte in einem ausgedehnten und stark bevölkerten Viertel, das von der Straße her uneinsehbar war, verdeckt von Mauern und einer Reihe von Pappeln, die ihre nackten Äste in den Himmel streckten. Nicht einmal die Pflanzen konnten sich hier gesund entfalten. Hinter dieser diskreten Abschirmung lagen Straßen voll Staub und Hitze im Sommer, voll Schlamm und Regen im Winter, Behausungen, die aus allerlei Resten zusammengebaut waren, dazu Müllhaufen, aufgehängte Wäsche, balgende Straßenköter. An den Ecken versammelten sich die müßigen Männer und ließen die Stunden vorüberziehen, während die Kinder im Matsch spielten und die Frauen sich mühten, den Verfall aufzuhalten. Es war eine Welt des Mangels und der Not, wo Solidarität der einzige sichere Trost war. Hier verhungert niemand, denn bevor die Grenze der Hoffnungslosigkeit überschritten wird, streckt sich immer eine hilfreiche Hand aus, sagte José Leal und erklärte die Gemeinschaftsküchen, für die eine Nachbarschaftsgruppe all das zusammentrug, was jeder einzelne für den großen Suppentopf beitragen konnte. Die Zugezogenen lebten bei den Familien, sie waren ärmer als die Armen und hatten nicht einmal ein Dach über

dem Kopf. In den Kinderstätten teilte die Kirche täglich eine Essensportion an die Kleinsten aus. Seit so vielen Jahren sah der Priester dasselbe, dennoch hatten sich seine Gefühle nicht verhärtet angesichts all dieser frischgewaschenen und gekämmten Kinder, die Schlange standen und einzeln in den Schuppen eintraten, wo sie auf langen Tischen die Blechteller erwarteten, während ihre älteren Geschwister, für die das Wohltätigkeitsessen nicht ausreichte, draußen herumstreunten und auf irgendeinen Rest hofften. Zwei oder drei Frauen übernahmen es, die Nahrungsmittel zu kochen, die von den Seelsorgern mittels inständiger Bitten und geistlicher Drohungen eingetrieben worden waren. Sie verteilten die Portionen, wachten aber auch darüber, daß die Kinder ihren Teil aßen, denn viele hatten ihr Brot und das Essen versteckt, um sie nach Hause zu schaffen, wo der Rest der Familie nichts für den Suppentopf hatte außer ein paar Gemüseabfällen vom Markt und einem mehrmals aufgekochten Knochen, der dieser Brühe einen Hauch von Geschmack gab.
José lebte in einer Holzhütte, die denen vieler anderer glich, nur etwas geräumiger war, da sie auch so etwas wie ein Büro enthielt, um die trostlose Herde in ihren weltlichen und geistlichen Problemen zu betreuen. Francisco löste sich dort mit einem Rechtsanwalt und einem Arzt ab, um die Bewohner bei ihren Konflikten, Krankheiten und Hoffnungslosigkeiten zu beraten. Oft fühlten sie sich hilflos vor dem Berg von Tragödien, der sich dabei vor ihnen türmte. Sie hatten keine Lösungen anzubieten.

Francisco traf seinen Bruder beim Aufbruch, er hatte schon seine Arbeitskleidung an und eine schwere Werkzeugtasche in der Hand. Nachdem er sich vergewissert hatte, daß sie allein waren, öffnete Francisco seine Mappe. Während der Priester sich die Fotos ansah und für einen Moment erbleichte, begann Francisco ihm die Geschichte zu erzählen, angefangen bei Evangelina Ranquileo und ihren Anfällen von Heiligkeit, die José halbwegs bekannt waren, seitdem er geholfen hatte, sie in der Morgue zu suchen. Er endete mit dem Augenblick, als ihm diese Überreste vor die Füße gerollt waren, die José auf den Fotos sehen konnte. Nur den Namen Irene Beltrán verschwieg er. Er wollte sie heraushalten und vor möglichen Folgen schützen.
José Leal hörte bis zum Schluß zu und schwieg dann lange, den Blick starr auf den Boden gerichtet, in Meditationshaltung. Sein Bruder erriet, daß er um Fassung rang. In seiner Jugend hatte ihm jede Art von Ungerechtigkeit, Gemeinheit oder Ausbeutung so etwas wie einen elektrischen Schlag versetzt und ihn blind vor Zorn gemacht. Die Jahre der Priesterschaft und die Festigung seines Charakters hatten ihm die Kraft gegeben, solche Aufwallungen zu beherrschen und mittels methodischer Demutsübungen die Welt als unvollkommenes Werk zu akzeptieren. So prüft Gott die Seelen. Endlich hob er den Kopf. Sein Gesicht war wieder entspannt, und seine Stimme klang ruhig.
»Ich werde mit dem Kardinal sprechen«, sagte er.

»Gott schütze uns in der Schlacht, die wir schlagen müssen«, sagte der Kardinal.

»Sein Wille geschehe«, fügte José Leal hinzu.

Der Kirchenfürst hielt noch einmal die Fotos zwischen den Fingerspitzen hoch, musterte die schmutzigen Fetzen, die leeren Augenhöhlen, die erstarrten Hände. Für jemanden, der ihn nicht kannte, war der Kardinal stets eine Überraschung. Von der Ferne, bei öffentlichen Anlässen, auf dem Fernsehschirm und bei der Messe in der Kathedrale wirkte er stattlich und elegant. Tatsächlich war er aber ein kleiner, grobschlächtiger Mann mit schweren Landarbeiterhänden, der, eher aus Schüchternheit denn aus Unhöflichkeit, wenig und dann nur kurz angebunden sprach. Seine wortkarge Art in Anwesenheit von Frauen und bei Gesellschaften war stadtbekannt. Bei der Ausübung seines Amtes fiel sie nicht auf. Er hatte wenige Freunde, denn die Erfahrung hatte ihn gelehrt, daß in seiner Stellung Zurückhaltung eine unabdingbare Tugend war. Die wenigen, denen es gelang, in den Kreis der Vertrauten vorzudringen, versicherten, daß er die zuvorkommende Wesensart der Landbevölkerung habe. Er kam aus einer kinderreichen Provinzfamilie. Von seinem Elternhaus bewahrte er die Erinnerung an prächtige Mittagsmahle am riesigen Tisch, um den das Dutzend Geschwister Platz fand, und an die guten Weine, die im Hof in Flaschen abgefüllt und jahrelang in den Kellern gelagert wurden. Stets blieb er empfänglich für kräftige Gemüsesuppen, Maispasteten, gesottenes Huhn, Muschelsuppe und vor allem für hausgemachte Süßspeisen. Die Nonnen, die seine Residenz versorgten, befleißigten sich, die Rezepte seiner Mutter nachzukochen und ihm die Gerichte seiner Kindheit aufzutischen. Obwohl José Leal sich nicht damit brüsten konnte, seine Freundschaft errungen zu haben, kannte er ihn doch recht gut von seiner Arbeit im Vikariat her, dort waren sie häufig zusammengekommen, geleitet von dem gleichen barmherzigen Bedürfnis, menschliche Solidarität da walten zu lassen, wo die göttliche Liebe sich nicht zeigte. In seiner Gegenwart war er jedesmal wieder wie bei der ersten Begegnung verblüfft, da er im Kopf das Bild eines Mannes mit vornehmer Haltung bewahrte, das wenig mit diesem massiven Greis zu tun hatte. Er hegte große Bewunderung für ihn, hütete sich aber, die zum Ausdruck zu bringen, da der Kardinal keine Form der Lobhudelei duldete. Lange bevor der Rest des Landes seine wahre Größe erkennen konnte, hatte José Leal Beweise für seinen Mut, seine Willensstärke und die List, mit der er sich später der Diktatur entgegenstellen sollte. Weder die feindseligen Kampagnen noch die Inhaftierung von Priestern und Nonnen, noch die Ermahnungen aus Rom brachten ihn von seinen Absichten ab. Das Oberhaupt der Kirche nahm die Bürde auf sich, die Opfer des neuen Regimes zu verteidigen, und stellte seine vorzügliche Organisation in den Dienst der Verfolgten. Wenn die Lage gefährlich wurde, änderte er seine Strategie, gemäß der zweitausendjährigen Erfahrung seiner Kirche im Umgang mit der Macht. So vermied er eine offene Auseinandersetzung zwischen den Vertretern Christi und denen des Generals. Gelegentlich entstand der Eindruck eines Rückzugs, doch bald wurde dann deutlich, daß es sich nur um ein politisches Notmanöver gehandelt hatte. Er rückte nicht eine Handbreit ab von seiner Aufgabe, sich um Hinterbliebene zu kümmern, Gefangenen zu helfen, Tote zu zählen und dort, wo es nötig war, Gerechtigkeit durch Wohltätigkeit zu ersetzen. Aus diesem und vielen anderen Gründen war er für José die einzige Hoffnung, das Geheimnis von Los Riscos ausgraben zu können.

In diesem Moment befand sich José im Büro des Kardinals. Von dem schweren alten Holztisch hoben sich die Fotos ab, sie waren ins Licht getaucht, das gebündelt durch die Fenster fiel. Von seinem Stuhl aus konnte der Besucher durch das Glas den klaren Frühlingshimmel und die Kronen der hundertjährigen Straßenbäume betrachten. Der Raum war mit dunklen Möbeln und Bücherregalen ausgestattet. An den leeren Wänden hing nur ein aus Stacheldraht gefertigtes Kreuz, das Geschenk von Gefangenen aus einem Konzentrationslager. Auf einem Teewagen war in großen Tassen aus weißem Steingut Tee serviert, dazu Blätterteiggebäck und Marmelade aus dem Karmeliterkloster. José Leal trank den letzten Schluck Tee, sammelte die Fotos ein und steckte sie in seine Klempnertasche. Der Kardinal drückte auf eine Klingel, woraufhin sofort sein Sekretär erschien.

»Bitte rufen Sie doch für heute abend die Personen auf dieser Liste zusammen«, ordnete er an und übergab ihm ein Blatt, auf das er in seiner untadeligen Schrift eine Reihe von Namen aufgeschrieben hatte.

Der Sekretär ging hinaus, und der Kardinal wandte sich wieder José zu. »Wie haben Sie von dieser Geschichte erfahren, Pater Leal?«

»Wie ich Ihnen sagte, Eminenz, es handelt sich um ein Beichtgeheimnis«, lächelte José und gab ihm so zu verstehen, daß er nicht darüber sprechen wollte.

»Wenn die Polizei beschließt, Sie zu verhören, wird sie diese Antwort nicht akzeptieren.«

»Das Risiko nehme ich auf mich.«

»Ich hoffe, es wird nicht nötig sein. Wenn ich recht verstanden habe, sind Sie ein paarmal festgenommen worden, ist das richtig?«

»Ja, Eminenz.«

»Sie dürfen nicht auffallen. Es wäre mir lieb, wenn Sie erst mal nicht zu dieser Mine gehen.«

»Das hier beschäftigt mich sehr, und ich würde es gerne zu Ende führen, wenn Sie es mir erlauben«, erwiderte José und wurde rot.

Der alte Mann sah ihn einige Sekunden prüfend an. Er forschte nach den tieferen Beweggründen. Er arbeitete seit Jahren mit Leal zusammen und schätzte ihn als wertvollen Mitarbeiter des Vikariats. Hier wurden Leute gebraucht, die stark, mutig und großherzig waren wie dieser Mann, der als Arbeiter gekleidet war und jetzt in seiner Klempnertasche die Zeugnisse der Niedertracht verwahrt hatte. Der gerade Blick des Priesters überzeugte ihn davon, daß er nicht aus Neugier oder aus Hoffart handelte, sondern geleitet von dem Wunsch, die Wahrheit herauszufinden.

»Seien Sie vorsichtig, Bruder Leal, nicht nur Ihretwegen, sondern auch wegen der Stellung der Kirche.

Wir wollen keinen Krieg mit der Regierung. Verstehen Sie mich?«

»Vollkommen, Eminenz.«

»Kommen Sie heute abend zu der Sitzung, die ich einberufen habe. Wenn Gott will, werden Sie morgen diese Mine öffnen.«

Der Kardinal erhob sich aus seinem Sessel und begleitete den Besucher zur Tür, er ging langsam, eine Hand auf den muskulösen Arm dieses Mannes gestützt, der, wie er selbst, die mühselige Aufgabe gewählt hatte, den Nächsten mehr als sich selbst zu lieben.

»Gehen Sie mit Gott«, verabschiedete ihn der Alte und drückte, bevor José den Versuch machen konnte, ihm den Ring zu küssen, energisch seine Hand.

Eine Gruppe ausgewählter Personen versammelte sich bei Einbruch der Dämmerung im Büro des Kardinals. Das blieb nicht unbemerkt von der politischen Polizei und den Sicherheitskräften des Staates, die den General persönlich informierten, jedoch nicht wagten, das Treffen zu verhindern, wegen des strikten Befehls, Konflikte mit der Kirche zu vermeiden, verflucht, diese verdammten Priester stecken ihre Nase überall rein, wo sie nicht sollen, warum kümmern sie sich nicht um die Seelen und überlassen uns das Regieren? Laßt sie ruhig, sagte der General wütend, nicht daß wir schon wieder Ärger mit der Kirche bekommen, aber bringt raus, was sie im Schilde führen, damit wir uns die Bandagen anlegen, bevor diese Unseligen losschlagen und wieder ihre Hirtenworte von der Kanzel abschießen, um das

Vaterland anzuschmieren, so daß uns nichts anderes übrigbleibt, als ihnen eine Lektion zu verpassen, aber schmecken würde mir das gar nicht, schließlich bin ich römisch-katholisch-apostolisch und bekennend. Ich will keinen Krach haben mit Gott.
Sie erfuhren nicht, was in dieser Nacht geredet wurde, trotz der in biblischen Landen eingekauften Wanzen, die auf dreihundert Meter Entfernung sogar das Stöhnen und Hecheln der Liebespärchen in den umliegenden Hotels auffangen konnten; trotz all der Telefone, die abgehört wurden, um auch noch über die letzte gemurmelte Absicht im weitläufigen Gefängnis des Staatsgebiets auf dem laufenden zu sein; trotz der Agenten, die sogar in die Bischofsresidenz eingeschleust worden waren, verkleidet als Kammerjäger, Austräger von Lebensmittelgeschäften, Gärtner oder gar als Gelähmte, Blinde und Epileptiker, die sich an der Tür postierten, um Geld und den kirchlichen Segen von den vorübergehenden Soutanen zu erbetteln. Die Sicherheitskräfte gaben sich alle Mühe, bekamen aber nur heraus, daß die Personen auf dieser Liste mehrere Stunden lang hinter verschlossenen Türen verbrachten, mein General, und dann aus dem Büro kamen, um in den Eßsaal zu gehen, wo Fischbrühe serviert wurde, Kalbsbraten mit Petersilienkartoffeln und zum Dessert eine ... Kommen Sie zum Kern, Oberst, ich will keine Küchenrezepte wissen, sondern was gesprochen wurde! Keine Ahnung, mein General, aber wenn Sie meinen, wir könnten den Sekretär verhören. Das ist doch Schwachsinn, Oberst!
Um Mitternacht verabschiedeten sich am Tor der

Kardinalsresidenz die herbeizitierten Personen vor den aufmerksamen Augen der Polizei, die sich unverhohlen auf der Straße postiert hatte. Alle wußten, daß von diesem Augenblick an ihr Leben in Gefahr war, doch keiner zögerte, sie waren es gewohnt, am Rande des Abgrunds zu wandeln. Seit Jahren arbeiteten sie für die Kirche. Außer José waren alle weltlich und einige davon so ungläubig, daß sie nie in Berührung mit der Religion gekommen waren, bis zu dem Militärputsch, als die Verpflichtung, im Untergrund zu widerstehen, sie zusammengeführt hatte. Als der Kardinal dann allein war, löschte er die Lichter und ging in sein Zimmer. Er hatte seinem Sekretär und dem gesamten Personal früh freigegeben, er wollte nicht, daß sie Nachtschichten machen mußten. Die Jahre hatten seinen Schlaf verkürzt, und deshalb zog er es vor, spät zu Bett zu gehen und seine Abende arbeitend im Büro zu verbringen. Er ging durchs Haus, prüfte, ob alle Türen verschlossen und die Rollos heruntergelassen waren, denn seit der letzten Explosion in seinem Garten traf er einige Vorsichtsmaßnahmen. Der General hatte ihm Leibwächter angeboten, was er rundweg ablehnte, wie auch das Angebot einer Gruppe junger katholischer Freiwilliger, die über seine Sicherheit wachen wollten. Er war davon überzeugt, daß man bis zur vorbestimmten Stunde lebt und keinen Augenblick kürzer oder länger. Im übrigen, sagte er, können die Vertreter der Kirche nicht in gepanzerten Fahrzeugen und mit kugelsicheren Westen wie die Politiker, die Mafiabosse oder die Tyrannen durch die Welt gehen. Falls irgendeines der

Attentate gegen seine Person Erfolg hätte, würde bald ein anderer Priester seinen Platz einnehmen und sein Werk fortsetzen. Das gab ihm eine große Ruhe. Er trat in sein Schlafzimmer, schloß die schwere Holztür, entkleidete sich und zog das Nachthemd an. Erst dann spürte er die Müdigkeit und die Last der Verantwortung, erlaubte sich jedoch kein Zagen. Er kniete auf seinem Betschemel, verbarg das Gesicht zwischen den Händen und sprach mit Gott, so wie er es in jedem Augenblick seines Lebens tat, mit der tiefen Gewißheit, gehört zu werden und eine Antwort auf seine Frage zu erhalten. Nie hatte Er ihn im Stich gelassen. Mitunter ließ die Stimme seines Schöpfers auf sich warten oder teilte sich ihm auf verschlungenen Pfaden mit, sie verstummte jedoch niemals ganz. Eine lange Weile war er im Gebet versunken, bis er seine eisigen Füße und das Gewicht der Jahre im Kreuz spürte. Es gemahnte ihn daran, daß er nicht mehr das Alter hatte, um seinen Knochen so viel Anstrengung abzuverlangen, und so legte er sich mit einem zufriedenen Seufzer ins Bett, denn Gott hat seine Entscheidungen gebilligt.

Der Mittwoch brach an, sonnig wie ein Sommertag. Die Abordnung erreichte Los Riscos in drei Wagen, angeführt vom Hilfsbischof und geleitet von José Leal, der die Route nach den Instruktionen seines Bruders in eine Straßenkarte eingezeichnet hatte. Die Journalisten, die Vertreter internationaler Verbände und die Rechtsanwälte wurden aus der Ferne von den

Agenten des Generals beschattet, die ihnen seit der vergangenen Nacht auf der Spur geblieben waren. Irene wollte für ihre Zeitschrift mit dabeisein, doch Francisco hinderte sie daran. Sie beide konnten nicht auf Schutz zählen wie die anderen Mitglieder der Kommission, denen ihre Stellung eine gewisse Sicherheit bot. Falls sie mit der Entdeckung der Leichen in Verbindung gebracht würden, hätten sie keine Hoffnung, mit dem Leben davonzukommen, weil sie beide dabeigewesen waren, als Evangelina den Leutnant Ramírez gewaltsam an die Luft befördert hatte, sie waren gesehen worden, als sie dem verschwundenen Mädchen nachforschten, und sie hatten den Kontakt zur Familie Ranquileo gehalten.
Kurz vor der Mine hielten die Autos. José Leal war der erste, der sich beim zugeschütteten Eingang an die Arbeit machte. Die anderen folgten seinem Beispiel, und in ein paar Minuten hatten sie eine Öffnung herausgebrochen, während die Sicherheitskräfte per Funk die Information weitergaben, daß die verdächtigen Personen dabei seien, trotz der Warnschilder in die geschlossene Mine einzudringen, wir warten auf Instruktionen, mein General, bitte kommen. Ihr sollt euch wie befohlen aufs Observieren beschränken, was auch passiert, greift ja nicht ein, legt euch nicht mit ihnen an, Ende.
Entschlossen, mit gutem Beispiel voranzugehen, stieg der Hilfsbischof als erster in die Mine. Er war nicht gelenkig, trotzdem gelang es ihm, sich wie ein Marder zu winden, um erst die Beine hineinzustrekken und dann den Rest des Körpers ins Innere gleiten zu lassen. Der Gestank traf ihn wie ein Keulenschlag,

doch erst als sich seine Augen an die Dunkelheit gewöhnt hatten und er die Reste von Evangelina Ranquileo entdeckte, stieß er den Schrei aus, der die anderen herbeistürzen ließ. Sie halfen ihm herauszukommen, richteten ihn auf und führten ihn in den Schatten der Bäume, damit er wieder Luft bekäme. Inzwischen improvisierte José Leal aus eingerolltem Zeitungspapier Fackeln, empfahl allen, Nase und Mund mit den Taschentüchern zu bedecken, und führte einen nach dem anderen in die Grabstätte, wo dann jeder in Hockstellung den verwesenden Körper des Mädchens sowie die Ansammlung von durcheinandergeratenen Knochen, Haaren und Lumpen besichtigen konnte. Es genügte, etwas die Erde zu bewegen, und schon rollten weitere menschliche Überreste hervor. Als sie herauskamen, war keiner in der Lage zu sprechen, bleich und zittrig sahen sie sich an und versuchten, die Tragweite des Fundes zu begreifen. José Leal war der einzige, der die Kraft aufbrachte, den Eingang wieder zu schließen, er dachte an die Hunde, die zwischen den Knochen schnüffeln könnten, oder an diejenigen, die die Verbrechen begangen hatten und sich angesichts der Öffnung entdeckt wüßten und die Beweismittel verschwinden lassen könnten. Eine überflüssige Vorsichtsmaßnahme, denn in zweihundert Meter Entfernung beobachtete sie die Polizei von einem Lieferwagen aus mit Feldstechern, aus Europa importiert, und Infrarotkameras aus den Vereinigten Staaten im Norden, was dem Oberst erlaubte, sich fast zur gleichen Zeit wie der Hilfsbischof über den Inhalt der Mine in Kenntnis zu setzen. Doch die Befehle meines Gene-

rals sind eindeutig: legt euch nicht mit den Pfaffen an, wartet ihren nächsten Schritt ab, mal sehen, was sie, verflucht noch mal, vorhaben, schließlich handelt es sich hier bloß um ein paar unbekannte Kadaver.
Die Kommission kehrte früh zurück in die Stadt und löste sich auf, nachdem alle gelobt hatten, keinerlei Kommentar abzugeben bis zum Abend, wo sie sich wieder versammeln sollten, um dem Kardinal über ihre Unternehmung zu berichten.
In dieser Nacht brannte das Licht im erzbischöflichen Ordinariat bis zum Morgengrauen, zur Beunruhigung der Spitzel, die mit ihren im fernen Orient erstandenen Geräten auf die Straßenbäume geklettert waren, um im Dunkeln durch die Mauern zu sehen, aber wir wissen noch nicht, was sie aushecken, mein General, die Sperrstunde hat schon begonnen, aber sie reden noch immer und trinken Kaffee, wenn Sie es befehlen, stürmen wir das Haus und nehmen sie alle fest, was sagen Sie? Geht mir nicht auf den Sack, Leute!
Bei Morgengrauen entfernten sich die Besucher, und der Kardinal verabschiedete sie am Eingang. Nur er wirkte unerschüttert, denn seine Seele war im Frieden, und er kannte keine Furcht. Er legte sich eine Weile hin und rief nach dem Frühstück den Präsidenten des Obersten Gerichtshofs an, um ihn zu bitten, so schnell wie möglich drei Abgesandte von ihm zu empfangen, die einen Brief von großer Wichtigkeit überbringen würden. Eine Stunde später war der Brief in den Händen des Richters, der sich ans andere Ende der Welt wünschte, fern von dieser Zeitbombe, die unvermeidbar explodieren würde.

An den
Herrn Präsidenten des Obersten Gerichtshofs
Dortselbst.

Herr Präsident:
Vor einigen Tagen hat eine Person unter Beichtgeheimnis einem Priester von der Existenz mehrerer Leichen berichtet, die sich an einem Ort befänden, dessen Lage er beschrieb. Der Priester hat mit Erlaubnis seines Informanten die Kirchenbehörde von diesem Sachverhalt in Kenntnis gesetzt.
Zu dem Zweck, die Information zu verifizieren, hat am gestrigen Tag eine Kommission, bestehend aus den Unterzeichneten, den Chefredakteuren der Zeitschriften »Acontecer« und »Semana« sowie Funktionären der Menschenrechtsorganisation sich zu dem bezeichneten Ort begeben. Es handelt sich um eine aufgegebene Mine an den Hängen der Berge in der Nähe des Dorfes Los Riscos.
Am Ort haben wir, nachdem der Schutt vom Mineneingang entfernt worden war, das Vorhandensein von menschlichen Überresten feststellen können, die zu einer noch unbestimmten Zahl von Leichen gehören. Dieses festgestellt, haben wir die Ortsbegehung abgebrochen, da unsere Absicht nur war, die Glaubwürdigkeit der erhaltenen Information zu überprüfen, und alles Weitere eine Aufgabe der gerichtlichen Untersuchung sein muß.
Wir gehen jedoch davon aus, daß die Beschaffenheit des Ortes sowie die Lage der Überreste, von deren Existenz wir uns überzeugt haben, die Information glaubhaft erscheinen läßt, daß es sich hier um eine

größere Anzahl von Opfern handeln könnte. Die öffentliche Beunruhigung, die diese Tatsache auslösen könnte, hat uns dazu bewogen, sogleich die oberste Justizbehörde zu informieren, damit das Höchste Tribunal Maßnahmen für eine schnelle und erschöpfende Ermittlung ergreifen kann.
Es grüßen Sie hochachtungsvoll
Alvaro Urbaneja (Hilfsbischof)
Jesús Valdovinos (Bischöflicher Vikar)
Eulogio García de la Rosa (Rechtsanwalt)

Der Richter kannte den Kardinal. Er erriet, daß es sich hier nicht um ein Scharmützel handelte, sondern daß der Bischof zur offenen Feldschlacht bereit war. Er mußte also alle Asse im Ärmel haben, denn er war zu durchtrieben, um ihm diesen Knochenhaufen auf den Tisch zu legen und ihn darauf zu vergattern, Recht walten zu lassen, ohne sich seiner Sache ganz sicher zu sein. Es war keine große Erfahrung vonnöten, um zu dem Schluß zu kommen, daß diese Verbrechen im Schutz des Unterdrückungsapparats begangen worden waren. Deshalb intervenierte die Kirche, ohne sich auf die Justiz zu verlassen. Er wischte sich den Schweiß von Stirn und Hals und griff nach seinen Pillen gegen die Atemnot und das Herzflattern. Er befürchtete, daß nach so vielen Jahren der Rechtsverdrehung gemäß den Anweisungen des Generals seine Stunde der Wahrheit angebrochen war. So viele Jahre lang hatte er Eingaben verschwinden lassen, hatte er die Anwälte des Vikariats in ein bürokratisches Spinnennetz verwickelt und rückwirkend Gesetze für soeben erfundene Verbrechen erlassen. Ich hätte doch früher in Rente gehen sollen, als noch ein Ruhestand in Ehren denkbar war, hätte in Frieden meine Rosen gezüchtet und wäre in die Geschichte eingegangen, ohne diese Last aus Schuld und Schande, die mich nicht schlafen läßt, mich tagsüber bei der kleinsten Unachtsamkeit drückt, und das, obwohl ich nicht aus persönlichem Ehrgeiz so gehandelt habe, sondern nur um dem Vaterland zu dienen, worum mich der General gebeten hat, wenige Tage nach der Machtübernahme, aber jetzt ist es zu spät, diese verdammte Mine öffnet sich vor meinen Augen wie mein eigenes Grab, und wenn der Kardinal interveniert, können diese Toten nicht wie die vielen anderen totgeschwiegen werden; am Tag des Putsches hätte ich zurücktreten sollen, als sie den Präsidentenpalast bombardierten, die Minister hinter Gitter setzten, den Kongreß auflösten und die Augen der Welt auf jemanden warteten, der aufstünde, um die Verfassung zu verteidigen: am selben Tag noch hätte ich meinen Hut nehmen müssen, mit dem Hinweis, alt und kränklich zu sein, statt mich dem Befehl der Junta zu unterstellen und in meinen eigenen Tribunalen mit der Säuberung zu beginnen.

Der erste Impuls des Präsidenten war, den Kardinal anzurufen und ihm einen Handel vorzuschlagen, doch er sah sogleich ein, daß diese Angelegenheit seine Verhandlungsvollmacht überschritt. Er ging zum Telefon, wählte die Geheimnummer und ließ sich direkt mit dem General verbinden.

Sie zogen eine Bannmeile aus Helmen und Stiefeln rund um die Mine von Los Riscos, konnten jedoch nicht verhindern, daß das Gerücht von Mund zu Mund, von Haus zu Haus, von Tal zu Tal flog, bis es überall bekannt war. Ein heftiger Schauer der Empörung ging durch das Land. Die Soldaten hielten die Neugierigen fern, wagten aber nicht, dem Kardinal und seiner Abordnung einfach den Weg zu versperren, wie sie es bei den Journalisten und den ausländischen Beobachtern getan hatten, die der Skandal dieses Massakers hergeführt hatte. Am Freitag um acht Uhr morgens machte sich das Personal des gerichtlichen Erkennungsdienstes mit Gesichtsmasken und Gummihandschuhen daran, die grausigen Beweisstücke zu bergen, auf Anordnung des Obersten Gerichtshofes, der seinerseits dem Befehl des Generals folgte: Öffnet die verfluchte Mine, holt den Knochenhaufen ans Licht und erzählt der Öffentlichkeit, daß wir die Schuldigen bestrafen werden, dann sehen wir weiter, die Leute haben ein kurzes Gedächtnis. Sie fuhren mit einem Kleinlaster und großen gelben Plastiksäcken vor, begleitet von einem Maurertrupp, der den Schutt wegschaffen sollte. Alles wurde mit pedantischer Gewissenhaftigkeit notiert: eine menschliche Leiche weiblichen Geschlechts in fortgeschrittenem Verwesungszustand, bedeckt mit einem dunklen Umhang, ein Schuh, Haarreste, ein Unterbeinknochen, ein Schulterblatt, ein Oberarmknochen, Wirbel, ein Rumpf mit beiden oberen Extremitäten, eine Hose, zwei Schädel, einer vollständig, der andere ohne Kiefer, ein plombiertes Gebiß, weitere Wirbelknochen, Reste von Rippen, ein Rumpf mit Kleidungsfetzen, Hemden und Socken in diversen Farben, ein Beckenknochen und weiteres Gebein, insgesamt achtunddreißig Plastiksäcke, die vorschriftsmäßig versiegelt, numeriert und in den Kleinlaster geschafft wurden. Der mußte mehrere Fahrten machen, um alles ins Medizinische Institut zu transportieren. Ausgehend von der Anzahl der gefundenen Köpfe, schätzte der Gerichtsrat über den Daumen vierzehn Leichen, schloß aber nicht die gruselige Möglichkeit aus, daß bei gründlicheren Grabungen weitere Leichen entdeckt werden könnten, die unter den folgenden Erd- und Zeitschichten verborgen lagen. Einer machte den makabren Witz, daß, würden sie noch weiter buddeln, Skelette der Konquistadoren, Inkamumien und Fossilien aus dem Cromagnon auftauchen würden, doch niemand lächelte, denn alle Gemüter waren gedrückt.

Vom frühen Morgen an trafen am Ort Menschen ein, sie kamen heran bis zu der von den Gewehren bezeichneten Grenze und stellten sich hinter den Soldaten auf. Erst waren es die Witwen und Waisen aus der Umgegend, jeder mit einer schwarzen Stoffbinde um den linken Arm als Zeichen der Trauer. Später kamen die anderen, fast alle Campesinos aus Los Riscos. Gegen Mittag fuhren Busse aus den Randgebieten der Hauptstadt vor. Die Ungewißheit hing schwer in der Luft, wie die Vorankündigung eines Gewitters, das die Vögel im Flug lähmte. Viele Stunden warteten sie unter einer bleichen Sonne, in der die Umrisse der Dinge und die Farben verschwammen, während sich die Säcke füllten. Aus der

Ferne versuchten die Menschen einen Schuh, ein Hemd, eine Haarsträhne zu identifizieren. Die mit den besseren Augen gaben die Einzelheiten an die anderen weiter: Noch ein Schädel ist aufgetaucht, der hier hat noch graue Haare, es könnte der von Gevatter Flores sein, erinnert ihr euch an ihn? Jetzt wird wieder ein Beutel geschlossen, nein, fertig sind sie noch nicht, sie holen noch mehr raus, es heißt, daß sie die Überreste in die Morgue bringen und wir sie uns da von nahem besehen können. Was kostet denn das? Weiß ich nicht, etwas werden wir wohl zahlen müssen. Sollen wir Eintritt zahlen, um die eigenen Toten zu identifizieren? Nein, Mann, das dürfte gratis sein...

Den ganzen Nachmittag über wuchs die Versammlung, bis eine Menschenmenge den Hügel bedeckte, sie hörte das Geräusch der Schaufeln und Pickel, mit denen die Erde durchwühlt wurde, das An- und Abfahren des Behördenfahrzeugs, das Kommen und Gehen der Polizisten, Funktionäre und Anwälte, auch den Aufstand der Journalisten, die keinen Zutritt bekamen. Als die Sonne unterging, erhoben sich die Stimmen zu einem Trauerchoral. Ein Mann baute einen Stand auf, um Decken zu verleihen, er hatte offensichtlich vor, sich auf unbestimmte Zeit dort niederzulassen, doch die Wachsoldaten vertrieben ihn mit ihren Gewehren, bevor andere seinem Beispiel folgen konnten. Das war kurz vor Ankunft des Kardinals, der im Wagen des Erzbischöflichen Ordinariats durch die Barriere der Soldaten fuhr, ohne auf die Haltezeichen zu achten, ausstieg und mit langen Schritten auf das Lastauto zuging, wo er dann mit unerbittlichem Auge die Säcke zählte, während der an Ort und Stelle entsandte Regierungssprecher Erklärungen aus dem Ärmel schüttelte. Als die letzte Ladung gelber Plastiksäcke weggefahren wurde und die Polizei den Befehl gab, das Gelände zu räumen, war es Nacht geworden. Die Menschen machten sich in der Dunkelheit auf den Rückweg. Sie erzählten sich ihre Tragödien und mußten feststellen, daß alle Schicksale einander ähnelten.

Am nächsten Tag drängten sich Reisende aus allen Teilen des Landes in den Büros des Gerichtsmedizinischen Instituts, in der Hoffnung, ihre Toten identifizieren zu können, doch es wurde ihnen bis auf neue Weisung der Zugang verwehrt, so hatte der General angeordnet, denn es ist eine Sache, Leichen auszubuddeln, und eine andere, sie vor aller Welt auszustellen, als ob das hier ein Jahrmarkt wäre, was denken sich diese Arschlöcher, schütten Sie bloß Erde über diese Angelegenheit, Oberst, bevor mir die Geduld platzt.

»Und was machen wir mit der öffentlichen Meinung, mit den Diplomaten und mit der Presse, mein General?«

»Wie gehabt, Oberst. Während der Schlacht ändert man nicht die Strategie. Man muß von den römischen Kaisern lernen ...«

Auf der Straße vor dem Vikariat ließen sich Hunderte von Menschen nieder, sie hielten die Bilder ihrer verlorenen Angehörigen in den Händen und murmelten unermüdlich: Wo sind sie geblieben? Indes war eine Gruppe von Arbeiterpriestern und hosentragenden Nonnen in der Kathedrale in den Hungerstreik getreten, um der allgemeinen Empörung Nachdruck zu verleihen. Am Sonntag wurde von den Kanzeln der Hirtenbrief des Kardinals verlesen, und zum erstenmal nach so langer und düsterer Zeit wagten es die Menschen, sich ihrem Nachbarn zuzuwenden, um gemeinsam zu weinen. Sie riefen sich an, um über die immer zahlreicheren Fälle zu sprechen, bis sie die Übersicht verloren. Sie organisierten eine Prozession, um für die Opfer zu beten, und bevor die Obrigkeit bemerkte, was da vorging, marschierte eine unaufhaltsame Menschenmenge durch die Straßen, mit Fahnen und Transparenten, die Freiheit, Brot und Gerechtigkeit forderten. Erst waren dünne Fäden von Menschen aus den Randvierteln gezogen, die sich nach und nach verbanden, die Reihen wurden dichter, drängten sich zu einer kompakten Masse zusammen, die schritt voran, lauthals Kirchenlieder singend und politische Parolen rufend, die so viele Jahre lang erstickt worden waren, daß man sie schon für immer vergessen glauben konnte. Das Volk drängte sich in Kirchen und Friedhöfen, den einzigen Orten, in die bis dahin die Polizei mit ihrem schweren Gerät nicht eingedrungen war.

»Was machen wir mit ihnen, mein General?«

»Wie gehabt, Oberst«, antwortete dieser aus der Tiefe seines Bunkers.

Das Fernsehen hielt indessen an seinem üblichen Programm fest, leichte Musik, Wettbewerbe, Tombolas und Liebes- und Lachfilme. Die Zeitungen lieferten die Ergebnisse von verschiedenen Sportbegegnungen, und die Tagesschau zeigte den Ersten

Mann des Staates dabei, wie er das Band vor einer neuen Bankfiliale durchschnitt. Binnen weniger Tage ging die Nachricht von dem Bergwerksfund mit den Fotos der Leichen per Telex um die Welt. Die Presseagenturen übernahmen die Meldung und sandten sie zurück in das Ursprungsland, wo es unmöglich war, den Skandal weiter zu vertuschen, trotz Zensur und trotz der phantasievollen Erklärungen der Behörden. Auf dem Bildschirm sahen alle den geschniegelten Nachrichtensprecher, der die offizielle Version verlas: Es handele sich um Terroristen, die von ihren eigenen Gefolgsleuten umgebracht worden seien. Doch niemand zweifelte daran, daß von ermordeten politischen Gefangenen die Rede war. Das Entsetzen machte sich breit auf den Märkten, wurde in den Schulen unter Schülern und Lehrern erörtert, unter den Arbeitern in den Fabriken und sogar in den geschlossenen Salons der Bourgeoisie, wo manch einer überrascht entdeckte, daß etwas im Lande ganz und gar nicht gut lief. Das ängstliche Gewisper, das sich jahrelang hinter geschlossenen Türen und Fensterläden versteckt hatte, drang zum erstenmal auf die Straße und wurde zum Schrei. Diese Klage, verstärkt durch tausend weitere Fälle, die nun ans Licht kamen, rüttelte alle Gemüter auf. Nur die ganz Gleichgültigen konnten wieder einmal die Zeichen übersehen und unangefochten weitermachen. Beatriz Alcántara gehörte zu ihnen.

Am Montag, zur Frühstückszeit, fand Beatriz ihre Tochter zeitunglesend in der Küche vor und bemerkte ihre mit Pusteln bedeckten Arme.
»Du hast die Beulenpest!«
»Das ist eine Allergie, Mama.«
»Woher weißt du das?«
»Francisco hat es gesagt.«
»Jetzt stellen schon die Fotografen Diagnosen! Wo kommen wir denn da hin?«
Irene antwortete nicht, und ihre Mutter sah sich die Pusteln aus der Nähe an und stellte fest, daß sie tatsächlich nicht ansteckend aussahen; der Kerl hatte womöglich recht und es handelte sich nur um einen Ausschlag, der auf den Frühling zurückzuführen war. Beruhigt nahm sie sich einen Teil der Zeitung, und ihr Blick fiel auf die riesige Schlagzeile, die auf der ersten Seite prangte: »Verschwundene? Ha, ha, ha!« Einigermaßen befremdet schlürfte sie ihren Orangensaft, denn selbst auf sie wirkte das schockierend. Dennoch, sie war es satt, allenthalben die Geschichte von Los Riscos zu hören, und nutzte die Gelegenheit, das Rosa und ihrer Tochter kundzutun: Solche Vorkommnisse sind unvermeidbar in einem Krieg wie diesem, den das vaterländische Militär gegen das Krebsgeschwür des Marxismus geführt hat, Gefallene gibt es bei jeder Schlacht, das beste ist, die Vergangenheit zu vergessen und an der Zukunft zu bauen, man muß einen Schlußstrich ziehen und eine neue Rechnung aufmachen, nicht mehr von Verschwundenen reden, sondern sie einfach für tot erklären und damit ein für allemal die rechtlichen Probleme aus der Welt schaffen.

»Warum machst du nicht dasselbe mit Papa?« fragte Irene, sich beidhändig kratzend.
Beatriz überhörte den Sarkasmus. Sie las den Artikel laut vor.
»Es kommt darauf an, auf dem Wege des Fortschritts voranzuschreiten. Die Wunden müssen vernarben, die Feindseligkeiten überwunden werden. Leichenfledderei hilft uns dabei nicht weiter. Dank der Aktionen der Streitkräfte ist es erst möglich geworden, die neue Etappe, in die unser Staat getreten ist, in Angriff zu nehmen. Die Zeit des Ausnahmezustands, die glücklich überwunden ist, war geprägt von der Ausübung weitreichender Vollmachten durch die eingesetzte Obrigkeit, die auf verschiedenen Ebenen mit dem nötigen Nachdruck wirkte, um die Ordnung und das bürgerliche Zusammenleben wiederherzustellen.«
»Ganz meine Meinung«, bekräftigte Beatriz. »Was soll denn dieser Eifer, die Bergwerksleichen zu identifizieren und Schuldige zu finden? Das liegt doch Jahre zurück, das ist doch schon längst überholt, diese Toten.«
Endlich konnten sie den Wohlstand genießen, einkaufen nach Lust und Laune, nicht wie früher, wo sie für ein kümmerliches Hähnchen Schlange stehen mußten, jetzt war es leicht, Hauspersonal zu bekommen, und dieser sozialistische Gärungsprozeß war abgeschnitten, der in der Vergangenheit so schädliche Folgen gezeitigt hatte. Das Volk sollte mehr arbeiten und weniger über Politik schwatzen. Oberst Espinoza, der hat das treffend ausgedrückt, sie memorierte: »Laßt uns Schulter an Schulter kämpfen

für dieses schöne Land, mit seiner schönen Sonne, all seinen schönen Dingen und dieser unserer schönen Freiheit.«
Rosa, beim Abwasch, zuckte mit den Schultern, und Irene spürte, wie der Juckreiz am ganzen Körper zunahm.
»Kratz nicht, du tust dir weh, und wenn Gustavo kommt, siehst du aus wie eine Leprakranke.«
»Gustavo ist gestern abend zurückgekommen, Mama.«
»Ach! Warum hast du mir das nicht gesagt? Wann ist Hochzeit?«
»Nie«, antwortete Irene.
Beatriz erstarrte mit der Tasse auf halbem Weg zwischen Tisch und Mund. Sie kannte ihre Tochter gut genug, um zu wissen, wann ihre Entscheidungen endgültig waren. Der Glanz ihrer Augen und der Ton ihrer Stimme zeigten ihr, daß diese Allergie nicht eine Folge von Liebeskummer, sondern von ganz etwas anderem war. Sie ging noch einmal die letzten Tage durch und kam zu dem Schluß, daß etwas Ungewöhnliches in Irenes Leben vorgefallen war. Ihr Stundenplan hatte sich verändert, sie verschwand den Tag über, kam, taumelnd vor Erschöpfung, mit dem vollgestaubten Wagen zurück, hatte ihre Zigeunerröcke und ihren Wahrsagerinnenschmuck abgelegt, um sich wie ein Junge zu kleiden, aß wenig und wachte nachts schreiend auf. Beatriz kam nicht darauf, diese Symptome mit der Mine von Los Riscos in Verbindung zu bringen. Sie wollte mehr herausbekommen, doch das Mädchen trank den Kaffee im Stehen aus und verschwand mit der Erklärung, sie

müsse außerhalb der Stadt eine Reportage machen und werde nicht vor Einbruch der Dunkelheit zurück sein.

»Der Fotograf ist schuld, da bin ich ganz sicher!« rief Beatriz aus, als ihre Tochter hinausgegangen war.

»Gegen die Liebe ist kein Kraut gewachsen«, erwiderte Rosa.

»Ich habe ihr eine Luxusaussteuer gekauft, und jetzt kommt sie mir mit so einer Neuigkeit. Jahrelang hat sie mit Gustavo geturtelt, um sich dann im letzten Moment zu verkrachen.«

»Jedes Übel hat sein Gutes, Señora.«

»Ich halt dich nicht mehr aus, Rosa!« Beatriz verschwand türenschlagend.

Rosa behielt für sich, was sie in der vergangenen Nacht gesehen hatte, als der Hauptmann nach so vielen Monaten zurückgekehrt war und die kleine Irene ihn wie einen Fremden empfangen hatte, ich mußte nur ihr Gesicht sehen, da wußte ich, daß ich lieber gleich Abschied nehme von ihrem Brautkleid und von dem Traum, auf meine alten Tage blonde, blauäugige Kinder großzuziehen. Der Mensch denkt und Gott lenkt. Wenn eine Frau ihrem Verlobten die Wange bietet, damit er sie nicht auf den Mund küßt, sieht selbst ein Blinder, daß sie keine Liebe mehr für ihn hat; wenn sie ihn zum Sofa führt, sich so weit wie möglich von ihm wegsetzt und ihn erst einmal schweigend ansieht, dann hat sie vor, es ihm gleich und ohne Umschweife zu sagen, so wie es der Hauptmann dann hören mußte: Es tut mir sehr leid, aber ich werde dich nicht heiraten, denn ich liebe jetzt einen anderen; so hat sie es ihm gesagt, und er hat nichts gesagt, der Arme, er tut mir leid, er ist ganz rot geworden, und das Kinn hat ihm gezittert, wie bei einem Kind, bevor es weint, ich habe es durch den Türspalt gesehen, nicht etwa aus Neugier, Gott behüte, sondern weil ich ein Recht darauf habe, die Probleme meiner Kleinen zu kennen, wie sollte ich ihr sonst helfen. Nicht umsonst habe ich für sie gesorgt und sie viel mehr geliebt als ihre eigene Mutter. Das Herz hat sich mir umgedreht, als ich den Jungen da gesehen habe, wie er auf der Sofakante saß mit den Geschenkpäckchen, die Haare frisch geschnitten, und nicht wußte, wohin mit all der Liebe, die er die ganzen Jahre für Irene gehortet hatte; gut hat er ausgesehen, hochgewachsen und elegant wie ein Prinz, fein angezogen, wie es seine Art ist, gerade wie ein Besenstiel, ganz Kavalier, aber was nutzt ihm schon, daß er ein schmucker Kerl ist, die Kleine achtet nicht auf solche Dinge, erst recht nicht jetzt, wo sie sich in den Fotografen verliebt hat. Schlafende Krebse trägt die Strömung fort. Gustavo hätte nicht weggehen dürfen und sie so viele Monate allein lassen. Ich verstehe diese modernen Pärchen nicht, zu meiner Zeit gab es nicht so viel Freiheiten, und alles ging seinen Gang: die Frau saß still daheim. Die Bräute haben ihre Laken bestickt und gewartet, statt sich hinten auf die Motorräder von anderen Männern zu hocken; das hätte der Hauptmann verhindern müssen, statt so seelenruhig auf die Reise zu gehen, ich habe es von Anfang an gesehen und hab es ihm auch gesagt: Aus den Augen, aus dem Sinn; aber auf mich hat niemand gehört, mitleidig haben sie mich angeschaut, als ob ich blöd wäre, aber ich bin alles andere als dumm, der Teufel ist nur so schlau, weil er alt ist. Ich glaube, Gustavo hat gespürt, daß er abgeschrieben war, da war nichts mehr zu machen, die Liebe tot und begraben. Ihm schwitzten wohl die Hände, als er die Päckchen auf den Tisch im Salon legte, er hat gefragt, ob die Entscheidung endgültig wär, hat sich die Antwort angehört und ist gegangen, ohne zurückzuschauen oder nach dem Namen des Rivalen zu fragen, als wüßte er, daß es kein anderer als Francisco Leal sein konnte. Ich liebe jetzt einen anderen, das war alles, was Irene gesagt hat, und es muß genug gewesen sein, weil es ausreichte, eine Verlobung kaputtzumachen, die seit ich weiß nicht wie vielen Jahren gehalten hat. Ich liebe jetzt einen anderen, hat meine Kleine gesagt, und ihre Augen haben dabei geglänzt, da war ein Licht in ihnen, das ich nie zuvor gesehen hatte.

Eine Woche später hatten die Meldungen über Los Riscos anderen Platz machen müssen, sie waren weggefegt worden von dem geschäftigen Eifer, der Neugier des Publikums mit neuen Tragödien Nahrung zu geben. So wie der General es vorausgesagt hatte, begann der Skandal in Vergessenheit zu geraten. Er war von den ersten Seiten der Zeitungen verdrängt worden und wurde dann nur noch in Oppositionszeitschriften mit beschränkter Auflage erwähnt. Dies war der Stand der Dinge, als Irene beschloß, neue Beweise zu suchen und Einzelheiten auszukundschaften, um das Interesse an dem Fall wachzuhalten, in der Hoffnung, daß die öffentliche Empörung die Angst schließlich besiegen würde. Die Mörder anzeigen und die Namen der Opfer herausbekommen, das wurde ihr zur Obsession. Sie wußte, daß ein falscher Schritt oder ein unglücklicher Zufall ihrem Leben ein Ende setzen konnte, wollte aber unbedingt verhindern, daß die Verbrechen von der Zensur und von willfährigen Richtern aus der Welt geschafft würden. Obwohl sie Francisco versprochen hatte, selbst im Schatten zu bleiben, fühlte sie sich von ihrer Erregung vorwärts getrieben.

Als Irene den Sergeanten Faustino Rivera anrief, um ihn unter dem Vorwand einer Reportage über Verkehrsunfälle auf der Landstraße zum Essen einzuladen, war ihr das Risiko bewußt, so machte sie sich auf den Weg, ohne jemandem Bescheid zu geben, mit dem Gefühl, einen gewagten, aber unvermeidlichen Schritt zu tun. Die lange Pause des Sergeanten am Telefon zeigte an, daß er ihren Vorwand durchschaute und wußte, daß sie auf anderes hinauswollte, aber auch ihn drückten die Toten der Mine wie ein Alb, und er wünschte, diese Last zu teilen.

Sie verabredeten sich zwei Blocks vom Dorfplatz entfernt, in derselben Gastwirtschaft, in der sie sich das letztemal getroffen hatten. Der Geruch nach Kohlenfeuer und gegrilltem Fleisch drang bis in die Nachbarstraßen. Vor der Tür, geschützt unter einem Ziegelvordach, wartete der Sergeant in Zivil. Irene hatte einige Schwierigkeiten, ihn wiederzuerkennen. Er aber erinnerte sich genau an sie und grüßte als erster. Er rühmte sich, ein aufmerksamer Mensch zu sein, gewohnt, die geringsten Einzelheiten zu registrieren, eine unabdingbare Tugend für ihn als Polizisten. Er bemerkte die veränderte Erscheinung der jungen Frau und fragte sich, wo ihre klimpernden Armreifen und die wehenden Röcke geblieben waren und das dramatische Augen-Make-up, das ihn bestochen hatte, als er sie kennenlernte. Die Frau, die er vor sich hatte, mit dem zu einem Zopf geflochtenen Haar, den Drillichhosen und dem übergroßen Beutel über der Schulter hatte kaum eine Ähnlichkeit mit dem früheren Erscheinungsbild. Sie setzten sich an einen abgelegenen Tisch hinten im Hof, im Schatten der dichten Bougainvillea.

Während der Suppe, die Irene Beltrán nicht probierte, erwähnte der Sergeant einige Statistiken über die Verkehrsopfer in jener Zone, ohne seine Gastgeberin dabei aus den Augen zu lassen. Er bemerkte ihre Ungeduld, gab ihr aber keine Gelegenheit, das Gespräch in die von ihr gewünschte Bahn zu lenken, bis er sich ihrer Absichten gewiß war. Das Erscheinen eines goldbraun knusprigen Spanferkels, das mit einer Karotte im Maul und Petersilienstengeln in den Ohren auf einem Bett von gebackenen Kartoffeln ruhte, erinnerte Irene an das Schlachtfest bei den Ranquileos, und eine Welle der Übelkeit stieg ihr den Hals hoch. Die Unzuverlässigkeit ihres Magens quälte sie seit dem Tag, an dem sie die Mine betreten hatte. Kaum wollte sie sich etwas zu Mund führen, sah sie erneut den verwesenden Körper vor sich, hatte den nicht zu tilgenden Gestank in der Nase, und wie in jener Nacht durchschauerte sie das Grauen. Sie nutzte das kurze Schweigen und ver-

suchte, an dem fettglänzenden Schnurrbart und den großen Zähnen ihres Gastes vorbeizusehen.
»Ich nehme an, Sie sind über die Toten in der Mine von Los Riscos auf dem laufenden«, sagte sie schließlich, in dem Versuch, das Thema direkt anzugehen.
»Jawohl, Fräulein.«
»Es heißt, Evangelina Ranquileo sei eine davon.«
Der Mann schenkte sich noch ein Glas Wein ein und steckte ein weiteres Stück Spanferkel in den Mund. Sie fühlte, daß sie die Situation im Griff hatte, denn wenn Faustino Rivera nicht die Absicht gehabt hätte zu sprechen, wäre er nicht zu dem Treffen gekommen. Die Tatsache, daß er dort saß, war Beweis genug für seine Bereitschaft. Sie ließ ihm Zeit, noch ein paar Bissen zu essen, dann setzte sie zielstrebig ihre journalistischen Tricks und ihre natürliche Koketterie ein, um ihm die Zunge zu lösen.
»Wer aufmuckt, kriegt sein Fett ab, wenn ich das mal so ausdrücken darf. Das ist unsere Aufgabe, und es ist eine Ehre, sie zu erfüllen. Die Zivilisten finden immer einen Vorwand zum Rebellieren, man muß ihnen mißtrauen und sie hart anfassen, wie mein Leutnant Ramírez sagt. Aber das kann nicht gesetzloses Töten bedeuten, das wäre ja sonst wie im Schlachthof.«
»War es nicht so, Sergeant?«
Nein, da ist er ganz anderer Meinung, das sind die Verleumdungen der Vaterlandsverräter, sowjetische Infamien, um die Regierung unseres Generals in Verruf zu bringen, das wäre ja die Höhe, wenn man solchen Gerüchten Glauben schenkte. Ein paar Leichen werden aus einem Bergwerk geborgen, aber das

bedeutet doch noch lange nicht, daß alle Uniformierten Mörder sind; er bestreitet nicht, daß es ein paar Fanatiker gibt, aber allen die Schuld zu geben, das ist ungerecht, und abgesehen davon, immer noch besser ein paar Übergriffe, als daß sich die Streitkräfte in ihre Kasernen zurückziehen und das Land den Politikern überlassen.

»Wissen Sie, was passiert, wenn, Gott bewahre, mein General stürzt? Dann erheben sich die Marxisten und murksen alle Soldaten samt Frauen und Kindern ab. Uns alle würden sie umbringen. Das ist dann der Lohn für die Pflichterfüllung.«

Irene hörte ihm schweigend zu, aber nach einer Weile war ihre Geduld erschöpft, und sie beschloß, ihn endgültig in die Enge zu treiben.

»Hören Sie, Sergeant, reden Sie nicht um den heißen Brei herum. Warum sagen Sie mir nicht, was Sie wissen?«

Worauf der Mann, als hätte er auf dieses Zeichen gewartet, seine Abwehr aufgab und ihr gegenüber wiederholte, was er Pradelio Ranquileo über das Schicksal seiner Schwester erzählt hatte. Er sprach auch von seinem Verdacht, den er noch nie laut formuliert hatte. Er begann bei jenem unseligen Morgen, als Leutnant Juan de Dios Ramírez ins Lager zurückkehrte, nachdem er die Gefangene weggefahren hatte. An dem Tag fehlte eine Kugel in seinem Revolver. Es war Vorschrift, den Wachhabenden zu informieren, wenn man mit der Dienstwaffe geschossen hatte, was in einem besonderen Waffenbuch eingetragen wurde. In den ersten Monaten nach der Machtübernahme, erklärte der Sergeant, gab es ein Durcheinander bei den Eintragungen, weil es unmöglich war, über jede Kugel Buch zu führen, die aus den Gewehren, Karabinern und Revolvern der Diensteinheit abgefeuert wurde, doch sobald sich die Lage wieder normalisiert hatte, waren sie zur alten Routine zurückgekehrt. Als der Leutnant also eine Erklärung abgeben mußte, sagte er aus, daß er einen tollwütigen Hund erschossen habe. Und in das Wachbuch schrieb er, daß man das Mädchen um sieben Uhr morgens auf freien Fuß gesetzt habe und daß es freiwillig gegangen sei.

»Was nicht stimmt, Fräulein, wie in meinem Notizbuch nachzulesen ist«, fügte der Sergeant mit vollem Mund hinzu und schob ihr ein kleines Heftchen mit speckigem Einband zu. »Schauen Sie, da steht alles drin, auch daß wir uns heute treffen, und unser Gespräch vor ein paar Wochen habe ich ebenfalls notiert. Erinnern Sie sich? Ich vergesse nichts, alles ist hier nachzulesen.«

Als sie das Notizbuch in die Hand nahm, hatte Irene das Gefühl, daß es schwer wie Stein wog. Sie besah es sich mit Entsetzen, und eine deutliche Vorahnung durchzuckte sie. Sie war drauf und dran, ihn zu bitten, es zu vernichten, verbot es sich dann aber und bemühte sich, vernünftig vorzugehen. Sie hatte in den letzten Tagen häufig mit solchen unerklärlichen Impulsen zu kämpfen gehabt, die sie an ihrem Geisteszustand zweifeln ließen.

Der Sergeant erzählte ihr, daß Leutnant Ramírez seine Meldung unterzeichnet und dem Korporal Ignacio Bravo befohlen hatte, es gleichfalls zu tun. Davon, daß er Evangelina Ranquileo in der Nacht fortgeschafft hatte, sagte er nichts, und seine Männer fragten nicht nach, weil sie seine schlechte Laune kannten und nicht wie Pradelio Ranquileo in der Isolierzelle landen wollten.

»Das war ein anständiger Junge, der Ranquileo«, sagte der Sergeant.

»War?«

»Man sagt, er ist umgekommen.«

Irene konnte ihre Entmutigung kaum verbergen. Die Nachricht brachte ihre Pläne durcheinander. Der nächste Schritt sollte sein, Pradelio Ranquileo ausfindig zu machen und ihn davon zu überzeugen, daß er sich dem Gericht stellen mußte. Er war vielleicht der einzige Zeuge für das in Los Riscos Vorgefallene, der unter Umständen bereit wäre, gegen den Leutnant auszusagen, weil sein Wunsch, die Schwester zu rächen, seine Angst vor den Folgen besiegen konnte. Der Sergeant wiederholte das Gerücht, Pradelio sei in eine Felsschlucht gestürzt, obwohl, der Wahrheit die Ehre, sicher war er sich da nicht, denn niemand hatte seine Leiche gesehen. Als Rivera die zweite Flasche Wein anging, hatte er schon jede Vorsicht abgelegt und erzählte schließlich auch von seinem Verdacht. Zuerst das Vaterland, aber das steht hier nicht auf dem Spiel, und die Justiz hat Vortritt, meine ich, selbst wenn man mich bedroht und ich meine Laufbahn aufgeben muß, um wie meine Brüder die Erde zu pflügen. Ich bin entschlossen, bis ans Ende zu gehen, ich gehe vor Gericht, ich werde auf die Fahne und auf die Bibel schwören, ich werde der Presse die Wahrheit sagen. Deshalb habe ich alles in mein Büchlein notiert: Datum, Uhrzeit, alle Begleitumstände. Ich trage es immer unter dem Hemd, ich spüre es gern auf der Haut, und ich schlafe sogar damit, weil sie es mir schon mal klauen wollten. Diese Aufzeichnungen sind Gold wert, Fräulein, das sind die Beweise, die andere vertuschen wollen, aber, wie gesagt, ich vergesse nie. Wenn nötig, werde ich es dem Richter zeigen, denn Pradelio und Evangelina haben Gerechtigkeit verdient, es sind meine Verwandten.

Der Sergeant kann sich vorstellen, was in der Nacht von Evangelinas Verschwinden passiert ist, er sieht es wie im Film vor sich. Leutnant Ramírez fährt pfeifend über die Landstraße, er pfeift immer, wenn er nervös ist; er achtet auf die Straße, obwohl er die Gegend auswendig kennt und weiß, daß er zu dieser Stunde keinen Fahrzeugen begegnen wird. Er ist ein vorsichtiger Fahrer. Er kann sich ausrechnen, daß er, vier oder fünf Minuten nachdem er die Ausfahrt passiert hat und sich mit einer Handbewegung vom wachhabenden Korporal Ignacio Bravo verabschiedet hat, auf die Überlandstraße kommen wird, dann fährt er Richtung Norden. Ein paar Kilometer weiter biegt er in den Weg zum Bergwerk ein, eine schlechte Straße, ungepflastert und voller Schlaglöcher, deshalb war der Wagen verdreckt bei der Rückkehr und die Räder voll Schlamm. Er nimmt an, daß der Offizier sich einen geeigneten Parkplatz möglichst nah an der Mine gesucht hat. Die Scheinwerfer hat er nicht ausgeschaltet, weil er beide Hände brauchte und die Taschenlampe lästig war. Er ist zur Ladefläche gegangen, hat die Plane weggezogen und die Silhouette des Mädchens gesehen. Er wird dabei dieses schiefe Grinsen im Gesicht gehabt haben, das seine Soldaten kennen und fürchten. Er hat das Haar aus Evangelinas Gesicht gestrichen und ihr Profil gesehen, den Hals, die Schultern, die Schulmädchenbrüste. Sie erscheint ihm trotz der blauen Flecken und der Blutkrusten schön, wie alle Mädchen unter den Sternen. Er verspürt eine bekannte Hitze zwischen den Beinen, sein Atem geht schneller, was bin ich für ein Schwein, murmelt er.

»Nehmen Sie mir die Offenheit nicht übel, Fräulein«, unterbrach sich Faustino Rivera und lutschte die letzten Knochen des Mittagsmahls ab.

Leutnant Juan de Dios Ramírez berührt die Brust des Mädchens und hat vielleicht bemerkt, daß sie noch atmete. Um so besser für ihn und schlechter für sie. Der Sergeant sieht wie mit eigenen Augen seinen Vorgesetzten, verflucht soll er sein, die Waffe ziehen und auf den Werkzeugkasten legen, den Ledergürtel und den Reißverschluß der Hose öffnen und wie er sich dann auf sie wirft, mit sinnloser Gewalt, da er auf keinen Widerstand trifft. Er dringt hastig in sie ein, stößt, kratzt und beißt das Mädchen, das unter der Masse seiner achtzig Kilo, den Riemen der Uniform, den schweren Stiefeln verlorengeht, und gewinnt so seinen Machostolz zurück, den sie ihm an jenem Sonntag auf dem Hof ihrer Eltern genommen hatte. Dem Sergeanten Rivera wird schlecht, wenn er nur daran denkt, denn er hat eine Tochter in Evangelinas Alter. Als er fertig war, wird er auf der Gefangenen verschnauft haben, bis er bemerkt hat, daß sie nicht die kleinste Bewegung macht, nicht jammert, mit offenen Augen in den Himmel blickt, überrascht vom eigenen Tod. Da hat er seine Uniform in Ordnung gebracht, sie an den Beinen gepackt und hinuntergehievt. Er hat sich die Taschenlampe und die Waffe gegriffen, den Lichtstrahl und den Revolverlauf auf ihren Kopf gerichtet, die Waffe entsichert, abgefeuert, in Gedanken an jenen fernen Morgen, als er so seinem ersten Füsilierten den Gnadenschuß gegeben hatte. Mit der Stange und der Schaufel hat er den Eingang zur Mine freigeräumt, hat dann die in den Poncho gewickelte Leiche dort hingeschleppt, reinbugsiert und bis zum rechten Tunnel geschleift, mit Schutt und Geröll bedeckt und ist dann hinausgestiegen. Dann hat er noch den Eingang wieder zugeschaufelt, mit dem Fuß Erde über den dunklen Fleck und die verspritzte weiche Materie am Ort des Schusses gescharrt und sorgfältig die Stelle abgesucht, bis er die Patronenhülse gefunden hatte. Die hat er sich in die Tasche gesteckt, um, treu dem Reglement, bei der Munitionskontrolle Rechenschaft ablegen zu können. In diesem Augenblick hat er sich wohl die Geschichte mit dem tollwütigen Hund ausgedacht. Die Segeltuchdecke hat er zusammengefaltet und in den Laderaum gelegt, das Werkzeug eingesammelt, den Revolver in die Waffentasche gesteckt und ein letztes Mal den Blick über den Ort schweifen lassen, um sich zu vergewissern, daß keine Spuren seiner Tat zurückblieben. Er ist in das Fahrzeug gestiegen und auf die Landstraße gefahren, in Richtung Dienststelle, pfeifend.

»Wie ich schon sagte, Fräulein, er pfeift immer, wenn er nervös ist«, schloß Sergeant Rivera. »Zugegeben, Beweise habe ich nicht für das, was ich Ihnen erzählt habe, doch ich könnte auf meine selige Mutter, sie ruhe in Frieden, schwören, daß sich alles mehr oder weniger so abgespielt hat.«

»Wer sind die Toten in der Mine? Wer hat sie umgebracht?«

»Weiß ich nicht. Fragen Sie die Leute hier auf dem Land. Da sind viele verschwunden. Gehen Sie zur Familie Flores...«

»Sind Sie sich denn Ihres Mutes so sicher, das alles bei einer Gerichtsverhandlung zu wiederholen?«

»Ja. Ich bin sicher. Der Schußkanal und eine Autopsie von Evangelina werden beweisen, daß ich recht habe.«

Irene zahlte die Rechnung, stellte verstohlen das Tonbandgerät in ihrer Tasche aus und verabschiedete sich von ihrem Gast. Als sie ihm die Hand gab, spürte sie dieses gleiche Unbehagen, das sie überkommen hatte, als sie sein Notizbuch angesehen hatte. Sie konnte ihm nicht in die Augen sehen.

Sergeant Faustino Rivera kam nicht mehr dazu, vor Gericht auszusagen, denn noch in der gleichen Nacht wurde er von einem weißen Kleinlaster tödlich überfahren, dessen Fahrer dann Fahrerflucht beging. Der einzige Augenzeuge, Korporal Ignacio Bravo, versicherte, daß alles sehr schnell passiert sei und er nicht dazu gekommen sei, auf Nummernschild oder Fahrer zu achten. Das Notizbuch tauchte nie auf.

Irene machte das Haus der Familie Flores ausfindig. Es war aus Holz und Zinkplatten zusammengebaut, genau wie alle anderen dort in der Gegend. Das Grundstück war Teil einer Ansiedlung armer Bauern, die von der Agrarreform mit einigen Hektar Land begünstigt worden waren, das ihnen später wieder weggenommen wurde, bis auf ein Gemüsefeld für den Familienbedarf. Der lange Weg, der das Tal durchquerte und die Parzellen miteinander verband, war von den Campesinos mit Hilfe der gesamten Gemeinschaft angelegt worden, sogar Greise und Kinder hatten sich steineschleppend daran beteiligt. Auf diesem Weg waren die Militärfahrzeuge vorgedrungen, und ein Haus nach dem anderen war gestürmt worden. Die Männer hatten sie in einer endlosen Reihe aufgestellt, griffen sich willkürlich jeden fünften heraus und erschossen ihn als Abschreckungsmaßnahme, sie feuerten auf die Tiere, zündeten die Ställe an und ließen Blut und Zerstörung hinter sich. In diesem Ort gab es kaum kleine Kinder, da in vielen Häusern seit mehreren Jahren der Mann fehlte. Die seltenen Geburten wurden voller Rührung gefeiert, und die Kinder bekamen die Namen der Toten, damit niemand sie vergessen sollte.

Als sie dort ankam, glaubte Irene, das Haus sei unbewohnt, so verlassen und trist sah es aus. Sie klopfte mehrmals, ohne auch nur das Bellen eines Hundes zu hören. Sie wollte schon umkehren, als zwischen den Bäumen eine Frau in Grau erschien, die sich kaum von der Landschaft abhob. Diese gab ihr die Auskunft, Frau Flores und ihre Tochter seien auf dem Markt, um Gemüse zu verkaufen.

In einer Seitenstraße bei der Plaza in Los Riscos breitete sich der Markt aus wie eine Explosion von Leben, Lärm und Farbe. Irene suchte ihren Weg zwischen aufgetürmten Früchten der Saison, Pfirsichen, Wasser- und Honigmelonen, durchschritt die Labyrinthe frischen Gemüses, Berge von Kartoffeln und jungem Mais, Stände mit Sporen, Steigbügeln, Sätteln und Strohhüten, rote und schwarze Töpferware in Reihen aufgestellt, Käfige mit Hühnern und Kaninchen, alles inmitten des Geschreis der Ausrufer und Feilscher. Weiter drinnen waren die Stände mit Fleisch, Wurst, Fisch, Seemuscheln, Käse aller Arten, eine Entfesselung von Gerüchen und Geschmäckern. Sie durchstreifte langsam den Markt in allen Richtungen, kostete alles mit dem Blick, sog diese Düfte des Meeres und der Erde ein, blieb stehen, um eine der ersten Weintrauben zu probieren, eine reife Himbeere, eine lebende Muschel in ihrer Perlmuttschale, eine zarte Blätterteigpastete, die von den Händen, die sie verkauften, zubereitet worden war. In ihrer Faszination dachte sie, daß nichts Schreckliches in einer Welt Platz haben konnte, in der ein solcher Überfluß blühte. Dann aber stieß sie endlich auf Evangelina Flores und wußte wieder, weshalb sie dort war.
Die Ähnlichkeit des Mädchens mit Digna Ranquileo war so groß, daß Irene sofort gut mit ihr zurechtkam, als ob sie sie von früher her gekannt und Gelegenheit gehabt hätte, sie schätzen zu lernen. Wie ihre Mutter und alle ihre Brüder hatte sie glattes schwarzes Haar, eine helle Haut und sehr dunkle große Augen. Kräftig gebaut, kurzbeinig, energisch und gesund,

hatte sie lebhafte Bewegungen, drückte sich einfach und klar aus, die Worte mit großzügigen Gebärden unterstreichend. Von ihrer Mutter Digna Ranquileo unterschied sie sich durch ihre offene Art und durch den Nachdruck, mit dem sie ihre Meinung sagte. Sie wirkte älter, viel reifer und weiter entwickelt als die andere Evangelina, die irrtümlich ihr Schicksal gelebt und an ihrer Stelle gestorben war. Das in ihrem fünfzehnjährigen Leben gehäufte Leid hatte sie nicht etwa mit Resignation gezeichnet, sondern ihre Energien freigesetzt. Wenn sie lächelte, verwandelte sich ihr flächiges Gesicht in ein Leuchten. Sie ging sanft und zärtlich mit ihrer Adoptivmutter um, die sie mit Beschützerhaltung umsorgte, als müsse sie vor neuem Leid bewahrt werden. Beide betrieben einen kleinen Stand, wo sie verkauften, was ihr Garten trug.

Auf einem Strohschemel sitzend, erzählte Evangelina ihre Geschichte. Ihre Familie hatte mehr als andere durchgemacht, weil sie kurz nach dem ersten Überfall des Militärs noch von der Polizei heimgesucht worden waren. In den folgenden Jahren hatten die überlebenden Söhne erfahren, wie sinnlos es ist, nach denen zu suchen, die einmal abgeführt worden sind, und wie gefährlich, von ihnen zu sprechen. Das Mädchen aber hatte eine unbezwingbare Seele. Seit sie von der Entdeckung der Leichen im Bergwerk von Los Riscos gehört hatte, hegte sie die Hoffnung, etwas über ihren Adoptivvater und die Brüder zu erfahren, daher war sie auch bereit, der unbekannten Journalistin Auskunft zu geben. Ihre Mutter hingegen hielt sich stumm abseits und beobachtete Irene mit Argwohn.

»Die Flores sind nicht meine Eltern, aber ich liebe sie,

als ob sie es wären, denn sie haben mich aufgezogen.«
Sie konnte den Tag angeben, als das Unglück in ihr Leben eingetreten war. An einem Tag im Oktober, fünf Jahre ist das her, bog ein Polizeijeep in die Siedlungsstraße ein und hielt vor ihrem Haus. Sie kamen, Antonio Flores festzunehmen. Pradelio Ranquileo sollte den Befehl ausführen. Schamrot klopfte er an die Tür, denn mit dieser Familie vereinten ihn Schicksalsbande, so stark wie die des Blutes. Höflich erklärte er, daß es sich um ein Routineverhör handele, erlaubte dem Gefangenen, sich eine warme Jacke überzuziehen, und geleitete ihn, ohne ihn anzurühren, zum Jeep. Frau Flores und ihre Söhne konnten noch den Besitzer des Weinguts »Los Aromos« sehen, der vorne neben dem Fahrer saß, und sie wunderten sich, da sie mit ihm nie Ärger gehabt hatten, nicht einmal in der bewegten Zeit der Agrarreform, deshalb konnten sie sich keinen Grund für eine Denunziation vorstellen. Nachdem Antonio Flores weggefahren worden war, kamen die Nachbarn herbei, um die Familie zu trösten, und das Haus füllte sich mit Menschen. So gab es viele Zeugen, als eine halbe Stunde später ein Überfallwagen voll Bewaffneter auftauchte. Die Guardias sprangen mit Geschrei vom Fahrzeug, als ginge es in die Schlacht, und nahmen die vier älteren Brüder fest. Geprügelt und benommen wurden sie zu dem Wagen geschleift, und nichts blieb von ihnen als eine Staubwolke auf dem Weg. Diejenigen, die den Vorfall beobachtet hatten, waren sprachlos über so viel Brutalität. Keiner der Brüder hatte eine

politische Vergangenheit, und ihr einziger bekannter Fehler war, der Gewerkschaft beigetreten zu sein. Einer von ihnen wohnte nicht einmal dort, er war Bauarbeiter in der Hauptstadt und war an jenem Tag gerade auf Besuch bei den Eltern. Die Campesinos dachten, es handele sich um eine Verwechslung. Sie ließen sich nieder und warteten darauf, daß die Brüder zurückgebracht würden. Sie hatten die Guardias erkannt, kannten jeden beim Namen, sie stammten aus der Gegend und waren zur selben Schule gegangen. Pradelio Ranquileo war beim zweiten Trupp nicht dabeigewesen, sie vermuteten, daß er zur Bewachung von Antonio Flores im Quartier zurückgelassen worden war. Später wandten sie sich außerhalb des Dienstes an ihn, um ihm Fragen zu stellen, konnten jedoch nichts klären, da dem ältesten Sohn der Ranquileos nicht ein Wort zu entlokken war.

»Bis dahin ist unser Leben ruhig verlaufen. Wir haben gearbeitet, und uns hat nichts gefehlt. Mein Vater hatte ein gutes Pferd, er sparte damals auf einen Traktor. Aber dann ist die Obrigkeit bei uns eingefallen, und alles hat sich geändert«, sagte Evangelina Flores.

»Das Unglück hat man im Blut«, murmelte Señora Flores und dachte an diese verwünschte Mine, die vielleicht sechs ihrer Angehörigen barg.

Sie suchten. Monatelang waren sie auf der Pilgerschaft, die jenen auferlegt wird, die den Spuren ihrer Verschwundenen folgen. Sie gingen von einer Dienststelle zur anderen, fragten vergeblich und erhielten nur den Ratschlag, sie als tot zu betrachten und eine offizielle Erklärung zu unterschreiben, um so Anspruch auf eine Witwen- und Waisenunterstützung zu erlangen. Sie können einen anderen Mann finden, Sie sehen doch noch prima aus, gute Frau, wurde ihr gesagt. Das Verfahren war lang, verwickelt und teuer. Es zehrte die gesamten Ersparnisse der Flores auf, und sie verschuldeten sich. Die Formulare gingen in den Büros der Hauptstadt unter, und im Laufe der Zeit verblaßte ihre Hoffnung wie ein altes Aquarell. Die Söhne, die am Leben geblieben waren, mußten die Schule verlassen und Arbeit auf den Nachbargütern suchen, wo sie nicht eingestellt wurden, denn sie waren gezeichnet. Sie packten ihre kümmerlichen Besitztümer zusammen und brachen auf in unterschiedliche Richtungen, auf der Suche nach einem Platz, wo niemand von ihrem Unglück wußte. Die Familie zerstreute sich, und mit den Jahren verblieb Señora Flores nur ein vertauschtes Mädchen. Evangelina war zehn Jahre alt gewesen, als der Adoptivvater und die Brüder festgenommen wurden. Immer wenn sie die Augen schließt, sieht sie wieder diese Szene, wie sie blutend weggeschleppt werden. Damals fiel ihr das Haar aus, sie magerte ab, wandelte im Schlaf und wirkte, wenn sie wach war, schwachsinnig, was ihr den Spott der anderen Schulkinder eintrug. Señora Flores hielt es für richtig, sie von dem Ort so vieler böser Erinnerungen zu entfernen, und schickte sie in ein anderes Dorf zu einem Onkel, der erfolgreich mit Brennholz und Kohle handelte und ihr ein besseres Leben bieten konnte. Das Mädchen aber ertrug den Mangel an Liebe nicht, und ihr Zustand verschlechterte sich. Sie brachten sie zurück in das, was von ihrem Elternhaus übriggeblieben war. Lange Zeit hindurch konnte nichts sie trösten, doch als sie zwölf Jahre alt wurde und ihre erste Menstruation bekam, schüttelte sie endgültig die Traurigkeit ab und wachte eines Tages als Frau auf. Es war ihre Idee gewesen, das Pferd zu verkaufen und einen Marktstand in Los Riscos aufzumachen, und es war auch ihre Entscheidung, nicht länger Kleidung, Essen und Geld über die Militärdienststellen an ihre verschollenen Angehörigen zu senden, da es in der ganzen Zeit keinen Beweis dafür gegeben hatte, daß sie noch am Leben waren. Das Mädchen arbeitete zehn Stunden am Tag, schaffte das Gemüse herbei und verkaufte es, und in den restlichen sechs Stunden, bevor sie erschöpft ins Bett fiel, lernte sie die Lektionen, die ihr die Lehrerin als besondere Vergünstigung vorbereitet hatte. Sie weinte nie wieder und begann vom Vater und den Brüdern in der Vergangenheitsform zu reden, um ihre Mutter nach und nach an den Gedanken zu gewöhnen, sie niemals wiederzusehen.

Als die Mine geöffnet wurde, stand sie, verloren in der Menge, mit ihrer schwarzen Armbinde hinter den Soldaten. Aus der Ferne sah sie die großen gelben Säcke und schärfte die Augen, um irgendein Indiz zu erkennen. Jemand sagte ihr, es sei unmöglich, die Reste zu identifizieren, ohne eine Untersuchung der Gebisse und jedes gefundenen Knochen- oder Kleidungsstücks, sie war jedoch sicher, daß, könnte sie alles nur aus der Nähe sehen, ihr Gefühl ihr sagen würde, ob die Ihren dabei waren.

»Können Sie mich dorthin bringen, wo man sie hingeschafft hat?« bat sie Irene Beltrán.
»Ich werde mein möglichstes tun, aber es ist nicht leicht.«
»Warum gibt man uns unsere Leute nicht zurück? Wir wollen nur ein Grab, damit sie in Frieden ruhen, um ihnen Blumen zu bringen, damit wir Allerseelen bei ihnen sein können...«
»Weißt du, wer deinen Vater und deine Brüder festgenommen hat?« fragte Irene.
»Leutnant Juan de Dios Ramírez und neun Männer aus seiner Einheit«, antwortete Evangelina Flores ohne Zögern.

Dreißig Stunden nach dem Tod des Sergeanten Faustino Rivera wurde Irene am Eingang des Verlags niedergeschossen. Sie kam von der Arbeit, es war schon spät, als ein auf der gegenüberliegenden Straßenseite parkendes Auto den Motor startete, Gas gab, an ihr vorbeirauschte und einen Kugelregen auf sie abschoß, bevor es sich im Verkehr verlor. Irene spürte einen ungeheuren Schlag und wußte nicht, was geschehen war. Sie sank nieder, ohne einen Schrei. Ihre Seele leerte sich, und Schmerz füllte sie ganz aus. Einen Augenblick lang war sie noch bei Bewußtsein, da ertastete sie das Blut, das um sie herum unhaltbar zu einer Pfütze wuchs, dann versank sie in Schlaf.
Auch der Portier und andere Zeugen des Vorfalls bemerkten nicht, was geschehen war. Sie hörten die

Schüsse, erkannten sie aber nicht als solche, hielten sie für Fehlzündungen eines Motors oder Geräusche eines sie überfliegenden Flugzeugs. Aber sie sahen Irene fallen und eilten zur Hilfe. Zehn Minuten später lag Irene in einem Krankenwagen, der mit Sirene und Blaulicht dahinraste. Sie hatte unzählige Einschüsse im Bauch, durch die stoßweise ihr Leben entwich.

Francisco erfuhr ein paar Stunden später durch Zufall davon, als er bei ihr zu Hause anrief, um sie zum Abendessen einzuladen, denn es war schon einige Tage her, daß er sie allein getroffen hatte, und er wußte nicht, wohin mit seiner Liebe. Rosa teilte ihm am Telefon weinend die Nachricht mit. Es war die längste Nacht seines Lebens. Er verbrachte sie neben Beatriz auf einer Bank im Klinikgang vor der Tür zur Intensivstation, wo seine Geliebte verloren durch die Schatten der Agonie irrte. Nach mehreren Stunden auf dem Operationstisch dachte niemand, daß sie durchkommen würde. An ein halbes Dutzend Schläuche und Kabel angeschlossen, erwartete sie ihren Tod.

Die Chirurgen hatten sie aufgeschnitten und ihre Eingeweide abgesucht, doch nach jeder ausgeführten Naht entdeckten sie ein neues Loch, das gestopft werden mußte. Sie pumpten literweise Blut und Serum in sie hinein, füllten sie mit Antibiotika, und schließlich wurde sie mit ausgestreckten Armen auf ein Bett gebunden, gemartert von einer Unzahl Sonden, aber im Nebel der Betäubung belassen, damit die Qualen nicht unerträglich würden. Dank des diensttuenden Arztes, den so viel Schmerz erbarmte, durfte Francisco sie ein paar Minuten sehen. Nackt und durchsichtig schwebte sie in dem weißen diffusen Licht des Saals. Ein Atmungsgerät war an die Luftröhre angeschlossen, Kabel verbanden sie mit einem Herzmonitor, dessen kaum wahrnehmbares Ausschlagen hielt die Hoffnung aufrecht, mehrere Nadeln steckten in ihren Venen, und sie war so bleich wie das Laken, zwei dunkelblaue Monde um die Augen und auf dem Unterleib eine kompakte Verbandsmasse, aus der die Anschlüsse für die Darmdrainage traten. Ein stummer Schrei fuhr durch Franciscos Brust. Er wartete.

»Du bist schuld! Seit du in das Leben meiner Tochter getreten bist, haben die Probleme angefangen!« klagte ihn Beatriz an, kaum hatte sie ihn gesehen.

Sie war zerrissen, außer sich. Francisco spürte eine Regung der Sympathie, zum erstenmal sah er sie unverstellt, verletzlich, menschlich, leidend und nah. Sie ließ sich auf eine Bank fallen und weinte alle ihre Tränen. Sie begriff nicht, was geschehen war. Sie wollte daran glauben, daß es sich um ein gewöhnliches Verbrechen handelte, wie ihr die Polizei versichert hatte, weil sie den Gedanken, ihre Tochter werde aus politischen Gründen verfolgt, nicht ertrug. Sie hatte keine Ahnung von Irenes Beteiligung am Fund der Bergwerksleichen und mochte sich nicht vorstellen, daß sie in trübe Machenschaften gegen die Obrigkeit verwickelt sein könnte. Francisco holte zwei Tassen Tee, und sie setzten sich nebeneinander und tranken sie schweigend, vereint im Gefühl des Schiffbruchs.

Wie viele andere war Beatriz unter der vorherigen

Regierung auf die Straße gegangen, um töpfeklappernd ihren Protest kundzutun. Sie befürwortete den Militärputsch, den sie allemal einem sozialistischen Regime vorzog, und als das alte Präsidentenpalais von der Luft aus bombardiert wurde, hatte sie zur Feier des Tages eine Flasche Champagner entkorkt. Sie glühte vor Patriotismus, doch ihre Begeisterung ging nicht so weit, ihren Schmuck dem Fonds für den nationalen Wiederaufbau zu spenden, da sie befürchtete, ihn an den Hälsen der Obristengattinnen wiederzusehen, wie böse Zungen munkelten. Dem neuen System fügte sie sich ein, als wäre sie darin geboren, und lernte, das nicht zu erwähnen, was man nicht zu wissen hatte. Und die Unwissenheit erwies sich als unabdingbar für ihren Seelenfrieden. In jener grauenvollen Nacht in der Klinik war Francisco kurz davor, ihr von Evangelina Ranquileo zu erzählen, von den Toten in Los Riscos, von Tausenden von Opfern und von ihrer eigenen Tochter, doch sie tat ihm leid. Er wollte nicht diesen Moment ausnutzen, da sie wehrlos war, um ihr das Gerüst zu zerstören, das sie bis dahin gestützt hatte. Er beschränkte sich darauf, sie über Irene auszufragen, über ihre Kindheit und Jugend, freute sich an den kleinen Anekdoten, erfragte winzige Details mit der Neugier des Verliebten für alles, was den erwählten Menschen betrifft. Sie sprachen über die Vergangenheit, und mit vertraulichen Bekenntnissen und Tränen gingen die Stunden vorüber.

Zweimal im Laufe jener qualvollen Nacht war Irene dem Tod so nah, daß es eine Großtat war, sie zurück in die Welt der Lebenden zu holen. Während sich die

Ärzte darum bemühten, ihr Herz mit Stromstößen wieder in Gang zu setzen, spürte Francisco Leal, wie die Vernunft ihn verließ und er in die Urzeit zurückfiel, in ein Höhlendasein, in Dunkelheit, Unwissenheit, Schrecken. Er sah die Kräfte des Bösen am Werk, die Irene in die Schattenwelt zerrten, und dachte in seiner Verzweiflung, daß nur die Magie, der Zufall oder die göttliche Vorsehung ihren Tod verhindern könnten. Er wollte beten, doch die Worte, die er als Kind von seiner Mutter gelernt hatte, kamen ihm nicht ins Gedächtnis. So versuchte er sie mit der Kraft seiner Leidenschaft zu retten. Er trieb das Verhängnis aus mit der Erinnerung an seine Lust, setzte dem Nebel der Agonie das Licht ihrer Begegnung entgegen. Er flehte um ein Wunder, seine eigene Gesundheit, sein Blut und seine Seele sollten auf sie übergehen und ihr zu leben helfen. Er wiederholte tausendmal ihren Namen und beschwor sie, sich nicht besiegt zu geben, sondern weiter zu kämpfen, von seiner Bank im Flur aus sprach er heimlich zu ihr, weinte ohne Zurückhaltung und fühlte auf sich den Druck von Jahrhunderten des Wartens und Suchens, der Liebe und des Begehrens, er dachte an ihre Sommersprossen, an ihre unschuldigen Füße, die rauchigen Pupillen, den Duft ihrer Kleider, die seidige Haut, die Linie der Taille, ihr helles Lachen und die entspannte stille Hingabe, mit der sie nach der Lust in seinen Armen lag. Und so murmelte er wie ein Irrer vor sich hin, mit zusammengebissenen Zähnen, und hatte keinen Trost, bis der Morgen graute, die Klinik erwachte, er Türen schlagen hörte, Aufzüge, den Schritt der Gummisohlen, die Instrumente, die auf den Metallwagen klapperten, und das Pochen seines ungezügelten Herzens. Da spürte er in seiner Hand die von Beatriz Alcántara und erinnerte sich an ihre Anwesenheit. Sie sahen sich erschöpft an. Beide hatten diese Stunden in einer ähnlichen Verfassung verbracht. In ihrem Gesicht herrschte die Verheerung, von der Schminke war nichts übriggeblieben, und die feinen Narben der Schönheitsoperationen traten zutage, ihre Augen waren verquollen, das Haar glatt und strähnig von Schweiß, die Bluse verknittert.

»Liebst du sie, Sohn?« fragte sie.

»Ja«, antwortete Francisco Leal.

Sie umarmten sich. Endlich entdeckten sie eine gemeinsame Sprache.

Drei Tage lang verharrte Irene Beltrán auf der Schwelle zum Tode, dann tauchte sie aus der Ohnmacht, in den Augen die Bitte, sie mit eigener Kraft kämpfen oder in Würde sterben zu lassen. Man entfernte das Atmungsgerät, und nach und nach stabilisierte sich die Luft in ihren Lungen und der Rhythmus des Blutes in ihren Adern, dann wurde sie in ein Zimmer gebracht, wo Francisco Leal bei ihr bleiben konnte. Die junge Frau drang nicht durch den Nebel der Betäubungsmittel, sie war verloren in ihren Albträumen, nahm jedoch seine Gegenwart wahr und flüsterte seinen Namen, wenn er sich entfernte.

An einem Nachmittag erschien Gustavo Morante in der Klinik. Er war durch den Polizeibericht in der

Zeitung informiert, wo die Nachricht mit einiger Verspätung veröffentlicht worden war und man das Attentat gewöhnlichen Verbrechern anlastete. Allein Beatriz Alcántara klammerte sich an diese Version des Geschehens, wie sie auch die Hausdurchsuchung für eine Extravaganz der Polizei hielt. Der Hauptmann aber hatte keine Zweifel. Er bekam die Erlaubnis, seinen Standort zu verlassen, um seine ehemalige Verlobte zu besuchen. Er erschien in Zivil, einer Empfehlung der Oberbefehlshaber folgend, die keine Uniformen im Straßenbild wünschten, um den Eindruck eines besetzten Landes zu vermeiden. Er klopfte an die Zimmertür, Francisco öffnete und war überrascht, ihn zu sehen. Sie maßen sich mit den Augen, die Absichten des anderen erforschend, bis ein Stöhnen der Kranken sie eilig an ihre Seite rief. Irene lag unbeweglich auf dem hohen Bett, wie eine aus weißem Marmor gemeißelte Jungfrau auf ihrem Sarkophag. Nur das lebendige Laubwerk ihrer Haare bewahrte noch Leuchtkraft. Ihre Arme waren von den Spritzen und Sonden gezeichnet, sie atmete kaum, hatte die Augen geschlossen, und dunkle Schatten schienen durch ihre Lider. Gustavo Morante spürte, wie ihn das Grauen befiel und zittrig machte, als er sah, wie diese Frau, in deren Frische er sich verliebt hatte, auf einen armen gepeinigten Körper reduziert war, der sich jeden Augenblick in der unwirklichen Luft dieses Zimmers auflösen konnte.

»Wird sie leben?« stammelte er.

Mehrere Tage und die Nächte hindurch hatte Francisco Leal bei ihr gewacht und gelernt, die leisesten Zeichen der Besserung zu entschlüsseln, er zählte ihre Seufzer, maß ihre Träume, beobachtete die flüchtigsten Gesten. Er war euphorisch, denn sie atmete ohne mechanische Hilfe und konnte die Fingerspitzen leicht bewegen, doch er begriff, daß für den Hauptmann, der ihre Agonie nicht miterlebt hatte, dieser Anblick ein unbarmherziger Schlag sein mußte. Er vergaß völlig, daß der andere ein Offizier war, und sah in ihm nur noch den Mann, der um die Frau litt, die auch er liebte.

»Ich will wissen, was geschehen ist«, bat Morante verstört, mit gesenktem Kopf.

Und Francisco Leal erzählte es ihm, ohne sein eigenes Mitwirken bei der Entdeckung der Leichen zu verschweigen, in der Hoffnung, daß seine Liebe zu Irene stärker wäre als seine Treue zur Uniform. Am selben Tag des Attentats waren mehrere bewaffnete Männer in das Haus des Mädchens eingedrungen und hatten alles durchwühlt, was sie vorfanden, von den Matratzen, die sie mit Messern auswaideten, bis zu den Kosmetiktiegeln und den Behältern in der Küche, die sie auf den Boden leerten. Sie nahmen ihr Tonbandgerät mit, ihre Notizen, ihren Kalender und ihr Adreßbuch. Bevor sie gingen, gaben sie, als Zugabe, einen Schuß auf Cleo ab, die sie in einer Blutlache verendend zurückließen. Beatriz war nicht anwesend, da sie zu dieser Zeit auf dem Klinikflur bei ihrer mit dem Tod ringenden Tochter wachte. Rosa versuchte, die Männer aufzuhalten, bekam aber einen Kolbenstoß vor die Brust, der ihr Luft und Stimme nahm, bis sie verschwunden waren, dann bettete sie die Hündin in ihre Schürze und wiegte sie, damit sie nicht allein sterben müsse. Die Männer

warfen einen Blick in das Altersheim, Panik unter Heimgäste und Pflegerinnen säend, zogen sich jedoch eilig zurück, als sie feststellten, daß diese verschreckten Greise sich jenseits des Lebens, also auch jenseits der Politik bewegten. Am nächsten Morgen durchsuchten sie die Redaktionsräume der Zeitschrift und konfiszierten alles, was sich in Irene Beltráns Schreibtisch befand, sogar das Farbband ihrer alten Schreibmaschine und das gebrauchte Kohlepapier. Francisco erzählte dem Hauptmann auch von Evangelina Ranquileo, vom plötzlichen Tod des Sergeanten Rivera, dem Verschwinden von Pradelio und der Familie Flores, über die Massaker unter den Landarbeitern, den Leutnant Juan de Dios Ramírez und was ihm sonst noch in den Kopf kam, alle Vorsicht ablegend, die er mehrere Jahre lang wie eine zweite Haut getragen hatte. Er ließ den in so langer Zeit des Schweigens gestauten Zorn heraus und zeigte ihm das zweite Gesicht der Regierung, das der Offizier nicht sah, weil er auf der abgewandten Seite stand, vergaß nicht die Gefolterten, die Toten, die Elenden und die Reichen, die sich das Vaterland wie ein weiteres Geschäft aufteilten und einander zuschoben. Und der Hauptmann, bleich und stumm, hörte sich alles an, Aussagen, die er sonst nie in seiner Gegenwart geduldet hätte.
In Morantes Kopf prallte das, was Francisco sagte, auf das, was er an der Kriegsakademie gelernt hatte. Zum erstenmal befand er sich bei den Opfern des Regimes und nicht bei denen, welche die absolute Macht innehatten, und er war dort getroffen worden, wo es ihn am meisten schmerzte, in seiner Liebe zu

jenem Mädchen, das dort unbeweglich zwischen ihren Laken lag. Er hatte keinen Augenblick seines Lebens aufgehört, sie zu lieben, und liebte sie nie so sehr wie gerade jetzt, wo er sie schon verloren hatte. Er dachte an die Jahre, in denen sie gemeinsam herangewachsen waren, an seinen Vorsatz, sie zu heiraten und glücklich zu machen. Schweigend sagte er ihr all das, worüber zu sprechen sie keine Gelegenheit gehabt hatten. Er warf ihr das mangelnde Vertrauen vor. Warum hatte sie es ihm nicht erzählt? Er hätte ihr geholfen und eigenhändig das unselige Grab geöffnet, nicht nur um bei ihr zu sein, sondern auch um der Ehre der Streitkräfte willen. Diese Verbrechen konnten nicht ungeahndet bleiben, sonst geht die ganze Gesellschaft zum Teufel. Was hätte es dann für einen Sinn gehabt, die vorherige Regierung der Illegalität zu bezichtigen und zu stürzen, wenn nun sie selbst die Macht außerhalb jeden Gesetzes und jeder Moral mißbrauchten? Verantwortlich für solche Vergehen sind eine Handvoll Offiziere, die müssen bestraft werden, doch die Armee selbst ist sauber und intakt, in unseren Reihen sind viele Männer wie ich, die bereit sind, für die Wahrheit zu kämpfen, jeglichen Schutt wegzuräumen, damit all der Dreck ans Licht kommt, und wir geben unsere Haut fürs Vaterland, wenn es nötig ist. Du hast mich verraten, Liebste, vielleicht hast du mich nie so geliebt wie ich dich und hast mich deshalb verlassen und mir keine Gelegenheit gegeben, dir zu beweisen, daß ich kein Komplize dieser Barbarei bin, meine Hände sind sauber, ich habe immer in bester Absicht gehandelt, du kennst mich. Zur Zeit der Machtübernahme war ich weit weg, mein Arbeitsgebiet, das sind die Computer, die Lehrtafeln, die Militärarchive, die Strategie, ich habe meine Dienstwaffe nie außer bei Schießübungen abgefeuert. Ich habe daran geglaubt, daß das Land eine politische Beruhigung, Ordnung und Disziplin brauchte, um das Elend zu besiegen. Wie hätte ich darauf kommen sollen, daß das Volk uns haßt? Ich hab es dir so oft gesagt, Irene, das ist ein harter Prozeß, aber wir werden die Krise überwinden. Obwohl, ich bin mir nicht mehr so sicher, vielleicht ist es Zeit, in die Kasernen zurückzukehren und die Demokratie wiederherzustellen. Wo bin ich gewesen, daß ich die Realität nicht gesehen habe? Warum hast du es mir nicht beizeiten gesagt? Du mußtest nicht einen Kugelhagel abbekommen, um mir die Augen zu öffnen, du hättest nicht gehen dürfen und mir diese übergroße Liebe lassen und das Leben, um es ohne dich zu leben. Du hast schon als Kind die Wahrheit gesucht, auch deshalb liebe ich dich. Und deshalb liegst du jetzt hier und stirbst.

Der Hauptmann schaute Irene lange an. Das Licht, das durch das Fenster drang, tauchte das Zimmer in sanfte Dämmerung, verwischte die Umrisse der Dinge. Es verwandelte das Mädchen in einen leichten Flecken auf dem Bett. Morante nahm Abschied, in der Gewißheit, niemals wieder jemanden so zu lieben. Er sammelte Kräfte für die Aufgabe, die vor ihm stand. Er beugte sich hinunter, um ihre rissigen Lippen zu küssen, hielt jedoch inne, prägte sich dieses gequälte Gesicht ein, atmete den Arzneigeruch ihrer Haut, erahnte die zarten Formen ihres Körpers,

streifte dieses widerspenstige Haar. Als er hinausging, hatte der Bräutigam des Todes einen harten Blick, trockene Augen und ein entschlossenes Herz. Er würde sie immer lieben und niemals wiedersehen.
»Laßt sie nicht allein, sie werden kommen, um sie zur Strecke zu bringen. Ich kann sie nicht schützen. Man muß sie hier rausschaffen und verstecken«, war alles, was er sagte.
»Gut«, antwortete Francisco.
Sie drückten sich die Hände.

Irenes Besserung machte nur sehr langsame Fortschritte, es war, als ob sie sich nie ganz erholen würde, sie hatte große Schmerzen. Francisco nahm sich ihres Körpers an, um ihn mit der gleichen Intensität zu pflegen, mit dem er ihm früher Lust verschafft hatte. Er bewegte sich tagsüber nicht von ihrer Seite, und nachts legte er sich auf ein Sofa neben ihrem Bett. Normalerweise hatte er einen ruhigen und tiefen Schlaf, aber in jener Zeit schärfte sich sein Gehör wie das eines flüchtigen Tieres. Er schreckte auf, wenn er eine Veränderung in der Atmung, eine Bewegung, ein Stöhnen hörte.
In dieser Woche hörten sie auf, sie über den Tropf zu ernähren. Man brachte ihr einen Teller mit Brühe. Francisco flößte sie ihr löffelweise ein. Als sie seine ängstliche Anspannung wahrnahm, lächelte sie, wie sie es lang nicht getan hatte, mit diesem Anflug von Koketterie, die ihn, als er sie kennenlernte, gefangengenommen hatte. Verrückt vor Freude hüpfte er

durch die Gänge der Klinik, stürmte auf die Straße, überquerte sie, zwischen den Autos Haken schlagend, und ließ sich auf den Rasen der Plaza fallen. Die Gefühle, die er so viele Tage lang zurückgedrängt hatte, brachen aus ihm hervor, und er lachte und weinte ungehemmt vor den staunenden Augen der Kindermädchen und Rentner, die zu dieser Tageszeit in der Sonne spazierengingen. Dort fand ihn seine Mutter, die mit ihm die Freude teilen wollte. Hilda hatte viele Stunden bei der Kranken verbracht, sie strickte dort still vor sich hin und gewöhnte sich an den Gedanken, daß auch ihr jüngster Sohn weggehen würde, da weder für ihn noch für die Frau, die er liebte, das Leben jemals wieder wie früher sein konnte. Professor Leal brachte Irene indes seine liebsten Schallplatten, um ihr Zimmer mit Musik zu füllen und ihr die Lebenslust zurückzugeben. Er besuchte sie jeden Tag und setzte sich zu ihr, um ihr vergnügliche Geschichten zu erzählen, ohne jemals den Krieg in Spanien, seine Zeit im Konzentrationslager, die Härte des Exils noch andere leidvolle Themen zu berühren. Er hatte das Mädchen so gern, daß er sogar Beatriz Alcántara ertrug, ohne die gute Laune zu verlieren.

Wenig später konnte Irene, gestützt von Francisco, ein paar Schritte tun. Die Blässe ihres Gesichts ließ auf ihr Befinden schließen, doch sie bat darum, die Betäubungsmittel herabzusetzen, wollte sie doch die Klarheit der Gedanken und das Interesse für die Welt zurückerlangen.

Francisco lernte Irene wie sich selbst kennen. In den langen schlaflosen Nächten erzählten sie sich ihr

Leben. Keine Erinnerung der Vergangenheit, kein Traum der Gegenwart und kein Plan für die Zukunft blieben ungeteilt. Sie tauschten alle ihre Geheimnisse und gaben sich dem anderen hin, über die Grenzen der Körper hinaus, sie lieferten sich mit Herz und Seele aus. Er wusch sie mit einem Schwamm, rieb sie mit Kölnisch Wasser ab, bürstete ihr Haar und entwirrte die wilden Strähnen, bewegte sie, um die Laken zu wechseln, fütterte sie und erriet noch ihre geringsten Bedürfnisse. Nie nahm er eine Spur von Scham bei ihr wahr, sie überließ ihm rückhaltlos ihren vom Elend der Krankheit gepeinigten Körper. Irene brauchte ihn wie die Luft und das Licht, verlangte nach ihm, und es erschien ihr ganz natürlich, ihn Tag und Nacht an ihrer Seite zu haben. Wenn er aus dem Zimmer ging, heftete sie den Blick auf die Tür und wartete. Wenn Schmerzen sie quälten, suchte sie seine Hand und flüsterte um Hilfe bittend seinen Namen. So konnte sich zwischen ihnen ein unauflösliches Band spinnen, das ihnen dabei half, die Gegenwart der Angst zu ertragen, die sich wie ein Fluch in ihr Leben eingenistet hatte.

Sobald Irene Besuch empfangen durfte, erschienen ihre Freunde aus der Redaktion. Es kam die Astrologin, gehüllt in eine theatralische Tunika, mit den schwarzen Locken, die bis auf ihren Rücken hingen, und brachte eine geheimnisvolle Dose als Geschenk mit.

»Reibt sie von Kopf bis Fuß mit dieser Salbe ein. Das ist ein unfehlbares Mittel gegen Körperschwäche«, empfahl sie.

Es war sinnlos, ihr zu erklären, daß Kugeln aus einer

Maschinenpistole dies Leiden verursacht hatten. Sie bestand darauf, den Tierkreis dafür verantwortlich zu machen: Skorpion zieht den Tod an. Es half auch nicht, sie darauf aufmerksam zu machen, daß dies nicht Irenes Sternzeichen war.

In der Klinik erschienen Journalistinnen, Layouterinnen, Zeichnerinnen, Schönheitsköniginnen und auch die Reinigungsfrau, ausgerüstet mit Teebeuteln und einem Päckchen Zucker für die Kranke. Nie zuvor hatte sie den Fuß in eine Privatklinik gesetzt und meinte, etwas zum Essen beisteuern zu müssen, glaubte sie doch, daß dort die Patienten wie in den Krankenhäusern der Armen Hunger litten.

»So lass' ich mir das Sterben gefallen, Fräulein Irene«, rief die Frau aus, staunend angesichts des sonnigen Zimmers, des Fernsehers und der Blumen auf dem Tisch.

Die Insassen des Altersheims, die in bewegungsfähigem Zustand waren, wechselten sich ab, um Irene in Begleitung der Pflegerinnen zu besuchen. Die Abwesenheit der jungen Frau machte sich im Seniorenheim wie ein langanhaltender Stromausfall bemerkbar. Die alten Leute verfielen zusehends, während sie vergeblich auf ihre Bonbons, ihre Briefe und Späße warteten. Sie erfuhren von ihrem Unglück, einige vergaßen es jedoch sofort wieder, weil ihr unstetes Gedächtnis keine schlechten Nachrichten halten konnte. Josefina Bianchi war die einzige, die genau begriff, was geschehen war. Sie bestand darauf, oft in die Klinik zu gehen, und brachte immer ein Geschenk für Irene mit: eine Blume aus dem Garten, einen alten Schal aus ihren Truhen, ein Gedicht in ihrer eleganten englischen Schrift. Sie erschien in blasse Schleier oder alte Spitzen gehüllt, duftete nach Rosen, durchsichtig wie ein Geist aus einer anderen Zeit. Überrascht hielten Ärzte und Krankenschwestern in ihrer Arbeit inne, um sie vorbeischweben zu sehen.

An dem Tag, als Irene niedergeschossen worden war, gelangte die Nachricht, noch bevor sie in der Presse veröffentlicht wurde, über geheimnisvolle Kanäle zu Mario. Er kam sofort, um seine Hilfe anzubieten. Als erster bemerkte er, daß die Klinik überwacht wurde. Tag und Nacht war ein Wagen mit dunklen Scheiben auf der Straße postiert. Um den Eingang des Gebäudes strichen gleichmütig die Agenten der Geheimpolizei, unverkennbar in ihrer neuen Aufmachung: Bluejeans, Sporthemd und eine Kunstlederjacke, die sich über der Waffe beulte. Trotz ihrer Anwesenheit machte Francisco paramilitärische Gruppen oder gar Leutnant Ramírez selbst für das Attentat verantwortlich, denn hätte es einen offiziellen Befehl gegeben, Irene auszuschalten, wären sie einfach, Türen eintretend, bis zum Operationssaal vorgedrungen. Diese diskrete Bewachung zeigte an, daß sie sich den offenen Skandal nicht leisten konnten und es deshalb vorzogen, den geeigneten Augenblick abzupassen, um ihre Arbeit zu erledigen. Mario hatte bei seiner Untergrundarbeit Erfahrungen in solchen Dingen gesammelt und machte sich daran, einen Fluchtplan zu entwickeln für den Augenblick, in dem Irene wieder aufstehen konnte.

Währenddessen verbreitete Beatriz Alcántara hart-

näckig, daß der Kugelhagel, der beinahe ihrer Tochter das Leben genommen hatte, für eine andere Person bestimmt gewesen sei.
»Das sind Geschichten aus der Unterwelt«, sagte sie, »die wollten einen Verbrecher umlegen, und die Kugeln haben Irene getroffen.«
Ganze Tage verbrachte sie am Telefon, um ihren Bekannten diese Version des Vorfalls nahezubringen. Niemand sollte über ihre Tochter einen Verdacht hegen. Gleichzeitig gab sie die Neuigkeit über ihren Mann weiter, der, nachdem sie mehrere Jahre der Suche und der inneren Bedrängnis durchgestanden hatte, endlich von Detektiven in der weiten Welt geortet worden war. Eusebio Beltrán, der das große Haus, die Vorwürfe seiner Frau, den Druck der Gläubiger und das Schaffleisch satt hatte, war an jenem Nachmittag fortgegangen, hatte aber dann bald begriffen, daß noch viele Jahre Leben vor ihm lagen und es nicht zu spät war, einen neuen Anfang zu wagen. Er folgte einer Eingebung seines Abenteurergeistes und brach auf Richtung Karibik, mit einem klangvollen Pseudonym und wenig Geld in den Taschen, dafür den Kopf aber voll großartiger Ideen. Eine Zeitlang lebte er wie ein Zigeuner, und es gab Augenblicke, in denen er fürchtete, daß er vom Vergessen verschluckt würde. Er hatte jedoch eine gute Nase für Geld, und das machte aus ihm, mit Hilfe seiner Kokosnußerntemaschine, einen wohlhabenden Mann. Dieser kühne Apparat, der so wenig Wissenschaftliches an sich hatte, als er ihn entwarf, weckte die Begeisterung eines ortsansässigen Millionärs. In Kürze war die tropische Region von diesen

Kokosnußabwerfern bevölkert, die mit ihren gegliederten Tentakeln die Palmen schüttelten, und Beltrán konnte sich wieder jenen rauschhaften Luxus leisten, an den er gewöhnt war und den sich nur die Reichen kaufen können. Er war glücklich. Er tat sich mit einem Mädchen zusammen, das war dreißig Jahre jünger, dunkelhäutig, breitschenklig und stets zur Lust und zum Lachen aufgelegt.

»Vor dem Gesetz bleibt dieser Halunke mein Mann. Ich werde ihm alles nehmen, sogar die Luft, die er atmet, für so etwas gibt es gute Rechtsanwälte«, versicherte Beatriz Alcántara ihren Freundinnen, besorgt darüber, wie sie diesem schwer greifbaren Feind den Fehdehandschuh hinwerfen sollte. Es erfüllte sie mit Genugtuung, jetzt beweisen zu können, daß Eusebio Beltrán zwar ein Gauner, aber niemals ein Linker war, wie seine Verleumder behaupteten.

Beatriz wußte nicht Bescheid über das, was im Land vorging, da sie in der Zeitung nur die angenehmen Nachrichten las. Sie erfuhr nicht, daß die Leichen aus der Mine von Los Riscos anhand der Gebisse und anderer besonderer Kennzeichen identifiziert worden waren. Es handelte sich um Landarbeiter aus der näheren Umgebung, die Leutnant Ramírez kurz nach dem Militärputsch festgenommen hatte, und um Evangelina Ranquileo, jenes Mädchen, dem einst irgendwelche Wunder zugeschrieben wurden. Sie ignorierte die öffentliche Empörung, die trotz Zensur die Nation bewegte und auf beide Hemisphären ausstrahlte und wieder einmal das Thema der Verschwundenen unter den lateinamerikanischen Diktaturen in die Schlagzeilen brachte. Sie war die einzige, die, als sie erneut das Schlagen der Kochtöpfe in verschiedenen Stadtvierteln hörte, annahm, daß die Aktionen des Militärs damit unterstützt werden sollten, wie zu Zeiten der vorangegangenen Regierung. Sie war unfähig, zu begreifen, daß jetzt das Volk dieses Mittel gegen diejenigen einsetzte, die es erfunden hatten. Als sie davon hörte, daß eine Gruppe von Juristen die Klage der Familienangehörigen der Toten gegen Leutnant Ramírez und seine Männer unterstützte, wegen Vergehen gegen das Hausrecht, wegen Entführungen, illegaler Druckmittel und vorsätzlichem Mord, machte Beatriz den Kardinal für diese Monstrosität verantwortlich und war der Meinung, der Papst müsse ihn abberufen, da das Handlungsfeld der Kirche auf geistlichem Gebiet liege und keinesfalls die schmutzigen irdischen Geschehnisse mit einschließe.

»Jetzt klagen sie diesen armen Leutnant an, Rosa, und niemand denkt daran, daß er geholfen hat, uns vom Kommunismus zu befreien«, kommentierte die Dame des Hauses an diesem Morgen in der Küche.

»Wer andern eine Grube gräbt, fällt selbst hinein«, erwiderte Rosa unbeirrt, während sie durchs Fenster die ersten Blüten der Vergißmeinnicht betrachtete.

Leutnant Juan de Dios Ramírez und mehrere Männer seiner Truppe wurden vor Gericht gestellt. Erneut waren die Verbrechen von Los Riscos eine Nach-

richt wert, denn zum erstenmal seit dem Militärputsch hatten sich Mitglieder der Streitkräfte vor einem Richter zu verantworten. Ein Seufzer der Erleichterung durchlief das ganze Land, die Menschen glaubten, einen Riß in der monolithischen Organisation, die die Macht innehatte, zu erkennen. Sie träumten vom Ende der Diktatur. Währenddessen legte der General unangefochten den Grundstein eines Denkmals für die Retter des Vaterlandes, ohne daß seine verborgenen Absichten hinter der dunklen Brille kenntlich wurden. Er antwortete nicht auf die vorsichtigen Fragen der Reporter und machte eine verächtliche Geste, wenn das Thema in seiner Gegenwart erwähnt wurde. Fünfzehn Leichen in einem Bergwerk, viel Lärm um fast nichts. Als weitere Anklagen kamen und neue Gräber entdeckt wurden, Massengräber auf Friedhöfen, am Wegrand verscharrte Menschen, von den Wellen an den Strand gespülte Säcke, Asche, Skelette, einzelne Teile von Menschen und sogar, mit einem Einschuß zwischen den Augen, Leichen von Kindern, die angeblich mit der Muttermilch fremdländische Doktrinen eingesogen hatten, welche der nationalen Souveränität und den höchsten Werten der Familie, des Eigentums und der Tradition abträglich waren, zuckte der General in aller Ruhe mit den Achseln, denn: zuerst das Vaterland, die Geschichte allein wird über mich richten.
»Und wie begegnen wir dem, was sich da zusammenbraut, mein General?«
»Wie gehabt, Oberst«, antwortete er aus seiner Sauna, drei Stockwerke unter der Erde.
Die Aussage des Leutnants vor Gericht wurde als

Aufmacher gedruckt und bewirkte, daß Irene mit einem Schlag wieder Lust zu leben und zu kämpfen bekam.

Der Befehlshaber der Einheit von Los Riscos erklärte vor Gericht, daß kurz nach der Machtübernahme der Besitzer des Gutes »Los Aromos« die Familie Flores verklagt habe, eine Gefahr für die nationale Sicherheit zu sein, da sie Verbindung zu einer Partei der Linken unterhalte. Es seien Aktivisten, und sie planten einen Überfall auf die Kaserne, deshalb, hoher Richter, habe ich sie festgenommen. Ich habe fünf Mitglieder dieser Familie und weitere neun Subjekte arretiert wegen unterschiedlicher Straftatbestände, vom Waffenbesitz bis zum Mißbrauch von Marihuana. Ich ging dabei nach einer Liste vor, die ich bei Antonio Flores gefunden hatte. Ich habe auch einen Plan der Kaserne sichergestellt, ein Beweis für ihre üblen Absichten. Wir haben sie gemäß der üblichen Prozedur verhört und bekamen ihr Geständnis: Sie hatten terroristische Unterweisung von ausländischen Agenten erhalten, die auf dem Meeresweg ins Land geschleust worden waren, doch sie waren nicht in der Lage, Einzelheiten anzugeben, und ihre Aussagen erschienen mir widersprüchlich, Sie wissen, wie diese Leute sind, hohes Gericht. Wir waren nach Mitternacht mit ihnen fertig, sodann habe ich angeordnet, sie ins Stadion der Hauptstadt zu überführen, das zu jener Zeit als Gefangenenlager diente. Im letzten Augenblick bat einer der Gefangenen darum, mich zu sprechen, und so erfuhr ich, daß die Verdächtigen sich schuldig gemacht hatten, Waffen in einer verlassenen Mine zu verstecken. Ich lud sie alle auf einen Laster und brachte sie zum angegebenen Ort. Als der Weg unbefahrbar wurde, sind wir ausgestiegen, die Aktivisten waren an den Armen aneinandergefesselt und wurden streng bewacht. So gingen wir zu Fuß weiter. Als wir durch die Dunkelheit voranschritten, wurden wir Opfer eines plötzlichen Feuerangriffs, von verschiedenen Seiten wurde auf uns geschossen, so daß mir keine andere Wahl blieb, als meinen Männern zu befehlen, sich zu verteidigen. Darüber kann ich keine Einzelheiten angeben, weil es dunkel war. Ich kann nur versichern, daß ein reger Schußwechsel stattfand, der einige Minuten dauerte, worauf das Kugelgefecht endete und ich meine Truppe wieder aufstellen konnte. Wir begannen, nach den Gefangenen zu suchen, da wir glaubten, sie seien geflohen, sahen sie dann aber auf der Erde liegen, hier und dort verstreut, alle tot. Ich kann nicht mit Sicherheit sagen, ob sie aufgrund unserer Kugeln oder der der Angreifer gefallen sind. Nachdem ich es mir reiflich überlegt hatte, beschloß ich, das Naheliegende zu tun, in der Absicht, meine Männer und ihre Familien vor Repressalien zu schützen. Wir verbargen die Leichen in der Mine und schlossen dann den Eingang mit Schutt, Steinen und Erde. Maurerarbeiten haben wir nicht ausgeführt, so daß ich über diesen Punkt nichts aussagen kann. Als die Öffnung geschlossen war, haben wir einen Eid geleistet, das Geheimnis zu bewahren. Ich nehme die Verantwortung als Befehlshaber der Truppe auf mich und möchte noch feststellen, daß es keine Verwundeten unter meinen Untergebenen gab, nur Abschürfungen geringeren Ausmaßes, hervorgerufen durch das Robben auf steinigem Gelände. Ich gab den Befehl, die Umgebung nach den Angreifern abzusuchen, wir fanden aber keine Spuren von ihnen, auch keine Patronenhülsen. Ich gebe zu, gegen die Wahrheit gefehlt zu haben, als ich in meinem Bericht schrieb, daß die Gefangenen in die Hauptstadt überführt worden seien, doch, ich wiederhole, ich tat es in der Absicht, meine Männer vor einer möglichen Racheaktion zu schützen. In jener Nacht starben vierzehn Subjekte. Es hat mich überrascht, daß hier eine Bürgerin mit dem Namen Evangelina Ranquileo Sánchez erwähnt wird. Sie war einige Stunden in der Dienststelle Los Riscos unter Arrest, wurde dann aber freigesetzt, wie es im Wachbuch festgehalten ist. Das ist alles, was ich sagen kann, Herr Richter.

Diese Version des Tatverlaufs konnte weder das Gericht noch die öffentliche Meinung überzeugen. Da es dem Richter unmöglich war, sie zu akzeptieren, ohne sich selbst lächerlich zu machen, erklärte er sich für unzuständig, und der Prozeß wurde einem Militärtribunal überantwortet. In ihrem Krankenhausbett sah Irene Beltrán die Möglichkeit schwinden, daß die Schuldigen bestraft würden. Sie bat Francisco, sogleich zum Altersheim zu gehen.

»Bring Josefina Bianchi dieses Briefchen von mir«, bat Irene. »Sie bewahrt für mich etwas Wichtiges auf und wird es dir geben, falls es der Haussuchung entgangen ist.«

Er dachte nicht daran, sie allein zu lassen. Sie drängte. Er sagte, daß sie überwacht würden. Bis dahin hatte er ihr das verschwiegen, um sie nicht noch mehr in

Schrecken zu versetzen, nun merkte er, daß sie Bescheid wußte. Sie zeigte keinerlei Überraschung. Irene hatte sich in der Nähe des Todes eingerichtet, es war ihr klar, daß sie ihm nur schwerlich entkommen würde. Erst als Hilda und Professor Leal zur Ablösung am Krankenbett erschienen, brach Francisco auf, um die alte Dame aufzusuchen.

Er wurde von Rosa empfangen. Sie bewegte sich mühsam, da sie drei gebrochene Rippen hatte. Sie war abgemagert und sah müde aus. Sie führte ihn durch den Garten hinein und zeigte ihm die gerade erst umgegrabene Erde, dort wo sie Cleo beerdigt hatte, nah bei dem Grab des Kindes, das durchs Oberlicht gefallen war.

Josefina lagerte in ihrem Zimmer auf lauter Kissen. Ihr Nachthemd hatte weitfallende Ärmel mit Hohlsaumstickerei, eine zarte Mantilla lag um die Schultern, und am Hinterkopf hielt eine Schleife ihren Zopf aus Schnee zusammen. In Griffnähe befand sich ein Spiegel aus getriebenem Silber und ein Tablett, das vollgestellt war mit Reispudertiegeln, mit Pinseln aus Marderhaar, Cremes in seraphischen Abtönungen, Puderwedeln aus Schwanenflaum, Haarnadeln aus Bein und Horn. Sie war beim Schminken, eine delikate Aufgabe, der sie seit gut sechzig Jahren nachging, ohne sie auch nur einen Tag zu versäumen. Im hellen Morgenlicht erschien ihr Gesicht wie eine japanische Maske, in die eine zittrige Hand die Purpurlinie des Mundes gezogen hatte. Ihre Lider flatterten, blau, grün, silbrig, auf der weißbepuderten Fläche. Im ersten Augenblick erkannte die alte Schauspielerin Francisco nicht, sie war entrückt, bewegte sich in einem fernen Traum, vielleicht in einer Premierennacht hinter der Bühne, kurz bevor sich der Vorhang hebt. Ihr Blick hatte sich in der Vergangenheit verloren, und nur zögernd kehrte ihr Geist in die Gegenwart zurück. Sie lächelte, und zwei Reihen perfekt falscher Zähne verjüngten ihr Gesicht.

In den Monaten der Freundschaft mit Irene hatte Francisco gelernt, die Besonderheit der alten Menschen zu erkennen, und entdeckte dabei, daß Zuneigung der einzige Schlüssel war, sich mit ihnen zu verständigen, da die Vernunft ein Labyrinth ist, in dem sie sich leicht verirren. Er setzte sich auf den Bettrand und streichelte Josefina Bianchis Hand, sich ihrer inneren Uhr anbequemend. Es war sinnlos, sie zu drängen. Sie evozierte die Glanzzeit ihres Lebens, als sich das Parkett mit Bewunderern füllte und in ihrer Garderobe die Blumenbouquets leuchteten, als sie den Kontinent in stürmischen Tourneen bereiste und fünf Träger benötigte, die ihr Gepäck von Schiffen und Zügen abluden.

»Was ist geschehen, mein Sohn? Wo sind sie geblieben, der Wein, die Küsse, das Lachen? Wo die Männer, die mich liebten? Und die Massen, die mir zuklatschten?«

»Alles ist da, Josefina, hier, in Ihrem Gedächtnis.«

»Ich bin alt, aber nicht schwachsinnig. Ich merke, daß ich alleine bin.«

Sie sah die Tasche mit der Fotoausrüstung und wollte posieren, um eine Erinnerung über den Tod hinaus zu hinterlassen. Sie schmückte sich mit falschen Diamantcolliers, Samtbändern, malvenfarbenen Schleiern, mit ihrem Federfächer und diesem Lächeln aus einem anderen Zeitalter. Sie verharrte ein paar Minuten in der Pose, ermüdete jedoch bald, schloß die Augen und ließ sich schwer atmend zurücksinken.

»Wann kommt Irene zurück?«

»Ich weiß es nicht. Sie hat Ihnen diesen Brief geschickt. Sie sagt, Sie hätten etwas für sie aufbewahrt.«

Die Greisin nahm das Papier mit ihren durchsichtigen Fingern und drückte es sich an die Brust.

»Bist du Irenes Mann?«

»Nein, ich bin ihr Liebster«, antwortete Francisco.

»Um so besser! Dann kann ich es dir sagen. Irene ist wie ein Vogel, sie hat keinen Sinn für Beständigkeit.«

»Ich hab genug davon für beide«, lachte Francisco.

Sie erklärte sich bereit, ihm drei Tonbänder auszuhändigen, die sie in einer mit Glasperlen bestickten Abendtasche versteckt hatte. Irene konnte später nie begründen, warum sie diese der Schauspielerin anvertraut hatte. Es war so etwas wie Großherzigkeit gewesen. Sie hatte nicht wissen können, daß man bei der Suche nach diesen Bändern einen Mordanschlag auf sie verüben und ihr Haus und ihre Arbeitsstelle durchsuchen würde, aber sie hatte deren Wert als Beweismittel geahnt. Der alten Dame hatte sie die Tonbänder anvertraut, um sie zur Komplizin zu machen, von etwas allerdings, was damals noch kein Geheimnis war. Es sollte ihrem Leben einen Sinn geben. Das war eine spontane Geste gewesen wie viele andere den Gästen des Altersheims gegenüber, so wie sie nicht vorhandene Geburtstage feierte, Spiele anregte, sich Theatervorführungen ausdachte, Geschenke machte oder Briefe von imaginären Verwandten selbst schrieb. Eines Abends, als sie Josefina Bianchi besuchte, hatte sie diese traurig angetroffen. Es wäre besser zu sterben, murmelte sie, habe sie doch keine Liebe mehr und werde von niemandem gebraucht. Ihr Körper war im letzten Winter hinfälliger geworden, sie fühlte sich gebrechlich und verbraucht und verfiel deshalb häufig in Depressionen, obwohl sie von ihrer Vernunft und ihrem guten Gedächtnis nie im Stich gelassen wurde. Irene wollte ihr etwas verschaffen, das ihre Aufmerksamkeit von der Einsamkeit abzöge und sie auf andere Gedanken brächte, deshalb hatte sie ihr die Tonbänder übergeben und sie gebeten, sie zu verstecken, sie seien sehr wichtig. Diese Mission entzückte die alte Dame. Sie trocknete ihre Tränen und versprach, lebendig und gesund zu bleiben, um ihr zu helfen. Sie glaubte, ein Liebesgeheimnis zu bewachen. So hatte, was wie ein Spiel begann, schließlich einen Zweck gehabt, und die Aufnahmen waren nicht nur der Neugier von Beatriz Alcántara, sondern auch der Beschlagnahmung durch die Polizei entgangen.

»Sag Irene, daß sie kommen soll. Sie hat versprochen, mir in der Stunde des Todes beizustehen«, sagte Josefina Bianchi.

»Die Stunde ist noch nicht gekommen. Sie können noch lange leben, Sie sind gesund und kräftig.«

»Hör zu, Junge, ich habe wie eine Dame gelebt, und so will ich auch sterben. Ich fühle mich etwas müde. Ich brauche Irene.«

»Sie wird jetzt nicht kommen können.«
»Das ist das Üble am Alter, niemand nimmt uns ernst, man behandelt uns wie eigensinnige Kinder. Ich habe mein Leben auf meine Weise gelebt, und es hat mir nichts gefehlt. Warum soll ich auf einen anständigen Tod verzichten?«
Francisco küßte ihr zärtlich und voller Ehrerbietung die Hände. Beim Hinausgehen sah er die Heiminsassen mit den Pflegerinnen im Garten, gebrechlich, einsam in ihren Rollstühlen, mit ihren Wollschals und ihrer Dürftigkeit, taub, fast blind, mumifiziert, so überlebten sie eben, weit von der Gegenwart und der Realität entfernt. Er ging zu ihnen hin, um sich zu verabschieden. Der Oberst, mit seinen Blechmedaillen auf der Brust, grüßte wie immer die Nationalflagge, die nur vor seinen Augen im Wind flatterte. Die ärmste Witwe des Reiches umklammerte irgendeinen schäbigen Schatz in einer Blechdose, die in ihrem Schoß lag. Der halbseitig Gelähmte wartete gewohnheitsmäßig auf die Post, obwohl er im Grunde geahnt hatte, daß Irene sich die Antwortschreiben ausdachte, um ihm eine Freude zu machen, während er seinerseits vorgab, ihren barmherzigen Lügen zu glauben, um sie nicht zu enttäuschen. Als sie nicht mehr in das Altersheim kam, war ihm nichts zum Träumen geblieben.
»Hören Sie, junger Mann, jetzt wo Gräber geöffnet werden, glauben Sie, daß dann auch mein Sohn, die Schwiegertochter und das Baby auftauchen werden?«
Francisco Leal wußte nicht, was er antworten sollte, und floh aus dieser Welt der ergreifenden Alten.

Die von Irene Beltrán aufgenommenen Tonbänder enthielten die Gespräche mit Digna und Pradelio Ranquileo, mit Sergeant Faustino Rivera und Evangelina Flores.

»Bring sie dem Kardinal, damit sie im Prozeß gegen Ramírez und seine Männer verwendet werden können«, bat sie Francisco.

»Deine Stimme ist drauf, Irene. Wenn sie dich identifizieren, ist das dein Todesurteil.«

»Mich bringen sie so oder so um, wenn sich ihnen die Gelegenheit bietet. Du mußt die Bänder übergeben.«

»Erst muß ich dich in Sicherheit bringen.«

»Dann laß Mario kommen, denn ich gehe noch heute nachmittag von hier weg.«

Gegen Abend erschien der Friseur mit seinem berühmten Koffer der Verwandlungen und schloß sich mit ihnen im Klinikzimmer ein, wo er sich daranmachte, ihnen die Haare zu schneiden und zu färben, die Linie der Augenbrauen zu verändern, ihnen Brillen, Make-ups, einen Bart anzupassen und alle denkbaren Kunstgriffe seines Berufes anzuwenden, bis er die beiden in andere Wesen verwandelt hatte. Die jungen Leute schauten sich staunend an und erkannten einander nicht in diesen Masken. Sie lächelten ungläubig, denn mit diesem neuen Aussehen war es fast nötig, mit der Liebe ganz von vorn zu beginnen.

»Kannst du laufen, Irene?« fragte Mario.

»Ich weiß nicht.«

»Du wirst es ohne Hilfe können müssen. Los, Mädchen, steh auf...«

Irene stieg langsam aus dem Bett, ohne den Arm einer ihrer Freunde anzunehmen. Mario zog ihr das Nachthemd aus und hätte fast aufgeschrien, als er ihren mit Verbänden bedeckten Leib sah und die roten Flecken des Desinfektionsmittels auf Brust und Schenkeln. Er holte aus seinem Wunderkoffer eine Schaumgummifüllung, die eine Schwangerschaft vortäuschen sollte, und befestigte sie an Schultern und Oberschenkeln, weil sie es um den Bauch herum nicht ertrug. Daraufhin zog er ihr ein rosa Umstandskleid und Sandalen mit flachem Absatz an und verabschiedete sich mit einem Kuß.
Später verließen Irene und Francisco die Klinik, ohne die Aufmerksamkeit des Personals zu erregen, das sie die ganze Zeit versorgt hatte. Sie gingen an dem Wagen mit den verdunkelten Scheiben, der auf der Straße parkte, vorbei, liefen ohne Hast bis zur Ecke und stiegen dahinter in das Auto des Friseurs ein.
»Ihr versteckt euch bei mir, bis ihr reisen könnt«, entschied Mario.
Er führte sie zu seiner Wohnung, öffnete die Tür aus Messing und Glas, verscheuchte die Angorakatzen, befahl dem Hund, sich in eine Ecke zu verziehen, und verbeugte sich graziös, um sie willkommen zu heißen, konnte aber die Geste nicht zu Ende führen, denn Irene fiel ohne einen Seufzer auf den Teppich. Francisco hob sie auf und folgte dem Gastgeber zu dem Zimmer, das für sie vorgesehen war, wo ein breites Bett mit feinen Leinenbezügen die Kranke aufnahm.
»Du riskierst dein Leben für uns«, sagte Francisco bewegt.

»Ich mache Kaffee, den können wir alle gebrauchen«, erwiderte Mario und verließ das Zimmer.
In dieser ruhigen, kultivierten Umgebung sammelte Irene mehrere Tage Kraft, während sich Mario und Francisco bei ihrer Pflege ablösten. Der Hausherr bemühte sich, sie mit frivoler Lektüre, Kartenspielen und unzähligen Anekdoten aus seinem Leben abzulenken, Geschichten aus dem Schönheitssalon, von seinen Liebschaften, seinen Reisen und von seiner Bedrängnis in der Zeit, als er der ungeliebte Sohn eines Bergarbeiters war. Als er merkte, daß sie Tiere mochte, brachte er den Riesenhund und die Katzen in ihr Zimmer und wechselte das Thema, wenn sie nach Cleo fragte, weil er nicht von deren traurigem Ende berichten wollte. Er kochte Krankenkost für die Freundin, wachte über ihren Schlaf und assistierte Francisco bei der medizinischen Versorgung. Er schloß die Wohnungsfenster, zog die schweren Gardinen vor, entfernte die Tageszeitungen und schaltete das Fernsehen ab: die Wirren der Außenwelt sollten sie nicht noch mehr verstören. Wenn die Sirenen der Polizeiwagen aufheulten, Hubschrauber wie prähistorische Vögel vorbeisurrten, in der Ferne das Töpfeklappern erscholl oder das Geknatter der Maschinenpistolen, stellte er die Musik lauter: sie sollte all das nicht hören. Er gab ihr Beruhigungsmittel in die Suppe, um sie zur Ruhe zu zwingen, und hütete sich davor, in ihrem Dabeisein die Vorfälle zu erwähnen, die den Operettenfrieden der Diktatur störten.
Mario war es auch, der Beatriz Alcántara davon unterrichtete, daß ihre Tochter nicht mehr in der

Klinik lag. Eigentlich hatte er ihr erklären wollen, daß es für Irenes Rettung notwendig war, sie außer Landes zu bringen. Nach dem ersten Satz erkannte er jedoch die Unfähigkeit der Mutter, das Problem überhaupt zu erkennen. Diese Dame bewohnte eine unwirkliche Welt, wo solche Unglücksfälle per Dekret ausgeschlossen waren. Er zog also vor, ihr zu erzählen, daß Irene und Francisco auf eine kurze Erholungsreise gegangen seien, eine kaum glaubhafte Geschichte in Anbetracht von Irenes Gesundheitszustand, doch die Mutter glaubte sie, weil ihr jede Ausrede recht war. Mario musterte sie ohne Mitleid, irritiert von der Gleichgültigkeit dieser ichbezogenen Frau, die sich in die Eleganz der Riten und Formeln geflüchtet hatte, in diesen hermetischen Salon, in den das allgemeine Aufbegehren keinen Einlaß fand. Er sah sie auf einem Floß in der Abdrift, so trieb sie mit ihren vergessenen und gebrechlichen Alten auf einem trägen Meer. Wie diese befand sich Beatriz außerhalb der Realität, sie hatte ihren Platz in der Welt verloren. Ihre kümmerliche Sicherheit konnte jeden Augenblick in sich zusammenfallen, umgeweht von dem wütenden Orkan der neuen Zeit. Das Bild dieser schlanken Gestalt in Seide und Wildleder erschien ihm trügerisch, wie von einem Jahrmarktsspiegel zurückgeworfen. Er verließ den Raum, ohne sich von ihr zu verabschieden.

Ihrer Gewohnheit getreu wartete draußen Rosa, die hinter der Tür dem Gespräch gelauscht hatte. Sie machte ihm ein Zeichen, ihr in die Küche zu folgen.

»Was ist mit meinem Mädchen? Wo ist sie?«
»Sie ist in Gefahr. Wir müssen ihr helfen, von hier zu verschwinden.«
»Ins Exil?«
»Ja.«
»Gott schütze und bewahre sie! Werde ich sie jemals wiedersehen?«
»Wenn diese Diktatur stürzt, kommt Irene zurück.«
»Bringen Sie ihr das hier von mir«, bat Rosa und übergab ihm ein kleines Päckchen. »Es ist Erde aus ihrem Garten, die soll sie begleiten, da wo sie hingeht. Und, bitte, sagen Sie ihr, daß die Vergißmeinnicht blühen ...«

José Leal begleitete Evangelina Flores zur Identifizierung der Überreste ihres Vaters und ihrer Brüder. Irene hatte ihm von ihr erzählt und um seine Hilfe gebeten, denn sie war sicher, daß das Mädchen diese brauchen würde. So war es. Im Hof des gerichtsmedizinischen Instituts war auf zwei langen Tischen aus rohem Holz der Inhalt der gelben Säcke ausgebreitet worden: zerrissene Kleidung, Knochenstücke, Haarsträhnen, ein rostiger Schlüssel, ein Kamm. Evangelina Flores ging langsam an der grausigen Ausstellung vorüber und zeigte stumm auf jedes ihr bekannte Überbleibsel: diese blaue Weste, der kaputte Schuh, dieser Kopf mit den wenigen Zähnen. Dreimal schritt sie Ausschau haltend an den Tischen entlang, bis sie von jedem der Ihren etwas gefunden hatte und beweisen konnte, daß alle fünf dort versammelt waren. Keiner fehlte. Nur ihre vom Schweiß durchnäßte Bluse verriet die Anstrengung, die jeder Schritt sie kostete. Der Priester und zwei Justizbeamte, die sich Notizen machten, gingen neben ihr her. Zum Schluß las das Mädchen die Erklärung durch, unterschrieb sie mit fester Hand und verließ den Hof mit großen Schritten und erhobenem Haupt. Auf der Straße, als sie das Zuschlagen des Tores hinter sich hörte, sah sie einen Augenblick lang wieder wie ein kleines Landmädchen aus. José Leal umarmte sie.

»Weine, Kindchen, das tut gut«, sagte er.

»Ich werde später weinen, Pater. Jetzt habe ich viel zu tun«, erwiderte sie und ging, nachdem sie die Tränen mit einer energischen Handbewegung weggewischt hatte, rasch fort.

Zwei Tage später wurde sie vor das Militärtribunal zitiert, um über die angeblichen Mörder auszusagen. Sie erschien in ihrer Arbeitskleidung, eine schwarze Schleife um den Arm gebunden, dieselbe, die sie angelegt hatte, als die Mine in Los Riscos geöffnet wurde und sie intuitiv erfaßt hatte, daß die Zeit gekommen war, Trauer zu tragen. Die Gerichtsverhandlung fand unter Ausschluß der Öffentlichkeit statt. Sie durfte weder von ihrer Mutter noch von José Leal oder dem vom Kardinal bestimmten Anwalt des Vikariats begleitet werden. Ein Soldat führte sie einen breiten Gang entlang, in dem die Schritte wie das Dröhnen von Glocken widerhallten, bis hin zum Sitzungssaal des Gerichts. Es war ein riesiger, gut ausgeleuchteter Raum, der mit einer Fahne geschmückt war und einem Bild des Generals, die Präsidentenschärpe quer über die Brust gebunden, in Farbe.

Evangelina schritt ohne Furcht voran, bis sie vor der erhöhten Gerichtsbank der Offiziere stand. Sie schaute einem nach dem anderen gerade in die Augen und wiederholte mit klarer Stimme die Geschichte, die sie zuvor Irene Beltrán erzählt hatte. Die Einschüchterungsversuche, denen sie ausgesetzt war, hatten ihre Version nicht verändern können. Ohne nach all diesen Jahren zu zögern, zeigte sie auf Leutnant Juan de Dios Ramírez und auf jeden einzelnen der Männer, die an der Festnahme ihrer Angehörigen beteiligt gewesen waren, denn die Erinnerung an sie hatte sich ihr ins Gedächtnis eingebrannt.

»Sie können gehen, Bürgerin. Sie müssen sich aber dem Gericht zur Verfügung halten und dürfen die Stadt nicht verlassen«, ordnete ein Oberst an.

Derselbe Soldat von vorhin führte sie zum Ausgang. Draußen wartete José Leal, und sie gingen gemeinsam die Straße hinunter. Der Pfarrer bemerkte, daß ein Wagen ihnen folgte, und da er sich auf diese Möglichkeit eingestellt hatte, packte er das Mädchen am Arm und rannte mit ihr los, stieß sie voran, schleifte sie hinter sich her, bis sie in der Menge untertauchen konnten. Er flüchtete in die erste Kirche, die auf ihrem Weg lag, und setzte sich von dort aus mit dem Kardinal in Verbindung.

Evangelina wurde, bevor der Repressionsapparat zuschlagen konnte, im Schatten der Nacht außer Landes gebracht. Sie hatte eine Mission. In den folgenden Jahren vergaß sie die friedlichen Felder ihrer Heimat, während sie durch die Welt zog, um das Schicksal ihres Landes bekanntzumachen. Sie trat bei einer Sitzung der Vereinten Nationen auf, auf Pressekonferenzen, in Fernsehrunden, bei Kongressen, in Universitäten, wo immer sie von den Verschwundenen sprechen konnte, um zu verhindern, daß diese Männer, Frauen und Kinder, die von dem Terror verschluckt worden waren, dem Vergessen anheimfielen.

Als die Leichen von Los Riscos identifiziert waren, baten die Angehörigen, man solle sie ihnen zurückgeben, damit sie ein anständiges Grab bekämen. Das wurde ihnen verweigert, aus Angst vor öffentlichem Aufruhr. Es sollte keine Störungen mehr geben. Daraufhin zogen die Verwandten dieser und anderer Opfer aus weiteren illegalen Gräbern in Scharen zur Kathedrale, ließen sich vor dem Hochaltar nieder und kündigten einen Hungerstreik an, ab sofort und so lange, bis ihre Petitionen gehört würden. Sie hatten die Angst verloren und riskierten, ohne zu zögern, ihr Leben, das einzige, was ihnen blieb, nachdem man ihnen alles übrige genommen hatte.

»Was hat dieses Durcheinander zu bedeuten, Oberst?«

»Sie fragen nach ihren Vermißten, mein General.«

»Sagen Sie ihnen, daß sie weder tot noch lebendig sind.«

»Und wie verfahren wir mit den Streikenden, mein General?«

»Wie gehabt, Oberst, belästigen Sie mich nicht mit solchen Kinkerlitzchen.«

Die Polizei versuchte sie mit Wasserwerfern und

Tränengas aus der Kirche zu jagen, doch der Kardinal selbst pflanzte sich am Portal neben anderen Menschen auf, die aus Solidarität mitfasteten, während Beobachter des Roten Kreuzes, der Menschenrechtskommission und der internationalen Presse die Szene fotografierten. Nach drei Tagen wurde der Druck untragbar, und der Aufruhr auf den Straßen drang durch die Mauern des Präsidentenbunkers. Höchst unwillig befahl der General die Herausgabe der Leichen. Im letzten Augenblick jedoch, als die Familien schon mit Blumenkränzen und brennenden Kerzen warteten, nahmen auf höchsten Befehl die Leichenwagen eine andere Route, fuhren still und heimlich durch die hintere Friedhofspforte und leerten die Säcke in ein Gemeinschaftsgrab. Nur die Leiche von Evangelina Ranquileo Sánchez, die sich noch zwecks Autopsie in der Morgue befand, wurde an ihre Eltern herausgegeben. Sie brachten sie in die Pfarrei von Pater Cirilo, wo sie bescheiden bestattet wurde. Das Mädchen hatte wenigstens ein Grab, und es fehlte nicht an frischen Blumen, da die Menschen aus der Umgebung auf ihre kleinen Wunder vertrauten.

Die Mine von Los Riscos wurde zur Wallfahrtsstätte. Eine endlose Menschenkette, angeführt von José Leal, pilgerte dorthin. Sie kamen zu Fuß, sangen Kirchenchoräle und Protestlieder, trugen Kränze, Fackeln und die Bilder ihrer Toten. Am nächsten Tag sperrte das Heer den Ort mit einem hohen Stacheldrahtzaun und einem Eisentor ab, doch weder die dornigen Zäune noch die Soldaten in ihren Maschinengewehrnestern konnten die Prozessionen verhindern. Daraufhin setzten sie Dynamit ein, um die

Mine aus der Landschaft zu tilgen, und meinten, sie so auch aus der Geschichte radieren zu können.
Francisco und José Leal übergaben dem Kardinal Irenes Tonbandaufnahmen. Sie wußten: Sobald diese in die Hände des Militärtribunals kamen, würde die junge Frau identifiziert und festgenommen werden. Sie mußten also so schnell wie möglich einen sicheren Aufenthaltsort für sie finden.
»Wie viele Tage braucht ihr noch bis zur Flucht?« fragte der Kardinal.
»Eine Woche, bis sie ohne Hilfe gehen kann.«
So wurde es vereinbart. Der Kardinal ließ die Bänder überspielen, verteilte die Kopien an die Presse und ließ das Original dem Richter zukommen. Als man diese Beweisstücke aus der Welt schaffen wollte, war es schon zu spät, da die Interviews in den Zeitungen abgedruckt wurden und um die Welt gingen, begleitet von einer Welle des Abscheus. Der Name des Generals wurde im Ausland verächtlich gemacht, und seine Botschafter wurden mit einem Hagel von Tomaten und Eiern empfangen, wo immer sie öffentlich auftraten. Von so viel Aufsehen in die Enge getrieben, verurteilte die Militärjunta den Leutnant Juan de Dios Ramírez und diejenigen seiner Männer, die an dem Gemetzel teilgenommen hatten, wegen Mordes. Das Urteil wurde mit ihren widersprüchlichen Aussagen vor Gericht begründet sowie mit den Laborergebnissen und den Hinweisen auf den Tonbändern von Irene Beltrán. Die Journalistin wurde vor Gericht geladen, und die politische Polizei tat ihr möglichstes, um sie ausfindig zu machen. Vergeblich.

Die Genugtuung über das Gerichtsurteil dauerte nur ein paar Stunden an, bis die Schuldigen freigelassen wurden, begünstigt von einem Amnestiedekret, das im letzten Augenblick erlassen worden war. Der Volkszorn entlud sich in Straßendemonstrationen von einer solchen Heftigkeit, daß nicht einmal die Überfallkommandos der Polizei unter Einsatz von Militärgerät die auf die Straße geschwemmte Menschenmenge unter Kontrolle bekamen. Vor dem in Bau befindlichen Denkmal für die Retter des Vaterlandes ließ das Volk eine ausgewachsene Sau aus, die mit Kokarden, der Präsidentenschärpe, dem Gala-Umhang und einer Generalsmütze geschmückt war. Das Tier raste angstvoll mitten durch die Menge, die es beschimpfte, trat und vor den Augen der wütenden Soldaten bespuckte; diese setzten ihre ganze Geschicklichkeit ein, um das Schwein einzufangen und die heiligen Embleme, die in den Schmutz getreten wurden, wieder in Sicherheit zu bringen. Sie mußten das Tier schließlich abknallen, inmitten der Knüppelei, des Geschreis und des Sirenengeheuls. Es blieb von ihm nur der gedemütigte Kadaver in einer Lache von schwarzem Blut, in der die Insignien, das Képi und der Tyrannenumhang schwammen.
Leutnant Ramírez wurde zum Hauptmann befördert. Er bewegte sich zufrieden und mit ruhigem Gewissen in der Öffentlichkeit, bis er erfuhr, daß über die Landstraßen des Südens ein in Lumpen gekleideter Riese zog, hungrig und mit wirrem Blick, auf der Suche nach dem Mörder seiner Schwester. Niemand hörte auf ihn, ein Irrer, sagten die Leute. Doch der Offizier wußte um die ausstehende Rache,

und das nahm ihm den Schlaf. Solange Pradelio Ranquileo lebte, würde er keinen Frieden finden.

Fernab von der Hauptstadt, in einer Provinzgarnison, verfolgte Gustavo Morante aufmerksam das Geschehen, sammelte Informationen und setzte seinen Plan in Gang. Als er alle Beweise für die Unrechtmäßigkeit des Regimes beisammen hatte, begann er sich subversiv zwischen seinen Waffenkameraden zu bewegen. Er hatte die Illusionen verloren und war jetzt davon überzeugt, daß die Diktatur nicht eine vorübergehende Etappe auf dem Weg des Fortschritts war, sondern die letzte Etappe auf dem Weg der Ungerechtigkeit. Die Maschinerie der Repression, der er, im Glauben an die Interessen des Vaterlandes, so getreu gedient hatte, war ihm unerträglich geworden. Die Herrschaft der Gewalt hatte keineswegs die Ordnung hergestellt, wie er es in den Offizierskursen gelernt hatte, sondern Haß gesät, und sie würde zwangsläufig um so größere Gewalt ernten. In den Jahren seiner militärischen Laufbahn hatte er eine umfassende Kenntnis der Institution erworben; die beschloß er nun für den Sturz des Generals einzusetzen. Er war der Meinung, daß diese Aufgabe den jungen Offizieren zukam. Er glaubte, nicht der einzige zu sein, den solche Sorgen beschäftigten, denn der wirtschaftliche Ruin, die zunehmende soziale Ungleichheit, die Brutalität des Systems und die Korruption in den oberen Rängen gaben auch anderen Soldaten zu denken. Er war davon überzeugt, daß es mehr Männer wie ihn gab, die nichts dringlicher wünschten, als die Ehre der Streitkräfte reinzuwaschen und die Armee aus dem

Sumpf zu ziehen, in den sie versunken war. Ein weniger kühner und leidenschaftlicher Mann hätte vielleicht sein Ziel erreicht, Morante aber hatte es so eilig, seinen Impulsen zu gehorchen, daß er den Fehler beging, den Geheimdienst zu unterschätzen, obwohl er doch hätte wissen müssen, wie weit dessen Fangarme reichten. Er wurde festgenommen und überlebte noch 72 Stunden. Auch die fähigsten Experten konnten ihn nicht dazu bringen, die Namen der Mitverschwörer zu verraten, woraufhin man ihn degradierte und seine Leiche bei Morgengrauen symbolisch füsilierte, rücklings, zur Abschreckung. Trotz der getroffenen Vorsichtsmaßnahmen drang diese Geschichte an die Öffentlichkeit. Als Francisco Leal davon erfuhr, gedachte er voller Respekt des Todesbräutigams. Wenn es in ihren Reihen noch solche Männer gibt, ist noch Hoffnung, meinte er. Die Auflehnung wird nicht immer niedergehalten werden können, sie wird wachsen und sich in den Kasernen ausbreiten, bis die Kugeln nicht ausreichen werden, um sie zu ersticken. Die Soldaten werden sich dann den Menschen auf der Straße anschließen, und aus der Bereitschaft zur Trauer und der überwundenen Gewalt kann ein neues Vaterland hervorgehen.

»Mein Sohn, du träumst! Selbst wenn es Soldaten wie diesen Morante gibt, ändert sich das Wesen der Streitkräfte nicht. Der Militarismus hat der Menschheit schon zuviel Übel gebracht, er muß ausgemerzt werden«, gab Professor Leal zurück.

Endlich war Irene Beltrán reisefähig. José Leal besorgte für sie und Francisco gefälschte Reisepapiere, in die sie die Fotos ihrer neuen Gesichter klebten. Beide waren nicht wiederzuerkennen. Sie hatte kurzes gefärbtes Haar und trug Kontaktlinsen, die ihren Pupillen eine andere Tönung gaben. Er trug einen dichten Schnauzbart und Brille. Am Anfang schauten sie sich an, und es fiel ihnen schwer, einander zu erkennen, bald gewöhnten sie sich jedoch an die Masken, und beide vergaßen die Gesichter, in die sie sich verliebt hatten. Francisco ertappte sich dabei, wie er sich vergeblich an den Farbton von Irenes Haar, der ihn so fasziniert hatte, zu erinnern versuchte. Es war für sie der Zeitpunkt gekommen, die ihnen bekannte Welt zu verlassen und sich dieser ungeheuren Woge einzuverleiben, die ihre Zeit ausgelöst hatte: Ausgewiesene, Emigranten, Exilierte, Flüchtlinge.

Am Vorabend des Aufbruchs kamen die Leals, um sich von den Flüchtenden zu verabschieden. Mario hatte sich für die Vorbereitung des Essens in der Küche eingeschlossen und erlaubte keinem, sich an seinen Bemühungen zu beteiligen. Er legte sein bestes Tischtuch auf und schmückte die Tafel mit Blumen und Früchten. Er wollte die Tragödie, die sie alle betraf, in einer annehmbaren Form präsentieren. Er wählte eine unaufdringliche Musik, zündete Kerzen an, stellte den Wein kalt, eine Euphorie vortäuschend, die er keineswegs empfand. Dennoch war es unmöglich, das Thema der bevorstehenden Trennung zu umgehen. Allen waren die Gefahren bewußt, die auf das Paar lauerten, sobald sie einen Fuß aus diesem Unterschlupf setzten.

»Wenn ihr über die Grenze seid, Kinder, solltet ihr in unser Haus nach Teruel gehen«, sagte Hilda plötzlich, zur Überraschung aller, die dachten, dies sei eine der vielen Erinnerungen, die von der Amnesie gelöscht worden waren. Doch sie hatte nichts vergessen. Sie erzählte ihnen von dem riesigen Schatten des Albarracín-Massivs, das sich dunkel vor dem Sonnenuntergang abhob, ähnlich der Bergkette, zu deren Fuß sich die Adoptivheimat erstreckte; von den Weinhängen, nackt, traurig und verkrüppelt im Winter, Saft sammelnd für den Ausbruch der Weintrauben im Sommer; von der trockenen und schroffen Landschaft, die eingefaßt war von Bergen; und von dem Haus, das sie eines Tages verlassen hatte, um ihrem Mann in den Krieg zu folgen, ein stolzes und strenges Haus aus Stein, Holz und gebrannten Ziegeln; kleine Fenster mit schmiedeeisernen Gittern, ein hoher Kamin mit maurischen Keramiktellern, die eingelassen waren in die Wand wie Augen, die durch die Jahre hindurch sahen. Sie konnte sich genau an den Geruch des Holzes erinnern, wenn sie abends das Feuer angezündet hatte, an den Duft des Jasmins und der Küchenkräuter unter dem Fenster, die Frische des Brunnenwassers, an den Schrank für die Weißwäsche und die Wolldecken auf den Betten. Ihrer Vergangenheitsbeschwörung folgte ein langes Schweigen, als habe sie sich zurück in das alte Heim begeben.

»Das ist noch unser Haus. Es wartet auf euch«, sagte sie schließlich und hob mit ihren Worten die verstrichene Zeit und die Entfernung auf.

Francisco grübelte über das launische Schicksal nach,

das seine Eltern gezwungen hatte, den Geburtsort zu verlassen, um ins Exil zu gehen, und nun, nach so vielen Jahren, ihm aus dem gleichen Grund das Haus der Eltern zurückerstattete. Er sah sich selbst die Tür öffnen, mit der gleichen Bewegung, mit der seine Mutter sie vor bald einem halben Jahrhundert geschlossen hatte, und ihm war, als ob sie in dieser ganzen Zeit im Kreis gegangen wären. Der Vater erriet seine Gedanken und sprach davon, was es für sie bedeutet hatte, das eigene Land zu verlassen auf der Suche nach neuen Horizonten. Es hatte Tapferkeit gebraucht, mit dem Leid fertig zu werden, zu fallen und wieder aufzustehen, indem man die Kraft des Geistes mobilisierte, einmal, tausendmal, um sich anzupassen und unter Fremden zu überleben. Sie hatten sich bewußt an jedem Ort, den sie erreichten, eingerichtet, selbst wenn es nur für eine Woche oder einen Monat war, denn nichts nutzt so sehr die innere Kraft ab wie das Unbeständige.

»Ihr habt nur die Gegenwart. Vergeudet keine Energie, weint nicht dem Gestrigen nach und träumt nicht von morgen. Die Sehnsucht zehrt und tötet ab, sie ist das Laster der Verbannten. Ihr müßt euch niederlassen, als wäre es für immer, man muß einen Sinn für das Beständige entwickeln«, schloß Professor Leal, und sein Sohn erinnerte sich an diese Worte, die er ganz ähnlich aus dem Mund der alten Schauspielerin gehört hatte.

Der Professor zog Francisco beiseite. Er schloß ihn wortlos in die Arme. Aus seiner Tasche holte er dann einen kleinen Gegenstand, den er ihm ein wenig verlegen übergab: es war sein Rechenschieber, sein

einziger Schatz, ein Symbol für die Hilflosigkeit und den Schmerz dieser Trennung.
»Nur ein Erinnerungsstück, Sohn. Das Leben kann man damit nicht berechnen«, sagte er heiser.
Er empfand es tatsächlich so. Am Ende seines langen Lebensweges wurde ihm die Vergeblichkeit seiner Berechnungen deutlich. Nie hatte er sich vorgestellt, eines Tages so dazustehen, müde und traurig, einen Sohn im Grab, den anderen im Exil, die Enkel weit weg in einem abgelegenen Dorf, und José, der letzte in der Nähe, war von der politischen Polizei bedroht. Francisco dachte an die Alten im Heim und beugte sich vor, um seine Stirn zu küssen, mit dem inständigen Wunsch, das Verhängnis abwenden zu können, damit seine Eltern nicht vereinsamt sterben müßten.
Als Mario die allgemeine Niedergeschlagenheit bemerkte, beschloß er, das Abendessen aufzutragen. Sie standen um den Tisch und erhoben die Gläser in ihren verkrampften Händen. Ihre Augen waren feucht.
»Ich trinke auf Irene und Francisco. Das Glück sei mit euch, Kinder«, sagte Professor Leal.
»Und ich trinke darauf, daß eure Liebe mit jedem Tag wächst«, fügte Hilda, ohne sie anzusehen, hinzu, um ihren Kummer nicht zu zeigen.
Eine Weile lang bemühten sich alle, fröhlich zu erscheinen, sie lobten die raffinierten Speisen und dankten für die Aufmerksamkeit ihres noblen Freundes, doch bald breitete sich die Mutlosigkeit wie ein Schatten aus, der alle einhüllte. Im Eßzimmer war nur das Geräusch der Bestecke und der Gläser zu hören.

Hilda saß neben ihrem Lieblingssohn. Sie hielt ihn fest mit den Augen, um sich für immer seine Gesichtszüge einzuprägen, wie er schaute, die feinen Falten um seine Augen, die schmale, feste Form seiner Hände. Sie hielt Messer und Gabel in den Fingern, aber ihr Teller war unberührt. Unduldsam mit dem eigenen Schmerz, unterdrückte sie die Tränen, konnte aber nicht ihre Besorgnis verbergen. Francisco, gleichermaßen bewegt, legte den Arm um die Mutter und küßte sie auf die Schläfe.

»Wenn dir etwas Böses zustößt, Kind, das könnte ich nicht ertragen«, flüsterte ihm Hilda ins Ohr.

»Sei ruhig, Mama, es wird nichts Böses geschehen.«

»Wann sehen wir uns wieder?«

»Bald, da bin ich sicher. Bis dahin sind wir im Geist beieinander, wie immer...«

Das Abendessen ging geräuschlos zu Ende. Sie blieben sitzen, lächelten freudlos, bis die nahe Sperrstunde den Augenblick des Abschieds bestimmte. Francisco begleitete sie zur Tür. Die Straße war zu dieser Zeit leer und still, geschlossene Fensterläden, kein Licht in den Nachbarfenstern. Ihre Stimmen und die Schritte hatten ein dumpfes Echo, es hallte wie eine böse Vorahnung in der verlassenen Umgebung. Sie mußten sich beeilen, um rechtzeitig heimzukommen. Angespannt und schweigend küßten sie sich ein letztes Mal. Vater und Sohn umarmten sich und gaben sich stumme Ermahnungen und Versprechen. Dann spürte Francisco die Mutter in seinen Armen, klein und zart, ihr liebes Gesicht an seiner Brust versteckt, und endlich flossen die Tränen, ihre Hände hatten sich in den Stoff seiner Jacke verkrampft, so klammerte sie sich an ihn, wie ein verzweifeltes Kind. José trennte sie, zwang die Mutter, umzukehren und fortzugehen, ohne noch einmal zurückzuschauen. Francisco sah die Gestalten seiner Eltern sich auf der finsteren Straße entfernen, gebeugt, unsicher, verletzbar. Die seines Bruders erschien ihm dagegen solide und entschlossen, ein Mann, der die Gefahren kennt und sich seinem Schicksal stellt. Als sie hinter der Straßenecke verschwunden waren, durchfuhr ihn ein Schluchzer, und seine Augen füllten sich mit den Tränen, die er an diesem Abend zurückgehalten hatte. Er ließ sich an der Türschwelle fallen, das Gesicht zwischen den Händen. Dort fand ihn Irene und sie setzte sich neben ihn.

Francisco Leal war es nie eingefallen, die Verzweifelten zu zählen, denen er in jenen Jahren geholfen hatte. Am Anfang war er dabei allein gewesen, nach und nach hatte sich jedoch eine Gruppe verläßlicher Freunde um ihn gesammelt. Sie alle verband die gemeinsame Bemühung, Verfolgte zu verstecken, ihnen wenn möglich Asyl zu verschaffen oder sie auf unterschiedlichen Wegen über die Grenze zu bringen. Zunächst hatte er darin nur eine humanitäre Pflicht gesehen, der er sich nicht entziehen durfte, mit der Zeit aber wurde daraus eine Leidenschaft. Er wich den Gefahren geschickt aus und verspürte dabei ein vertracktes Gefühl, eine Mischung aus Wut und wilder Freude. Er wurde von so etwas wie dem

Schwindelgefühl der Glücksspieler erfaßt, er mußte ständig das Schicksal herausfordern, doch nicht einmal in den tollkühnsten Momenten gab er die ihm eigenen Tugenden eines vorsichtigen Mannes auf, da er wußte, daß eine unbedachte Handlung mit dem Leben bezahlt wurde. Er plante jede Aktion bis ins kleinste Detail und versuchte, bei der Durchführung jeglichen Zufall auszuschließen. Das erlaubte ihm, länger als andere am Rande des Abgrunds zu überleben. Die politische Polizei ahnte nichts von seiner kleinen Organisation. Mario und sein Bruder José arbeiteten häufig mit ihm zusammen. Bei den Gelegenheiten, als der Priester festgenommen worden war, hatte man ihn aber nur über seine Tätigkeit im Vikariat und in seinem Viertel verhört, und dort waren sein Eintreten für Gerechtigkeit und seine Zivilcourage sowieso bekannt. Der Friseurmeister seinerseits war bestens abgeschirmt. In seinen Schönheitssalon kamen die Obristengattinnen, und in gewissen Abständen wurde er von einer gepanzerten Limousine abgeholt, die ihn ins unterirdische Palais fuhr, wo die First Lady in ihren Gemächern voll Pomp und Flitter auf ihn wartete. Er beriet sie bei der Wahl ihrer Garderobe und ihres Schmuckes, kreierte neue Frisuren, welche die Hoheit der Macht betonen sollten, und begutachtete die römischen Tapeten, den pharaonischen Marmor und die Kristallüster, die aus dem Ausland zur Dekoration ihres Domizils herangeschafft worden waren. Bei Marios Empfängen erschienen herausragende Persönlichkeiten des Regimes, und hinter den spanischen Wänden seines Antiquitätenladens wurden mit reichen jungen Män-

nern Geschäfte abgewickelt, die verbotene Genüsse betrafen. Die politische Polizei befolgte den Befehl, ihm bei seinen Schmuggelaktivitäten, bei seinen Geschäften und bei dem Vertrieb diskreter Laster Schutz zu gewähren, und ahnte nicht, daß der erlesene Stilist ihnen auf der Nase herumtanzte.
Es war acht Uhr morgens, als ein Kleinlaster vorfuhr, beladen mit exotischen Pflanzen und Zwergbäumen für Marios Terrassen. Drei Angestellte in Monteuranzügen, Helmen und Gesichtsmasken entluden tropische Philodendren, blühende Kamelien und chinesische Orangenbäumchen, dann schlossen sie die Schläuche an die Tanks mit Insektenvertilgungsmittel, stülpten sich die Schutzmasken über die Gesichter und machten sich daran, die Beete zu desinfizieren. Während einer im Flur Schmiere stand, legten die beiden anderen auf ein Zeichen des Hausherrn ihre Arbeitskleidung ab. Irene und Francisco zogen sie über und bedeckten sich das Gesicht mit den Schutzmasken, gemächlich gingen sie sodann zum Fahrer hinunter und fuhren ab, ohne daß jemand sie genauer angeschaut hätte. Sie verbrachten einige Zeit damit, durch die Stadt zu kreuzen, von einem Taxi in das nächste, bis sie an einer bestimmten Straßenecke von einem Großmütterchen empfangen wurden, das scheinbar kein Wässerchen trüben konnte. Sie übergab ihnen die Schlüssel und die Papiere eines Kleinwagens.
»Bis jetzt läuft alles bestens. Wie fühlst du dich?« fragte Francisco, als er sich hinter das Steuer setzte.
»Sehr gut«, antwortete Irene. Sie war so bleich, als ob sie kurz davor wäre, sich in Luft aufzulösen.

Sie verließen die Stadt auf der südlichen Autobahn. Ihr Plan war, einen Gebirgspaß zu erreichen und die Grenze zu überqueren, bevor sie unentrinnbar von der Repression eingekreist wären. Name und Personenbeschreibung von Irene Beltrán lagen bereits in allen Dienststellen des Staatsgebiets vor, und sie wußten, daß sie auch in den Nachbarländern nicht sicher wären, weil Informationen, Gefangene und Leichen ausgetauscht wurden. Bei diesen Transaktionen gab es zuweilen überzählige Tote auf der einen und zu viele Personalausweise auf der anderen Seite, was Konfusionen bei der Erkennung der Opfer zur Folge hatte. So saßen in dem einen Land Gefangene, die im anderen unter fremden Namen als Leichen auftauchten, und es gab Angehörige, die einen Unbekannten zur Bestattung ausgehändigt bekamen. Obwohl sie auch jenseits der Grenze auf Hilfe rechnen konnten, war Francisco klar, sie mußten sich eiligst in irgendein demokratisches Land des Kontinents begeben oder aber ihr Endziel erreichen, das Mutterland, wie Spanien schließlich von denen genannt wurde, die aus Amerika flohen.
Sie legten die Strecke in zwei Etappen zurück, denn Irene war noch zu schwach und hätte nicht so viele Stunden bewegungslos, schwindelig und mit Schmerzen das Autofahren ertragen können, meine arme Liebste, du bist so mager geworden in den letzten Wochen, deine Sommersprossen sind weg, aber hübsch bist du wie eh und je, auch wenn sie dir dein langes Königinnenhaar abgeschnitten haben, wüßt ich nur, wie ich dir helfen könnte, gern würde ich mir deine Leiden aufbuckeln und deine Unsicher-

heiten, daß uns dieses verdammte Schicksal auch so beuteln muß, und diese Angst in den Eingeweiden. Wie gern würde ich dich den sorglosen Zeiten zurückgeben: Wir spazieren mit Cleo auf dem Stadtberg, setzen uns unter die Bäume und schauen uns die Stadt zu unseren Füßen an, wir trinken wieder Wein auf dem Gipfel der Welt und fühlen uns frei und unsterblich; wie hätte ich damals ahnen können, daß ich dich heute auf diesem Albtraumweg führen würde, alle Sinne wund, abhängig von jedem Geräusch, wachsam, mißtrauisch. Seit dem entsetzlichen Moment, als dich diese Kugelsalve fast erledigt hätte, finde ich keine Ruhe, Irene, weder schlafend noch wachend, und ich muß doch stark sein, ein Riese, unbesiegbar, damit dir kein Leid angetan wird, um dich vor Schmerz und Gewalt zu schützen. Wenn ich dich so sehe, ganz und gar erschöpft, in den Sitz gesunken, mit geschlossenen Augen, den Erschütterungen des Wagens preisgegeben, dann schnürt sich mir die Brust zusammen, wohin mit dem Wunsch, für dich zu sorgen, mit der Furcht, dich zu verlieren, dem Verlangen, für immer an deiner Seite zu bleiben und dir jedes Übel fernzuhalten, über deinen Schlaf zu wachen, dir die Tage glücklich zu machen...

Als es Nacht wurde, machten sie bei einem kleinen Provinzhotel halt. Die Schwäche der jungen Frau, ihre unsicheren Schritte und diese schlafwandlerische Haltung, die sie nicht abschütteln konnte, rührten den Geschäftsführer, der sie zu ihrem Zimmer führte und darauf bestand, ihnen noch etwas zu essen zu bringen. Francisco zog Irene aus, rückte die leichten

Verbände zurecht, die sie zum Schutz trug, und half ihr, sich hinzulegen. Man brachte ihnen eine Suppe und ein Glas Glühwein, aber Irene konnte sie nicht einmal ansehen, sie war am Ende ihrer Kräfte. Francisco legte sich neben sie, und sie umfing ihn mit den Armen, legte den Kopf auf seine Schulter, seufzte und schlief augenblicklich ein. Er bewegte sich nicht, mußte im Dunkeln lächeln, weil er glücklich war, wie immer, wenn sie beieinander waren. Diese Intimität, die sie seit ein paar Wochen teilten, kam ihm immer noch wie ein Wunder vor. Er kannte diese Frau ganz und gar, auch ihre rauchigen Augen bargen für ihn kein Mysterium, sie wurden wild bei der Lust und glänzten dankbar, wenn sie das Inventar ihrer Liebe durchgingen. So oft hatte er Irene erkundet, daß er sie aus dem Gedächtnis hätte zeichnen können, und er war sicher, daß er bis ans Ende seiner Tage diese sanfte und feste Geographie vor seinen Augen erstehen lassen könnte; doch jedesmal, wenn er sie in den Armen hielt, nahm ihm das Gefühl der ersten Begegnung den Atem.

Am nächsten Tag wachte Irene so gutgelaunt auf, als ob sie die Nacht gefeiert hätte, aber ihr ganzer guter Wille reichte nicht aus, um den wächsernen Ton ihrer Haut und die tiefen Ringe unter den Augen zu vertuschen. Francisco brachte ihr ein reichhaltiges Frühstück, damit sie sich ein wenig kräftigen könnte, aber sie aß kaum etwas. Sie schaute durchs Fenster und konnte sich ausrechnen, daß der Frühling vorbei war. So lange hatte sie sich in den Gefilden des Todes aufgehalten, daß nun das Leben für sie einen anderen Wert bekommen hatte. Sie nahm dankbar für kleine

alltägliche Dinge und staunend die Welt in ihren Umrissen wahr.
Früh stiegen sie wieder ins Auto, da sie viele Stunden Fahrt vor sich hatten. Sie kamen durch ein Dorf, das trunken war von Licht, sie begegneten Gemüsekarren, fliegenden Händlern, Fahrrädern und den ausgedienten Bussen, die immer noch bis zum Dach beladen waren. Die Glocken der Gemeindekirche läuteten, und zwei alte Frauen in Schwarz schritten mit ihren Trauerschleiern und ihren Meßbüchlein durch die Straße. Ein Trupp von Schulkindern war mit der Lehrerin unterwegs zur Plaza und sang: Weißes Rößlein, trag mich fort, bring mich zu dem Heimatort. In der Luft lag der leckere Duft nach frisch gebackenem Brot und ein Chorgesang von Zikaden und Drosseln. Alles sah sauber, ordentlich und ruhig aus, die Menschen waren mit ihrer täglichen Arbeit beschäftigt, eine friedliche Atmosphäre. Einen Augenblick lang zweifelten sie an ihrem Geisteszustand. Waren sie Opfer eines Deliriums, einer grausigen Phantasie? Womöglich waren sie gar nicht wirklich von irgendeiner Gefahr bedroht. Sie fragten sich, ob sie nicht vielleicht vor den eigenen Schatten flohen. Doch dann tasteten sie nach den falschen Papieren, die ihnen in den Taschen brannten, sahen sich in die verwandelten Gesichter und erinnerten sich an die Empörung über die Mine. Nicht sie waren verrückt, die Welt stand kopf.
So viele Stunden lang rollten sie auf dieser endlosen Straße dahin, daß sie die Fähigkeit verloren, die Landschaft wahrzunehmen, am Ende erschien ihnen alles ähnlich. Sie fühlten sich wie Schiffbrüchige von

einem anderen Stern. Nur die Polizeikontrollen an den Wegstationen unterbrachen ihre Reise. Jedesmal, wenn sie ihre Papiere herzeigten, durchfuhr sie die Angst wie ein Stromstoß und ließ sie verschwitzt und erschlafft zurück. Die Wachsoldaten warfen einen zerstreuten Blick auf die Fotos und winkten sie weiter. An einem Kontrollstand befahl man ihnen jedoch auszusteigen, zehn Minuten lang wurden ihnen bohrend Fragen gestellt, man untersuchte das Auto von oben bis unten, und als Irene im Begriff war zu schreien, in der Gewißheit, endlich geschnappt worden zu sein, erlaubte der Sergeant ihnen die Weiterfahrt.

»Seien Sie vorsichtig, es sind Terroristen in der Gegend«, riet er ihnen.

Sie konnten eine ganze Weile lang nicht sprechen. Noch nie hatten sie die Gefahr so nah und so spürbar erfahren.

»Panik ist stärker als Liebe und Haß«, schloß Irene bestürzt.

Seit diesem Augenblick gingen sie die Angst mit Galgenhumor an und witzelten darüber, um sich unnötige Aufregungen zu ersparen. Francisco erriet, daß hier Irenes einziger Schwachpunkt lag. Sie kannte keinerlei Schüchternheit oder Scheu, sie überließ sich frei und uneingeschränkt ihren Gefühlen. Doch in ihrem Inneren gab es einen Winkel größter Schamhaftigkeit. Sie errötete angesichts jener Schwächen, die sie bei anderen nicht duldete und die sie bei sich selbst für unannehmbar hielt. Diese blinde Angst, die sie in sich entdeckt hatte, beschämte sie tief, und sie versuchte, sie auch vor Francisco zu verbergen. Es war eine bodenlose Furcht, die sie gänzlich erfaßte und in nichts dem existentiellen Schrecken ähnelte, der sie manchmal überkommen hatte und vor dem sie sich durch das Lachen schützte. Sie spielte nicht die Mutige angesichts des gewöhnlichen Grausens, wie das Niedermetzeln eines Schweines oder das Knarren der Tür in einem verhexten Haus es auslöst, aber sie schämte sich über dieses neue Gefühl, das an ihr klebte und ihr unter die Haut drang, sie im Schlaf schreien und beim Aufwachen zittern ließ. Zuweilen war der Eindruck eines Albtraums so stark, daß sie sich nicht sicher war, ob sie träumend lebte oder träumte zu leben. In diesen flüchtigen Augenblicken, wenn sie an der Schwelle ihrer Scham, ihrer Angst stand, liebte Francisco sie am meisten.

Zuletzt verließen sie die Überlandstraße und begaben sich auf einen Bergweg, bis sie zu einem alten Thermalbad kamen, das in vergangenen Zeiten berühmt gewesen war für sein wundertätiges Wasser, aber von der modernen Pharmazeutik zu einem Schattendasein verdammt wurde. In dem Gebäude war die Erinnerung an eine glanzvolle Vergangenheit aufgehoben, als es zu Beginn des Jahrhunderts die vornehmen Familien beherbergte und sogar Ausländer, die von fern her kamen auf der Suche nach Gesundheit. Trotz des Niedergangs bewahrten die geräumigen Salons den Reiz ihrer Balustraden und Friese, der alten Möbel, der Bronzelampen und der schweren Vorhänge mit Fransen und Troddeln. Man wies ihnen ein Zimmer zu, das mit einem riesigen Bett, einem Schrank, einem Tisch und zwei einfachen Stühlen ausgestattet war. Der Strom wurde zu einer bestimmten Uhrzeit abgeschaltet, und danach mußte man sich im Kerzenlicht zurechtfinden. Mit dem Sonnenuntergang sank plötzlich die Temperatur, wie immer in solcher Höhe, und dann wurden die Kamine mit duftenden Akazienscheiten angeheizt. Durch die Fenster drang der scharfe, herbe Geruch von Mist und trockenen Blättern, die im Hof verbrannt wurden. Außer ihnen und dem Verwaltungspersonal hielten sich hier Patienten mit diversen Leiden und Rentner auf, die sich dort einmal umsorgen ließen. Alles war sanft und gemächlich, von den Schritten der Gäste, die durch die Flure wandelten, bis zum rhythmischen Geräusch der Maschinen, die Wasser und Heilschlamm in die großen Badewannen aus Marmor und Gußeisen pumpten. Tagsüber kletterte eine Schlange von Hoffnungsvollen über den Rand einer Schlucht bis zu den dampfenden Quellen, gestützt auf Gehstöcke und gehüllt in bleiche Laken wie Geister aus fernen Zeiten. Weiter oben, an den Hängen des Vulkans, sprudelte heißes Wasser, und dichte Säulen schwefelhaltigen Dampfes stiegen auf. Dort setzten sich die Patienten nieder und verloren sich im Dunst. Bei Einbruch der Dämmerung wurde im Hotel ein Gong geschlagen, und sein vibrierender Ruf hallte an den Bergwänden, in den Abgründen und in den verborgenen Höhlen der Tiere wider. Es war das Signal für die Rückkehr der Rheumatiker, Arthritiker, Geschwürkranken, Allergiker und der unheilbar Alten. Die Mahlzeiten wurden zur festen Stunde in einem weitläufigen Speisesaal eingenommen, durch den singend die Luft zog, im Schlepptau die Küchengerüche.

»Jammerschade, daß wir nicht auf Hochzeitsreise sind«, bemerkte Irene. Sie war entzückt von dem Ort und befürchtete, daß ihre Kontaktperson allzu früh erscheinen könnte, um sie über die Grenze zu bringen.

Erschöpft von den Anstrengungen der Reise, umarmten sie sich auf diesem Inbegriff eines Bettes, das ihnen der Zufall vergönnt hatte, und verloren sofort das Zeitbewußtsein. Das erste Licht eines strahlenden Morgens weckte sie. Francisco stellte erleichtert fest, daß Irene sehr viel besser aussah und sogar ankündigte, einen Bärenhunger zu haben. Nachdem sie sich fröhlich und förmlich geliebt hatten, zogen sie sich an und gingen hinaus, um die Luft der Kordillere zu atmen. Früh schon begann der unbeirrte Gang der Gäste zu den Thermen. Während diese Heilung suchten, benutzte das Pärchen die verfügbaren Stunden, um sich mit heimlichen Küssen und ewigen Schwüren ihrer Liebe zu vergewissern. Liebend spazierten sie über die rauhen Vulkanpfade, saßen auf dem duftenden Waldboden und küßten sich, flüsterten sich Liebe zu zwischen den gelben Nebelschwaden der Quellen, bis mittags ein Bergbauer bei ihnen auftauchte, der trug Rohlederstiefel, einen schwarzen Poncho und einen breitkrempigen Hut. Er brachte drei Maultiere und eine schlechte Nachricht.

»Sie haben eure Spur. Ihr müßt sofort aufbrechen.«

»Wen haben sie gefaßt?« fragte Francisco, um seinen Bruder, Mario oder sonst einen Freund fürchtend.

»Niemanden. Der Inhaber des Hotels, wo ihr vorgestern abgestiegen seid, hat Verdacht geschöpft und euch angezeigt.«

»Wirst du reiten können, Irene?«

»Ja.«

Francisco rollte eine feste Bauchbinde um die Taille seiner Freundin, um sie für das Gerüttel des Rittes zu wappnen. Sie schnallten ihr Gepäck fest und brachen auf, im Gänsemarsch, über einen kaum erkennbaren Pfad, der zu einem vergessenen Paß zwischen zwei Grenzposten führte. Es war eine alte Schmugglerroute, die kaum noch einer kannte. Als die Spur völlig verschwand, verschluckt von der ungezähmten Natur, orientierte sich der Einheimische an Zeichen, die in die Bäume geschnitten waren. Es war nicht das erste und nicht das letzte Mal, daß er diesen beschwerlichen Weg zur Rettung von Verfolgten benutzte, Lärchen, Lorbeerbüsche, Eichen und Eiben schirmten die Reisenden ab, und an manchen Stellen wuchs das Laub über ihnen zu einer undurchdringlichen grünen Kuppel zusammen. Ohne Pause zogen sie voran. Auf der ganzen Strecke begegneten sie keinem menschlichen Wesen, es war eine feuchte, kalte Einsamkeit ohne Grenze, ein Pflanzenlabyrinth, das sie als einzige durchschritten. Bald konnten sie die großen Schneeflecken berühren, die vom Winter übriggeblieben waren. Sie drangen in die tiefliegenden Wolken ein, und eine Zeitlang waren sie umhüllt von einem ungreifbaren Schaum, der die Welt auslöschte. Als sie plötzlich aus dem Nebel

traten, lag vor ihren Augen das majestätische Schauspiel der Kordillere, die sich bis ins Unendliche brach mit ihren bläulichen Bergspitzen, den weißgekrönten Vulkanen und all den Steilhängen und Schluchten, deren Eiswände im Sommer dahinschmolzen. Ab und an entdeckten sie ein Kreuz, das den Ort bezeichnete, an dem ein Wanderer sein Leben aufgegeben hatte, besiegt von der Verlorenheit. Dann bekreuzigte sich der Bergbauer ehrerbietig, um die arme Seele zu trösten.
Der Führer ritt voran, hinter ihm Irene. Francisco schloß die Reihe, ohne die Augen von seiner Liebsten zu lassen, auf jedes Symptom der Erschöpfung oder des Schmerzes achtend. Doch sie zeigte keine Anzeichen von Müdigkeit. Sie überließ sich dem ruhigen Schritt des Maultiers, den Blick verloren in der wunderreichen Natur, die sie umgab, die Seele in Tränen. Sie nahm Abschied von ihrem Land. An der Brust, unter der Kleidung, trug sie das Beutelchen mit Erde aus ihrem Garten, das Rosa ihr geschickt hatte, damit sie ein Vergißmeinnicht auf der anderen Seite des Meeres pflanzen könne. Sie dachte an das Ausmaß ihres Verlustes. Sie würde nicht wieder über die Straßen ihrer Kindheit gehen und nicht den weichen Tonfall ihrer kreolischen Sprache hören; sie würde in der Abenddämmerung nicht das Profil ihrer Berge sehen, und der heimische Gesang ihrer Flüsse würde sie nicht einlullen, sie hätte nicht den Duft des Basilikums in ihrer Küche noch den des Regens, wenn er auf dem Dach ihres Hauses verdampfte. Sie verlor nicht nur Rosa, die Mutter, die Freunde, die Arbeit und ihre Vergangenheit. Sie verlor die Heimat.

Sie schluchzte. »Mein Land, mein Land.« Francisco trieb sein Maultier an und nahm, als er sie eingeholt hatte, ihre Hand.

Als es dunkel wurde, beschlossen sie, sich ein Nachtlager zu richten, denn ohne Licht konnten sie in diesem Gewirr aus Felsen, zerklüfteten Hängen, riesigen Geröllhalden und unauslotbaren Tiefen nicht vorankommen. Sie wagten es nicht, ein Feuer zu machen, da sie befürchten mußten, daß Wachmannschaften in der Nähe der Grenze patrouillierten. Der Führer teilte mit ihnen das salzige Dörrfleisch, das Dauerbrot und den Schnaps aus seinen Satteltaschen. Sie deckten sich, so gut es ging, mit den schweren Ponchos zu und lagerten sich, umarmt wie drei Geschwister, zwischen die Tiere. Dennoch kroch ihnen die Kälte in die Knochen und ins Gemüt. Sie zitterten die ganze Nacht unter einem trauerschwarzen Himmel aus Asche und schwarzem Eis, umgeben von Gesäusel, leichten Pfiffen und den unzähligen Stimmen des Waldes.

Endlich graute der Tag. Das Morgenrot wuchs herauf wie eine feurige Blume, und langsam wich die Dunkelheit. Der Himmel erhellte sich, und die erdrückende Schönheit der Landschaft breitete sich aus vor ihren Augen, eine neugeborene Welt. Sie standen auf, schüttelten den Rauhreif aus den Dekken, bewegten die steifen Glieder und tranken den Rest des Schnapses, um ins Leben zurückzukehren.

»Dort ist die Grenze«, sagte der Führer, auf einen Punkt in der Ferne deutend.

»Dann trennen wir uns hier«, entschied Francisco.

»Auf der anderen Seite werden Freunde auf uns warten.«
»Ihr müßt zu Fuß rüber. Geht den Markierungen an den Bäumen nach, dann könnt ihr euch nicht verirren, es ist ein sicherer Weg. Viel Glück, Compañeros...«
Sie umarmten sich zum Abschied. Der Führer machte mit den Tieren kehrt, und die beiden gingen auf die unsichtbare Linie zu, die diese maßlose Kette aus Bergen und Vulkanen durchtrennte. Sie fühlten sich klein, allein und preisgegeben, zwei in einem Meer von Wolken und Gipfeln Verlorene, ringsum die Stille des Mondgesteins. Sie spürten aber auch diese neue Dimension ihrer Liebe, die ihnen Kraft gab für ihren Weg ins Exil.
Im Morgenlicht blieben sie stehen, um ihre heimatliche Erde ein letztes Mal zu sehen.
»Werden wir zurückkehren?« flüsterte Irene.
»Wir kehren zurück«, erwiderte Francisco.
Und in den Jahren, die folgten, bestimmten diese Worte ihr Schicksal: Wir kehren zurück. Wir kehren zurück...

Inhalt

Isabel Allende, Das Geisterhaus

»Dies ist ein Roman, wie es ihn eigentlich schon gar nicht mehr gibt. Ein Roman, prall von Geschichte und wohlausgestattet mit Haupt- und Nebenpersonen, Komparsen, Extras, attrezzo und einem gewaltigen Szenarium, wo sich abspielt, was Generationen an Problemen, Konflikten und deren Lösungen erleben. Ein Roman, den man mit dem Vergnügen liest, das alles Gutgemachte hervorruft.« (Luis Suñen, El Pais)

»Hier ist eine Frau mit großer Erzählkunst in die Autorenelite Lateinamerikas eingedrungen. Eine Frau, die den chilenischen Unterdrückern ihre Waffe entgegensetzt: ein Stück große Literatur.« (Stern)

»Besseres kann man von einem Stück Literatur nicht sagen. Sein Erfolg kompromittiert nicht die literarische Qualität.« (Frankfurter Rundschau)

»Die wohl erstaunlichste literarische Neuentdeckung der achtziger Jahre.« (Deutsche Welle)

»Anzukündigen ist ein Lesegenuß, ein Roman, dick, spannend und handlungsreich wie die alten Schicksalsromane, dabei geist- und phantasievoll, schauererregend und witzig, verspielt und zugleich ernst und genau im historischen und sozialen Bezug.« (Weltwoche)

»Mit ihrem ersten Buch ›Das Geisterhaus‹ hat sie nicht nur auf Anhieb einen Welt-Bestseller, sondern sich auch gleich in die Weltliteratur hineingeschrieben.« (Generalanzeiger, Bonn)

Das Geisterhaus

Roman. Aus dem Spanischen von Anneliese Botond
Autor des Jahres 1984: Isabel Allende (gewählt von »Buchmarkt«)
Der erfolgreichste Roman des Jahres 1984: Das Geisterhaus (ermittelt von »Buchreport«). Platz 1 der Spiegel-Jahresbestsellerliste 1985

Mario Vargas Llosa, Tante Julia und der Kunstschreiber

»Nach dem Geisterhaus der Chilenin Isabel Allende, seit Monaten auf den internationalen Bestsellerlisten, kommt jetzt ein weiterer südamerikanischer Roman in die Buchhandlungen, in dem sich ein ähnlich pralles, figurenreiches, phantastisches Leben abspielt. Der Peruaner Mario Vargas Llosa legt eine aberwitzig vergnügliche Geschichte aus den fünfziger Jahren vor, in die man sich von Seite zu Seite mehr verstrickt.« (Kurier, Wien)

»Seit seinem Roman ›Tante Julia und der Kunstschreiber‹ gilt Mario Vargas Llosa neben Gabriel García Márquez als der beste authentische Erzähler Lateinamerikas.« (Zeit-magazin)

»Um den Erfolg dieses ebenso intelligenten wie tolldreisten Romans muß man in keinem Fall fürchten.« (FAZ)

»Mario Vargas Llosa gilt als einer der genialsten Fabulierer der lateinamerikanischen Literatur. ›Tante Julia und der Kunstschreiber‹ ist sein vergnüglichster Roman.« (Buch aktuell)

»Ein hervorragend erzählter, amüsanter Roman, der viel aussagt über die lateinamerikanische Gesellschaft mit ihrem Kult des Männlichen.« (Klara Obermüller)

»Es gibt Bücher, die faszinieren einen so sehr, da kann man nur noch persönlich werden... Einzige Empfehlung: lesen, lesen, lesen!« (Mittelbayerische Zeitung)

»Schön war es und die Lektüre keinen Moment langweilig.« (Süddeutsche Zeitung)

Tante Julia und der Kunstschreiber

Roman. Aus dem Spanischen von Heidrun Adler

Lateinamerikanische Literatur im Suhrkamp Verlag
Eine Auswahl

»Imagination, Sensibilität, Liebenswürdigkeit, Sinnlichkeit, Melancholie, eine gewisse Religiosität und ein gewisser Stoizismus gegenüber dem Leben und dem Tode, ein tiefes Gefühl für das Jenseitige und ein nicht weniger ausgeprägter Sinn für das Hier und Jetzt... Lateinamerika ist eine Kultur.« *Octavio Paz*

Isabel Allende
Das Geisterhaus. Roman. *Aus dem Spanischen von Anneliese Botond. Gebunden*

Alejo Carpentier
Die Harfe und der Schatten. Roman. *Aus dem Spanischen von Anneliese Botond. Leinen und st 1024*

Julio Cortázar
Rayuela. Himmel und Hölle. Roman. *Aus dem Spanischen von Fritz Rudolf Fries. Leinen*

José Lezama Lima
Paradiso. Roman. *Aus dem Spanischen von Curt Meyer-Clason unter Mitwirkung von Anneliese Botond. Leinen und st 1005*

Juan Carlos Onetti
Das kurze Leben. Roman. *Aus dem Spanischen von Curt Meyer-Clason. Leinen und st 661*

Octavio Paz
Der sprachgelehrte Affe. Roman. *Aus dem Spanischen von Anselm Maler und Maria Antonia Alonso-Maler. BS 530*

Manuel Puig
Der schönste Tango der Welt. Roman. *Aus dem Spanischen von Adelheid Hanke-Schaefer. Leinen und st 474*

Juan Rulfo
Pedro Páramo. Roman. *Aus dem Spanischen von Mariana Frenk. BS 434*

Mario Vargas Llosa
Der Krieg am Ende der Welt. Roman. *Aus dem Spanischen von Anneliese Botond. Gebunden*